John Erskine

Ich, Helena von Troja

Roman

Matthes & Seitz

Aus dem Amerikanischen übersetzt von Helene Meyer-Franck.

© 1998 Matthes & Seitz Verlag GmbH, Hübnerstraße 11, 80637 München. Alle Rechte vorbehalten. © Für die Originalausgabe *The Private Life of Helen of Troy*, New York 1957. Herstellung und Umschlaggestaltung Bettina Best, München. Satz: Wirth, München. Druck und Bindung: Kösel, Kempten. ISBN 3-88221-818-5

INHALT

ERSTER TEIL

Helenas Rückkehr

I

Das Entscheidende bei der Geschichte ist, daß Paris der Aphrodite den Preis zuerkannte, nicht, weil sie ihn bestach, sondern weil sie schön war. Um die Schönheit handelte es sich in diesem Wettstreit, und wenn Athene und Hera geistreich zu disputieren begannen über Weisheit und Macht, so waren sie es, die ihn zu bestechen versuchten. Was sie auch ins Spiel zu bringen hatten, Aphrodite war die Sache selbst, um die es ging.

Ihre unwahrscheinliche Behauptung, daß er eines Tages die schöne Helena heiraten würde, interessierte ihn daher nur als prophetisches Experiment einer Göttin. Vielleicht traf es ein, vielleicht auch nicht. Höchstwahrscheinlich hatte sie es irgendwie anders gemeint; ein weiser Mann verhält sich abwartend, selbst wenn er auch an das Orakel glaubt.

Inzwischen war er doch neugierig, wie Helena wohl aussehen mochte. Er fühlte das Bedürfnis zu reisen. Warum sollte er nicht einmal Sparta aufsuchen? Kassandra warnte ihn, aber das tat sie immer. Oenone riet ab, aber sie war seine Frau.

Als er zum Hause des Menelaos kam, ließ der Torwächter ihn ein, und da er ein Fremder war, so fragte man ihn nicht, wie er hieß und was ihn herführte, bis er gegessen und sich ausgeruht hatte. Menelaos schob eine Reise, die er vorgehabt, auf und übte die heilige Pflicht der Gastfreundschaft. Aber als er herausbekommen hatte, wer sein Gast war, sagte er zu Paris, er solle ganz so tun, als ob er zu Hause wäre, entschuldigte sich dann höflich und reiste seinem ursprünglichen Plan gemäß nach Kreta ab.

So hatte niemand Arges im Sinne. Aber Paris sah Helena von Angesicht zu Angesicht.

2

Als der Trojanische Krieg mit der Einnahme der Stadt endete, ging Menelaos mit dem Schwert in der Hand auf die Suche nach Helena. Er schwankte, ob er ihr das Schwert in den verführerischen Busen stoßen oder ihr damit den schneeweißen Hals durchhauen sollte. Er hatte sie lange nicht gesehen. Sie erwartete ihn, wie auf Verabredung. Mit einer schlichten Gebärde entblößte sie ihr Herz für seine Rache und sah ihn an. Er sah sie an. Das Schwert machte ihn verlegen.

»Helena«, sagte er, »es ist Zeit, daß wir nach Hause reisen.«

Die Geschichte wird auch anders erzählt. Menelaos, sagt man, war nicht allein, als er Helena in ihrem Gemach fand, Agamemnon war da und noch andere, um dem Akt der Gerechtigkeit, der unter den langen Krieg den Schlußpunkt setzen sollte, beizuwohnen. Einige, die Helena nie vorher gesehen, drängten sich hinein, um einen ersten und letzten Blick auf die Schönheit zu werfen, um die sie gekämpft hatten. Als Menelaos Helena vor sich sah, dachte er an sein Gefolge. Zorn und Kraft schwanden ihm dahin, aber die teilnehmenden Freunde warteten, daß er als Ehemann seine Pflicht tue. Er erhob das Schwert – langsam – es ging immer noch zu schnell. Da hörte er Agamemnons Stimme.

»Du tätest besser, mit deinem Zorn hier haltzumachen, Menelaos. Du hast deine Frau wieder – wozu willst du sie töten? Priams Stadt ist gefallen, Paris ist tot, du bist gerächt. Wenn du Helena tötest, so würdest du die Frage nach dem Anlaß des Krieges total verwirren. Sparta hatte keinen Teil an der Schuld, Paris, der das Gastrecht verletzte, war der einzig Schuldige.«

Menelaos fühlte in diesem Augenblick, daß man seinen Bruder mit Recht den Fürsten der Männer nannte. Später am Abend hörte man ihn jedoch sagen, wenn Agamemnon nicht dazwischengetreten wäre, hätte er Helena getötet.

Er mußte sie für die Nacht mit den anderen Gefangenen aufs Schiff bringen, aber er konnte sich nicht entschließen, in welcher Reihenfolge er mit ihr gehen wollte. Natürlich nicht nebeneinander. Vielleicht er voran. Diesen Gedanken gab er auf, bevor sie noch die Straße erreichten. Es schien nicht angebracht, die Feierlichkeit der Prozession besonders zu betonen. Er ließ sie vorangehen, mochte sie seinetwegen schutzlos den etwaigen Beleidigungen des neugierigen Heeres ausgesetzt sein. Allein die Männer starrten sie stumm an, oder fast stumm. Ihn beachteten sie nicht. Er hörte einen sagen, sie sähe aus wie Aphrodite, als Hephaistos, ihr lächerlicher Gatte, sie nackt in Ares' Armen überrascht und ein

Netz über das Liebespaar geworfen hatte, um den andern Göttern ihre Schmach zu zeigen. Ein anderer meinte dazu, er empfände wie die andern Götter bei jener Gelegenheit, die sich bereit erklärten, jeden Augenblick mit Ares zu tauschen und das Netz und alles in den Kauf zu nehmen.

3

Andere Männer, die weniger Grund zu Gewalttaten hatten als Menelaos, zeigten in der Nacht, als Troja zerstört wurde, weniger Zurückhaltung. Ajax fand Kassandra im Tempel der Athene, wo sie als Priesterin diente – lieblich genug, um Apoll zu reizen, doch nicht mit der Schönheit ausgestattet, die Helena schützte. Dort, gleichsam in Gegenwart der Göttin, büßte er an ihr seine Lust und ging dann zu andern Eroberungstaten über. Als darauf Athenes Zorn sich deutlich kundgab, gab er zwar zu, das Mädchen beleidigt zu haben, behauptete jedoch, daß er den Tempel nicht entweiht hätte, denn Odysseus hätte das heilige Bildnis bereits geraubt gehabt, und der Ort sei daher, wenn überhaupt ein Heiligtum, so doch ein verlassenes gewesen. Aber es war nicht wahrscheinlich, daß die Göttin diese Unterscheidung gelten lassen würde, und Agamemnon gab sofort Befehl, die Heimkehr der Flotte zu verschieben, bis ausgiebige Opfer dargebracht seien als pflichtschuldige Beweise ihrer Reue und Selbsteinkehr, damit die Göttin sich nicht veranlaßt sähe, ihnen ihre

Sünden in kaltem Wasser abzuwaschen. Agamemnon ließ sich die Sache sehr angelegen sein, sobald es an die Verteilung der Beute ging. Kassandra fiel ihm zu.

Den ganzen Tag stand er neben dem Priester, während die Altarflammen gespeist wurden, inmitten des respektvoll harrenden Heeres, und Menelaos stand neben ihm – zwei Könige, die nicht ihresgleichen hatten, nun Achill nicht mehr da war. Als es zu dämmern begann, ließen sie die Opferfeuer niederbrennen, die Soldaten zündeten die Kochfeuer an, und der Priester sagte, die Zeichen seien soweit günstig.

»Ein guter Anfang der Opfer«, sagte Agamemnon.

»Und Ende«, sagte Menelaos, »wenigstens was mich betrifft. Nicht unsre eigenen Sünden führten uns nach Troja, sondern, wie du gestern abend sehr richtig bemerktest, die Sünden anderer. Was wir seitdem hier an Verstößen begangen haben, haben wir bereits gebüßt, und wenn Stolz oder Unwissenheit uns noch etwas übersehen ließ, so muß dieser Opfertag es reichlich gutgemacht haben. Ich segle morgen nach Sparta ab.«

»Wenn ich an Absegeln denke«, sagte Agamemnon, »so kommt mir Aulis in den Sinn. Unsre Abfahrt aus jenem Hafen kostete mich das Leben meines Kindes, das ich opfern mußte, um die Götter zu versöhnen. Damals hattest du gegen übermäßige Opfer nichts einzuwenden. Für dich geschah das alles, mein Bruder. Meinen Streit mit Achill habe ich längst gebüßt, da ich im Unrecht war. Aber da ich vielleicht auch bei andern Gelegenheiten unrecht hatte, wo ich glaubte recht zu haben, muß ich jetzt den etwaigen Zorn des Zeus und der Athene besänftigen, bevor ich mein Heer Wind und Wogen und allen Gefahren, die zwischen uns und unsrer Heimat liegen, aussetze.«

»Was du in Wirklichkeit fürchtest«, sagte Menelaos, »ist deine Frau.«

»Du hast deine Frau bei dir«, erwiderte Agamemnon, »und deine Tochter sitzt wohlbehalten in Sparta und kümmert sich zweifellos um deine Angelegenheiten. Das haben wir bisher alle getan. Nun muß ich mich um mein eigenes Volk kümmern. Was ich in Wirklichkeit fürchte, ist, daß Athene den Diebstahl ihres Bildes und die Vergewaltigung ihrer Priesterin an jedem einzelnen, an dir und mir bis hinab zum geringsten Schiffsruderer rächt.«

»Odysseus hat das Götterbild gestohlen«, sagte Menelaos, »aber doch nur, weil die Stadt sonst nicht einzunehmen war. Wegen dieser und anderer Maßnahmen, durch die er sich nützlich erwies, sollte er vielleicht viele Opfer bringen. Was Kassandra widerfuhr, finde ich nur gerecht, wenn auch ein bißchen roh. Paris war ihr Bruder. Ajax beging nur den Fehler, zu hastig vorzugehen. Er hätte sie sonst bei der Beuteverteilung haben und nach Hause nehmen und mit ihr tun können, was ihm beliebte, sicher vor der Kritik der Götter oder dem Grimm von Menschen, denn er hat keine Frau, die zu Hause auf ihn wartet.«

»Meine Frau«, sagte Agamemnon, »hat bis jetzt noch keinen Anlaß zu Skandal in der Familie gegeben. Darin unterscheidet sie sich von ihrer Schwester. Wieviel Männer haben Helena schon umgarnt oder sich von ihr umgarnen lassen? Theseus vor deiner Zeit, und du natürlich, und Paris und Deiphobos – und war da nicht auch etwas zwischen Achill und ihr? War Hektor eigentlich ihr Anbeter, oder war es nur sie, die es auf ihn abgesehen hatte? Wir machen uns jeder seine eigene Philosophie zurecht, mein Bruder, um uns mit unsrer Vergangenheit friedlich abzufinden. Du hast, soviel ich sehe, gar keine Veranlassung, Ajax' Tat zu verdammen. Halte dich an deine Philosophie, du wirst sie nötig haben. «

»Es bleibt dabei«, sagte Menelaos, »ich segle morgen heimwärts. Es tut mir leid, daß wir uns in dieser Verstimmung trennen. Wenn mein Bleiben dir irgendwie von Nutzen sein könnte, so würde ich es aus Dankbarkeit tun. Doch ich denke, die Götter wollen das, was vernünftig ist – im großen ganzen wenigstens; und wenn deine Laune, die Opfer noch länger ausdehnen zu wollen, wirklich etwas mit Religion zu tun hätte, so würde ich dir entgegenhalten, daß die Götter, die uns in den Stand setzten, Troja zu verbrennen, nicht die Absicht hatten, daß wir hier wohnen sollten. «

»Du gehst in dein Verderben«, sagte Agamemnon, »ich werde dich nicht wiedersehen. «

»Das«, sagte Menelaos, »möchte ich wiederum für einen Irrtum deinerseits halten, den du hoffentlich nicht auch noch durch Opfer abzubüßen hast. «

Helena saß im Zelt, regungslos, beim flackernden Licht der Lampe. Die Weihrauchdämpfe stiegen vom Dreifuß vor ihrem Antlitz auf; er mußte an Göttinnen und an Altarfeuer denken. Warum war sie dort? War sie den ganzen Tag dort gewesen? Während er beim Opfer war, hatte er sie unter den andern Gefangenen geglaubt, gedemütigt und endlich die Schärfe der Vergeltung fühlend. Sie hätte eigentlich aufstehen können, als er eintrat.

»Morgen segeln wir nach Sparta ab.«

»So schnell schon?«

»Ist es zu schnell? Du hängst wohl noch an Troja?«

»Jetzt nicht mehr«, sagte Helena, »und überdies habe ich, wie du weißt, nie große Anhänglichkeit an Orte gehabt. Aber wie sollen alle die Schiffe und Mannschaften an einem Tage fertig werden! Bei deiner Herfahrt brauchtest du mehr Zeit zum Aufbruch – obwohl du damals meiner Meinung nach mehr Grund zur Eile hattest. Es müssen doch erst Opfer gebracht werden, Götter sind zu bedenken, der weite, dunkle Ozean, die Geister so vieler Toten, die beschwichtigt werden müssen, bevor wir reisen.«

»Die Toten sind in Frieden und die Götter haben ihr Teil bekommen«, erwiderte Menelaos; «wir haben den ganzen Tag mit Opfern zugebracht. Der Ozean bleibt weit und dunkel. Agamemnon will die Opfer dennoch fortsetzen, als ob er dies und andre Dinge damit ändern könnte. Wir haben deswegen eine Auseinandersetzung gehabt und uns getrennt. Er wird mit dem Heer noch eine Zeitlang hierbleiben, ich fahre morgen mit meinen Leuten und meinen Gefangenen heimwärts.«

Er meinte, mit ihr. Er wußte nicht, wie er es ausdrücken sollte. Er wollte nicht sagen: »mit meinem

Weib und mit meinen Gefangenen«. Er hatte nicht den Mut zu sagen: »mit dir und den andern Gefangenen«.

»Menelaos«, sagte sie, »ich reise natürlich mit dir, wie unklug dieser Aufbruch auch ist. Denn dein Bruder hat recht und du hast unrecht. Die sich irgendeiner Schuld bewußt sind, brauchen Zeit zu Reue und Buße, und wir, die wir uns rein von Schuld fühlen, wir erst recht sollten Opfer bringen, um uns vor Stolz zu bewahren. Du hast zwar noch deinen alten gesunden Menschenverstand, Menelaos, aber es fehlt dir immer noch die tiefere Einsicht. Wenn du die hättest, so würdest du das Herkömmliche respektieren.«

»Wenn ich dich recht verstehe«, sagte Menelaos, »so gibst du mir den Rat, bei dem, was ich tue, nicht von den Gesetzen des Herkommens abzuweichen?«

»Ja, das ist mein Rat«, sagte Helena.

»Ich bin übermüdet, mein Gehirn versagt den Dienst«, sagte Menelaos. »Willst du wieder – dahin, wo du eben herkamst, oder soll ich dir dies Zelt überlassen? Wir brechen morgen in aller Frühe auf.«

4

Sie hatten den Wind gegen sich, und die Leute mußten an die Ruder. Menelaos saß dicht am Steuer und
Helena vor ihm, das Gesicht dem Winde zuge-
wandt. Die Ruderer sahen zu ihr auf, nicht zornig
wie zu einer, die Krieg und Beschwerde über sie
gebracht, sondern zuerst neugierig, dann voll Teilnahme und Ehrfurcht, als ob sie dem Schiffe Segen
brächte. Menelaos beobachtete die Veränderung in
ihrem Blick und fragte sich, warum er überhaupt
nach Troja gekommen war – und dann erinnerte er
sich.

Nun regte Helena sich, zum erstenmal seit Stunden. Sie wandte sich um und sah ihm in die Augen.
Auch die Ruderer blickten zu ihm auf; sie vergaßen
zu rudern.

»Menelaos«, sagte sie, »du hättest Opfer darbrin-
gen sollen. Irgend etwas ist mit diesem Schiff nicht
in Ordnung.»

»Im Gegenteil«, erwiderte er, »das Schiff ist vielleicht das einzige hier, was in Ordnung ist. Der

Wind ist ungünstig, aber die Leute rudern gut – wenn du sie nicht ablenkst.«

»In Troja«, sagte sie, »oder irgendwo an der Küste verrichtet Agamemnon in diesem Augenblick Bittgebete, die ihre Wirkung tun werden; ich zweifle nicht, daß er die Heimat erreicht. Unsre eigenen Ansichten scheinen mir sehr unsicher. Du kennst meinen Standpunkt – ich habe keine Vorliebe für Abenteuer, wenn ich nicht weiß, wohin es geht.«

»Wir fahren nach Sparta«, sagte er.

»Ich fürchte, das tun wir nicht«, sagte Helena.

»Wir werden die Richtung innehalten«, sagte ihr Gatte, »und wenn die Sterne nicht durcheinandergeraten sind in dieser arg verwirrten Welt, werden wir in einer Woche in Sparta ankommen. – Das ist reichlich Zeit genug, meinst du nicht auch?« fragte er den Steuermann.

»Für die Hinfahrt haben wir länger gebraucht«, sagte der Steuermann.

»Als ich nach Troja fuhr«, sagte Helena, »brauchten wir nur drei Tage, aber das war eine außergewöhnliche Reise.«

Worauf die Ruderer sich über die Ruder beugten und der Steuermann den Stand der Sonne fixierte.

In den ersten Tagen sah Helena Menelaos von Zeit zu Zeit an, durchaus ruhig und gelassen, aber als ob sie etwas sagen könnte, wenn es der Mühe wert wäre. Nachdem viele Tage vergangen, saß sie nur regungslos da, den Blick unverwandt übers Meer hinaus in die Weite gerichtet, und die Ruderer ließen den Blick nicht von ihr, als ob beide treu an etwas festhielten, was Menelaos nicht verstehen konnte. Er fühlte sich die ganze Zeit einsam und fragte sich, ob Wasser und Speisevorrat reichen würden.

»Ah, da ist endlich Sparta!« sagte er.

»Das bezweifle ich«, sagte Helena.

Tatsächlich war es Ägypten. Helena ging über die schmale Brücke, die die Männer für sie hielten, an Land, als ob eine Landung in Ägypten etwas Selbstverständliches wäre. Der Wind legte sich vollständig. Die ermüdeten Männer schlugen ein Zelt auf für den König und Schutzdächer für sich und legten sich schlafen. Menelaos konnte sich nicht erinnern, Befehl zum Landen gegeben zu haben, aber er war nicht sicher und mochte nicht fragen.

»Dies berühmte Land ist interessanter, als ich gedacht hatte«, sagte Helena nach einigen Wochen. »Auf meinen Nachmittagsspaziergängen traf ich mehrfach Eingeborene; sie scheinen hier eine durchschnittliche Höhe der Kultur erreicht zu haben, die über das Maximum bei uns hinausgeht, meinst du nicht auch?«

»Helena, du treibst mich zum äußersten«, sagte Menelaos. »Ich bin nicht hier, um das Land zu durchstreifen oder Kulturvergleiche anzustellen.«

»Natürlich bist du das nicht, und ich auch nicht«, sagte Helena, »und wenn du bereit bist abzufahren, so brauchst du es mir nur zu sagen. Inzwischen bringt Polydamna, die Frau jenes umfangreichen Mannes, der dir den Proviant für unsre Weiterreise verkaufte, mir ihre Kräuter- und Arzneikunde bei – eine Wissenschaft, die man in jedem Hause gut brauchen kann und die hier jeder zu besitzen scheint.

Wenn du in den nächsten Tagen noch keine Opfer bringst, werde ich eine Menge von ihr lernen.«

»Ich will keine weiteren Opferungen«, sagte Menelaos. »Der Wind wird schon von selbst kommen.«

»Dann werde ich alles lernen, bevor wir abfahren«, sagte Helena.

Etwa vierzehn Tage darauf sah sie ihn eines Tages mit einem jungen Lamm unterm Mantel aus dem Hause von Thonis, Polydamnas Gatten, treten. Während er die Männer auf einem stillen Platz versammelte und das Tier opferte, blieb sie diskret im Zelt. Dort suchte Menelaos sie auf.

»Halt dich morgen zur Abfahrt bereit«, sagte er, »für den Fall, daß der Wind sich aufmacht.«

Sie war bereit und der Wind machte sich auf, aber es war nur eine schwache und kurzlebige Brise. Als sie die Insel Pharos erreichten, war es mit ihr zu Ende.

»Das macht nichts«, sagte Menelaos, »wir haben hier einen guten Hafen und eine Quelle mit süßem Wasser. Wir laufen einstweilen ein, bis der Wind auffrischt, und füllen unsre Fässer.«

Helena ging über die schmale Brücke, die die Männer für sie hielten, an Land, als ob eine Landung in Pharos etwas Selbstverständliches wäre. Es war kein lebendes Wesen auf der Insel zu sehen, außer ein paar Krebsen, die sich ans Ufer gewagt hatten. Nach zwanzig Tagen ging der Proviant aus, und die Männer krochen am steinigen Ufer hin und versuchten, mit einer kleinen Angelschnur und leeren Haken Fische zu fangen. Helena schritt die ganze

Zeit gelassen und huldvoll auf den bequemsten Pfaden, die sie zwischen den Felsen finden konnte, dahin oder setzte sich auf den Vorsprung einer kleinen Klippe und sah dem Spiel der violetten Wellen und der Möwen zu oder blickte sinnend nach dem Horizont. Menelaos wich seinen Leuten aus und wanderte allein umher, am entgegengesetzten Ende der Insel. Als er aber endlich doch zu ihrem Klippensitz hinaufgeschlendert kam, schien sie nicht überrascht.

»Ich denke daran, nach Ägypten zurückzukehren«, begann er. »Die Leute brauchen kräftigere Nahrung, als sie hier finden können, und wir könnten in einem Tage nach Kanopus rudern.«

»Wenn du mich um Rat fragst«, sagte Helena, »so kann ich nur deinem eigenen vernünftigen Urteil zustimmen. Du hast recht, es scheint uns an Nahrung zu fehlen.«

»Bisweilen irritierst du mich, Helena«, sagte Menelaos; »jeder Narr muß einsehen, daß wir nach Ägypten zurückmüssen. Ich habe dich nicht um Rat gefragt. Ich hätte längst zurückfahren sollen.«

Er hatte ihr sagen wollen, warum er nicht früher zurückgekehrt war, aber es verdroß ihn, daß sie nicht fragte. Er wandte sich um und sah drei seiner Leute, bleich und hungrig, und mit ihnen den Steuermann. Sie sahen aus, als ob sie ihm etwas Unangenehmes sagen wollten.

»Menelaos«, begann der Steuermann, »wir sind dir so lange gefolgt, daß du unsre Treue erkannt haben mußt, aber nun kommen wir und fragen dich, ob du den Verstand verloren hast. Macht es dir Vergnügen, selbst zu leiden, oder magst du uns gern leiden sehen? Du zwingst uns, hier auf dieser Insel zu verhungern, während in Ägypten, wohin wir in einem Tage rudern könnten, wenn wir noch die Kraft hätten, Speise genug ist. Noch ein paar Stunden, und wir sind zu schwach, um das Schiff in die See zu stoßen. Du sagst, wir warten auf Wind. Aber wenn er jetzt auch käme, wir haben nicht Proviant genug bis Sparta; beim Segeln können wir nicht fischen.«

»Ich will euch euer ungehöriges Benehmen nachsehen, weil ihr Hunger habt«, sagte Menelaos, »aber, wie es gewöhnlich bei solchen Gelegenheiten der Fall ist, euer Rat kommt spät und ist daher überflüssig. Ich hatte bereits beschlossen, nach Ägypten zurückzukehren, um Vorräte einzunehmen, und wir werden sofort aufbrechen. Macht das Schiff fertig! ... Habt ihr mich verstanden? Ihr sollt das Schiff flottmachen. ... Ach so, ihr wolltet noch etwas sagen?«

»Ja, Menelaos«, erwiderte der Steuermann. »Wenn wir Ägypten erreichen, wollen wir den Göttern die gebührenden Opfer bringen, damit wir wohlbehalten heimkehren. Wir hätten gern in Troja geopfert wie unsre Gefährten, aber du hießest uns abfahren. Nun wir deine Strafe mit dir erlitten haben, wollen wir dir in dieser Sache nicht länger gehorchen, sondern nur den Göttern. Sicher ist es keinem einzigen von uns beschieden, die Seinen wiederzusehen, wenn wir den Unsterblichen, die Himmel und Meer beherrschen, nicht Hekatomben zum Opfer bringen. Wir wären zweifellos schon längst umgekommen, hätten wir nicht unsre Herrin dort, dein Weib, bei uns gehabt, um den Zorn der Götter zu beschwichtigen – sie, die in unsern Augen selbst eine Unsterbliche ist und doch ehrerbietig und gewissenhaft gegen die, in deren Händen Tod und Leben ist.«

»Es ist vielleicht ratsam«, sagte Menelaos, »jetzt weitere Opfer zu bringen. Ich hatte auch schon daran gedacht, allein hier ist nichts, was wertvoll genug zum Opfer wäre. In Ägypten können wir uns, wie ihr vorgeschlagen habt, reiche Opfergaben verschaffen, und ich hatte bereits beschlossen, dies bei der ersten Gelegenheit zu tun. Ihr könnt jetzt das Schiff flottmachen – oder habt ihr noch etwas zu sagen?«

Sie eilten zu ihren Gefährten, und Menelaos wandte sich zu Helena: »Ich hoffe, du läßt uns nicht warten. Diese Unterredung hat die Ausführung meiner Pläne etwas verzögert.«

In Ägypten versah sie Thonis mit Proviant für das Schiff und mit Tieren und Kannen mit dunklem Wein zum Opfer. Vor ihrer aller Augen fuhr Menelaos mit dem unbarmherzigen Messer, das er in seiner Erregung schwenkte, über die Kehlen der Opfer hin, die röchelnd zu Boden fielen. Dann goß er den Wein aus den Kannen in die Becher, schüttete ihn aus und betete in eindringlichem Tone zu den Göttern, die ewig leben:

»O glorreicher, erhabener Zeus, o weise und furchtbare Athene, o ihr Unsterblichen alle! Laßt euer Tun offenbar werden, auf daß die Menschen eure Gerechtigkeit schauen! Bestraft die Schuldigen und belohnt die Guten! Wer von uns gegen euch gesündigt hat, laßt sie auf den Felsen des Meeres verhungern oder in den Fluten ertrinken! Aber uns, die mit reinem Herzen euren Willen erfüllt haben, uns führt bald in unsre Heimat zurück!«

Und der Wind trieb sie alle wohlbehalten nach Sparta.

5

»Menelaos«, sagte der alte Torhüter Eteoneus, »ich
warte nun schon die ganze Zeit, seit du heimgekehrt
bist, daß du ein paar Minuten für mich übrig hast,
du bist so lange fort gewesen und willst doch gewiß,
daß ich dir über alles Bericht erstatte.«

»Es ist doch nichts passiert?«

»Orest war hier.«

»Oh – mein Brudersohn«, sagte Menelaos.

»Ja«, sagte Eteoneus, »und dazu der Schwester-
sohn deiner Frau.«

»Was willst du damit sagen?« fragte Menelaos.

»Ich will damit sagen«, erwiderte Eteoneus, »daß
ich nicht wußte, ob ich ihn einlassen sollte.«

»Mir scheint, du hast die Absicht, damit etwas
Ungebührliches über die Verwandten meiner Frau
anzudeuten«, sagte Menelaos.

»Offen gestanden«, erwiderte Eteoneus, »ich
ahnte bis zu deiner Rückkehr nicht, daß du deine
Frau noch zu deinen Verwandten zähltest.«

»Du vergißt dich«, sagte Menelaos.

»Nein, Menelaos«, sagte Eteoneus, »es ist eine

peinliche Sache, aber wir müssen ihr ins Gesicht sehen. Ich jedenfalls, denn ich bin zum Teil verantwortlich. Als Paris kam, ließ ich ihn ein. Was darauf geschah, wissen wir alle – wenigstens wissen wir die Tatsachen, wenn mancher von uns auch nicht weiß, wie er sie sich erklären soll. Du nahmst Paris natürlich gastlich auf, ohne nach dem Zweck seines Kommens zu fragen, und er raubte dein Weib und was sich sonst noch an beweglicher Habe in deinem Hause fand. Natürlich zogst du auf Rache aus, und ich kann wohl sagen, daß niemand von uns zu Hause erwartete, Helena wiederzusehen, jedenfalls nicht als dein rechtmäßiges Weib. Wenn du uns die neue Situation erklären – uns wenigstens einen Wink geben möchtest, wie wir uns ihr gegenüber zu verhalten haben, so würdest du deinen Dienern über ihre gegenwärtige Verlegenheit hinweghelfen.«

»Du wolltest etwas von Orest sagen«, sagte Menelaos.

»Das will ich auch«, sagte Eteoneus. »Als du abreistest, gebotst du mir, mit besonderer Umsicht über das Haus zu wachen, da die stärksten deiner Leute mit dir gingen, während deine Tochter Hermione hierblieb und sich in den Gewölben immerhin noch ein beträchtlicher Schatz befand. Dann erschien Orest. Vielleicht hätte ich ihn wie jeden andern Fremden einlassen und mich erst später nach seinem Begehren erkundigen sollen; allein in deiner Abwesenheit konnte ich dies nicht wagen. Ich wehrte ihm den Eintritt, bis er mir sagen würde, wer er sei. Er wird sich vielleicht darüber bei dir beklagen.«

»Mir ist nichts so sehr zuwider wie Familienzwistigkeiten«, sagte Menelaos. »Ich hoffe, es kam nicht zwischen euch zum Wortwechsel?«

»Leider doch«, sagte Eteoneus. »Er fragte, was denn über dies Haus gekommen, daß es so ganz von aller Tugend, selbst der elementarsten, verlassen sei. Er äußerte, soweit ich mich erinnere, unser Betragen stinke zum Himmel, so daß den Göttern übel davon werden müsse. Ich will die Einzelheiten nicht wiederholen; sie liefen etwa darauf hinaus, daß wir von einem verhältnismäßig verzeihlichen Fehltritt, wie der Untreue deines Weibes, nun schon bis zur Nichtachtung der Gastfreundschaft heruntergekommen wären. Ich versicherte ihm, daß bei uns das Gastrecht ebenso heilig gehalten würde wie bei andern zivilisierten Völkern, allein daß wir uns neuerdings auch für die Rechte des Wirtes interessierten und, seit diese einmal in unserm Hause mißachtet worden seien, hübschen und unbekannten jungen Männern nicht recht trauten. Man dürfe uns unsrer Ansicht nach eine ungewöhnliche Vorsicht in diesen unruhigen Zeiten nicht verargen.«

»Ich finde nichts Beleidigendes in diesen Worten«, sagte Menelaos.

»Das ist nun allerdings nicht alles, was ich sagte«, erwiderte der Torhüter. »Als er die Bemerkung über deine Frau machte, fühlte ich mich als dein getreuer Untertan gedrungen, etwas zu sagen. Ich fragte ihn, wie es seiner Mutter ginge.«

»Das geschieht auch bisweilen unter höflichen Leuten«, sagte Menelaos.

»Ich fragte ihn nämlich«, sagte der Torhüter, »ob

es nicht rücksichtsvoller sei, das Haus des Gatten zu verlassen, bevor man ihn verrät, als ihm an seinem eigenen Herde untreu zu werden, während er abwesend ist. Orest verstand den Hieb – darum wurde er zornig.«

»Wenn Orest dich verstand«, sagte Menelaos, »so konnte er mehr als ich."

»Du hast vermutlich noch nichts davon gehört«, sagte Eteoneus, »aber ganz Sparta weiß um den Skandal. Klytemnestra, deine Schwägerin – oder sozusagen deine Doppelschwägerin, als Schwester deiner Frau und Frau deines Bruders –, hat schon seit Agamemnons Aufbruch nach Troja mit Ägisth zusammengelebt. Es lohnt sich kaum für ihn, zurückzukommen.«

»Da haben wir es!« rief Menelaos. »Ich konnte sie nie leiden. Es empört mich, aber es überrascht mich nicht, wenigstens nicht von ihrer Seite. Ägisth wird seine Verwegenheit zu bereuen haben. Mein Bruder wird zurückkehren. Man wünscht vielleicht seine Heimkehr nicht, aber um so sicherer wird er heimkehren. Er hat in letzter Zeit ziemlich viel Übung darin gehabt, mit Frauenräubern fertigzuwerden.«

»Was Sparta wissen möchte«, sagte der Torhüter, »ist, ob er auch genug Übung gehabt hat, mit Klytemnestra fertigzuwerden. Sie ist ein furchtbares Weib, selbst in ihren harmlosen Augenblicken, und sie macht aus ihrer gegenwärtigen Lebensführung kein Geheimnis. Sie glaubt sich durch etwas, was Agamemnon tat, gerechtfertigt. Natürlich zweifelt sie ebensowenig wie du daran, daß er zurückkehrt.

Man glaubt, daß sie eine Willkommen für ihn bereit hat.«

»Wie entsetzlich!« stöhnte Menelaos. »Aber vielleicht ist doch alles leeres Gerücht. Frauen, die so schön sind wie diese beiden Schwestern, müssen dem böswilligen Klatsch des Neides für ihre Vorzüge bezahlen. Ich wundere mich wirklich nicht, Eteoneus, daß Orest erzürnt war.«

»Darüber wundere ich mich auch nicht«, sagte Eteoneus, »aber ob er nun erzürnt war oder nicht, er leugnete jedenfalls nichts. Wie konnte er auch? Solche Gerüchte über schöne Frauen sind oft boshaft und neidisch, aber sie sind selten übertrieben.«

»Das brauchen wir hier nicht zu erörtern«, sagte Menelaos. »So kehrte Orest also wieder heim? Ich muß sagen,,Eteoneus, ich hätte die Geschichte gern von seiner Seite gehört.«

»Das kannst du leicht«, sagte der Torhüter, »denn er ist von Zeit zu Zeit immer wieder hier gewesen, und wenn er seine Gewohnheit nicht ändert, muß er in ein paar Tagen wiederkommen.«

»Ich denke, du hast ihn nicht eingelassen?«

»Das tat ich auch nicht, aber danach hat er nicht mehr um Erlaubnis gefragt – er kam einfach herein. Ich muß noch hinzufügen, daß er immer Hermione besuchte, und sie machte es immer irgendwie möglich, wie, weiß ich nicht. Sie kann mich ebensowenig leiden wie er.«

»Ich kann nichts Schlechtes von meiner Tochter glauben«, sagte Menelaos, »und es ist sehr unrecht von dir, dergleichen anzudeuten. Ich bin geneigt, deine Urteilsfähigkeit in bezug auf die andern Dinge auch in Zweifel zu ziehen. Ich bin zwar lange fort gewesen, und sie ist inzwischen herangewachsen, allein ihr Charakter scheint mir im wesentlichen unverändert. Ich habe sie stets für die Ehrbarkeit selbst gehalten.«

»Das tue auch ich, ganz gewiß!« sagte Eteoneus, »und mit den Gesetzen des Herkommens nimmt auch Orest es sehr genau. Das hat man übrigens häufig, nach meiner Erfahrung, daß die Kinder sich dann äußerst korrekt halten, zumal wenn sie nicht besonders schön sind.«

»Man sagt, daß meine Tochter mir gleicht«, sagte Menelaos, »und ich glaube, daß wir einander gut verstehen. Aber wenn du zugibst, daß ihre Zusammenkünfte durchaus schicklich waren, wozu in aller Welt machst du denn solch Gerede? Warum ließest du ihn nicht gleich ein? Sie waren für einander bestimmt, bevor unser Familienleben gestört wurde; nun wir heimgekehrt sind, werden sie wahrscheinlich bald heiraten, wenn sie den Wunsch haben.«

»Menelaos«, sagte Eteoneus, »es ist schwer, diese Sache jemandem begreiflich zu machen, der nicht meinen Beruf ausgeübt hat. Ich bin Torhüter des Hauses, und das Gefühl der Verantwortung macht mich vorsichtig, wen ich einlasse. Als ich Paris das Tor öffnete, hatte ich eine dunkle Ahnung, daß die Liebe ins Haus kam, und ich fühlte instinktiv, daß der Eintritt einer großen Leidenschaft Störung in dein Heim bringen würde. Du selbst fühltest die Gefahr nicht. Nun bin ich sicher, daß Orest gewisse neue Ideen mitbringt. Wenn du eine Vorstellung hättest, was die Einführung neuer Ideen für dein Haus bedeutete, würdest du auf deiner Hut sein.«

»Eteoneus«, sagte Menelaos, »ich habe, seit ich von zu Hause fort war, allerlei Beredsamkeit gehört, und obwohl ich in solchen Dingen kein Kenner bin, so habe ich doch allmählich gelernt, Andeutungen aus dem, was gesagt wird, herauszuhören. Vieles von dem, was du sagst, klingt mir nach versteckter Beleidigung.«

»Ich bin vielleicht zu weit gegangen«, sagte der Torhüter, »doch ich wollte dich auf ein Problem aufmerksam machen, das nur du lösen kannst. Wir sind dir alle treu ergeben, aber wir wissen nicht, woran wir sind. Es pflegte sonst so zu sein, daß eine Frau, die ihren Gatten und ihre Kinder verließ, in Ungnade fiel und womöglich bestraft wurde. Das war auch deine Auffassung, als du nach Troja fuhrst. Wir sind hier zu Hause die ganze Zeit darauf bedacht gewesen, wie wir dich in deinem einsamen Kummer trösten könnten, wenn du je in deine –«

»Hast du das nicht schon einmal gesagt?« fragte Menelaos. »Du wiederholst dich und schweifst ab. Ich dachte, du wolltest mir Bericht erstatten über das, was sich während meiner Abwesenheit im Hause ereignet hat.«

»Dabei bin ich ja eben, Menelaos«, sagte der alte Torhüter, »und wenn ich dabei Umschweife mache, so tue ich dies nur aus Taktgefühl. Ich versuche, dir auf respektvolle und harmlose Weise begreiflich zu machen, daß sich in deinem Hause gefährliche neue Ideen verbreiten, und ich möchte ausfindig machen, ob du davon weißt und sie verurteilst, oder ob du sie teilst. Ich habe große Angst, daß du sie teilst, und wenn dies der Fall ist, müßte ich dich, so alt ich bin, verlassen, denn in meinem Alter kann man nicht mehr umlernen. Weshalb ich auf den Verdacht gekommen bin, daß du solche neuen Ideen aufgelesen hast, ist – nun, als das Schiff in Sicht kam, sahen wir, daß es mit deiner Einsamkeit nichts sein würde; Helena kam mit dir zurück. Das war eine neue Idee, Menelaos. Allein wir gewöhnten uns an den Gedanken und bereiteten uns auf eine Haltung vor, wie sie uns einer reuevollen Gefangenen gegenüber, die entehrt heimkehrt, angemessen schien. Allein sie scheint sich keiner Entehrung bewußt zu sein und ist nicht reuig. Sie benimmt sich nicht – und auch du nicht –, als ob sie eine . . . «

»Höre einmal, Eteoneus«, sagte Menelaos, »ich habe mir nun genug von dir bieten lassen. Erst behauptest du, von Hausangelegenheiten mit mir sprechen zu wollen, dann willst du mir nachteilige Dinge von Orest erzählen, die schließlich mehr gegen dich als gegen ihn sprechen, und die ganze Zeit bist du nur darauf bedacht, den Ruf meiner Frau anzutasten. Jetzt bin ich wieder da und werde mein Haus selbst verwalten. Du gehst dahin, wo du hingehörst, und bewachst das Tor . . . halt, wart einen Augenblick! Wenn es dir wieder einfallen sollte, über Helena zu sprechen, so hüte dich, daß es mir nicht zu Ohren kommt! Du wunderst dich, daß ich sie nicht tötete. Das geschah, weil sie zu schön war. Du aber gleichst ihr nicht im mindesten. Darum nimm dich in acht!«

»Die Götter seien gelobt, Menelaos«, sagte der Torhüter. »Nun bist du doch wieder der alte! Darf ich nun fortfahren mit dem, was ich sagen wollte?«

»Erzähl von Orest zu Ende und dann mach, daß du fortkommst!«

»Ich muß etwas zurückgreifen, um den Faden wiederaufzunehmen«, sagte Eteoneus. »Wo war ich doch? Ach ja. Wir fragten natürlich die Leute auf dem Schiff aus, und sie antworteten uns so, als hätten wir den Verstand verloren; selbst die, die das ganze Elend des Krieges durchgemacht haben, sind voll Bewunderung für Helena. Wir versuchen, von dir Aufschluß zu bekommen; aber obgleich man dir, wenn ich so sagen darf, zuweilen eine gewisse Verlegenheit anmerkt, und du nun, da ich wage, die Frage anzuschneiden, augenscheinlich gereizt bist, so scheinst du doch Helena immer noch als unerschütterliche Autorität und den guten Geist deines Hauses anzusehen. Und damit komme ich auf Orest. Ich glaubte immer, Hermione huldige den alten Anschauungen. Es war rührend, wie sie Geschichten über ihre abwesende Mutter in Umlauf setzte, nach denen, wenn man sich hätte täuschen lassen, Helena ganz unschuldig gewesen wäre, mehr ein Opfer als eine ... nun, wir wollen das auf sich beruhen lassen. Ich bewunderte die Treue der Tochter, wenn sie auch eine phantastische Form annahm; ich war natürlich sicher, daß sie selbst an ihre Räubergeschichten nicht glaubte. Aber jetzt hat Orest ihr Ideen in den Kopf gesetzt, die dich früher beunruhigt hätten. Ich sprach eines Tages mit ihr über ihn – erzählte ihr, was zwischen Klytemnestra und

Ägisth vorging, und warnte sie, sich mit dieser Linie der Familie einzulassen. Willst du es glauben, sie nahm tatsächlich Klytemnestras Partei! Ich konnte mir wohl denken, daß sie von Orest beeinflußt war. Wenn ihre Tante auch nicht recht handelte, sagte sie, so hätte Agamemnon ebenfalls unrecht gehandelt; er hätte ihr geboten, ihm die jüngste Tochter zu schikken, da er eine Heirat mit Achill in die Wege geleitet hätte, und als die Mutter hocherfreut ihre Tochter bereitgemacht und wohlbehalten nach Aulis hatte schaffen lassen, hätte er das Kind getötet, um es den Winden zu opfern, damit die Flotte absegeln konnte. Welche Treue, fragte Hermione, schuldete Klytemnestra danach noch dem Agamemnon? Und ich konnte keine rechte Antwort darauf finden. Ich sagte zwar, Klytemnestras Betragen sei nicht, wie das Opfer, durch Religion geheiligt. Doch sie lachte mich aus. Siehst du, Menelaos! da liegt die Gefahr. Wenn du dich nicht verändert hättest, würdest du mir für meine Warnung danken.«

»Nun du endlich zur Sache gekommen bist«, sagte Menelaos, »will ich dir auch geradeheraus sagen, daß ich mich in der Tat verändert habe. Ich fürchte mich nicht vor neuen Ideen, wie es früher der Fall war und wie es bei dir noch heute der Fall ist. Wir sind lange fort gewesen, wir haben viele Länder und fremde Völker gesehen, und unser Horizont hat sich infolgedessen geweitet. Bevor ich fortreiste, hatte ich z. B. kein Interesse für Ägypten, aber es ist ein bemerkenswertes Land, und seine Bewohner wissen ein gut Teil mehr als wir. Und du mußt bedenken, wir haben den Krieg durchgemacht. Nach diesem hat alles ein anderes Gesicht. Wenn man sich lange Zeit in einer ganz neuen Gefühlsrichtung bewegt hat, so merkt man, daß die Ideen andere geworden sind, und nicht notwendig schlechter. Draußen im Krieg bekommt man mehr neue Ideen, als wenn man zu Hause bleibt. Ich will nicht sagen, daß ich diese Ideen Orests teile, aber sie erschrecken mich nicht. Wenn man mir früher gesagt hätte, daß Achill Hektors Leichnam ausliefern würde, damit die Seinen ihn bestatteten, und daß er einen zwölftägigen Waffenstillstand anordnen würde, damit die Bestattungsfeierlichkeiten ungestört vor sich gehen könnten, so hätte ich es nicht geglaubt. Aber das geschah tatsächlich. Als Helena mit Paris davonging, verfolgte ich sie in der Absicht, beide zu töten. Nun ist sie wieder hier mit mir zu Hause. Du kannst dich nicht damit abfinden. Es ist die eine neue Idee, die dir seit zwanzig Jahren entgegengetreten ist – diese erstaunliche Tatsache, daß meine Frau zu Hause ist, und nicht auf dem Friedhof. Ich selbst bin etwas erstaunt darüber, aber nicht so sehr wie du. Ich habe keine Erklärung dafür – ich kann nur mit dir sagen, unsre Ideen ändern sich.«

»Der Vergleich zwischen Hektors Leichnam und deiner Frau leuchtet mir nicht ein«, sagte der Torhüter, »aber mir scheint, Menelaos, du bist der Ansicht, der Krieg habe allerlei Gutes im Gefolge – nicht für die Trojaner, selbstverständlich, auch nicht für Hektor noch für Patroklos, noch für Achill, sondern für dich. Im Grunde hast du, wie mir scheint, die Vorstellung, daß deine Frau dir einen guten Dienst erwies, als sie mit einem andern durchging.«

»Und *mir* scheint, Etconeus, daß deine Gegenwart am Tor jetzt dringender nötig ist als hier und daß du dich besser dahin verfügst. Hast du vielleicht meiner Frau auch eine deiner Erörterungen zugute kommen lassen, bevor sie nach Troja entfloh? Ich habe mich schon oft gefragt, was sie wohl aus dem Hause trieb; Paris allein war nicht Grund genug.«

6

»Das ist nett von dir, Helena, daß du meinen Besuch
so schnell erwiderst. Ich war ganz trostlos, als ich
dich nicht zu Hause traf. Sobald ich von deiner un-
erwarteten Rückkehr hörte, ging ich unverzüglich
zu dir hinüber. Das schien mir von einer Jugendfreundin ganz selbstverständlich. Ich möchte so vieles von dir hören. Auf der andern Seite des Gartens
ist es schattig – laß uns dort hinübergehen.«

»Ihr habt den Garten anders angelegt, ich hätte
ihn nicht wiedererkannt«, sagte Helena. »Er war
schon vorher sehr hübsch, aber er hat noch sehr gewonnen, seit ich ihn zuletzt sah.«

»Die Zeit verändert manches«, sagte Charitas.
»Helena, dein Mädchen kann mit dem Sonnenschirm draußen warten – du brauchst ihn hier
nicht.«

»Sie kann gern hierbleiben«, sagte Helena. »Adraste und ich verstehen einander gut. Komm einmal
her, Adraste, daß meine alte Freundin dich sieht –
eine Jugendfreundin.«

»O Helena, wie schön sie ist! Ich bewundere dich,

daß du ein so schönes Mädchen bei dir zu Hause duldest.«

»Ich habe nichts gegen Schönheit«, sagte Helena, »warum sollte ich Adraste nicht bei mir haben?«

»Nun, vielleicht ist dein Mann nicht so leicht entflammt, und du hast keinen Sohn zu hüten. Mein Sohn Damastor – erinnerst du dich an ihn? Ach nein, natürlich nicht, er sollte ja erst geboren werden, als du nach Ägypten fuhrst. Damastor ist schön wie Apoll und liebt alles, was schön ist. Es ist schrecklich! Ich habe versucht, ihn gut zu erziehen. Er ist künstlerisch veranlagt, fürchte ich – ein entfernter Vetter meines Vaters war es auch. Ich habe versucht, seine Gedanken auf andere Dinge zu lenken, und er hat auch nicht viel Gelegenheit hier in Sparta. Da ist natürlich Hermione, und ich würde so froh sein, wenn er sich in sie verliebte. Ich habe ihn für Gartenbau interessiert – dies hier ist zum größten Teil sein Werk. Aber ich glaube nicht, daß das ihn lange fesseln wird.«

»Du fürchtest«, sagte Helena, »daß er, sobald er ein schönes Mädchen sieht, sich in sie verliebt?«

»Nun, du weißt, was ich meine«, sagte Charitas.

»Nein, das weiß ich nicht«, sagte Helena.

»Ich möchte, daß er seiner Erziehung Ehre macht und sich zur richtigen Zeit in das richtige Mädchen verliebt«, sagte Charitas. »Wir beide wissen, daß Schönheit den Unerfahrenen oft zu Liebschaften verlockt.«

»Ich glaube, sie verlockt oft zur Liebe«, sagte Helena, »und einer großen Schönheit gegenüber sind wohl alle Männer unerfahren. Es gibt vermutlich nicht genug von der Art, um sich daran zu gewöhnen. Du möchtest, daß dein Sohn ehrbar wäre – sich in eine unansehnliche Frau verliebte? Oder dem Herkommen getreu eine heiratete, die er überhaupt nicht liebt?«

»Wie zynisch du dadurch geworden bist – ich meine, bevor du Sparta verließest, redetest du nicht so.«

»Bevor ich Sparta verließ«, sagte Helena, »redeten wir überhaupt nicht über diesen Punkt, da dein Sohn noch nicht geboren war, aber ich glaube, ich hätte damals genauso geredet. Ich hoffe es wenigstens. Es ist nicht zynisch, es ist nur ehrlich. Du weißt so gut wie ich, daß es für ganz in der Ordnung gilt, wenn man jemand heiratet, den man achtet, aber nicht liebt. Die Gesellschaft wird keinen darum in den Bann tun. Und du weißt, es kommt fast nur noch in den Romanen vor, daß jemand sein Herz an seinen Gatten verliert, obgleich er oder sie nicht schön ist. Das ist mehr als ehrenwert, das ist bewundernswert. Etwas Ähnliches, scheint mir, erträumst du für deinen Sohn.«

»Das entspricht nicht ganz meinem Standpunkt«, sagte Charitas.

»Meinem auch nicht«, sagte Helena. »Übrigens sind diese beiden Formeln: Liebe ohne Schönheit und Heirat ohne Liebe, wenn auch althergebracht und allgemein anerkannt, doch sehr gefährlich. So selten die Schönheit auch ist, so kann man doch nicht immer hindern, daß sie einem in den Weg kommt, und wenn man sie sieht, muß man sie lieben.«

»Ich weiß nicht, daß man das müßte«, sagte Charitas; »man hat bisweilen ältere Verpflichtungen.«

»Wenn man sich noch nie der Schönheit hingegeben hat«, sagte Helena, »so gibt es keine älteren Verpflichtungen.«

»So würdest du also nichts dagegen haben, wenn ein Junge sich in die erstbeste Schönheit, die er sieht, verliebt?«

»Ich würde etwas dagegen haben, wenn er sich in irgend jemand anders verliebt«, sagte Helena; »und wenn diese Schönheit ihm in den Weg kommt, so ist es seine Pflicht, sie zu lieben. Das wird er auch wahrscheinlich tun, ob er nun Verpflichtungen gegen eine ehrbare Unansehnlichkeit hat oder nicht; und ich möchte vor allem, daß er offen und aufrichtig bleibt. So, wie du die Sache anfängst, Charitas, wirst du deinen Jungen dahin bringen, daß er sich schämt, die Schönheit zu lieben, und er wird sie auf hinterlistige und feige Weise suchen. In deinem Bestreben, ihn ehrbar zu halten, hinderst du ihn vielleicht daran, sittlich zu sein.«

»Sprichst du in dieser Art zu Hermione?« fragte Charitas.

»Ich habe noch wenig Gelegenheit gehabt, über irgend etwas mit ihr zu sprechen«, sagte Helena, »aber ich würde ihr dasselbe sagen. Ich hoffe, sie wird den herrlichsten Mann lieben, den sie kennenlernt, und ich würde mich freuen, wenn sie sich auf den ersten Blick in ihn verliebte; aber jedenfalls wird sie den lieben, den das Schicksal ihr bestimmt hat, und es hat keinen Sinn, sich da einzumischen. Man nimmt nur Rat an, solange das Herz noch frei ist.«

»Möchtest du nicht Adraste unten im Garten warten lassen?« sagte Charitas. »Ich möchte dir leise etwas sagen.«

»Adraste wird unten im Garten warten«, sagte Helena. »Aber nun da sie fort ist, muß ich dir sagen, Charitas, daß ich nicht einsehe, weshalb du es leise sagen mußt. Wenn man nicht offen davon sprechen kann, so laß uns überhaupt nicht darüber sprechen.«

»Helena, es ist alles recht schön und gut, wenn du offen bist, aber vielleicht schadest du andern damit. Du solltest solche Sachen nicht in Gegenwart des Mädchens sagen – und mit Bezug auf meinen Sohn; du bringst sie auf allerlei Gedanken.«

»Liebe Charitas, auf was für Gedanken brauchten wir die Jugend, die auf die Stimme der Natur hört, erst zu bringen? Ich erwähnte deinen Sohn nur, weil du selbst es tatest, und ich wünschte ihm ein glückliches Los. Du stelltest ihm, wie mir scheint, ein schlechtes Zeugnis aus; du äußertest Mißtrauen gegen ihn und in Gegenwart des Mädchens. Deine Schilderung war ihrem Herzen ganz ungefährlich. Du solltest ihn bald einmal zu uns hinüberschicken, damit er beweist, daß er doch mehr Manns ist, als du aus ihm zu machen versucht hast. Ich bin neugierig auf den Jungen.«

»Er ist in letzter Zeit mehrmals dort gewesen, um Hermione zu besuchen«, sagte Charitas. »Ich konnte es in Gegenwart des Mädchens nicht sagen, aber ich würde mich freuen, wenn er Absichten auf Hermione hätte. Niemand könnte auch nur das geringste gegen sie sagen.«

»Das würde unter Umständen doch wohl der oder jener fertigbringen«, sagte Helena, »es sei denn, daß die menschliche Natur sich selber untreu würde. Aber ich gebe zu, daß Hermione es nicht verdient. Interessiert sie sich für Damastor? Ihr Vater wünschte immer, daß sie ihren Vetter Orest heiratet.«

»Sie hat nie von Orest zu mir gesprochen«, sagte Charitas, »allerdings auch von meinem Sohn nicht. Aber das ist ja natürlich, seiner Mutter gegenüber. Sie ist neuerdings häufig hier gewesen. Und da sprach sie eigentlich in der Hauptsache von ...«

»Nur weiter«, sagte Helena, »wovon?«

»Nun, von dir. Sie erklärte alles, und ich muß sagen, sie nahm mir eine Last vom Herzen.«

»Du erwartest offenbar, daß ich dich verstehe«, sagte Helena, »aber deine Worte sind mir absolut schleierhaft. Was erklärte sie? Was für eine Last hattest du auf dem Herzen?«

»O Helena, es war wirklich nicht meine Absicht, davon zu sprechen – jetzt gleich zu Anfang. Aber nun kann ich ebensogut fortfahren. Sie erklärte die Sache mit dir und Paris, und ich war so dankbar zu erfahren, daß du der unschuldige Teil warst.«

»Unschuldig woran? Handelt es sich um ein Verbrechen? Das ist ja ein ergötzlicher Gedanke! Vielleicht erklärt Hermione ihrer Mutter die Sache, wenn ich nach Hause komme.«

»Nun, meinetwegen nicht gerade ein Verbrechen«, sagte Charitas, »aber ich dachte – wir alle dachten –, du wärst mit Paris nach Troja entflohen – er wäre dein Liebhaber gewesen, und du – du hättest ihn geliebt. Ich muß gestehen, daß ich es geglaubt habe, Helena – dein Mann befand sich in demselben begreiflichen Irrtum. Und da Paris ein Prinz war, hielten wir ihn ohne weiteres für einen Gentleman. Sobald Hermione seinen niedrigen Charakter schilderte und mir von der wunderbaren Rettung erzählte, die der Himmel dir beschied, wußte ich, daß du von Anfang bis zu Ende ein widerstrebendes Opfer gewesen bist. Wir sind alle so froh, daß auch Menelaos die Sache eingesehen und dir verziehen hat.«

»Menelaos!« sagte Helena. »Nun also, um auf Paris zurückzukommen, weshalb dachte Hermione, er hätte einen niedrigen Charakter?«

»Er stahl die Sachen«, sagte Charitas.

»Was?« rief Helena.

»Ich hörte es von Hermione«, sagte Charitas, »und er zwang dich, mit ihm zu gehen. Hermione drückte es sehr zart aus, wie es einem jungen Mädchen ziemt, aber ich verstand, daß du ihm die ganze Zeit, bis ihr nach Ägypten kamt, Widerstand leistetest, und dort wurdest du gerettet. Es muß wirklich ein furchtbar aufregendes Abenteuer gewesen sein, Helena.«

»Charitas«, sagte Helena, »diese Fassung meiner Geschichte interessiert mich aufs lebhafteste. Wann erzählte meine Tochter dir dies alles?«

»Das meiste, bevor du zurückkehrtest, einiges später. Neulich kam sie herein, um mir zu sagen, daß sie seit deiner Rückkehr noch Genaueres über deinen Aufenthalt in Ägypten hätte feststellen können.«

»Wieso über Ägypten?« fragte Helena. »Du erwähntest das Land heute schon einmal, und ich verstand die Beziehung nicht.«

»Oh, Hermione sagte mir die Namen des Mannes und seiner Frau, bei denen du gewohnt hast – Thon – Thonis? Hieß er nicht so? und – ach ja, Polydamna.«

»Ich wohnte also in Ägypten bei Thonis und Polydamna?« fragte Helena.

»Tatest du das nicht?« fragte Charitas. »Hermione behauptet es.«

»Erzähle mir lieber erst alles, was sie behauptet«, erwiderte Helena, »dann will ich nachher das, was nicht stimmt, richtigstellen.«

»Es scheint mir so unsinnig, wenn ich dir erzähle, was geschah, Helena – ich wollte lieber, du erzähltest es mir. Also du weißt, wir glaubten, du wärest einfach mit Paris durchgegangen, bis Hermione uns erklärte, daß er dich mit Gewalt geraubt und Menelaos ein paar wertvolle Sachen entwendet und sich überhaupt als der Schurke gezeigt hätte, der er im Grunde war. Dann trieb der Wind euch nach Ägypten statt nach Troja – sicher war dies ein Werk der Götter, die dich beschützten – und dort flehtest du um Schutz, und Thonis würde Paris getötet haben, wenn er nicht gewissermaßen sein Gast gewesen wäre, der auf eine Freistatt Anspruch hatte. Er zwang ihn jedoch, allein nach Troja weiterzufahren, während du und die geraubten Sachen bei Thonis und Polydamna blieben, bis dein Mann dich holte und nach Hause brachte. Das stimmt doch so, nicht wahr?«

»Hat Hermione die Vorstellung«, fragte Helena, »daß es überhaupt keinen Trojanischen Krieg gegeben hat?«

»O nein, bewahre –, das heißt – ja«, sagte Charitas, »der Krieg war ein beklagenswertes, aber begreifliches Versehen, sagt sie. Dein Mann und seine Freunde fuhren nach Troja und forderten dich zurück, und die Trojaner sagten, du wärest nicht da. Natürlich glaubten unsere Männer ihnen nicht. Die Trojaner sagten, du wartetest in Ägypten auf Menelaos, daß er dich abholte. Das klang sehr nach einem schlechten Witz, besonders, da sie nicht leugneten, daß Paris zu Hause angekommen sei. So blieb nichts anderes übrig, als zu kämpfen. Wenn du dagewesen wärst, so hätten die Trojaner, wie Hermione sagt, dich doch mit Freuden ausgeliefert.«

»So, sagt sie das?« bemerkte Helena.

»Ja – um die Stadt zu retten; das ist ohne weiteres klar. Aber nun sie einmal angegriffen waren, mußten sie sich verteidigen; und als die Stadt fiel und die Wahrheit offenbar wurde, war es zu spät. Soviel Zeit verloren! Nun blieb Menelaos schließlich doch nichts anderes übrig, als nach Ägypten zu fahren und dich heimzuholen. Wie ich deinen Mann kenne, Helena, muß er sehr aufgebracht gewesen sein.«

»Das war er«, sagte Helena. »Die Reise von Ägypten war nichts weniger als angenehm. Was hat Hermione denn sonst noch gesagt?«

»Das ist, glaube ich, alles – «

»Charitas, hast du diese Geschichte irgendeiner deiner Freundinnen erzählt?«

»Einer jeden, soweit ich konnte, Helena; ich

wußte, sie würden froh sein, deinen Ruf wiederher-
gestellt zu sehen – wir halten alle so viel von dir.«

»Ich sehe, ich werde einstweilen genug damit zu
tun haben, all diesen Unsinn richtigzustellen. Ich
kann gleich bei dir anfangen, Charitas. Du hast Hermione nicht wirklich geglaubt?«

»Gewiß habe ich ihr geglaubt! Es war durchaus
einleuchtend, und um deinetwillen wollte ich es
glauben. Ich wäre eine schlechte Freundin gewesen,
wenn ich nicht mein Bestes getan hätte.«

»Du hieltest es für wahrscheinlich«, sagte Helena,
»daß Hermione alle Umstände meiner Entführung
genau wissen sollte, wo sie damals doch noch ein
kleines Kind war? Um meinetwillen wolltest du
glauben, daß ich zwanzig Jahre in Ägypten wartete,
weil ich ohne Menelaos' Begleitung nicht nach Hause kommen konnte? Nun, ich will deinen Irrtum
korrigieren. Menelaos und ich wurden auf unsrer
Heimfahrt nach Ägypten verschlagen. Ich habe nie
bei Thonis und Polydamna gewohnt, obwohl wir
mit ihnen zu tun hatten, denn es waren die Leute,
die uns Speise und Schiffsvorräte verkauften. Paris
und ich fuhren direkt nach Troja; ich genoß die
Fahrt sehr, und sie schien mir nicht lang. Ich liebte
ihn innig. Er hätte mich nie entführt, wenn ich es
gewollt hätte. Und er raubte nichts von den Sachen.
Es ist in der Verwirrung einiges verschwunden, wie
ich höre, aber das muß sich hier irgendwo in Sparta
befinden; Paris nahm nichts mit nach Troja als
mich.«

»O Helena, erzähle mir das doch nicht! ich hatte
das Beste gehofft!« sagte Charitas. »Ich kann es

nicht glauben, wenn ich dich ansehe. Du siehst so –
nimm mir's nicht übel – unschuldig aus! Und daß
du selbst die glaubwürdige Geschichte bestreitest
und dich darstellst als – als das, wofür wir dich zuerst hielten! Ich kann aus dir nicht klug werden.
Und ich verstehe jetzt nicht, warum du mit Menelaos heimkamst.«

»Oder warum er mit mir heimkam. Das ist das
Merkwürdige bei der Sache. Alle Verwandten und
Freunde zerbrechen sich darüber den Kopf. Ich will
nicht versuchen, sein Benehmen zu erklären. Aber
er wollte wirklich, daß ich zurückkäme; er hatte an-
fangs die Absicht, mich zu töten, änderte aber dann
seinen Entschluß. Wenn du seine Beweggründe
kennenlernen willst, mußt du ihn selbst fragen,
wenn er einmal hier ist. Aber mein eigenes Benehmen kann ich dir gleich selbst erklären. Ich danke
dir für das Wort, liebe Charitas –, ich *bin* unschuldig. Meine einzige Schuld ist die Liebe. Nach dem,
was du heute nachmittag sagtest, hältst du die Liebe
vielleicht für ein Verbrechen. Laß uns lieber sagen,
sie ist ein großes Unglück – ein Unglück, das man
doch nicht hätte missen mögen. Wir haben allen
Grund, unser Unglück freimütig zu bekennen, und
ebenso unsre Fehler und das Elend, das unsre Fehler
und unser Unglück über andre bringen. Wenn ich
dich nun diese armselige Geschichte über Ägypten
glauben ließe, so würde ich die Schuld an dem ganzen Elend in Troja von mir schieben. Ich war da und
war die Ursache von allem; wollte ich es leugnen, so
würde ich damit mich selbst verleugnen – würde
mein ganzes Dasein zur Lüge machen.«

»Um des Himmels willen, Helena«, sagte Charitas, »du machst mich verrückt mit deinen Argumentationen. Du willst, die Menschen sollen wissen, daß du das Elend in Troja anrichtetest, und zugleich sollen wir glauben, daß du so unschuldig bist, wie du aussiehst. Was für eine Vorstellung hast du von Unschuld?«

»Charitas, ich bin nicht leicht erzürnt«, sagte Helena, »allein jetzt möchte ich wissen, was für eine Vorstellung du von Ehrbarkeit hast. Hier sitzen wir am hellen Tage in deinem Garten; deine Dienstboten und vielleicht die Nachbarn können sehen, in welcher übel berüchtigten Gesellschaft du dich befindest. Soll ich jetzt gehen oder dir erst den übrigen Teil der Geschichte erzählen?«

»Sei nicht empfindlich, Helena – erzähle die Geschichte zu Ende. Selbstverständlich möchte ich sie hören. Ich hoffe, du gibst mir Licht.«

»Das kann ich dir nicht geben«, sagte Helena; »unsre Erfahrungen sind zu verschiedener Art, und unsre Anschauungen werden es wahrscheinlich auch sein. Aber nun höre den Bericht von meiner Unschuld. Ich bin daran gewöhnt, daß die Männer sich in mich verlieben, aber ich hatte nie Verlangen danach, und ich habe nie in meinem Leben mit einem Mann geliebäugelt. Ich war einfach da, das war genug. Und ich selbst hatte nie den Wunsch zu lieben. Zu heiraten – ja; ich war froh, Menelaos zu heiraten, allein ich lebte auch in eurer klugen Vorstellung, daß die Ehe eine leichtere Sache sei als die Liebe. Gegen meinen Willen verliebte ich mich in Paris. Es widerfuhr mir einfach, ich fühle mich nicht dafür verantwortlich. Aber ich konnte aufrichtig und wahr sein – das wenigstens stand mir frei, was auch sonst mein Schicksal war. Da die Liebe mich gepackt hatte, lebte ich sie bis zu Ende durch. Charitas, Aufrichtigkeit war die eine Tugend, die ich mir aus der Tollheit rettete, und auch ein wenig Klugheit bewahrte ich mir – ich hatte Verstand genug, um einzusehen, daß die Sache ein schlimmes Ende nehmen würde. Ich verließ mein Kind; was würde aus ihrem Charakter werden, wenn sie allein aufwuchs, mit einem solchen Beispiel? Wenn wir in Troja ankämen, würden die Trojaner sicherlich Paris und mich zurückweisen; sonst war ihnen der Krieg gewiß. Aber es erwies sich, daß die Trojaner nichts dergleichen taten. Sie hießen mich willkommen. Als der Krieg eine schlimme Wendung für sie nahm, sagten sie mehr als einmal, meine Anwesenheit allein sei es ihnen wert. Charitas, eine Frau, die ein Unrecht begeht, von dem sie fühlt, daß sie nichts dagegen tun kann, die aber bereit ist, dafür zu leiden und die Strafe auf sich zu nehmen, als ob es einzig und allein ihre Schuld wäre –, eine solche Frau steht meiner Meinung nach sittlich hoch über dem Durchschnitt. Nach eurer Auffassung vielleicht – sicher nach meiner – hatten die Trojaner das Gefühl für sittliche Konsequenzen verloren. Hermiones Geschichte würde ihren Ruf retten, aber meiner Ehre wird sie weniger gerecht. Ich bin stolz auf meine Bereitwilligkeit, für das zu büßen, was andere durch mein Unglück litten. Ohne diese sittliche Klarheit könnte ich keine innere Ruhe haben. Und ich glaube, Menelaos zeigte, ebenso wie die Trojaner, eine

gewisse sittliche Unklarheit. Vom Anfang der Belagerung an erwartete ich, daß unser Volk siegen und
daß selbstverständlich Menelaos mich töten würde.
Statt dessen führte er mich heim, wie du siehst.
Selbst die Götter, könnte man sagen, waren pflicht-
vergessen, daß sie mich nicht vernichteten – aber
vielleicht wollen sie mich noch peinlicher strafen
durch meine vernachlässigte Tochter, bei der sich
äußere Ehrbarkeit und innere Unaufrichtigkeit aus-
gebildet haben. Wäre ich hier gewesen, so hätte sie
von mir gelernt, die Wahrheit zu lieben.«

»Nun, wie die Tatsachen liegen, Helena«, sagte
Charitas, »kann ich Menelaos ebensowenig verstehen wie dich. Ich hätte geschworen, daß er ganz
wahnsinnig vor Rachsucht gewesen wäre. Er war
immer ein so hingebender Gatte.«

»Das war er auch«, sagte Helena; »er kam mit
einem Messer oder Schwert oder so etwas. Ich be-
achtete es kaum; es war mir gleich. Ich erwartete es
und machte keinen Versuch zu fliehen. Ich machte
es ihm sogar leicht, indem ich meine Brust entblößte – so.«

»Ah, in dem Augenblick beschloß er, dich nicht zu
töten? Der Ärmste! ... Helena, du bist unglaublich!«

»Wieso unglaublich, Charitas? Offen und ehrlich
finde ich«, sagte Helena. »Weit sittlicher als die
Welt, in der ich versucht habe, ein tugendhaftes
Leben zu führen. Wenn du meine Erfahrung hättest
und gesehen hättest, welch einen seltsamen Lauf die
Dinge bisweilen nehmen, so würdest du entweder
sagen, daß unsre Vorstellungen von Gerechtigkeit
keinen Grund in der Erfahrung haben, oder, daß

unser Unglück das Werk von Mächten über uns ist, die uns für ihre eigenen Zwecke benutzen. Die Liebe zum Beispiel. Du solltest lieber die Hände zu ihr aufheben, statt sie zu schmähen. Sie ist zugleich schön und furchtbar. Sie ist nicht das, wofür du sie hältst, Charitas – nicht nur eben ein Wort für ein Gefühl, das wir haben.«

»Ich habe mich mit der Sache nicht so gründlich befaßt wie du«, sagte Charitas. »Du hast zweifellos manches Mal mit Paris darüber gesprochen. Du hast mir übrigens noch nichts von Paris erzählt.«

»Ich liebte ihn«, sagte Helena, »und er ist tot. Was sollte ich dir von ihm erzählen?«

»Du nimmst es nicht übel, wenn ich frage, nicht wahr?« sagte Charitas. »Ich weiß nicht recht, wie er zu deiner Philosophie paßte. Du liebtest ihn genug, um mit ihm zu fliehen, aber nun, da er tot ist, scheinst du es ziemlich ruhig zu nehmen. Es macht wirklich den Eindruck, als ob du hartherzig wärest, Helena; du müßtest doch irgendwie Trauer zeigen.«

»Wenn ich dir die Wahrheit sage, wirst du mich nicht verstehen«, sagte Helena; »aber in Wirklichkeit liebte ich nicht Paris, ich liebte eine Vorstellung, die er in mir erweckte. Zuerst glaubte ich, ihn zu lieben – nachher liebte ich das, wofür ich Paris hielt, und das werde ich immer lieben. Zuerst liebte ich ihn, dann tat er mir leid.«

»Das ist es ja, was ich gegen jede Romantik habe«, sagte Charitas, »hinterher kommt die Enttäuschung.«

»Oh, du hast davon gehört?« fragte Helena.

»Ja«, sagte Charitas, »und bei dir muß zu der Enttäuschung das Gefühl gekommen sein, ein ungewöhnlich schlimmes Versehen begangen zu haben. Deshalb kann ich bei deiner Unschuldsphilosophie nicht recht mitgehen.«

»Wenn jene Enttäuschung ein schlimmes Versehen war, Charitas, so sind die meisten Heiraten ein verhängnisvoller Irrtum. Verstehe, bitte, recht, weswegen Paris mir leid tat: ich fühlte, daß auch er an einem Wahn gescheitert war, das nicht ich war, sondern etwas, wovon er träumte, wenn er mich sah, und das er nie finden würde – gescheitert, wie ich gescheitert war. Doch das kommt auch in der Ehe vor, wenn man mit der Liebe anfängt. Mancher gute Gatte ist ein gescheiterter Mann. Und ist es mit den Frauen anders, Charitas? Wie ist es, wenn ich dich nun frage, wie dein eigenes Herz den Jahren standgehalten hat?«

»Ich glaube nicht, daß ich über etwas so Intimes sprechen könnte, Helena, nicht einmal mit dir. Ich habe übrigens auch nichts zu erzählen. Mein Mann und ich sind einander immer treu gewesen.«

»Das wäre aber vielleicht nicht der Fall«, sagte Helena, »wenn du ein hübsches Dienstmädchen im Hause hättest. Und was dich betrifft, Charitas, willst du sagen, daß du dich noch im Honigmond verliebter Täuschung befindest, oder fühlst du dich tugendhaft, weil du es immer fertiggebracht hast, dir aus andern Männern noch etwas weniger zu machen als aus deinen eigenen?«

»Sprich nicht so, Helena; es verletzt mich. Ich gebe zu, daß ich altmodisch bin. Ich bin ein Freund der guten alten Zeit.«

»Adraste auch«, sagte Helena. »Es scheint, sie hat da unten im Garten einen Freund getroffen. Er hat sich schon eine Viertelstunde lang mit ihr höchst vertraulich, um nicht zu sagen, liebevoll unterhalten.«

»Gerechte Götter!« rief Charitas, »das ist mein Sohn Damastor! Da haben wir's, Helena, da haben wir's!«

7

Hermione war Helenas Kind, aber Menelaos war ihr
Vater. Sie hatte sein dunkles Haar, seine schwarzen
Augen und seine königliche Haltung. Man sah ihr
an, daß sie wußte, wer sie war. Helena war könig-
lich von Natur, Hermione durch Vererbung. Sie
war selbst nicht schön, aber sie rief die Vorstellung
der Schönheit hervor, und sie hatte einen bewun-
dernswürdigen Charakter. Sie war der Ansicht,
daß man durch Klugheit und Energie die Welt in
Ordnung bringen könnte. Sie war entschlossen, ihr
Teil dazu zu tun. Nun stand sie vor Helena, groß
und schlank, sicher und selbstbewußt, und fragte
sich innerlich, warum ihre Mutter sie hatte rufen
lassen.

»Hermione, ich höre, daß allerlei Skandalgeschichten hier in Sparta über mich in Umlauf sind.
Vielleicht kannst du mir eine Erklärung dafür geben?«

»Was für Geschichten meinst du, Mutter?«

»Du hast also davon gehört. Ich muß, wenn möglich, ihren Ursprung wissen, um ihnen Einhalt zu

tun. Derartige Geschichten sind immer verdrießlich und meistens sehr überflüssig.«

»Zuweilen sind sie unvermeidlich, Mutter.«

»Niemals«, sagte Helena. »Es gibt Menschen, die das meinen, aber ich bin nicht der Ansicht. Jedenfalls geht diese Frage uns kaum etwas an. Ich möchte nur diesen Geschichten auf den Grund kommen, in denen ich eine zweifelhafte Rolle spiele. Wann wurdest du darauf aufmerksam?«

»Ich möchte sie lieber vergessen, als davon sprechen, Mutter.«

»Wir wollen sie erst erledigen und dann vergessen«, sagte Helena. »Da mehrere von ihnen im Umlauf sind, sagst du mir vielleicht, welche dir zuerst zu Ohren kam und wann?«

»Die eine Legende«, sagte Hermione, »erzählt, du habest deinen Gatten verlassen und seist mit Paris nach Troja entflohen. Davon hörte ich gleich, nachdem du fort warst.«

»Aber das ist kein Skandal«, sagte Helena, »das ist die Wahrheit.«

»Wenn das nicht Skandal ist, so weiß ich nicht, was es ist.«

»Das sehe ich«, sagte Helena. »Bei Skandal ist immer etwas Lüge, etwas Bosheit und Verleumdung. Skandal ist, meiner Ansicht nach, solch eine Geschichte, wie ich sie gestern nachmittag von Charitas hörte. Sie sagt, ich sei überhaupt nicht in Troja gewesen. Paris entführte mich gewaltsam und nahm noch einige wertvolle Sachen als Frachtgut mit. Der Wind verschlug uns nach Ägypten – du kennst die abgeschmackte Geschichte? Nun, das nenne ich Skandal. Was sollte ich in Ägypten die ganze Zeit getan haben? Und wäre ich mit Paris gegangen, wenn er ein Dieb gewesen wäre?«

»Die Sachen fehlten«, sagte Hermione, »und du mußt zugeben, Mutter, es war natürlich, daß man Paris die Schuld gab, da er – nun, da er – tat, was er tat.«

»Was tat er denn?« fragte Helena. »Du warst damals ein kleines Kind, ich möchte deinen Bericht von dem Vorfall hören. Vielleicht liefertest du den boshaften Teil der Geschichte. Paris raubte mich nicht, wie du eben sagen wolltest, ich ging durchaus freiwillig. Aber wenn er mich geraubt hätte, so würde ich lieber annehmen, daß er kein Interesse für die Sachen übrig gehabt hätte.« Hermione sagte nichts.

»Nun?« fragte Helena.

»Mutter, dies ist ein schreckliches Thema – ich möchte es lieber meiden«, sagte Hermione. »Es ist kein Thema für ein Gespräch zwischen Mutter und Tochter.«

»Was ist kein solches Thema?« fragte Helena.

»Der Charakter des Mannes, der – der dich verführte«, sagte Hermione.

»Niemand verführte mich, und ich habe dich nicht nach deiner Meinung über Paris gefragt. Du warst ein Jahr alt, als er dich zuletzt sah. Was ich wissen möchte, ist etwas, was du mir vielleicht sagen kannst: wie entstanden diese Skandalgeschichten?«

»Wenn du willst, daß wir uns verständigen«, sagte Hermione, »so solltest du meiner Meinung nach nicht das Gespräch von seinem natürlichen Gang ablenken. Ich hätte lieber nichts gesagt, aber wenn wir überhaupt darüber sprechen, so handelt es sich allerdings um Paris. Natürlich hatte ich damals keine Meinung über ihn, aber jetzt habe ich sie. Und keine hohe. Er ist zwar tot, aber sein Betragen scheint mir trotzdem noch ebenso empörend.«

»Ich bin der Ansicht, daß er nicht anders konnte«, sagte Helena. »Und du wirst zugeben, daß ich mehr in der Lage war, ihn zu verstehen. Aber darum handelt es sich nicht. Wie kam die Geschichte auf? Weißt du es?«

»Da du es durchaus wissen willst«, sagte Hermione, »ich erfand alle diese Geschichten selbst.«

»Das entnahm ich aus dem, was Charitas mir erzählte«, sagte Helena. »Ich freue mich, daß du freimütig genug bist, es einzugestehen. O Hermione, wie konntest du solche Lügen erzählen? Du brauchst nicht zu antworten; es ist die Folge davon, daß ich dich verließ – du hattest keine Erziehung.«

»Du tust mir weh«, rief Hermione, »du tust mir weh, wenn du mir so harte Dinge sagst, und noch dazu in dieser kühlen Art! Ich versuche, dir die schuldige Ehrfurcht zu erweisen, ich nenne dich Mutter, aber wir gehören nicht zueinander. Wenn du menschlich empfändest, so würdest du wissen, warum ich alles tat, was ich konnte, um deinen Ruf zu retten, mich an die leiseste Möglichkeit klammerte, daß es ein Irrtum sein könnte, um wenigstens ein klein wenig gute Meinung für deinen Empfang aufrechtzuerhalten – falls du zurückkehren solltest. Sieh mich nicht so an – du hast kein Recht dazu! Wenn ich eine Tochter hätte, die mir solche Wahrheiten ins Gesicht sagte wie ich dir, so würde ich mich schämen – ich könnte nicht so heiter und gelassen aussehen!«

Helena blieb heiter und gelassen. »Ehrbarkeit vor der Welt, die sich auf eine Lüge gründet«, sagte sie. »Das dachte deine Liebe sich für mich aus. Ich habe dergleichen schon öfter gesehen. Hermione, du gleichst deinem Vater sehr. Meine Schwester auch, leider. Hast du übrigens Orest während meiner Abwesenheit gesehen?«

»Von Zeit zu Zeit«, sagte Hermione – »das heißt, nicht sehr oft.«

»Was würde das schaden?« fragte Helena. »Es wäre doch kein Verbrechen, nicht wahr?«

Hermione sagte nichts.

»Du brauchst nicht zu erröten«, sagte Helena, »es ist ja noch nicht deine Tochter, die zu dir spricht; es ist nur deine Mutter, die dich mit ihrer Neigung zur Offenheit in Verlegenheit bringt. Ich zweifle nämlich nicht, daß du deinen Vetter häufig gesehen hast.«

Hermione sagte nichts.

»Du brauchst dich dessen nicht zu schämen, wenn es der Fall ist«, fuhr die Mutter fort; »wir hatten einmal den Plan, daß du ihn heiraten solltest, und ich vermute, daß er dich gern hat. Ich brachte dies nur zur Sprache, um deinen Charakter etwas mehr zu prüfen. Es fehlte dir an Mut, da es sich um mich handelte, doch das konnte ich entschuldigen – du bist jung, und mein Fall ist ein außergewöhnlicher. Aber du solltest Mut genug haben, über dein eigenes untadeliges Leben die Wahrheit zu sagen. Du dachtest, du könntest durch jene merkwürdigen Räubergeschichten meinen Ruf verbessern; willst du mir sagen, was dein Ruf durch Mangel an Offenheit gewinnen kann?«

»Orest ist vielleicht oft hier gewesen«, sagte Hermione, »allein es scheint mir nicht oft. Das kommt wohl daher, weil ich ihn liebe; wie auch er mich liebt. Ich hätte es dir schon früher sagen sollen, allein ich dachte, du möchtest ihn nicht.«

»Ich mag ihn nicht«, sagte Helena, »aber ich will ihn ja auch nicht heiraten. Hast du diese Absicht? Du siehst, in welch ein Dilemma du dich gebracht hast. Wenn du den Wunsch hättest, ihn zu heiraten, und ihn dennoch aufgäbest, weil ich nicht einverstanden bin, so wäre mir das ein Beweis, daß du meine Meinung schätzest – aber auch, daß du ihn nicht wirklich liebtest. Wenn du ihn aber auf jeden Fall heiraten willst und meine Meinung nur soweit respektierst, als du mir deine Absicht verheimlichst, so ist dies nicht schmeichelhaft für mich und nicht sehr hoffnungsvoll für deine künftige Ehe. In der Ehe braucht man mehr als irgendwo den Mut der Überzeugung, mindestens im Anfang.«

»Du verletzt mich so sehr«, rief Hermione, »daß ich versucht bin, so freiheraus zu sprechen, daß selbst du zufrieden bist! Ich weiß nicht, ob aus Mut der Überzeugung oder nur eben, weil ich zornig bin, aber ich bewundere deine Art Mut nicht noch deine Ideen über Skandal! Ich fühle noch immer den Trieb – ich weiß eigentlich nicht, warum –, dir die Dinge, die dir unangenehm sind, aber die sich nicht umgehen lassen, zu ersparen. Ich bin nicht so alt wie du, aber ich fühle mich nicht sehr jung. Ich bin aufgewachsen, indem ich das, was du deinen außergewöhnlichen Fall nennst, vor Augen hatte, und ich bin mir, ohne mich im geringsten zu schäme, darüber klar, daß ich altmodischer bin als du; ich schätze die Ehrbarkeit vor der Welt, die du zu fürchten scheinst, ich will einen Mann lieben, mit dem ich einen geordneten Hausstand gründen und dem ich treu sein kann. Es tut mir leid, daß ich versuchte, deinen Ruf zu retten, da du es lieber anders willst, aber es hat nicht viel geschadet – keine deiner Freundinnen hat mir wirklich geglaubt. Was ich tat, tat ich aus Pflichtgefühl. Ich habe keinen Grund, dich zu lieben, ich schulde dir für nichts Dank. Du hast mich nie glücklich gemacht, du hast nie irgend jemanden glücklich gemacht, nicht einmal die, die dich liebten – nicht meinen Vater noch Paris, noch irgendeinen von ihnen. Paris hätte es sehen müssen – er war ein Narr, daß er dich mitnahm.«

Hermione war selbst etwas erstaunt und eigentlich befriedigt über ihren eigenen Zorn und Mut. Sie fühlte, es war ein großer Augenblick. Auch Helena schien seltsamerweise befriedigt. »Nun sprichst du die Wahrheit«, sagte sie. »Dem Himmel sei Dank, du machst wenigstens den Anfang, wenn auch von unten her, wie es oft geschieht – mit unangenehmen Dingen über andre. Aber ich will dies lieber hören als jene törichten Erfindungen. Du hast in jedem Punkte recht: du hast keinen Grund, mich zu lieben, und keinen, mir dankbar zu sein. Was Paris betrifft, so habe ich mich oft gefragt, warum er mich liebte.

Vermutlich aus demselben Grunde, aus dem dein Vater mich in jener Nacht in Troja nicht tötete. Ich sagte Paris genau das, was du eben sagtest: daß ich niemanden glücklich gemacht hätte. Ich sagte ihm auch, daß kein Mann mich glücklich gemacht hätte, daß das, was unendliche Wonne zu werden verspräche, nur ein kurzer, flüchtiger Augenblick sein würde, daß unsre Leidenschaft Elend im Gefolge haben, daß sie ihm möglicherweise den Tod bringen würde. Mit offenen Augen – und er war sonst kein unbesonnener Tor – wählte er unsre Liebe. Oder vielleicht gab es keine Wahl. Allein dein Vater wußte das Schlimmste, als er mit dem Schwert in der Hand und Mord im Herzen mich suchte. Er hatte ein gutes Recht, mich zu töten – ich glaubte, er würde es tun. Oder vielleicht glaubte ich es nicht.«

Hermione war fassungslos, daß ihre Mutter nicht erzürnt war. Es schien jetzt an ihr, etwas zu sagen, aber sie konnte ihre Gedanken nicht sammeln; sie fühlte sich plötzlich am Ende ihrer Kraft. Sie hatte die ganze Zeit gestanden; nun setzte sie sich auf das Ruhebett neben ihre Mutter. »Wenn wir die Tatsachen nehmen, so hast du recht«, fuhr Helena fort, »allein du bist zu jung, sie von allen Seiten zu übersehen. Ich hätte dich glücklich machen sollen – diese Pflicht hat man gegen sein Kind. Aber nicht gegen den Mann, den man liebt; eine solche Pflicht leugne ich. Wenn wir doch nur von vornherein wüßten, daß Glück das letzte ist, was wir von der Liebe fordern können, und die Konsequenzen dieser Tatsache auf uns nehmen wollten! Die Liebe ist ein wundervolles Gefühl des Lebens, ja, ein Wachwerden für die Welt um uns und die Seele in uns – aber nicht Glück. Hermione, ich wollte, ich könnte dir klarmachen, daß ein geliebter Mann oder eine geliebte Frau nur der Anlaß ist, der einen Traum auslöst. Je stärker die Liebe ist, wie wir es ausdrücken, je klarer und lebendiger ist die Vision. Den Geliebten vollständig glücklich machen wäre ein Widerspruch in sich; wenn er dich wirklich liebt, so wird er in dir weit mehr sehen, als du bist, und wenn du dich dann geringer erweisest, als er dich sah, so wird er unglücklich sein.«

»Glaubst du nicht, daß du ein Ausnahmefall bist?« fragte Hermione. »Für dich mag die Liebe diesen schwankenden Zustand bedeuten, aber für andere ist sie, soweit ich hier um mich her beobachtet habe, ein ganz normales, zuverlässiges Glück. Wenigstens reden sie nicht so wie du, sie sehen zufrieden aus und wünschen der Jugend Glück, die heiraten will.«

»Mein liebes Kind«, sagte Helena, »ich *bin* ein Ausnahmefall – jeder, der die Liebe kennengelernt hat, ist es. Allein es gibt eine allgemeine Weisheit über diesen Gegenstand, die ich gern mit dir teilen würde, wenn ich es könnte. Es ist nutzlos, es zu versuchen. Du mußt aus eigener Erfahrung lernen, wenn du liebst.«

»Ich liebe«, sagte Hermione, »ich liebe Orest.«

»Ja, Kind, du liebst ihn – aber noch nicht sehr. Ich vermute, er hat dich noch nie enttäuscht.«

»Nein, nie!«

»Du bist noch im ersten Stadium«, sagte Helena. »Wir müssen uns eine Illusion machen, bevor wir enttäuscht werden können.«

»Ich habe eine neue Aufklärung bekommen über das, was Skandal ist«, sagte Hermione, »und ich will mein Bestes tun, deine Auffassung von Liebe zu begreifen. Darf ich dich etwas Persönliches fragen? Ich vermute, deine Theorie gilt ebensowohl für dich wie für die Männer, die dich liebten. Ist die Liebe für dich auch immer ein Irrtum gewesen?«

»Niemals ein Irrtum«, sagte Helena, »immer eine Illusion.«

»Als du mit Paris entflohst, da war es also nicht wirklich Paris, den du liebtest – wie du nachher entdecktest?«

»Das kannst du wohl sagen, es war nicht der wirkliche Paris.«

»Aber du wirst zugeben, daß du nicht die Entschuldigung der Unerfahrenheit hattest, die du für mich gelten läßt«, sagte Hermione. »Du hattest schon meinen Vater geliebt und, wie ich vermute, erkannt, daß auch er nicht das war, was du wolltest. Du hättest dich nicht zum zweitenmal täuschen lassen sollen.«

»Ich heiratete deinen Vater«, sagte Helena, »ich habe nie gesagt, daß ich ihn liebte. Aber um dich nicht zu empören und mich nicht falsch hinzustellen, will ich dir sagen, daß ich immer viel von Menelaos gehalten habe und daß er ein musterhafter Gatte ist. Allein deine Schlußfolgerung würde nicht zutreffen, selbst wenn ich ihn leidenschaftlich geliebt hätte. Ich würde dann bekennen müssen, daß ich mich in meiner Liebe zu Menelaos ebenso getäuscht habe wie in meiner Liebe zu Paris, aber vielleicht hatte die Illusion, die Paris in mir weckte, größere Macht über mich. Die Illusion ist es, in die man sich verliebt. Und wie oft dies auch geschehen mag und wie klar du auch das Ende voraussiehst, jede Illusion ist willkommen, denn nur solange sie dauert, wird uns eine Vision unsres bessern Selbst zuteil.«

»Nun denn«, sagte Hermione, »wenn nun jemand diese göttliche Vision deines Selbst in dir hervorgerufen hat, so könntest du doch das Glück festhalten, wenn du den betreffenden Menschen wiedersähst.«

»Das ist eine tiefsinnige Bemerkung«, sagte Helena, »aber eine solche Weisheit wäre nicht mehr menschlich.«

»Noch eine andre Frage, Mutter – denkt Vater wie du?«

»Ich bezweifle es, aber man kann nie wissen«, sagte Helena. »Dein Vater hat seit langer Zeit nicht eingehend mit mir über seine Auffassung von Liebe gesprochen.«

»Ich bin sicher, er würde dir nicht zustimmen«, sagte Hermione, »und ich tue es auch nicht. Dein Lob der Wahrhaftigkeit gibt mir den Mut, dir zu sagen, daß ich nicht glaube, alle Menschen, die ich außer dir kenne, haben unrecht, und das, was sie für Glück halten, ist eine Täuschung. Ich begehre für mich solch ein Glück, wie sie es meiner Meinung nach wirklich haben. Ich werde nie verstehen, wie du, so schön und klug, wie du bist, mit einem Gatten, den du dir selbst aus einer Reihe von glänzenden Bewerbern gewählt, dich an diesen Menschen aus Asien wegwerfen konntest. Ich habe versucht, mir deinen Gemütszustand vorzustellen, als du mit ihm entflohst, aber ich kann es nicht.«

»Nein, allerdings nicht«, sagte Helena, »in dieser Beziehung hast du merkwürdig versagt. Ich komme noch einmal auf die Skandalgeschichten zurück, die du verbreitet hast. Du erzähltest Charitas, ich sei mit Paris gegangen, weil ich nicht anders konnte – Paris hätte mich mit Gewalt entführt.«

»Es schien mir die mildeste Auffassung.«

»Oh – gab es verschiedene Auffassungen? Welches waren denn die andern, mit denen du mich verschontest?«

»Ach, wozu noch darüber reden, Mutter!« sagte Hermione. »Ich habe mich zu den Geschichten bekannt, und da du sie nicht magst, kann ich nur sagen, daß ich sie bereue. Du bringst mich auf durch die Art, wie du mich examinierst. Ich habe versucht, das Rechte zu tun, aber du machst, daß ich mich minderwertig fühle.«

»Wenn du versucht hast, das Rechte zu tun, so hast du keine Ursache, dich minderwertig zu fühlen«, sagte Helena. »Aber ich vermute, du fühltest dich schon damals nicht recht wohl dabei; ich halte dich für zu intelligent, als daß du nicht gewußt haben solltest, was du da redetest.«

»Ich wußte, was ich tat – ich sagte eine Lüge, um deinetwillen und auch um unsertwillen. Ich hätte noch manche andre Lüge sagen können; ich versuchte die beste zu wählen. Die erste, die mir einfiel, paßte nicht – ich hatte sie aus einer alten Dichtung –, die Situation, die so oft geschildert wird, wo die Götter den Liebenden durch einen Zauber täuschen:

er weiß nicht, wer es ist, den er in seine Arme nimmt, aber nachher werden seine Augen geöffnet, und er weiß, daß er getäuscht wurde. Ich wollte in meiner Verzweiflung zuerst sagen, Aphrodite hätte dich bezaubert, daß du dachtest, es sei Menelaos, und dann war es Paris. Lächle nicht – ich verwarf dies abgedroschene Märchen bald. Dann hätte ich sagen können, du seist Paris freiwillig gefolgt, allein da war das Schimpfliche so augenfällig und hätte sich nicht irgendwie beschönigen oder erklären lassen. Außerdem war es gerade das, was die Leute glaubten. Ich sah, es ließ sich nicht anders machen, als daß Paris dich mit Gewalt geraubt hatte.«

»Seltsam, wenn man bedenkt, was ich dir eben diesen Augenblick über die Liebe gesagt habe«, sagte Helena. »Aber jene erste Idee war kein abgedroschenes Märchen, und wenn du es erzählt hättest, so würde ich es keineswegs als Skandal genannt haben, denn es ist die Wahrheit. Paris hätte mich nicht gegen meinen Willen rauben können. In gewissem Sinne ging ich freiwillig. Aber in einem tieferen Sinne wäre die Geschichte wahr geweeen – es war Zauber.«

»Aber wirklich, Mutter, das geht zu weit! – nicht das jetzt – dafür ist es nun zu spät!«

»Und doch ist es die Wahrheit, Hermione, tiefe Wahrheit! Man glaubt die ganze Zeit, daß man Menelaos umarmt, und am Ende ist es Paris.«

»Auf mein Wort, Mutter, ich habe in meinem Leben keine so zynische Bemerkung gehört!«

»Im Gegenteil«, sagte Helena, »es ist eine der optimistischsten Bemerkungen, die du je hören wirst, besonders da sie von mir kommt. Du verstehst es noch nicht, und viele, die es wissen sollten, wollen es nicht eingestehen, aber in der Liebe ist immer ein natürlicher Zauber der Leidenschaft, der uns fortreißt, und wenn der Zauber stirbt, wie er unfehlbar muß, so bleibt entweder eine Enttäuschung zurück oder eine schöne Wirklichkeit, eine Freundschaft, eine Kameradschaft, eine Harmonie. Dies Wunder hinter dem vorübergehenden Zauber habe ich noch nie gefunden, aber ich habe es immer gesucht, und ich glaube immer noch, daß es da ist.«

»Wenn wir alle nach deinem Plan lebten«, sagte Hermione, »so weiß ich nicht, was aus den Menschen werden sollte. Wir haben nicht das Recht, unser eigenes Leben zu leben –«

»Wenn wir nicht unser eigenes Leben leben«, sagte Helena, »so sind wir in Gefahr, andern in ihr Leben zu pfuschen.«

»Ich meine, wir sind nicht allein in der Welt«, sagte Hermione. »Du kannst mich mit Worten zum Schweigen bringen, aber ich wundere mich, daß du nicht siehst, wie inkonsequent du bist. Mir machst du Vorwürfe, weil ich eine Geschichte von dir in Umlauf setze, die zwar unwahr ist, aber in Anbetracht der Umstände außerordentlich günstig und wohlwollend. Und dabei predigst du mir hier mit deiner ruhigen Stimme und deinen unschuldigen Augen Ideen, die uns alle schlecht machen würden, wenn wir sie befolgten. Es scheint mir nicht so schlimm, für einen guten Zweck eine kleine Unwahrheit zu sagen, wie das Heim zu zerstören und Krieg und Tod heraufzubeschwören.«

»Es scheint nicht so schlimm«, sagte Helena, »wenn du nicht fragst, was die Zerstörung des Heims und Krieg und Tod herbeiführte. Vielleicht war die erste Ursache eine kleine Unwahrheit für einen guten Zweck. Wenn wir alle nach meinem Plan lebten, sagtest du. Ich habe keinen Plan als den, so aufrichtig wie möglich zu sein. Gewiß sind wir nicht allein in der Welt, und die erste Bedingung für ein gutes Zusammenleben mit den andern ist, glaube ich, ihnen gegenüber vollkommen wahr zu sein. Wie kann irgend etwas gut sein, was zum Teil erlogen ist? Und du weißt nicht, was dann aus den Menschen werden würde! Was wird denn jetzt aus ihnen? Seit ich zurückgekehrt bin, habe ich die ganze Zeit beobachtet, wie die Güte unsrer Vorfahren und das, was weise Männer für unser gegenseitiges Glück für gut befanden, zu niedrigen Zwecken mißbraucht werden kann. Charitas kam sofort, um mich zu besuchen. Was konnte gütiger sein, als eine alte Freundin in der Heimat willkommen zu heißen? Führte sie irgendein ehrlicher Zweck in mein Haus, wenn sie nicht als Freundin kam? Ich habe den Besuch erwidert, und ich kenne sie durch und durch. Sie erzählte mir die Märchen, die du in Umlauf zu setzen versucht hast; natürlich hoffte sie, daß sie nicht wahr wären. Sie hoffte das Schlimmste. Was sie wollte, als sie gleich herbeieilte, war, die Sahne vom Skandal für sich abschöpfen, von meinen intimsten Erlebnissen hören, um meine Schlechtigkeiten in allen Einzelheiten mit den Nachbarn durchzusprechen. Die Ärmste hat ja auch nie selbst irgendwelche Abenteuer erlebt. Ich enttäuschte sie.

Sie erfuhr nichts und mußte feststellen, daß ich eine vollkommen moralische Frau bin.«

»Mutter! Wie konntest du das?« fragte Hermione.

»Ich will mich jetzt darauf nicht weiter einlassen«, sagte Helena: »ich habe es allmählich satt, Gegenstand der Unterhaltung zu sein, und ich wollte von dir sprechen. Nur das eine möchte ich dir noch sagen, daß von allen denen, die um meinetwillen nach Troja zogen, ich die einzige bin, die mit ungeschwächtem Sittlichkeitsgefühl zurückgekehrt ist. Wenn diese Unterredung dir nur ein klein wenig die Augen geöffnet hat, so beobachte die Menschen um dich her und beobachte dich selbst, und du wirst sehen, was ich meine. Wir haben das Recht, unser eigenes Leben zu leben – du hast sogar das Recht, Orest zu heiraten, wenn ich auch noch hoffe, daß du es nicht tust. Aber jenes Recht schließt eine Pflicht ein – die Folgen auf sich zu nehmen. Wenn ich zu Hause gewesen wäre und dich ordentlich hätte erziehen können, so brauchte ich dir jetzt nicht zu sagen, daß für kluge Menschen die Zeit für Reue vor der Tat liegt. Tu dein Bestes, und wenn es ein Irrtum war, verbirg nichts und sei bereit, dafür zu leiden. Das ist Sittlichkeit. Ich bemerke hier herum davon nicht viel.«

»Es ist nur gerecht«, sagte Hermione, »wenn wir uns erinnern, daß Charitas mir in deiner Abwesenheit eine gute Freundin gewesen ist. Sie würde erstaunt sein, wenn sie wüßte, wie du von ihr denkst.«

»Sie weiß es jetzt, und sie ist erstaunt«, sagte Helena. »Ich halte sie für eine gefährliche Frau. Gib acht, sie wird noch viel Schaden anrichten. Was für eine Art Junge ist ihr Sohn?«

»Damastor? Oh, ganz nett«, sagte Hermione. »Er hat nicht die Charakterfestigkeit seiner Mutter, aber er ist harmlos. Er hängt sehr an Charitas.«

»Was verstehst du unter harmlos?« fragte Helena.

»Oh, er ist wohlerzogen, gut behütet und still, ein bißchen jung, selbst für seine Jahre.«

»Du mußt seine Art sehr schätzen«, sagte Helena.

»Was? Damastor?« rief Hermione.

»Seine Mutter sagt, er schwärmt für dich.«

»Für mich? Ich kenne ihn kaum! Doch ja, ich hab ihn bei seiner Mutter getroffen, aber nicht oft. Er hat mir gegenüber nichts von Schwärmerei gezeigt, dem Himmel sei Dank! Für mich ist er noch ein Kind.«

»So hat er dich nicht kürzlich besucht?«

»Nie! Wer hat dir das erzählt?«

»Charitas. Sie sagt, er habe es ihr erzählt. Ich dachte mir, daß es nicht wahr wäre. Es ist eine sehr ehrbare Familie. Nicht mehr als das normale Quantum von Verlogenheit. Du könntest schlimmer fahren.«

ZWEITER TEIL

Die jüngere Generation

I

»Menelaos«, sagte Helena, »kann ich dich einmal sprechen?«

»Ich bin beschäftigt. Was wünschst du?«

»Ich möchte mit dir über Hermione sprechen.«

»Was ist denn mit ihr los?«

»Nichts ist mit ihr los. Ich möchte nur über ihre Zukunft beraten. Wir haben uns noch nicht viel darum bekümmert, und du mußt ebensogut wie ich fühlen, daß wir das Glück unseres Kindes einmal ins Auge fassen sollten.«

»Das hat Zeit«, sagte Menelaos. »Ich bin heute morgen mit Arbeit überhäuft. Die Sache ist jedenfalls nicht dringend; Hermione ist nicht unglücklich.«

»Mir ist sie dringend, Menelaos. Hermione ist wohl nicht gerade unglücklich – ich hoffe es wenigstens –, aber wir haben sie doch sehr vernachlässigt. Nun wir zurückgekehrt sind, sollten wir ihren Charakter zu erkennen suchen und ihr zu dem Leben verhelfen, das das Beste in ihr zur Entwicklung bringt und ihr dauernde Befriedigung sichert. Ich weiß nicht, wie du diese Pflicht einen Augenblick länger aufschieben kannst.«

»Nun, dies ist vortrefflich!« rief Menelaos. »Wenn sie vernachlässigt wurde, so sag mir doch gütigst, wer sie vernachlässigt hat! Du redest, als ob es meine Schuld wäre!«

»Wir verließen sie alle beide, obwohl aus verschiedenen Gründen«, sagte Helena. »Ich will meinethalben die Schuld auf mich nehmen, aber nun wir wieder hier sind, laß uns den Schaden gutmachen. Ich nehme an, daß dies auch dein Bestreben ist. Für mich gibt es heute morgen nichts Wichtigeres; wenn du augenblicklich zuviel zu tun hast, um darüber nachzudenken, willst du dann eine Zeit bestimmen, wo wir darüber sprechen können? Aber in Wirklichkeit hast du gar nichts Dringendes zu tun, Menelao. Als ich eintrat, standest du da und sahst aus der Tür.«

»Ich wollte, du könntest begreifen, daß man sehr beschäftigt sein kann, auch wenn man still dasteht und aus der Tür sieht. Du erkennst nicht im geringsten das an, was ich leiste, Helena. Wen ich nicht oft und angestrengt nachdächte, so würde hier alles aus den Fugen gehen. Es liegt alles sehr im Argen. Ich glaube vielmehr, daß ich für mein Kind am besten sorge, wenn ich den Besitz zusammenhalte.«

»Du bist ein guter Hausvater, Menelaos, niemand erkennt das mehr an als ich. Deshalb will ich ja auch mit dir über Hermione sprechen – wir brauchen deinen Rat, bevor sie sich zu weit einläßt.«

»Einläßt, worauf?«

»Nun zum Beispiel auf eine Heirat.«

»Oh – mit Orest.«

»Das ist *eine* Möglichkeit«, sagte Helena. »Sie glaubt, ihn zu lieben.«

»Famos«, sagte Menelaos. »Dann ist die Sache abgemacht. Gibt es sonst noch etwas?«

»Wir sind noch nicht mit Orest fertig«, sagte Helena. »Ich finde es nicht famos, daß sie sich in ihn verliebt glaubt. Ich zweifle sehr, daß sie weiß, was Liebe ist. Sie ist entschlossen, ihn zu heiraten.«

»Darf ich noch einmal ›famos‹ sagen, da du mich um Rat fragst? Warum sollten sie nicht heiraten? Ich dachte, das hätten wir bereits vor vielen Jahren unter uns abgemacht.«

»Das ist es eben. Vor vielen Jahren. Wir haben seitdem sehr viel gelernt. Wozu hat man seine Erfahrung? Orest ist kein Gatte für mein Kind.«

»Meinst du unser Kind? Ich möchte mitzählen, wenn mein Rat gewünscht ist. Ich weiß nämlich ganz gut, Helena, wo du hinauswillst. Du hast schon irgendeinen Plan und willlst ihn mir nun auf gute Manier beibringen. Ich kenne deine Art, mich um Rat zu fragen. Laß dir, bitte, ein für allemal gesagt sein, daß Orest mir als Schwiegersohn willkommen ist, wenn Hermione ihn will. Und ich habe nichts von irgendeinem Nebenbuhler gehört. Übrigens haben wir beide ihn lange nicht gesehen – wie lange ist es schon her? Wir würden ihn nicht wiedererkennen. Hermione kennt ihn viel besser als wir – sie sind beide durch den Krieg verwaist gewesen und durch ein gleiches Interesse zueinander geführt. Was sagt sie von ihm?«

»Sie sagt, daß sie ihn liebt. Nichts Genaueres weiter. Ich kenne ihn zwar nicht persönlich, aber ich kenne seine Mutter, und du kennst seinen Vater – um es höflich auszudrücken. Er muß einem von beiden ähnlich sein.«

»Ich kann nicht sagen, daß ich deine Schwester je leiden mochte«, sagte Menelaos, »allein man sollte erwarten, daß du mit mehr Achtung von Agamemnon sprächest; du stimmst ihm oft zu – wenigstens wenn es gegen mich geht, und er ist immer gleich zuvorkommend dir gegenüber. Er gehört tatsächlich zu deinen Bewunderern. Aber wie du auch über ihn und Klytemnestra denkst, es scheint mir ungerecht, es Orest entgelten zu lassen.«

»Blut verleugnet sich nicht«, sagte Helena. »Ich habe diesen Zweig immer für die schwache Seite der Familie gehalten.«

»Klytemnestra schwach?« rief Menelaos. »Kennst du denn deine Schwester? Vor vielen Jahren schon sagte ich zu Agamemnon, er wäre ein mutiger Mann, wenn er sie heiratete. Jetzt wird er mir glauben – wenn er überhaupt einmal mit seinen Freudenfeuern da drüben fertig wird und nach Hause kommt. An dem Abend, als wir uns trennten, sagte ich zu ihm, er sei wohl nicht sehr darauf erpicht, seiner Frau wieder gegenüberzutreten. Er wird an diese Bemerkung denken.«

»Was in aller Welt meinst du?«

»Nun, ich mochte es dir nicht erzählen – sie ist ja deine Schwester –, es war das, woran ich dachte, als du eintratst. Eteoneus sagt: Klytemnestra habe Agamemnon aufgegeben – sie hat offenkundig mit Ägisth gelebt, und sie hat die Absicht, mit meinem

Bruder abzurechnen, wenn er heimkommt. Es wird eine furchtbare Auseinandersetzung werden. Ägisth tut mir leid, wie es auch enden mag. Wenn ich nur wüßte, wo Agamemnon augenblicklich ist – als du kamst, sann ich darüber nach, wie ich ihm helfen könnte, ohne in auffallender Weise um Klytemnestras Haus herumzuschleichen.«

»Sie hat es nie verstanden, ihren Mann zu behandeln«, sagte Helena, »und wenn ich mir sonst auch nichts aus Agamemnon mache, so hat er mir in dieser Beziehung doch leid getan. Jeder Mann hat Anspruch auf eine gewissen Respekt von seiten seiner Frau. Wenn ihr das unmöglich ist, so sollte sie ihn verlassen. – Allein ich sehe nicht ein, wieso Klytemnestras Betragen ein Grund ist, unsre Tochter mit ihrem Sohn zu verheiraten.«

»Keineswegs«, sagte Menelaos, »aber auch kein Grund dagegen. Verurteile Orest nicht, bevor wir ihn kennen. Könnten wir den Jungen nicht einmal kommen lassen und ihn uns ansehen? Oder warten, bis er von selbst kommt – Eteoneus sagt: er müsse bald hier sein.«

»Wie kann er das wissen?«

»Er weiß es nicht gewiß, aber er sagt, Orest sei in regelmäßigen Zwischenräumen gekommen und man könne ihn nächstens erwarten.«

»So, hat also Eteoneus die Sache hinter meinem Rücken begünstigt?«

»Das würdest du nicht denken, hörtest du ihn reden«, sagte Menelaos. »Er scheint Orest noch weniger leiden zu können als du. Sie haben Streit miteinander gehabt – sich wie Gassenbuben geschimpft, nach dem, was unser Torhüter sagt, und ich vermute, er hat mir das Schlimmste noch verschwiegen. Im ganzen ist er in dieser Sache auf deiner Seite.«

»Dann hat er dir wahrscheinlich irgendeinen vernünftigen Grund genannt, weshalb er Orest nicht mag. Was sagt er von ihm?«

»Wenn du es durchaus wissen willst«, sagte Menelaos, »er fürchtet, daß Orest dir zu ähnlich ist – das heißt in seinen Anschauungen.«

»Die hat er von seiner Mutter«, sagte Helena. »Eteoneus hat mich nie verstanden. Ich bin sicher, der Junge ist Klytemnestra, wie sie leibt und lebt; die Söhne arten gewöhnlich nach der Mutter wie die Töchter nach dem Vater.«

»Unsinn!« sagte Menelaos. »So einfach ist die Sache nicht. Außerdem käme das darauf hinaus, daß man die Kinder für ihre Eltern verantwortlich machte, und das wäre nicht billig. Tatsächlich betragen sie sich meistens viel vernünftiger.«

»Das ist selten ein Vorzug«, sagte Helena. »Das sollte man ihrer Unreife oder ihrer falschen Erziehung zur Last legen.«

»Das ist allerliebst!« rief Menelaos. »Nun sind wir richtig im Tollhause angelangt! Wie willst du einen Menschen, der bei Verstand ist, überzeugen, daß ein vernünftiges Betragen das Resultat einer schlechten Erziehung ist?«

»Man darf so jung noch nicht vernünftig sein«, sagte Helena, »das ist ein schlechtes Zeichen. Es heißt, am verkehrten Ende anfangen. Jugend soll damit anfangen, daß sie das Leben liebt. Vernunft ist

eine Art Vorsicht, eine Beherrschung der Impulse –
aber man muß Impulse haben, bevor man sie beherrschen kann. Wie kann man vorsichtig sein, ehe
man eine gewisse Weltkenntnis erlangt hat? Und
wie kann man Erfahrung sammeln, wenn man sie
von vornherein meidet? Wenn man jung ist, kann
man nichts Besseres in sich tragen als die Liebe zum
Leben. Dies ist aber gerade das, was sie nicht haben
und daher ist ihre Vernunft meiner Meinung nach
eine taube Nuß.«

»Nach dem, was ich von den jungen Leuten gehört habe«, sagte Menelaos, »haben sie durchaus so
viel Liebe zum Leben, wie wir nur wünschen können. Eteoneus ist dieser Ansicht über Hermione und
Orest, und ich glaube wohl, daß er recht hat.«

»Seit wann holst du dir deine Lebensweisheit von
deinem Torhüter, Menelaos? Eteoneus ist ein treuer
Knecht – dafür habe ich ihn immer gehalten – und
ein ganz unwissender Mensch. Er weiß soviel vom
Leben, wie man von einer Türmatte aus übersehen
kann. Ich habe das Gefühl, daß du mit mir scherzest.
Willst du nicht ernsthaft reden?«

»Ich rede ernsthaft. Und will es noch mehr, wenn
du es wirklich wünschest. Doch bevor wir anfangen, möchte ich dir sagen, daß ich mir nichts von
Eteoneus holte, er kam zu mir. Er verläßt zuweilen
seine Türmatte einen Augenblick, um meine Gesellschaft zu suchen, und wenn er auch nicht gerade die
Gesellschaft ist, die ich mir wähle, so ist er doch
kein Narr. Aber ernsthaft gesprochen – wie du es
wünschest –, da du mich nicht in Frieden lassen
kannst: was meinst du mit Hermiones schlechter Er-

ziehung und der Liebe zum Leben, die ihr fehlt, und was für einen Mann sollte sie denn heiraten? Ich bin heute morgen etwas zerstreut, Helena, durch die Nachricht über Agamemnon, und andere Dinge erscheinen mir daher vielleicht weniger wichtig, als sie sind. Was wünschst du?«

»Ich wünsche deine Aufmerksamkeit«, sagte Helena, »und wenn ich sie jetzt nicht haben kann, will ich warten. Allein Hermione scheint mir in einer Gefahr, aus der wir sie retten könnten, wenn wir schnell einen Plan machten, und da ich fürchte, daß sie durch meine Schuld in diese Gefahr geraten ist, will ich alles daransetzen, sie nun zu retten; wenn wir es nicht verhindern, wird sie Orest heiraten, und ich bin sicher, daß diese Heirat ihr nichts als Elend bringen wird. Sie ist keinem jungen Mann ihres Alters begegnet, außer Orest und Damastor, Charitas' Sohn, weißt du, der nicht viel wert ist. Neben ihm muß Orest ihr wie ein Gott vorkommen. Der Kontrast macht es in den meisten Fällen. Eines Tages wird sie einen wirklichen Mann kennenlernen und es bereuen, voreilig geheiratet zu haben.«

»Bei meiner Ehre!« rief Menelaos. »Bei – meiner – Ehre!«

»Was sie braucht, ist Erfahrung«, fuhr Helena fort, »Erfahrung – und das so bald wie möglich.«

»So, das ist es, was sie braucht?« fragte Menelaos. »Nun, vielleicht kann ich es in ddie Wege leiten, daß irgendeiner mit ihr durchgeht, und nach einer gewissen Zeit wird sie dann imstande sein, sich den Mann auszusuchen, dem sie nicht mehr durchgehen möchte. Betrachten wir das als abgemacht. Hast du irgendeinen bereit für die Probeflucht?"

»Das ist natürlich jetzt nicht dein Ernst«, sagte Helena. »Aber du weißt, das wäre gar keine schlechte Idee, wenn es sich machen ließe. Das tut es vermutlich nicht, und es geht auch etwas darüber hinaus, was ich gedacht habe. Außerdem würde es nicht viel nützen; sie würde nichts daraus lernen, es sei denn, daß es jemand gäbe, mit dem sie fliehen möchte, und ich glaube, es gibt niemand.«

»Ist dir das nicht ein erleichternder Gedanke?« fragte Menelaos. »Nach der Art, wie du redetest, glaubte ich, sie ginge uns schon heute nachmittag davon. Ich selbst habe von Hermione die Vorstellung, daß sie ernst und pflichttreu und zuverlässig ist. Sie ist für mich ein großer Trost. Warum willst du sie nicht ihr eigenes Leben leben lassen, wie du deins gelebt hast?«

»Menelaos, kannst du denn nichts, gar nichts einsehen? Das ist es ja gerade, was ich für sie wünsche, aber was sie nie tun wird. Wenn Hermione meine Natur hätte, so würde ich mich nicht um sie sorgen; ich wäre sicher, daß sie ihr eigenes Leben leben würde, wie du sagst; und ob sie nun dabei irrte oder nicht, sie würde nichts versäumen. Allein sie ist voll von Überzeugungen und Vorurteilen – was die Welt von ihr erwartet, als ob die Welt sich darum kümmerte – was sie sich selbst schuldig ist, als ob das Leben eine Schuldabtragung wäre – und was weiß sie denn von der Welt oder von sich? Ihre ganzen Vorstellungen sind flach und sentimental, rein abstrakt; sie hat sich nach ihrem kleinen Umkreis hier ein

Weltbild konstruiert und glaubt, daß sie das Universum kennt. Das arme Kind! Ihr Herz schläft noch. Wenn sie eines Tages erwacht, kann sie furchtbar werden. Klytemnestra war als junges Mädchen genau so – rechthaberisch, töricht und empfindsam. Sie heiratete Agamemnon hauptsächlich aus dem Grunde, weil du mich heiratetest; die zwiefache Verbindung schien ihr romantisch. Ich bin sicher, Hermione findet es rührend und nett, wenn sie ihren Vetter heiratet und die Familie zusammenhält. Ich nenne sie nicht vernünftig – sie ist blind. Wenn sie ihrer Tante nicht so ähnlich wäre, würde ich mich nicht sorgen. Ein Mädchen ohne latente Charakterkraft könnte ebensogut jetzt heiraten, wen sie wollte, allmählich ihren Irrtum erkennen und sich dann in ihres Lebens Enge so behaglich wie möglich einrichten wie Charitas; die Welt ist voll von solchen Existenzen, und für solche ist wenigstens nichts zu fürchten. Doch wie ich mein Kind kenne, wird sie über ihren Irrtum klar werden, wenn sie eine große Leidenschaft in sich entdeckt, und sie wird nicht wissen, was sie damit anfangen soll – sie wird einfach Gewalt brauchen. Es ist schlimm für diese Art von Menschen, wenn die Liebe zum Leben sie packt und sie glauben, daß es zu spät ist.«

»Ich bin nicht sicher, ob ich verstehe, was die Liebe zum Leben ist«, sagte Menelaos. »Es ist eine Redensart, die du oft gebrauchst, und wie andre deiner Redensarten hat sie eine kritische Spitze, die gegen mich gerichtet zu sein scheint. Ich glaube, du meinst etwas, was mir deiner Ansicht nach fehlt. Aber ich bin überzeugt, daß ich das Leben ganz so liebe, wie ich sollte; ich habe nie den Wunsch gehabt zu sterben. Ich habe mein Volk und meine Heimat geliebt. Ich habe dich, Helena, einmal geliebt, so gut ich's verstand. Ich halte sehr viel von Hermione. Habe ich irgend etwas versäumt?«

»Auf deine Art hast du mich geliebt, glaube ich«, sagte Helena. »Ich gebe zu, daß es mehr ist, als ich verdiene. Allein ich danke dir nicht dafür, Menelaos. Die Liebe ist etwas, was uns widerfährt, wir können uns nicht dagegen wehren, und von seiten des Liebenden ist wahre Leidenschaft nicht ein artiges Geschenk oder ein Zeichen von Großmut. Deine Güte und deine Geduld, wenn du mich nicht verstandest, das ist es, wofür ich dir danken kann. Wir sind nicht weiter voneinander entfernt als die meisten Eheleute, glaube ich, und wenn wir ans Ende unsrer Tage gelangen, so werden wir hauptsächlich daran denken, wie lange wir Gefährten waren. Aber, ach, Menelaos, ich wünsche so sehr, daß Hermione die wirkliche Liebe erfährt! Daß Liebe und Leid über sie kommen, solange sie jung ist, solange Körper und Geist nicht abgestumpft sind, solange die Ekstase der Sinne als Ekstase der Seele gefühlt wird! Um dann, wenn der Körper erschlafft und alt wird, gewahr zu werden, daß die Ekstase doch wirklich in der Seele ist und daß beidde Seelen in jenem Feuer des Glücks in eins verschmolzen sind! Oder wenn sie zu dieser letzten Freude nicht gelangt, ihr wenigstens so nahe zu kommen, daß sie weiß, es gibt sie, und daß sie immer mit Sehnsucht an sie denkt und anihr das Leben mißt. Es muß Menschen geben, denen diese Liebe zuteil wird,

Menelaos, und ich wünsche es für sie. Wer sie hat, wird nie alt, glaube ich, verliert nie den Mut, stumpft nie ab; er leidet wohl, aber seine Welt bleibt schön. Er kann getrost seinem Herzen freien Lauf lassen – es hat keine Gefahr, daß es kalt oder verschrumpft oder runzlig wird.«

»Du bist freimütig«, sagte Menelaos. »ich bin froh, daß du mir dies gesagt hast – ich glaube, ich bin froh darüber. Ich vermute, es ist nicht die junge Generation, von der du sprichst. Das also verstehst du unter Liebe zum Leben?«

»Nein, das ist Liebe«, sagte Helena.

»Da wir nun einmal bei dem Gegenstande sind, könntest du mir auch gleich alles sagen«, sagte Menelaos. »Willst du mir nicht kurz andeuten, was es ist, das der heutigen Jugend fehlt?«

»Ich meine einfach, daß sie das Leben nicht so lieben, wie sie sollten«, sagte Helena. »Wir nehmen gewöhnlich an, daß sie es tun, weil es natürlich scheint, sich an der Welt ringsum zu freuen, solange man jung ist. Allein sie nehmen sie sehr vorsichtig und ernst; hast du nicht beobachtet, daß sie immer als erstes die Fehler sehen und außerordentlich kritisch sind? Die Liebe zum Leben widerfährt uns nicht einfach wie jene andere Liebe; ich halte sie für eine Kunst, die man erst durch viel Übung in langer Zeit lernen muß. Wenn wir sie endlich gelernt haben, ist es wahrscheinlich mit unsrer Jugend vorbei. Vielleicht kann man von diesen Kindern nicht erwarten, daß sie lieben, was sie so wenig kennen. Sie fürchten sich vor dem Leben – daß es ihnen nicht glückt, daß sie sich nicht verheiraten, daß irgend etwas fehlschlägt. Wenn ihre Furcht beseitigt ist, sind sie so erleichtert, daß sie es damit genug sein lassen und kein Wagnis mehr auf sich nehmen. Das ist die einzige Art, wie ich mir die meisten Leute, die mir begegnet sind, erklären kann.«

»Aber warum erklärst du dir Hermione auf diese Art? Soweit ich sehe, wird sie das Leben lieben, sobald sich ihr dazu eine Möglichkeit bietet; bis jetzt hat sie, wie du zugeben mußt, mehr Kummer und Sorge gehabt, als für junge Menschen gut ist. Trotzdem weiß sie, soweit ich beurteilen kann, mit dem Leben ziemlich gut zurechtzukommen. Wenn nicht, so wird Orest es sie wohl lehren – ich höre, daß er ein unternehmender junger Mann ist mit modernen Anschauungen.«

»O Menelaos, du begreifst absolut nicht, um was es sich handelt! Orest ist von einem unheilbaren Ernst und von einer gefährlichen Entschlossenheit, ohne jegliche Erfahrung, ohne jegliches Talent zum Leben, ohne jeglichen Sinn für Humor. Jeder sagt das von ihm. Vielleicht hältst du dies für einen Vorzug. Er gehört zu den jungen Menschen, die die Flecken im Leben sehen, bevor sie das Leben selbst sehen, und die zu gewissenhaft sind, um nicht sofort jeden Flecken, den sie sehen, zu beseitigen. Er wird seine Pflicht ohne jede Rücksicht auf andre um jeden Preis erfüllen; er wird das, was er für den Willen des Himmels hält, ausführen, selbst wenn er einen Menschen töten muß. Natürlich wird er den Mord mit den vortrefflichsten Gefühlen begehen, und mit größtem Widerstreben. Ich kenne diesen Typ. Er ist nicht der Mann, von dem Hermione lernen kann –

er selbst ist unbelehrbar. Kannst du dir nicht vorstellen, was für ein elendes Leben er haben wird –
und die Frau, die ihn heiratet, mit ihm? Menelaos, ich
bitte dich, hilf mir, Hermione davor zu bewahren!«

»Es ist zu schade, daß wir hier in der Nähe kein
leuchtendes Vorbild für sie zur Hand haben, es sei
denn, daß sie sich entschließen könnte, deinem Beispiel zu folgen.«

»Nein, ich wünsche nicht, daß sie meinem Beispiel folgt«, sagte Helena. »Ich wünsche ihr ein
weit glänzenderes Los, ein glücklicheres, mit mehr
Liebe. Sie schätzt mich nicht sehr, und ich mache ihr
daraus keinen Vorwurf. Ich wollte, sie hätte mehr
von Adrasts Temperament. Das ist ein Kind, das die
Liebe zum Leben hat. Ich habe mir viel Mühe mit
ihrer Erziehung gegeben.«

»Dann steh Gott ihr bei!« sagte Menelaos. »Wie
ich die Sache ansehe, ist sie in Gefahr, in Not zu
geraten, für sie weit größer als für Hermione.«

»Ich glaube, die Gefahr ist ungefähr gleich, obwohl aus verschiedenen Gründen. Dieser einfältige
Junge der Charitas ist hinter ihr her, und auf häßliche, versteckte Weise. Er sagt seiner Mutter, es sei
Hermione, die er liebt. Ich fürchte, Adraste sieht in
ihm mehr, als da ist.«

»Hier wie überall«, sagte Menelaos, »verstehe ich
deinen Gedankengang durchaus nicht. Du willst
nicht, daß Hermione sich verliebt, weil ihr die Liebe
zum Leben fehlt. Du willst nicht, daß Adraste sich
verliebt, weil sie sie hat. Soll denn überhaupt niemand sich verlieben?«

»Für eine Frau«, sagt Helena, »bedeutet sich verlieben: sich in einen Mann verlieben. Du übersiehst, wie gewöhnlich, den Hauptpunkt des Problems. Selbstverständlich möchte ich nicht, daß eins dieser beiden Mädchen sich einem nicht vielversprechenden Manne hingibt. Orest und Damastor sind sich in nichts gleich, außer daß sie beide unmöglich sind. Orest hat keine Liebe zum Leben; Adraste würde das auf den ersten Blick erkennen. Damastor tut so, als hätte er die Liebe zum Leben, aber im Grunde ist er der Feigling, den seine Mutter aus ihm gemacht hat. Ich hoffe, Adraste wird ihn zur rechten Zeit durchschauen. Ich wollte, Pyrrhus wäre hier.«

»Pyrrhus – der Sohn Achills?«

»Ja.«

»Was willst du mit Pyrrhus?«

»Ich möchte ihn zum Schwiegersohn«, sagte Helena.

»Nun, endlich sehen wir, wie der Hase läuft«, sagte Menelaos. »Aber würde Hermione ihn zum Mann wollen? Wir müssen ihr doch wohl die Wahl freistellen? Sie ist erwachsen, und sie hat Pyrrhus in ihrem Leben noch nicht gesehen.«

»Oh, aber die Gefahr bleibt immer, daß sie ihn irgendwann einmal sieht. Besser, sie sieht ihn jetzt, bevor es zu spät ist. Er hat das alles in sich – das, wovon ich eben sprach; und wenn Hermione ihn sieht, so wird sie es erkennen, ohne daß man es ihr sagt. Wenn sie nicht unrettbar verloren ist, so wird er ihr Herz erobern.«

»Ich habe ihn oft gesehen«, sagte Menelaos, »und er hat mein Herz nicht erobert. EEs ist nichts Wunderbares an Pyrrhus.«

»Oh, meinst du?« sagte Helena. »Ich glaubte es wirklich. Ichhörte, daß du und Agamemnon ihn um Hilfe bitten mußtet, nachdem sein Vater gefallen war. Vielleicht war an Achill auch nichts Wunderbares. – Wir brauchen uns nicht um Worte zu streiten. Pyrrhus ist die Art von Wunder, die ich für Hermione wünsche. Wenn ich an jenes Ideal der Liebe denke, dann denke ich an diesen jungen Mann. Und mit Recht, denn er ist das Kind einer großen Liebe.«

»Ein Kind der Liebe, meinst du«, sagte Menelaos. »Etwas Zweifelhaftes, wie man es von Achill erwarten konnte. Seine Geburt war ein Skandal.«

»Das war sie nicht!«

»Das war sie doch!«

»Das war sie ganz gewiß nicht!«

»Nun, meinetwegen! Ich vermute, sie hat für dich etwas besonders Erbauliches. Er verkleidete sich als Mädchen und schlich sich so bei Lykomedes ein, als Gefährtin der Tochter des Hauses. Eine von ihnen wurde bald die Mutter des Pyrrhus. Ja, laß ihn uns so bald wie möglich bei Hermione einführen!«

»Du bist ungerecht, Menelaos! Es war Achills Mutter, die ihn als Mädchen aufzuziehen versuchte, weil sie wußte, daß er in der Schlacht sterben würde und die verzweifelte Hoffnung hegte, das Schicksal betrügen zu können. Ich billige ihre List nicht, aber jeder muß sie verstehen können. Als Achill alt genug war, um den Betrug zu erkennen, hat er sich keinen Augenblick mehr verstellt. Er hat nie etwas Hinterlistiges getan. Deidamia wurde von ihm weder betrogen noch verraten.«

»Sie allerdings nicht«, sagte Menelaos, »aber ihre Eltern. Diese beiden vortrefflichen jungen Leute waren eine saubere Bande.«

»Es ist niedrig von dir, so etwas zu sagen – du weißt es besser!« sagte Helena. »Sie wuchsen zusammen auf, enger verbunden in ihrer Kindheit als Bruder und Schwester. Als die Zeit für die Liebe kam und das Mysterium sie einhüllte, da glitten sie einander in die Arme, in einer Schönheit, wie sie in ihren Herzen und Träumen bereits eins geworden waren. Achill hat sie bis zu seinem Tode geliebt. Er verließ sie nur, weil du ihn batest, für dich und Agamemnon zu kämpfen. Er ließ sie bei ihrem Vater Lykomedes zurück, der ihn immer in Ehren hielt. Sie lehrte den kleinen Knaben, seinen abwesenden Vater wie einen Gott verehren; Achilles lebte nur im Gedanken an seinen Sohn. Ich sehe in alledem keine Spur von Schande. Ich sehe vielmehr den heldenhaften Jüngling, der ein kurzes glorreiches Leben einem langen alltäglichen Dasein vorzog. Ich sehe den Liebenden, der, als er die Geliebte seines Herzens fand, sie nahm, beglückt und beglückend. Wenn das Kind, das sie zeugten, nicht ein Wunder ist, so muß es doch nahezu eins sein – ihre Liebe war wunderbar vollkommen.«

»Jetzt darf ich wohl etwas dazu bemerken«, sagte Menelaos. »Rede, soviel du willst, von der Liebe zum Leben, und beweise meinetwegen, daß ich sie nicht habe. Aber was Achill anbetrifft, so kannte ich ihn einen gut Teil besser als du. Das ist wenigstens meine Überzeugung. Denn ich habe nie an die Geschichte geglaubt, die man sich im Heere zuflüsterte, daß du und er euch während der Belagerung heimlich getroffen habt.«

»Ich habe ihn nie in meinem Leben gesehen«, sagte Helena.

»Dessen bin ich sicher«, sagte Menelaos.

»Doch ich würde ihn getroffen haben, wenn es möglich gewesen wäre«, sagte Helena.

»Dessen bin ich ebenfalls sicher«, sagte Menelaos. »Allein wenn du ihn gekannt hättest, würdest du ihn nicht so übermäßig loben. Achill war eine Sage. Er war die Stütze des Heeres und als solche unentbehrlich, aber nur für die psychologische Wirkung. Der Achill, den du zu kennen glaubst, war ein Mythos. Er sollte Deidamia bis in den Tod geliebt haben? Ei, unser ganzer Streit ging doch um jenes Weib, das er nicht herausgeben wollte, Briseis!«

»Gewiß – oder auch um Agamemnons Gefangene Chryseis«, sagte Helena. »Der Streit ging um die Beute, und Frauen spielten eine Rolle dabei, aber von Liebe war bei beiden keine Rede. Du weißt sehr gut, daß Achill wenigstens mit Briseis nichts zu tun hatte. Seine Ehre, nicht sein Herz war gekränkt, als dein Bruder sie ihm fortnahm. Sie liebte natürlich Achill – das war unvermeidlich.«

»Wir werden uns schwerlich darüber einigen«, sagte Menelaos, »und die Geschichte ist jetzt längst veraltet. Jedenfalls, selbst wenn Achill auch alle Tugenden besessen hätte, woher diese Begeisterung für Pyrrhus? Du kannst Hermione nicht mit Achill verheiraten, und höchstwahrscheinlich wird Pyrrhus deiner gütigen Absicht, sie ihm aufzuhängen, sehr abgeneigt sein. Er will vielleicht von uns ebenso wenig wissen wie ich von seiner Familie. Bevor du zuviel Hoffnungen auf ihn setzest, solltest du bedenken, daß er nicht sein Vater ist.«

»Ich bedenke, daß er der nächstbeste ist«, sagte Helena. »Er wird sich vielleicht, wenn wir ihn kennenlernen, sogar als der bedeutendere erweisen. Er zeigt denselben stolzen Sinn, als Odysseus in deinem Auftrage kam, um ihn zu holen, und als seine Mutter ihn nicht fortlassen wollte, damit ihn nicht das Schicksal seines Vaters träfe. Du wirst dich erinnern, wie der Knabe auf seinem Recht bestand, sein Schicksal zu erleben, weil er es für eine Schande hielt, sich in Sicherheit zu bergen, wenn du ihn brauchtest. Sein alter Großvater war stolz auf ihn und ließ ihn mit seinem Segen ziehen. Du wirst nicht leugnen, daß er den Krieg für euch beendete und ruhmbedeckt heimkehrte. Wenn er diesen Ruhm nicht verdiente, wie gewann er ihn dann? Wenn du und Agamemnon das, was er leistete, nicht geschätzt hättet, so würdet ihr ihn nicht unter andern Siegesbelohnungen Hektors Weib Andromache gegeben haben. Ich möchte, daß Hermione Pyrrhus kennenlernt, wenigstens Gelegenheit hat, mit ihm zu sprechen, zwanglos ein paar Tage im Hause mit ihm zu verkehren und selbst zu urteilen. Danach mag sie sich dann nach eigener Wahl entscheiden. Du hast recht, vielleicht mag er sie nicht, aber sein Besuch wird ihren Erfahrungskreis erweitern. Laß Pyrrhus kommen, Menelaos – bitte, laß ihn sogleich kommen!«

»Ich werde mich hüten! Er und ich werden nicht unter demselben Dach schlafen.«

»Weshalb nicht, bitte?«

»Ich will ihn nicht im Hause haben, deshalb nicht! Ich wundere mich, daß ich mir das von dir bieten lasse, du – du –! Es ist unverzeihlich, daß ich deine Unverschämtheit anhöre, wenn du mir – *du mir* – deine erbaulichen Anschauungen über die wahre Liebe und ein glückliches Heim vorträgst! Bisher hat deine Schönheit dich vor dem bewahrt, was du verdientest – mögen die Götter sich dies selbst verzeihen! –, allein du tust dein Bestes, es noch jetzt zu weit zu treiben. Du bist von jeglichem Schamgefühl verlassen. Du überlistetest mich zu Anfang – ich meine heute morgen – mit deiner Besorgtheit um die Zukunft deines Kindes! Als ob dir an der Zukunft deines Kindes läge! Früher oder später wirst du dich wegwerfen – *deine* Liebesangelegenheiten, nicht Hermiones, soll ich in die Wege leiten! Jeder Mann ist dir recht, ob alt oder jung, vornehm oder gering, jeder beliebige, wenn dir die Laune kommt, ihn zum Narren zu halten. Du hast Achill geliebt und liebst ihn noch, ob tot oder lebendig, daher soll ich seinen Sohn zu uns einladen als den nächstbesten! Damit Hermione ihn sieht! Sie würde viel Aussicht haben, ihn zu sehen! Paris – Hektor – Achill – ich will nichts von deinen Jahren sagen, aber findest du nicht, daß du deine Zeit gehabt hast? Und was für eine! Alles hat seine Grenzen; beschränke dich, bitte, auf *eine* Generation!«

»Menelaos«, sagte Helena, »ich bin an deine schlechten Manieren, wenn du heftig wirst, gewöhnt, aber ich hatte keine Ahnung, daß du so eifersüchtig bist. Eifersucht ist Geistesgestörtheit und als solche beklagenswert, allein sie ist eine Form der Geistesgestörtheit, die unehrlich ist. Sie beginnt mit einer absichtlichen Verdrehung der Tatsachen. Wenn ich dir je irgendwelchen Anlaß zur Eifersucht gegeben hätte und wenn du je eine gute Meinung von mir gehabt hättest, so würdest du deine edelmütige Kurzsichtigkeit beklagt haben, aber du würdest mich nicht verdammt haben, weil ich ich selbst war und damit schon genug verdammt. Wenn du glaubtest, daß ich Pyrrhus liebte, so wärest du nicht damit zufrieden, ihn außer Reichweite von mir zu wissen; du könntest es nicht ertragen, mit mir zu leben, wenn du das glaubtest, was du soeben gesagt hast. Du erinnertest mich an unsere Jahre. Ja, es ist wohl zu spät, daß du dein Wesen änderst. Allein Lügen sind mir verhaßt, in jedem Alter. Versuche ehrlich gegen dich selbst zu sein, Menelaos, und versuche so offen gegen mich zu sein, wie ich es gegen dich bin. Ich will keine Beleidigungen von dir dulden – und du weißt, daß die Wahrheit mich nie beleidigt. Die Einzelheiten meines Lebens sind bekannt genug – zum großen Teil durch mein Bestreben, nichts zu verbergen. Deine Leben liegt leider nicht so offen da. Aber über diesen einen Punkt wollen wir uns vollkommen klar werden. Willst du, daß ich als dein Weib geehrt und geachtet bei dir bleibe? Es ist jetzt nicht die Rede von andern Männern; dies geht nur dich und mich an. Brauchst du mich? Oder möchtest du mich töten? Wenn du mich wirklich nicht brauchst, bleibe ich keinen Tag länger. Wenn du glaubst, besser daran zu sein, wenn du mich tötest, will ich dir gern dein tapferes Schwert bringen. Ich glaube, du ließest es im Eßzimmer. Aber wähle – eins oder das andere! Was von beiden willst du?«

»Ich habe nur gesagt, daß ich Pyrrhus nicht – «

»Was von beiden, Menelaos?«

»Wovon?«

»Es nützt nichts, Menelaos, du mußt mir antworten. Ich habe dies Haus schon einmal verlassen, und ich kann es zum zweitenmal tun. Wenn ich es diesmal verlasse, auf dein eigenes Geheiß, kannst du mich nicht zurückholen. Ich bleibe nur unter der einen Bedingung, daß du mich nicht mehr beleidigst. Willst du, daß ich bleibe?«

»Die Frage ist ziemlich kompliziert«, sagte Menelaos, »darf ich sie mir überlegen?«

»Sie ist kompliziert«, sagte Helena, »aber sie wird noch komplizierter, wenn du sie überlegst. Es ist besser, du entscheidest dich einfach und bist damit fertig.«

»Ob du jetzt fortgehst«, sagte Menelaos.

»Oder ob du mich tötest«, sagte Helena.

»Es würde sehr schwer sein«, sagte Menelaos, »es den Leuten zu erklären. Es sähe etwas nach Wankelmut aus.«

»Oh, das könntest du leicht erklären«, sagte Helena, »sag ihnen die Wahrheit. Die Wahrheit überwindet alles – oder sagt man dies von der Liebe? Die Wahrheit hat jedenfalls die gleiche Kraft. Sag ihnen, daß ich Paris liebte und mit ihm entfloh – dich verließ – Jahre in seinen Armen verbrachte – und du verziehst mir und führtest mich wieder in dein Heim. Und dann sage ihnen, du hättest nachher erfahren, daß ich Achill bewunderte, der tot ist und den ich nie gesehen – da mußtest du mich natürlich hinauswerfen oder töten, um deine Ehre von diesem Flecken zu reinigen. Sie werden dich verstehen.«

»Das bezweifle ich«, sagte Menelaos. »Paris würde es verstehen, oder irgend jemand, der dein Talent, einen Menschen ins Unrecht zu setzen, kennt, aber die meisten Menschen werden, glaube ich, immer denken, es lebt sich so schön und ruhig mit dir, wie du aussiehst. Ich will lieber dich die Frage entscheiden lassen. Bleib, wenn du willst, oder geh fort. Wenn du bleibst und wenn du mich nicht zu sehr reizen willst, will ich versuchen, nicht zu sagen, was ich denke.«

»Das genügt nicht«, sagte Helena, »du darfst es nicht denken.«

»Ich will es versuchen«, sagte Menelaos, »mehr kann ich nicht tun.«

»Mehr verlange ich auch nicht«, sagte Helena. »Ich habe es gelernt, mich zu bescheiden. Jetzt will ich dir über die andern Männer vollständige Klarheit geben. Ich liebte Paris. Darüber war nie ein Zweifel. Ich achtete, ja, ich verehrte Hektor, aber lieben konnte ich ihn nicht. Er war das schönste Beispiel eines Typus, den ich nicht mag. Er kannte keine Fröhlichkeit, auch vor dem Kriege nicht. Von der Liebe zum Leben, von der wir sprachen, hatte er keine Spur, alles Düstre schien ihm Pflicht zu sein. Er machte sich Vorwürfe wegen jeder Beschwerde und Not, die ihm erspart wurde. Natürlich genoß er das Leben mehr, als er sich eingestehen wollte. Er sagte, jener Krieg wäre tragisch und würde schlimm enden, und im selben Atem betete er, daß sein kleiner Sohn zu einem noch berühmteren Krieger, als er selbst war, heranwachsen möge. Was Achill anbetrifft – bitte, bleib ruhig –, so würde ich ihn, wenn ich ihn gekannt hätte, sicher geliebt haben, ihn allein, für immer. Wir müssen das Beste lieben – es gibt keine andre Sünde in der Liebe, als dies zu versäumen –, und er war der größte von euch allen. Wäre er einer meiner Bewerber gewesen und hätte ich damals genug vom Leben gewußt, so hätte ich ihn genommen. Es ist weder deine noch meine Schuld, und du wirst gerecht genug sein zuzugeben, daß ich nur das von ihm denke, was die ganze Welt denkt. Ich hoffe, du wirst mir auch die Gerechtigkeit widerfahren lassen, zuzugeben, daß ich seinen Sohn nicht für mich, sondern für meine Tochter begehre.«

»Willst du mir die Gerechtigkeit widerfahren lassen«, sagte Menelaos, »zu bedenken, daß auch ich meine Anschauungen über das Leben und die Liebe haben darf? Daß auch ich, wenn ich auch weniger hervorragend bin als Achill und du, meine Rolle in der Welt zu spielen habe, die wenigstens mir selber wichtig erscheint? Wenn zwei Menschen heiraten, von denen der eine eine besonders glänzende Erscheinung ist, so ist es von dem obskuren Gatten doch wohl genug verlangt, daß er stolz auf seine Frau sei, ihr in allem diene und sich loyal im Hintergrund halte. Dafür verdient er irgendeine Belohnung, sollte ich meinen.«

»Das tut er«, sagte Helena, »und er kann auch sicher sein, die Belohnung zu bekommen, die er verdient. Er wird seine Frau verlieren. Die Ärmste!

Sie glaubte, einen Mann zu heiraten, einen bedeutenden Mann, einen ihresgleichen, nicht einen Sklaven. Sie hat wahrscheinlich seine Verdienste übertrieben, wie er ihre, aber sie wird, solange sie kann, an ihre Täuschung glauben wollen. Erst wenn er anfängt zu betonen, daß er nichts ist im Vergleich zu ihr, ist alles aus.«

»Was ist aus?« fragte Menelaos.

»Ihr Zusammenleben«, sagte Helena.

»Aber nehmen wir an, theoretisch gesprochen«, sagte Menelaos, »nehmen wir an, der verlassene Gatte folgte ihr und brächte sie zurück, so würde das die Sache verbessern, nicht wahr? Dann würde sie anfangen, mehr von ihm zu halten, nicht wahr?«

»Theoretisch gesprochen, ja«, sagte Helena, »besonders wenn er imstande gewesen wäre, alles allein fertigzubringen.«

»Bei meiner Ehre!« sagte Menelaos.

»Du wirst also Pyrrhus sofort einladen?« fragte Helena.

»Weder sofort noch später«, sagte Menelaos.

»Sofort brauchen wir ihn«, sagte Helena.

»Er wird nie mein Haus betreten!« sagte Menelaos.

»Über die Einzelheiten können wir nachher sprechen«, sagte Helena. »Das Wichtigste ist, daß er so bald wie möglich kommt.«

2

»Hermione, komm einmal her, mein Kind«, sagte Menelaos. »Ich muß dich etwas fragen. Setz dich. Hast du die Liebe zum Leben?«

»Was ist das?« fragte Hermione.

»Komm mir nicht mit schwierigen Fragen, beantworte meine«, sagte ihr Vater. »Liebst du das Leben?«

»O ja, gewiß!« sagte Hermione.

»Gut also, liebst du es genug?«

»Wie kann ich das wissen? Was heißt genug?«

»Wir wollen einmal die Probe machen«, sagte Menelaos. »Hast du ernstlich den Wunsch, Orest zu heiraten?«

»Ja, den habe ich«, sagte Hermione.

»Das ist entscheidend Dir fehlt die Liebe zum Leben.«

»Ich weiß nicht, inwiefern das ein Beweis dafür ist«, sagte Hermione.

»Ich auch nicht«, sagte Menelaos, »aber deiner Mutter genügt dieser Beweis, und sie versteht nicht mehr von diesen Dingen als wir. Ich hoffe, du richtest dich danach.«

»Vater, ich wollte, du scherztest nicht über etwas, was für mich – und ich denke für jeden – eine ernste Sache ist!«

»Was ist eine ernste Sache?« fragte Menelaos.

»Eine Heirat natürlich!«

»Die ist allerdings ernst«, sagte ihr Vater, »aber so weit war ich noch nicht. Ich wollte feststellen, ob du die Liebe zum Leben hättest; denn wenn du sie hast, so kannst du jeden Augenblick heiraten, auch wenn du nicht den Richtigen heiratest, aber wenn du sie nicht hast, mußt du die Hochzeit aufschieben, selbst wenn es der Richtige ist.«

»Ich wollte, du erklärtest mir, was du meinst«, sagte Hermione.

»Alles zu seiner Zeit«, sagte Menelaos. »Ich muß zuvor noch ein paar Fragen an dich richten. Gibt es irgend jemand, mit dem du durchgehen möchtest?«

»Ich möchte nicht durchgehen! Ich möchte Orest heiraten.«

»Wieder zu vorschnell«, sagte Menelaos. »Erst solltest du durchgehen. Deine Mutter meint, daß dies nötig ist, sie fürchtet allerdings, daß du es nicht tust.«

»Mutter will, daß ich durchgehe?« rief Hermione. »Warum?«

»Ich glaube, sie hat die Vorstellung, daß man früher oder später durchgeht, und nachdem sie es später versucht hat, ist sie zu der Ansicht gekommen, daß es besser früher geschieht. Genug davon. Möchtest du Pyrrhus ein paar Tage sehen?«

»Wer ist Pyrrhus?«

»Du weißt, Achills Sohn.«

»Warum sollte ich ihn ein paar Tage sehen wollen?«

»Es wäre gut für dich, für deine allgemeine Lebenserfahrung. Pyrrhus ist ein Heilmittel gegen dein wohlbehütetes Leben. Wenn du unsre hohe Meinung von dir rechtfertigst, so verliebst du dich in ihn.«

»Ich liebe ja schon Orest, Vater!«

»Dann könntest du mit Pyrrhus durchgehen, deinen Irrtum entdecken und nachher Orest heiraten.«

»Ich finde dies nicht scherzhaft«, sagte Hermione. »Es verletzt mich. Darf ich gehen?«

»Nein, meine Tochter, das darfst du nicht. Komm und setz dich wieder hierher. Hilf mir, meine fünf Sinne wieder zu sammeln. Ich habe mit deiner Mutter über dich und Orest gesprochen und bin ziemlich fertig. Sie sorgt sich in dem Gedanken, er könnte für dich doch nicht der Rechte sein, und ich glaube, wir sollten uns die Sache noch einmal überlegen. Deine Mutter wird dir ihre Anschauungen wahrscheinlich selbst unterbreiten, ich habe sie nur im groben gezeichnet. Von mir aus habe ich nichts gegen Orest, und wir beide verstehen einander gut genug, um ganz offen und, wie ich hoffe, ohne Aufregung über ihn zu sprechen. Sag mir, was für eine Art Mensch aus ihm geworden ist.«

»Er ist ziemlich groß und sieht wirklich sehr gut aus«, sagte Hermione, »und er hat ein einnehmendes Wesen. Ich glaube nicht, daß ich parteiisch bin; ich bin sicher, du wirst ihn gern mögen.«

»Natürlich«, sagte Menelaos. »Lassen wir seine

Reize und kommen wir zu seinen Tugenden. Wie ist sein Charakter, sein Temperament usw.?«

»Er ist sehr nachdenklich«, sagte Hermione, »vielleicht ein bißchen zu ernst, allein das ist etwas, was man einen guten Fehler nennen könnte. Er ist viel grüblerischer, als man von einem jungen Manne erwarten sollte, und er hat ein strenges Pflichtgefühl. Ich komme mir ganz oberflächlich vor, wenn ich mit ihm zusammen bin. Er ist viel zu gut für mich.«

»Das letztere bezweifle ich«, sagte Menelaos. »Ich will dir etwas sagen, Hermione, dieser Bericht über ihn ist recht schön und gut für mich, aber gib ihn nicht deiner Mutter. Du tust besser, ihr seine weniger zahmen Seiten zu schildern, seine Fehler. Welches sind seine schlimmsten?«

»Er hat – nun, ich will nicht sagen, daß er gar keine hat, da jeder Mensch welche hat, aber er ist so gut und rücksichtsvoll gegen mich, so voll kindlicher Pietät gegen seine Eltern, so besorgt um meinen Ruf und um den seinen, daß ich nicht weiß, wo man einen schlimmen Fehler an ihm entdecken könnte.«

»Er ist offenbar ein vortrefflicher junger Mann«, sagte Menelaos, »aber das kann ich dir sagen, deine Mutter wird ihn nie mögen. Du mußt am Ende noch zwischen deiner Mutter und Orest wählen.«

»Dann wähle ich jetzt schon unbedingt Orest«, sagte Hermione.

»Ich stimme dir zu«, sagte Menelaos, »allein ich bin nicht sicher, daß deine Mutter nicht ihren Willen durchsetzt. Sagtest du nicht, daß er sehr an seinen Eltern hängt?«

»Er verehrt seinen Vater«, sagte Hermione.

»Wie steht er zu der Sache seiner Mutter?«

»Du hast also davon gehört?« fragte Hermione. »Ich wußte nicht, daß die Geschichte schon allgemein bekannt ist, und ich wollte lieber nicht die erste sein, die sie dir erzählte. Natürlich ist er sehr bekümmert über den Lebenswandel seiner Mutter, aber sie ist doch schließlich seine Mutter, und Agamemnon hat nicht recht an ihr gehandelt. Orest ist furchtbar unglücklich. Ich habe ihn immer beraten – er hat sonst keinen, mit dem er sich darüber aussprechen kann.«

»Was ist denn mit seiner Schwester – wie heißt sie doch – Elektra?« fragte Menelaos.

»Er sieht sie nie mehr«, sagte Hermione. »Sie ist zu hause, in einer sehr gefährlichen Lage, und hofft, ihren Vater warnen oder ihm helfen zu können, wenn er zurückkehrt. Sie brachte Orest in Sicherheit, sobald Ägisth Herr im Hause wurde; sie sagte, Ägisth würde ihn nicht am Leben lassen als den einstigen Rächer. Daher führt er ein so unstetes Leben; er verbirgt sich und wartet auf den Augenblick, wo sein Vater zurückkehrt und ihn braucht.«

»Wie lange dauert dies alles schon, Hermione?«

»Ach, mehrere Jahre. Wann eigentlich Klytemnestra anfing, es mit Ägisth zu halten, weiß natürlich niemand genau, aber geredet hat man schon lange davon, und etwa vor drei Jahren, glaube ich, stellte sie ihn allen als ihren rechtmäßigen Gatten vor. Damals war es, als er öffentlich Besitz von Agamemnons Eigentum ergriff und Elektra Orest aus dem Wege schaffte. Er kam zu mir und fragte, was er tun sollte. Unser aller Torhüter wollte ihn nicht einlassen.«

»Ich habe gehört, daß der Besuch doch stattfand, und auch noch weitere Besuche«, sagte Menelaos. »Eteoneus bedauert den unangenehmen Auftritt. Allein ich muß dir sagen, falls du es nicht weißt, daß Orest keinen günstigen Eindruck auf den Torhüter machte. Wie erklärst du das? Dein Vetter ist tatsächlich nicht beliebt hier. Du möchtest doch nicht einen Mann heiraten, der mit den Leuten nicht umzugehen weiß. Als deine Mutter Kritik an ihm übte, trat ich natürlich für ihn ein; sie hat kein Urteil über Männer. Aber ich mußte die ganze Zeit an Eteoneus' Auffassung denken, und der Alte hat einen ziemlich scharfen Blick. Versteh mich recht, Hermione, ich habe nichts gegen Orest, allein man muß die Sache von jedem Gesichtspunkt aus betrachten.«

»Eteoneus ist zu alt, Vater. Er denkt, er kann über alle Dinge in der Welt urteilen, und dabei hat er von der Welt nicht mehr gesehen als das, was durch deine Tür kommt. Wie kann er den Standpunkt junger Menschen verstehen, die aufgewachsen sind wie Orest und ich?«

»Ich möchte, daß du mir sagst, wie ihr aufgewachsen seid«, sagte Menelaos; »es würde deine Mutter vielleicht beruhigen.«

»Ich meine, wir sind auf uns selbst angewiesen gewesen, und wir wissen, was wir wollen. Es ist jetzt zu spät, uns an der Hand zu führen. Unsere Eltern haben die Ordnung der Dinge verletzt; wir sind die wahren Konservativen. Wie hätte Eteoneus helfen sollen, die Last zu erleichtern, die Orest trägt?«

»Es liegt etwas Wahres in dem, was du sagst«, sagte Menelaos, »aber du hast die Frage noch nicht ganz beantwortet. Selbst wenn wir zugeben, daß Orest ein unverschuldetes Elend trägt und daß er weiß, was er will, so kann er doch der unrechte Gatte für dich sein. Was soll aus alledem werden? Wie soll ich die Hochzeit für dich in die Wege leiten? Ich kann mich mit Ägisth nicht einlassen, und ich möchte nicht mit Klytemnestra in ein und derselben Stadt gesehen werden. Wir müssen warten, bis Agamemnon zurückkehrt und in seinem Hause Ordnung macht; dann sehen wir, woran wir sind. Wäre es nicht besser, du wartetest noch etwas, bis du dich für Orest entscheidest? O ja, ich weiß, du liebst ihn – ich habe gar nichts dagegen –, aber tu nichts Übereiltes. Ich lasse mich nicht von Helenas Vorurteilen beeinflussen, aber je mehr ich Orest schätze, desto mehr wünsche ich, er gehörte einer andern Familie an. Du sollst glücklich werden, soweit deine Mutter und ich dafür sorgen können. Und ich muß gestehen, ich möchte erst einmal wieder zu mir selber kommen, bevor es von neuem Streit gibt.«

»Sag einmal, Vater, wie kamst du und Mutter darauf, mich so plötzlich verheiraten zu wollen? In den ganzen fünf Jahren, bevor ihr beide zurückkehrtet, habe ich nicht soviel an Heiraten gedacht wie in den letzten paar Tagen, wo ihr mich dazu gebracht habt. Meine Gedanken waren bei dir und ihr und deinem Kummer, und ich war darauf bedacht, den Ruf der Familie zu retten; dazu hatte ich mir um Orest und seine Pflichten den Kopf zu zerbrechen und was ich ihm raten sollte. Ich habe wirklich an mich selbst überhaupt nicht gedacht. Ich war mir im allgemeinen bewußt, daß ich Orest später einmal heiraten würde, wenn alle diese andern Dinge in Ordnung wären; inzwischen war er mein bester Freund, mein einziger Gefährte. Ich glaube, wir sind füreinander geschaffen. Als Mutter mich fragte, ob ich ihn liebte, sagte ich ja und daß ich ihn zu heiraten gedächte. Ich kam mir ziemlich frech vor, als ich es ihr geradeheraus sagte, aber sie drang so in mich. Ich fühlte instinktiv, daß sie ihn ablehnte; natürlich lehnt auch er sie durchaus ab. Ich war ganz betroffen, als sie mir Vorwürfe machte, daß ich ihr meine Absichten nicht offen sagte. Hast du sie einmal über die Tugend vollkommener Offenheit reden hören? Aber ich muß sagen, Vater, du bist mir jetzt fast ebenso unverständlich wie sie; du fragst mich, ob ich die Liebe zum Leben habe und andere komische Dinge, und dann wirst du plötzlich ernst und rätst mir, es mir zu überlegen und Orest nicht übereilt zu heiraten. Wie kommst du darauf, daß ich ihn übereilt heiraten könnte? Willst du mir nicht offen sagen, um mit Mutter zu reden, was du eigentlich von mir willst? Soll ich überhaupt nicht heiraten? Gut, wenn du mich zu Hause brauchst, dann tu ich es nicht. Ich glaube, Orest wird auch fürs erste noch nicht ans Heiraten denken können. Oder bist du gegen Orest eingenommen, weil seine Eltern nicht glücklich miteinander sind? Diese Folgerung scheint mir sehr ungerecht.«

»Wenn ich die Wahrheit sagen soll«, sagte Menelaos, »so muß ich gestehen, daß ich selbst nicht viel an deine Verheiratung gedacht hatte – vielleicht lange nicht genug –, bis Helena zu mir darüber sprach; wir dachten, du würdest früher oder später Orest heiraten, und inzwischen war ich froh, dich hier bei mir im Hause zu haben. Doch andrerseits weiß ich wohl, daß du alt genug bist, ein eigenes Heim zu haben und dein eigenes Leben zu leben; Mutter und ich vergessen allzuleicht, wie die Jahre dahingegangen sind und daß du kein Kind mehr bist. Daher will ich natürlich auch, daß du heiratest. Ich habe gar nichts gegen Orest, absolut nichts, und im Ernst mache ich ihn nicht für seine Eltern verantwortlich. Aber Klytemnestra verdirbt mir wirklich die ganze Sache, das muß ich sagen. Ich wollte, ich fände einen zuverlässigen jungen Mann, dessen Mutter nicht zu schön ist.«

»Es nützt nichts, Vater, Damastor heirate ich auf keinen Fall!«

»Wer verlangt denn das von dir?«

»Mutter deutete es an, und aus dem, was du soeben sagtest, entnehme ich, daß du einverstanden bist.«

»Deine Mutter will, daß du Damastor heiratest?«

»Nun, das will ich nicht behaupten, Vater – sie warf es nur so hin und meinte, ich könnte eine schlimmere Wahl treffen; aber ich bezweifle, daß sie ihn mag; ich fand ihren Ton ziemlich satirisch. Ich kenne Mutter nicht genug, um ihre Absichten immer gleich zu verstehen.«

»Ich auch nicht«, sagte Menelaos, »aber dies eine weiß ich gewiß: Damastor ist es nicht, mit dem sie dich verheiraten will!«

»Wer ist es denn?«

»Sie wird es dir auf ihre Weise sagen. Vergiß nicht, vollkommen überrascht zu sein, wenn sie damit herauskommt. Aber um dich auf Unerwartetes vorzubereiten, will ich dir jetzt einen Wink geben: sie will dich mit Pyrrhus verheiraten.«

»Aber ich kenne den Menschen nicht! Ich will ihn nicht! Und höchstwahrscheinlich will er mich auch nicht!«

»Merkwürdig«, sagte Menelaos, »dieselben Gedanken sind mir auch gekommen, als sie den Vorschlag machte.«

»Warum beharrt sie denn auf einem so verrückten Plan?«

»Frag lieber, warum sie überhaupt Pläne macht«, sagte Menelaos. »Ich glaube, deine Mutter wird alt. Sie sieht nicht so aus, das gebe ich zu, aber sie ist in den Vierzigern und hat viel durchgemacht. Dies ganze Gerede über die Liebe zum Leben ist ein schlechtes Zeichen. Ebenso die Heiratsideen. Man sollte denken, sie hätte mittlerweile vom Heiraten genug. Das hat sie auch, für sich, aber darum eben fängt sie an, Heiraten für andere zu stiften. Wenn wir selbst keine führende Rolle mehr spielen, so versuchen wir, Schicksal zu spielen und die neuen Spieler zu leiten. Es ist eine Abschiedsgeste.«

»Sieht Pyrrhus gut aus?« fragte Hermione.

»Sehr«, sagte Menelaos.

»Ich bin nicht so sicher über die Abschiedsgeste«, sagte Hermione. »Wenn Mutter Gefallen an ihm fände, könnte ihre Jugend leicht wieder aufleben.«

»Der Gedanke kommt dir auch?«

»Wieso auch, Vater?«

»Ich meine, du glaubst, sie könnte sich in Pyrrhus verlieben?«

»Oh, ich weiß nur, was du mir gesagt hast, aber ich finde nicht, daß Mutter alt wird. Im Gegenteil. Sie ist so – wie soll ich sagen – so lebensstark, man hat, wenn man mit ihr spricht, das Gefühl, als ob sie einen auf die Flügel nähme und mit sich forttrüge, ob man will oder nicht.«

»Ich will Pyrrhus nicht hier haben, das steht fest«, sagte Menelaos. »Später meinetwegen, aber, wie du sagst – «

»Das meinte ich eigentlich nicht«, sagte Hermione. »Es ist schwer, etwas Bestimmtes über sie zu sagen. In bezug auf meine Heirat glaube ich nun wirklich, daß sie es sehr ernst meint. Ich glaube wirklich, daß sie aufrichtig ist. Aber sie kann unmöglich ahnen, welche Wirkung sie auf manche Menschen hat. Ich habe ihre Schwächen zu deutlich gesehen, um in ihren Bann zu geraten, aber ich bin doch froh, ihren Ernst zu empfinden. Mutter ist tatsächlich zu ernst. Es fehlt ihr an Humor, und das ist das Schlimme. Du hast Humor, und ich habe, dem Himmel sei Dank, etwas davon geerbt, aber sie hat gar keinen.«

»Du hast's getroffen!« rief Menelaos. »Ich wollte, das wäre mir eingefallen, als sie mir ihre reden über die junge Generation hielt. Hermione, das ist die absolute Wahrheit – sie nimmt alles furchtbar ernst, und da sie keinen Sinn für Humor hat, tut sie es leicht in der verkehrten Richtung.«

»Und sie hat solchen Tatendrang«, sagte Hermione. »Wenn sie mich erst glücklich verheiratet hat, so soll mich wundern, was sie sich dann in den Kopf setzt. Ich verstehe nicht, wie jemand, der so gelassen, ja zuweilen sanft aussieht, solch ein Wunder an Tatkraft sein kann. Diese Offenheit, von der sie immer redet, ist nur ein Vorwand, etwas in Gang zu bringen. Ich fange jetzt an, zu verstehen, was die alten Sagen meinen, wenn sie von einer verheerenden Schönheit sprechen.«

»Ja, das ist deine Mutter«, sagte Menelaos. »ich glaube, es ist Schicksal. Es hat keinen Sinn, ihr daraus einen Vorwurf zu machen.«

»Aber sie sollte sich mittlerweile kennen«, sagte Hermione. »Sie sollte bedenken, welchen Einfluß sie auf empfängliche Menschen hat. Wenn man ihr auch alles andere zugesteht, so kann man ihr doch nicht ganz verzeihen, daß sie die Unschuldigen und Ahnungslosen irreführt."

»O nein, das ist etwas zu stark ausgedrückt«, sagte Menelaos. »Sie führt dich nicht irre, die du doch unschuldig bist, und niemand, der sie kennt, ist ahnungslos ihr gegenüber. Jeder, vom Torhüter bis zu den klatschsüchtigen Nachbarn, möchte das Schlimmste von ihr glauben. Außerdem ist das Merkwürdige bei der Sache, daß sie ihre größten Erfolge gerade bei den Gewitzigten hatte. Wenigstens bei den Verheirateten. Und Paris war weder unschuldig noch ahnungslos.«

»Ich dachte an Adraste, das Mädchen, von dem sie so viel hält«, sagte Hermione. »Ich mag den Typ nicht, aber sie schwärmt für meine Mutter und wird, fürchte ich, alle ihre Fehler nachahmen.«

»Was für ein Typ ist es?« fragte Menelaos. »Bisweilen machst du es genau wie deine Mutter – du redest von etwas, was nur du weißt, als ob jeder, der nicht ein Narr ist, es wissen müßte. Ich weiß nicht, was für Typen es gibt und zu welchem Adraste gehört.«

»Oh, sie hat das, was Mutter die Liebe zum Leben nennen würde, glaube ich«, sagte Hermione.

»Offen gesagt, sie scheint mir – man sagt es nicht gern von einem Mädchen, aber ich glaube, sie ist ziemlich leidenschaftlich. Du weißt, was ich meine – im schlimmen Sinn. Wenn irgendein Mann da wäre, den sie liebte, würde sie sich ohne weiteres hingeben.«

»Irgendeinem?« fragte Menelaos. »Oder handelt es sich um einen bestimmten?«

»Ich glaube, es könnte irgendeiner sein«, sagte Hermione. »Versteh mich, bitte, recht, ich will nichts gegen sie sagen. Ich werfe ihr überhaupt nichts vor, es ist alles Mutters Schuld. Wenn Mutter sie gelehrt hätte, sich zu beherrschen, züchttg zu warten, bis die Liebe in ihr Leben eintritt, sittsam und mädchenhaft zu sein! Aber nach gewissen Bemerkungen, die Adraste in meiner Gegenwart fallenließ, glaube ich, hält sie alles Romantische für gerechtfertigt. Ich konnte natürlich nicht mit ihr darüber streiten – wenn man an Mutters Beispiel denkt.«

»Dein Verhältnis zu Orest ist auch nicht ganz der Etikette gemäß, nicht wahr?« fragte Menelaos.

»Das ist etwas anderes«, sagte Hermione. »Unser Verhältnis war ein Ausnahmefall, aber durchaus schicklich. Es ist mir, als hätten wir überhaupt kaum von Liebe gesprochen; wir gingen so bald dazu über, unsre Familienangelegenheiten zu beraten. Du machst dir keine Vorstellung davon, was für ein vortrefflicher Mensch Orest ist; ich freue mich, daß ich ihn zuerst unter so traurigen Umständen kennengelernt habe – er zeigt sich am besten, wenn er in Not ist. Natürlich haben wir uns allein gesprochen, wenn Eteoneus nichts davon wußte, aber du warst fort, und wir betrachteten uns als längst für einander bestimmt.«

»An diese Bestimmung wirst du deine Mutter erinnern müssen«, sagte Menelaos. »Doch, um wieder auf Adraste zu kommen, ich bin froh, daß zur Zeit kein junger Mann hier in der Nähe ist, abgesehen von Damastor. Helena meint, er machte Adraste den Hof.«

»Unsinn!« sagte Hermione. »Seine Mutter hat mir mehrmals gesagt, daß er mich gern hat – was vielleicht ziemlich töricht von ihm ist, aber zeigt, welchen Typ er schätzt. Er ist sehr sorgfältig erzogen, und außerdem ist er noch ein Knabe. Ich bezweifle, daß er eine nicht standesgemäße Ehe schließen möchte, und selbst wenn er daran dächte, würde er es doch seine Mutter gegenüber nicht wagen, Adraste den Hof zu machen; dazu hat er nicht Charakterfestigkeit genug. Die Art Mann, die ich im Sinne hatte, wäre vielleicht Pyrrhus; du könntest ihn am Ende doch einladen und mit Adraste verheiraten. Dann hätte Mutter ihn im Familienkreise, wie sie es wünscht, und ich könnte Orest in Frieden heiraten.«

»Ich will Pyrrhus nicht hier haben«, sagte Menelaos. »Ich werde ihr dies sagen, sowie ich sie sehe.«

»Sag es ihr jetzt«, sagte Hermione, »da kommt sie!«

3

»Helena«, sagte Menelaos, »ich sag es dir noch einmal, ich will Pyrrhus nicht hier haben!«

»Ich bin froh, daß du Pyrrhus erwähnst«, sagte Helena, »ich möchte mit Hermione über ihn sprechen, und so sind wir gleich bei der Sache.«

»Dann laß mich dir gleich sagen, Mutter«, sagte Hermione, »daß ich Pyrrhus nicht heirate – und auch Damastor nicht!«

»Damastor? Das verhüte der Himmel!« sagte Helena.

»Sagtest du nicht, sie solle ihn heiraten?« fragte Menelaos. »Sie hat dich so verstanden.«

»In meinem Leben nicht«, sagte Helena. »Ich sagte ihr, daß Charitas mir erzählt hätte, er sei in sie verliebt, und ich bemerkte, daß sie schlimmer fahren könnte, als wenn sie ihn nähme. Das ist auch wahr. Aber ich möchte, daß sie vielmehr besser führe als schlimmer. Ich suchte damals herauszubekommen, ob Damaster Hermione den Hof gemacht hatte, wie Charitas glaubte. Ich erfuhr, was ich vermutete, daß der Junge seine Mutter täuscht. An

Damastor liegt mir wenig. Was Pyrrhus betrifft, so habe ich nicht von Hermione verlangt, daß sie ihn heiraten soll, und werde es auch nicht verlangen. Sie kann den heiraten, den sie wählt. Und das wird sie auf jeden Fall. Ja, ich habe ihn ihr gegenüber nie erwähnt, aber ich war im Begriff, ihr zu sagen, daß sie ihn kennenlernen sollte, bevor sie ihre endgültige Wahl träfe. Du hast ihr über unsre Unterredung berichtet, nicht wahr?«

»Ja«, sagte Menelaos. »Ich sagte ihr, daß du dir Pyrrhus zum Schwiegersohn wünschest und den Vorschlag gemacht hast, ihn einzuladen.«

»Dieser Bericht ließ jedenfalls deine Auffassung der Sache deutlich genug erkennen«, sagte Helena. »Es ist die übliche Art, wie wir zusammenarbeiten. Nun, Hermione, was hältst du von der Idee?«

»Hermione stimmt mit mir überein«, sagte Menelaos, »daß es zu gefährlich ist, Pyrrhus hierher einzuladen.«

»Zu gefährlich?« sagte Helena. »Wer sollte ihm etwas zuleide tun? Gäste sind immer außer Gefahr.«

»Aber der Wirt nicht, heutzutage«, sagte Menelaos. »Wir haben uns entschlossen, einmal deine Freimütigkeit zu üben. Hermione meint, ebenso wie ich, daß für sie und mich bei Pyrrhus' Besuch nicht viel herauskommen würde. Wo du hier bist, würde sie nicht viel von ihm sehen. Er würde entzückt sein, natürlich – so bezaubert, daß er die Existenz deiner Tochter – oder deines Mannes – gar nicht bemerken würde. Das geht nicht an, Helena. Du bist ganz auf deine Kosten gekommen; fortan bleiben wir lieber unter uns!«

»Mutter, das ist nicht ganz das, was ich sagte. Ich – «

»Das weiß ich, mein Kind«, sagte Helena. »Weiter, Menelaos.«

»Weiter wollte ich nichts sagen«, sagte Menelaos.

»Das ist unmöglich«, sagte Helena. »Kein Mann kann so zu einer Frau sprechen, und in Gegenwart seiner Tochter, ohne noch sehr viel hinzuzufügen. Dies ist die Art, wie du mich das letztemal, als wir über die Sache sprachen, beleidigtest. Ich sagte dir damals, daß ich nicht bei dir bleiben würde, wenn du die Beleidigung wiederholtest. Jetzt werde ich dich verlassen. Es tut mir leid, Hermione, daß du Zeuge so unseliger Zusammenstöße zwischen deinen Eltern werden mußtest, aber da dein Vater es durchaus so will, ist es vielleicht besser, du erfährst die Sache direkt von mir. Ich bat deinen Vater, Pyrrhus einzuladen, damit deine Menschenkenntnis sich erweitere, bevor du endgültig einen Gatten wählst. Dein Vater beschuldigte mich, Achill geliebt zu haben. Ich erinnerte Menelaos daran, daß ich Achill, der jetzt im Grabe liegt, nie gesehen habe, sagte aber, ich würde ihn sicher geliebt haben, wäre er mir begegnet, denn er war der größte Mann seiner Zeit und der liebenswerteste. Wir müssen das Höchste lieben, wenn wir es sehen, und wenn wir es nicht lieben wollen, ist es besser, wir sehen es nicht. Ich glaube, daß Pyrrhus seinem Vater gleicht; soweit meine Kenntnis reicht, ist er jetzt der Herrlichste aller Menschen. Vielleicht wäre es gütiger an dir gehandelt, wenn man ihn nicht hierher lüde; wenn man nur sicher sein könnte, daß du ihn nicht zufällig anderswo träfest; denn du und Orest, ihr seid augenscheinlich miteinander sehr zufrieden. Allein eines Tages wirst du Pyrrhus sehen, das ist fast gewiß, und was soll dann werden, wenn du schon an einen andern Mann gebunden bist? Ich wollte dir dies aus meinem besorgten Herzen heraus sagen und dich zu bewegen suchen, daß du Pyrrhus hier willkommen heißest. Ich wollte noch hinzufügen, daß ich ihn zwar für bedeutender als Orest halte, aber ich habe Orest ja nicht gesehen und kann mich irren. Wenn du Pyrrhus siehst, findest du ihn vielleicht weniger bezaubernd als ich. Ob das nun ein Fehler meines oder deines Geschmacks ist, gilt dann gleich; die Sache ist damit erledigt. Du kannst dann wählen, welchen du willst. Aber, Hermione, ich bitte dich, weise Pyrrhus nicht ungesehen zurück, um Orest zu heiraten! Der Glaube an deinen Mann wird dann von Anfang an vergiftet sein. Du wirst daran denken, daß du ihn nicht an einem andern Mann hast messen wollen; du wirst dich fragen, was geschehen wäre, wenn du Pyrrhus gesehen hättest. Zuerst wirst du beten, daß er dir nie begegne, dann wirst du wünschen, daß es doch geschehe, und endlich wird es natürlich geschehen. Das wollte ich dir sagen. Aber nun mußt du mit deinem Vater diese Dinge nach eigenem Ermessen entscheiden. Ich verlasse dies Haus für immer. Es war zwischen mir und Menelaos abgemacht, daß ich fortgehen sollte, falls er wieder in solchen Ausdrücken zu mir redete.«

»Oh, laß das, Helena«, sagte Menelaos, »ich vergaß mich.«

»Nein, du vergaßest dich nicht«, sagte Helena, »obgleich das keine Entschuldigung wäre; ich finde die Beleidigung nicht weniger kränkend, wenn sie spontan war. Aber nachdem du mir eben versprochen hattest, solche Reden nicht zu wiederholen, gingst du und sagtest dasselbe meiner eigenen Tochter; nun sagst du mir in ihrer Gegenwart, daß sie dir zustimmt, und das Kind muß sich verteidigen und mir sagen, daß sie es nicht tut. Wir sind fertig miteinander, Menelaos; ich gehe meinen Weg und du deinen. Hermione, ich bitte dich bei deiner Ehre, dafür zu sorgen, daß dein Vater keine Geschichten aufbringt über ein Liebesverhältnis zwischen mir und Achill oder ähnliche Lügen, um mein Fortgehen zu erklären. Was mich veranlaßt zu gehen, ist einzig und allein die eigentümliche Sinnesart deines Vaters.«

»Ich vermute, daß die Schande, die auf uns beide fällt, in deinen Augen nicht viel bedeutet«, sagte Menelaos. »Aber du solltest wenigstens daran denken, daß du auch Schande über Hermione bringst, die gänzlich unschuldig ist.«

»Auf sie wird keine Schande fallen«, sagte Helena. »Man wird sie nur um so mehr beklagen, weil sie mit ihren Eltern soviel Unglück hat. Wenn Schande kommt – und das wird natürlich geschehen –, so fällt sie allein auf mich.«

»Das sollte sie sicher«, sagte Menelaos, »aber das wird sie nicht – nicht auf dich allein. Ich werde auch etwas abbekommen.«

»Durchaus nicht«, sagte Helena. »Es wird einfach heißen, dein Weib hat dich zum zweitenmal verlassen. Mich trifft die Schande und dich die Lächerlichkeit.«

»Das sehe ich nicht ein«, sagte Menelaos.

»Das wird sicher geschehen«, sagte Helena. »Wenn eine Frau ihrem Manne wegläuft oder umgekehrt, so erntet der gekränkte Teil wohl Mitleid, aber keine Bewunderung, selbst wenn es zum erstenmal geschieht. Menschen, die Liebe einzuflößen wissen, läßt man nicht im Stich. Allein wenn das Verlassenwerden zur Gewohnheit wird, so kann man auch nicht einmal auf Mitleid rechnen. Der wiederholt Verlassene wird ausgelacht.«

»Du darfst nicht fort, Helena«, sagte Menelaos, »wirklich, du darfst nicht!«

»Ich gehe«, sagte Helena, »und ich bitte dich, dabei deine Würde wenigstens äußerlich etwas zu wahren und keine Worte zu machen. Adraste und ich können morgen fertig sein. Ich weiß verschieden Orte, wo man mich wahrscheinlich willkommen heißen wird. Idomeneus zum Beispiel – «

»Helena«, sagte Menelaos, »ich will nicht versuchen, dich mit Gewalt zurückzuhalten; es würde mir vielleicht nichts nützen, wenn du so fest entschlossen bist, wie du sagst. Aber ich bitte dich dringend, bleib hier! Ich ergebe mich unbedingt. Ich gebe zu, in Gegenwart von Hermione, daß ich vollständig im Unrecht bin. Ich habe unwürdig gehandelt, ich habe – «

»Leb wohl«, sagte Helena. »Das hast du. Aber ich gehe.«

»Mutter«, sagte Hermione, »wenn du bleibst, will ich tun, was du von mir verlangst. Ich will Pyrrhus hier im Hause willkommen heißen, bevor ich Orest heirate.«

»Das sollst du jedenfalls in deinem eigenen Interesse tun, ob ich bleibe oder nicht«, sagte Helena;
»und ich vermute, dein Vater wird bereit sein, ihn
einzuladen, sobald ich fort bin. Dann hat es ja keine
Gefahr mehr.«

»Er wird nicht kommen, wenn er hört, daß ihr
schon wieder entzweit seid«, sagte Hermione.

»Ich bin sicher, er wird denken, daß Vater seine
Hilfe für einen neuen Krieg braucht.«

»Ich zweifle nicht, daß er genau das denken
wird«, sagte Helena. »Ich höre ihn schon jetzt. Er
hat das herzliche Lachen seines Vaters.«

»Ich sehe, ich muß nachgeben«, sagte Menelaos.
»Wenn du bleibst, so schicke ich die Einladung an
Pyrrhus sofort ab.«

»Du solltest sie sofort abschicken, ob ich bleibe
oder nicht«, sagte Helena. »Das weißt du ganz
gut. Ich lasse mich auf keinen Handel wieder mit
dir ein. Lade ihn ein oder nicht. Du allein hast
darüber zu entscheiden. Vor einer Stunde war ich
deine Frau und versuchte, mit dir über das Glück
unsres Kindes zu beraten. Jetzt bist du ein freier
Mann, der allein entscheidet und allein verantwortlich ist.«

»Ich will es andersherum wenden«, sagte Menelaos. »Wenn ich ihn einlade, bleibst du dann?«

»Du hast wohl nicht gehört, was ich sagte. Ich
lasse mich auf keinen Handel ein.«

»Nun denn«, sagte Menelaos, »du sollst deinen
Willen haben. Ich lade Pyrrhus sofort ein. Hast du
verstanden? Sofort. Ganz aus eigenem Entschluß.
Ich selbst will es so. Niemand kann mich davon ab-

bringen. Ich schicke sofort den Boten ... Bleibst du nun?«

»Du hast einen weisen Entschluß gefaßt«, sagte Helena., »und du tätest gut, den Boten jetzt abzuschicken.«

»Und du bleibst? Darauf kommt es allein an!« sagte Menelaos.

»Ah, so ist es gemeint?« sagte Helena. »So war es doch ein Handel? In diesem Fall bleibe ich nicht.«

»Bei meiner Ehre, welch ein Weib!« rief Menelaos. »Ich gehe hin und schicke den Boten.«

»Mutter, du läßt mich nicht allein, bis Pyrrhus hier gewesen ist?« bat Hermione. »Ich konnte es nicht sagen, solange Vater dabei war; aber es ist mir schrecklich, unter dem Gesichtspunkt der Heiratsmöglichkeit gemustert zu werden, und ich kann nach all diesem Gerede Pyrrhus gegenüber auch nicht natürlich sein. Außerdem werde ich mir heuchlerisch vorkommen, da ich mich schon für Orest entschieden habe.«

»Ich verspreche dir, wenigstens so lange hierzubleiben, bis Pyrrhus kommt oder bis Orest kommt«, sagte Helena. »Denn wenn ich verlange, daß du Pyrrhus vor deiner Entscheidung siehst, so ist es nur gerecht, wenn ich auch Orest eine Möglichkeit gebe, sich als der zu erweisen, für den du ihn hältst. Dein Vater schickt jetzt die Einladung an Pyrrhus, aber der ist weit fort und kann nicht so bald hier sein. Inzwischen hätte ich gern deinen Vetter hier. Willst du dafür sorgen, daß er kommt?«

»Ich täte nichts lieber als das«, sagte Hermione, »allein ich weiß nicht, wo er ist. Ich weiß das nie. Er verbirgt sich vor Ägisth. Wir werden warten müssen, bis er kommt.«

»Hätte er dir nicht sein Geheimnis anvertrauen können?« fragte Helena. »Das finde ich sehr schade. Er verliert die beste Gelegenheit, die er je haben wird, wenn wir ihn im kritischen Augenblick nicht finden können. Du hast keine Möglichkeit, ihm Botschaft zu schicken?«

»Nicht die geringste«, sagte Hermione. »Aber du darfst ihm daraus keinen Vorwurf machen; er wollte mir sagen, wo er sich verbirgt, doch ich hinderte ihn daran. Er hatte mir schon zuviel von seinen Geheimnissen anvertraut und sein Leben hing an diesem. Außerdem hatte sein geheimnisvolles Kommen und Gehen einen eigentümlichen Reiz für mich; es war wie bei einem richtigen Liebesverhältnis – kein richtig verabredeter Besuch, sondern ein durch Zufall oder Vorsehung oder Impuls herbeigeführter.«

»Ich verstehe deine Art«, sagte Helena. »Mir persönlich würde es nichts vom Zauber der Romantik nehmen, wenn ich wüßte, wo mein Geliebter wäre. Wir müssen also warten, bis Orest kommt. Ich hoffe wirklich, daß es bald sein wird. Und ich muß dir noch sagen, Hermione, daß ich deine Bereitwilligkeit, meinem Wunsch, der Pyrrhus gilt, zu willfahren, sehr anerkenne.«

»Bevor ich gehe«, sagte Hermione, »möchte ich gern wissen – ich bin schrecklich neugierig –, wer jener Idomeneus war. Vater wurde ganz aufgeregt, als du seinen Namen nanntest.«

»Er war einer meiner Bewerber«, sagte Helena,

»und ich sollte dir vielleicht von ihm erzählen; denn eigentlich dachte ich an ihn, als ich wollte, daß du Pyrrhus sähest. Als ich heiraten sollte, galt noch die alte Sitte, daß die Bewerber nicht persönlich erschienen, sondern Geschenke mit der Werbung sandten, und das Mädchen und die Eltern hatten daraufhin zu entscheiden. Natürlich entschied man sich für jemanden, den man kannte oder von dem man gehört hatte. Idomeneus ist ein sehr origineller Mensch. Er war immer seiner Zeit voraus. Er kam selbst mir seinen Geschenken und sagte, wenn er das Glück hätte, mich zu erringen, so sollte niemand anderer als er selbst das Glück haben, das Jawort zu hören, und niemand als er selbst sollte die Ehre haben, mich in sein Heim zu führen. Weißt du, Hermione, ich war damals noch so unerfahren, daß ich diesen Verstoß gegen die allgemeine Sitte um einer sentimentalen Regung willen sehr ungeschliffen fand. Ich wies ihn von allen zuerst ab und schickte ihn allein heim. Dann wog ich die abwesenden Bewerber gegeneinander ab, gewissenhaft, nach herkömmlichen Vorurteilen, und ich empfand das Ganze als sehr romantisch. Ich entschied mich für Menelaos. Idomeneus ist noch heute ein Sonderling. Er hat nie geheiratet. Aber gerade im Gedanken an ihn glaube ich, daß ein Mädchen alle Möglichkeiten sehen sollte – ob es sich nun um Bewerber handelt oder nicht – bevor sie sich bindet. Selbst im besten Falle übersehen wir so viel!«

4

»Den ganzen Tag habe ich an dich gedacht, Adraste«, sagte Damastor. »Du gehst mir im Kopf herum wie eine Melodie, und was auch sonst weniger
Angenehmes um mich her vorgehen mag, ich hor-
che still in mich hinein.«

»Ich freue mich, wenn du das sagst, Damastor.
Es ist wunderbar, wie du jedesmal, wenn wir uns
sehen, etwas so Schönes zu sagen weißt und dich dabei nie wiederholst! Für mich bist du nicht Musik,
sondern ein Bild; ich träume von dir so lebhaft, daß
ich fast fürchte, die andern sehen auch, was ich sehe,
und erfahren mein Geheimnis.«

»Was siehst du, Adraste?«

»Kannst du danach fragen, Geliebter? ... Damastor, deine Lippen sind kalt! Armer Junge!«

»Komm tiefer in den Schatten, Adraste – man
sieht uns, wenn wir im Mondschein gehen. Ich habe
noch nie einen solchen Vollmond gesehen. Hier auf
dieser Gartenbank können wir sitzen und in Ruhe
miteinander plaudern.«

»Der Mond war noch nie so schön, Damastor,

aber ich glaube, der Glanz bist du. Ich bin in solchen Nächten allein hierhergekommen, um den Garten in seinem Zauber zu sehen und an das zu denken – an das, woran wir denken; aber eine solche Helle war nie da. Ich wollte, sie wäre noch größer und jeder könnte uns darin wandeln sehen. Unser Glück ist zu schön, um sich zu verbergen. Ich bin stolz auf dich, Damastor. ... Damastor, hast du mich so lieb, wie du sagtest?«

»Ich habe dich noch viel, ach, so viel lieber! Fühlst du nicht, wie lieb ich dich habe? Bedarf es für uns der Worte?«

»Ich höre so gern, wenn du es mir sagst, Damastor; niemand könnte es so sagen. Als du mir zum erstenmal sagtest, daß du mich liebtest – ich werde nie vergessen, wie du das sagtest!«

»Ich erinnere mich an kein einziges Wort mehr, Adraste, ich erinnere mich nur an das Schweigen, das folgte. Ich hatte eine solche Angst, daß du schon einen andern liebhaben könntest, und du gabst mir zu verstehen, du hättest einen lieb, und als ich schon glaubte, sterben zu müssen, begriff ich, daß ich dieser eine sei.«

»Ja, Schäfchen, du begriffst! Ich mußte es dir sagen.«

»Du mir sagen! Das ist gut! Wir sahen einander nur an und sagten nichts. Ich war nie in meinem Leben so glücklich; ich werde nie wieder so glücklich sein.«

»Oh, aber ich, Damastor. Ich genoß jenes Schweigen gar nicht. Ich wußte, daß du mich liebtest, du Unschuld, und ich mußte warten, bis du mit dem Gedanken fertig wurdest; und für mich war es nichts Neues, daß dir mein Herz gehörte, wie neu es dir auch sein mochte. Ich war ganz ärgerlich auf dich, wie du da standest, gelähmt von deiner großen Entdeckung, und nicht wußtest, was du tun solltest.«

»Wenn ich stumm war, Adraste, so war es vor Glück. Und dann bat ich dich um einen Kuß, weißt du noch?«

»Ich weiß, das war genau die Zahl, um die du batest.«

»Aber du gewährtest mir mehr als einen, Adraste. Ich wußte nicht, was Küsse sind.«

»Sie erschreckten dich etwas, armer Damastor, nicht wahr? Du schienst zu glauben, daß es nur eine gewisse Anzahl von Küssen in der Welt gäbe, und wenn wir sie an jenem Tage alle nähmen, würde es keine mehr geben. Wir wollten sie lieber etwas aufsparen, sagtest du. Wir gaben uns das Versprechen, lange, lange Zeit aufeinander zu warten.«

»Wie jung mir das jetzt vorkommt! Wir waren beide so jung, Adraste!«

»Ja, es war vor einigen Monaten. Und jetzt sind wir – was sind wir jetzt, Geliebter? – in den mittleren Jahren? Wenigstens so alt, daß ich anfange, zurückzublicken und sentimental zu werden, und dich bitte, mir noch einmal zu sagen, daß du mich liebst, wie zu der Zeit, da wir jung waren.«

»Ich müßte ein Dichter sein, um dir zu sagen –«

»Aber das bist du ja, Geliebter!«

»Ach nein! Wenn ich es wäre, so könnte ich mein Herzweh in Worte fassen. Es ist Herzweh! Ich weiß nicht, wie es kommt – ich meine, warum das Glück etwas dem Schmerz so Verwandtes mit sich bringt! Ich kann meine Liebe nicht fassen, Adraste – ich kann dich nicht wirklich fassen. Meine Hand hält deine kleinen Finger, fühlt deine weiche, kühle Wange, ich halte deine ganze Weichheit in meinen Armen – aber du, die ich wirklich liebe, entgleitest mir. Hier im Schatten bist du mehr wirklich als manches Mal, wenn ich dich am hellen Tage sehe. Wenn du neben mir sitzest und ich deine Stimme höre, kann ich an die Freude um mich her glauben; bei Tage denke ich oft, daß alles nur ein Traum ist. Ich sehe dich an und versuche an alles zu denken, was geschehen ist, und ich kann es nicht glauben. Aber ich kann mir dein Bild zurückrufen, wie ich es vor langer Zeit sah – in der Erinnerung oder im Traum ist das Bild der Geliebten klar, aber der gegenwärtige Augenblick erscheint uns oft als Täuschung. Geht es dir ebenso, Adraste?«

»Du bist ein Dichter, das habe ich immer gesagt, Damastor – du hast so viel Phantasie und du spielst mit deinen Erlebnissen, forschest daran herum und versuchst, Worte dafür zu finden. Ich bin ein sehr simples Geschöpf – ich liebe dich einfach, bin ganz Liebe. Für mich ist es der schönste Traum, wenn ich dich sehe, hier im Schatten oder im Mondschein oder im Sonnenschein. Wenn ich dich nur sehe, an deiner Seite bin, deine Nähe fühle!«

»Weißt du noch, Adraste, wie wir uns zum erstenmal sahen – das heißt wirklich sahen? Wie meine Mutter mich mit dem Krug zum Brunnen schickte und dir zurief, daß du mir helfen solltest, und wie du so sittsam daherkamst?«

»Deine Mutter würde mir jetzt gewiß nicht mehr zurufen, dir zu helfen! Erinnerst du dich an jenes andere Mal, als Helena mich mit zu deiner Mutter nahm und deine Mutter mich ans andere Ende des Gartens schickte und es auf diese Weise, gegen ihren Willen, selber so einrichtete, daß du herauskommen und mit mir plaudern konntest?«

»Ob ich mich daran erinnere! Meine Mutter wird sich nie davon erholen, so war sie erschrocken. Sie meint noch immer, Adraste, ich wäre dir vorher nicht begegnet; sie behauptet, sie hätte dich nie ge-beten, mir bei dem Wasserkrug zu helfen.«

»Nun, wenn wir uns auch vorher nicht begegnet wären, so hättest du darum doch herauskommen können.«

»Mutter meint nein — sie meint, du habest mich behext, durch irgendeinen Zauber herbeigezogen. In einer Weise hat sie recht. Aber sie sollte nicht sagen, daß sie dich damals nicht gerufen hätte.«

»Sie hat mich weiter nicht beachtet, Damastor — sie dachte an den Wasserkrug.«

»Du meinst, sie hat nicht beachtet, wie schön du bist. Als sie das gewahrte, damals im Garten, hatte sie Angst vor dir.«

»Bin ich so furchtbar, Damastor?«

»Verhängnisvoll, würde ich sagen.«

»Die Liebe ist es, die verhängnisvoll ist, Dama-stor. Damastor, hast du schon einen Plan für uns gefaßt — was wir tun können?«

»Ich denke die ganze Zeit daran, Adraste. Das Beste scheint mir, wir warten noch ein wenig und behalten unser Glück, unser beglückendes Geheimnis, für uns. Wir könnten nicht glücklicher werden, als wir waren und noch sind, nicht wahr? Ich trage die Verantwortung, und ich glaube, ich werde mit meinen Eltern am besten fertig, wenn ich ihnen die Sache nicht so plötzlich beibringe; sie sind beide schwer zugänglich, wenn eine unerwünschte Nachricht sie unerwartet trifft. Ich weiß nicht, was ich sonst tun könnte.«

»Damastor, mein Geliebter, ja, es ist ein glückliches Geheimnis, aber – ich kann es nicht viel länger wahren.«

»Du meinst – du meinst –«

»Natürlich meine ich das! Nun, sei nicht so erschrocken! Ich habe es dir ja gesagt, und nun wird es dir allmählich klar, wie damals unsre Liebe – und unsre Liebe ist es hier ja auch! Über ein Weilchen wird jeder es wissen. Warum auch nicht? Ich bin glücklich und stolz, Damastor, es ist so wunderbar schön! Aber ich wollte, es wäre kein Geheimnis! Warum sollten wir nicht hingehen und jedem, der es hören will, erzählen, daß Damastor und Adraste sich angehören, sich für immer angehören durch ihre Liebe? Ich weiß nicht, was sie andres tun können, als uns beneiden. Deine Mutter würde mich zuerst nicht mögen – sie liebt dich zu sehr, um irgendein Mädchen, das dich ihr fortnimmt, zu lieben –, aber mit der Zeit könnte ich die Liebe gewinnen. Dein Vater würde gut gegen uns sein.«

»Vater würde gut sein, wenn er allein wäre«, sagte Damastor, »aber Mutter wird schwerer zu bekehren sein, als du denkst. Deine Schönheit war ihr gleich verdächtig; sie meint, daß alle schönen Frauen nichts taugen, und wenn sie wüßte, was – was du mir eben gesagt hast –, so würde das ihr Vorurteil bestätigen. Es tut mir leid, Adraste, aber es ist so. Sie würde es nicht verstehen. Ich hoffe immer noch, daß wir einen Ausweg finden, wenn wir warten. Wenn ich es ihr jetzt sage, gibt es keinen.«

»Sage mir eins, Damastor – glaubst du, daß ich ein schlechtes Mädchen bin? Finden die Ansichten deiner Mutter irgendwelchen Anklang bei dir? Reut dich unsre Liebe?«

»O Adraste, wie kannst du so fragen?«

»Wie ich das kann, Liebster? Weil du mir die Frage nahelegst. Du redest jetzt nicht wie damals, als du mich zuerst begehrtest, als du sagtest, wir wollten zusammen dem Leben Trotz bieten, als alles andere dir gleichgültig war, wenn wir nur einander angehörten! Damals warst du nicht so vorsichtig – wenigstens nicht für mich, nicht wahr? Ich sage nicht, daß ich mich dir nicht hingeben wollte – ich meine nur, du warst damals am meisten du selbst, als du mich nahmst, als du dein Leben in deine eigene Hand nahmst, wie ich glaubte, jeder Gefahr Trotz botest, der Armut, selbst dem Zorn deiner Mutter, um ganz du selbst zu sein. Würdest du es noch einmal tun, Damastor, wenn dies alles noch nicht geschehen wäre?«

»Adraste, ich liebe dich so sehr; was du sagst, tut mir weh, als ob du mich der Untreue anklagtest. Könnte ich es dir deutlicher zeigen, als ich es getan habe, wie sehr ich dich für mich allein begehre, fürs ganze Leben eins mit dir werden möchte? Ich weiß nicht, womit ich dich enttäuscht haben kann!«

»In gewisser Weise hast du das getan, wenigstens scheint es mir so, und ich wünsche nichts sehnlicher, als daß du mir beweisest, daß ich mich irre. Ich glaubte, du wüßtest, was du wolltest, als du mich anflehtest, mich dir hinzugeben – ich glaubte, daß auch du dich ganz hingäbest. Mit einem solche Manne könnte ich allem Trotz bieten. Du kannst nicht wissen, Damastor, wie grenzenlos ich dich bewunderte. Ich wußte, daß deine Mutter mich nicht mochte, aber wir waren beide der Ansicht, daß wir das Recht hätten, selbst zu wählen und unser eigenes Leben zu leben. Ich bildete mir ein, du würdest zu ihr hingehen und ihr ganz einfach, mit aller Liebe und Ehrfurcht, sagen, daß wir uns liebten, daß alles abgemacht sei; und du würdest es ihr mit so wunderbar klugen Worten sagen, daß deine Mutter, selbst wenn es sie betrübte, uns doch verstehen könnte, oder wenn dies nicht der Fall sein sollte, so würdest du doch den Trost haben, offen und aufrichtig vorgegangen zu sein. Damastor, ich bin enttäuscht, daß du gar nichts tust – einfach wartest. Das ist weder so tapfer noch so klug, wie ich es von dir erwartete, und bisweilen fürchte ich, du bist deiner nicht mehr so sicher wie damals. Habe ich dich falsch beurteilt? Oder hast du mich einst geliebt und bist nun ein anderer geworden?«

»Ich will mein Leben daransetzen, Adraste, dir zu zeigen, wie sehr ich dich liebe. Wenn ich bisher gezögert habe, so geschah es nicht aus Feigheit. Es gehört Mut dazu, meiner Mutter alles zu sagen, aber sobald ich sicher bin, daß es der richtige Augenblick ist, spreche ich mit ihr. Hast du es Helena gesagt?«

»Kein Wort.«

»Ahnt sie etwas?«

»Damastor, Helena scheint immer alles zu wissen, was um sie her vorgeht; daher vermute ich, daß sie es schon lange erraten hat, aber sie hat nichts zu mir gesagt, und natürlich habe ich auch geschwiegen.«

»Wenn du Helena gegenüber dies Gefühl hast, so solltest du verstehen, warum auch ich es noch eine Weile geheimhalten möchte.«

»Ich möchte es niemandem gegenüber geheimhalten, Damastor, aber ich möchte, daß du es sagtest. Ich möchte, daß *du* dich dessen rühmtest und stolz darauf wärest, so daß ich stolz auf dich sein kann.«

»Bist du nicht stolz auf mich, Adraste?«

»Damastor, ich glaube, kein Mann weiß so recht, weshalb eine Frau ihn liebt, wenigstens hast du, soweit ich nach deinen Worten urteilen kann, keine Ahnung, was es ist, weswegen ich dich liebe. Ich liebe an dir, daß du mutig deinen Weg gehst, dein eigenes Schicksal auf dich nimmst. Die meisten Menschen ahmen einander nach, ohne zu bedenken, ob das, was sie tun, das ist, was sie wirklich von sich aus tun möchten. Du hast das, wovon Helena oft spricht, die Liebe zum Leben; du versuchst, die Dinge zu sehen, wie sie wirklich sind; Ausflüchte und Heuchelei sind dir verhaßt, du möchtest ehrlich sein gegen dich selbst und andere. Deshalb liebe ich dich, Damastor – ich könnte nie einen Menschen lieben, der anders ist, du darfst diesen hohen Vorzug nicht verlieren, Damastor; wenn du dich wandeltest, könnte ich nicht stolz auf dich sein – ich würde dich immer liebhaben, aber ach, ich würde so betrübt um dich sein! Es handelt sich nicht nur um diesen einen Punkt, weißt du – es handelt sich um dein ganzes Leben; denn wenn du jetzt anfängst, deine Gedanken und Gefühle zu verbergen und dich zu beugen vor den Meinungen andrer, so bist du verloren – dessen bin ich sicher, Damastor. Es ist so furchtbar einfach; ich glaubte, du von allen andern Menschen würdest es verstehen. Wenn du das, was du getan hast, jetzt für unrecht hältst, so mußt du natürlich damit aufhören und das tun, was du jetzt für recht hältst. Deshalb fragte ich dich, ob du unsre Liebe bereutest. Aber wenn das, was wir getan haben, in deinen Augen immer noch recht ist, so gibt es auf der Welt keinen Grund, es vor irgend jemand zu verbergen. Wenn andern das, was wir tun und sind, nicht recht ist, so ist uns dies natürlich schmerzlich, aber früher oder später müssen wir uns doch entscheiden, wer über unser Leben bestimmen soll, wir selbst oder die andern. Als ich dachte, wir beide wollten mutig unsern eigenen Weg gehen, da war ich stolz auf dich, Damastor.«

»Ich will es dir verzeihen, daß du mich verkennst, Adraste, aber du verkennst mich wirklich. Ich habe dir wieder und wieder gesagt, daß ich niemand, auch nicht einmal meine Eltern, über mein Schicksal bestimmen lassen würde. Wenn ich jetzt zu ihnen gehen könnte, wie du es von mir verlangst, und ihnen sagen, daß ich dich zur Frau erwählt habe, ob es ihnen nun recht ist oder nicht, und wenn sie sich ruhig darein finden würden, wie du zu hoffen geneigt bist, dann würdest du vermutlich von meiner Charakterfestigkeit überzeugt sein. Aber wenn ich meinem Vater die Sache erzähle, wo Mutter so in ihre Vorurteile verrannt ist, wird er mich aus dem Hause weisen – und wohin sollen wir dann gehen? Ich sehe darin kein Heldentum. Liebe zum Leben, jawohl, aber zuerst muß man doch einmal leben. Einstweilen wenigstens sind wir beide besser daran, als wir es sein würden, wenn meine Eltern mich fortjagten und ich dir weder Obdach noch Schutz bieten könnte.«

»Ist es wirklich das Wichtigste, Damastor, *daß* man lebt? Ich würde lieber sagen, wie man lebt. Ich meine, zur Liebe zum Leben gehört eine gewisse Unbekümmertheit, eine Entschlossenheit, keinen zu hohen Preis für das bloße Dasein zu zahlen – nicht mit unsrer Seele zu zahlen. Wenn es nach mir ginge, so würden wir jetzt Hand in Hand hinaustreten und ihnen alles sagen. Zuerst würden wir zu Helena gehen, dann zu deinen Eltern; und wenn sie uns verstießen, wie du erwartetest, dann würden wir buchstäblich zusammen unsre Straße ziehn, bis irgend etwas geschähe – irgendein Glück oder vielleicht ein Unglück. Das wäre der geradeste und schönste Weg für uns. Würde dein Herz nicht glücklich sein, wenn du ihn mit mir gingst, Damastor? Wollen wir es tun – noch in dieser Stunde?«

»Was für eine tolle Idee, Adraste! Wie zwei Vagabunden davonzuziehen! Du würdest es nicht aushalten, du würdest sterben, bevor wir weit gekommen wären!«

»Ich werde hier auch sterben. Aber ich möchte

lieber auf jene Art sterben, mit dem Mann an meiner Seite, mit dem ich mich eins glaubte. Damastor, jetzt weiß ich, daß ich dich verloren habe.«

»Ich werde dich nie verlassen, Adraste! Du bist heute abend voll von düsteren Gedanken und Befürchtungen, aber du hast keinen Grund dafür, außer daß du nicht ganz du selbst bist. Morgen früh, wenn du ausgeschlafen hast und an alle die schrecklichen Dinge denkst, die du zu mir gesagt hast, wirst du über deine Sorgen lachen. Ich werde dich immer lieben, Adraste; ich liebe dich schrankenlos und unbedingt. Du wirst noch stolz auf mich sein, wenn nur erst der rechte Augenblick für die Aussprache gekommen ist; dann wirst du sehen, daß ich recht hatte ... Geh noch nicht fort! Ich hatte gedacht, wir wollten recht glücklich miteinander sein, und nun haben wir die ganze schöne Zeit mit diesen dummen Dingen verloren.«

»Willst du mich nach Hause begleiten, Damastor, oder soll ich lieber allein heimgehen? Möglicherweise könnte Helena uns sehen, oder Menelaos oder Hermione.«

5

»Nun, da ich ihn eingeladen habe«, sagte Menelaos, »möchte ich dir eines sagen. Wenn ich, meinetwegen, auch im Unrecht war, so hattest du doch nicht das Recht, die Sache so rücksichtslos in Gegenwart unsres Kindes zu verhandeln. Wie soll man die Autorität in einem Hause wahren, wo derlei Zwistigkeiten offen vor sich gehen? Mir ist nichts so zuwider wie Zank in der Familie, und nun gar zwischen Eltern, wenn die eigenen Kinder dabei sind.«

»Auch mir war es unangenehm«, sagte Helena, »aber es schien mir besser als die Beleidigung, die du mir in Gegenwart meiner Tochter zufügtest, schweigend hinzunehmen. Du hast eine merkwürdige Art, die Dinge anzusehen, Menelaos. Es scheint, du brachtest mich heim, um dir die Genugtuung zu verschaffen, mir zeit meines Lebens die unerhörtesten Dinge zu sagen, und du scheinst zu glauben, daß ich es mir gefallen lasse. Du denkst wohl, daß es gut für dein Kind und für deine Dienerschaft ist, Zeuge solchen unfeinen Benehmens zu sein. Ja, du machst jedesmal, wenn du mich beleidigst, den Eindruck, als ob du dich selbst dadurch sittlich gehoben fühltest.«

»Helena, ich habe niemals ein Wort in Gegenwart der Dienerschaft gesagt; kein Mann, der etwas auf sich hält, würde dies tun. Als Eteoneus davon anfangen wollte, ließ ich ihn nicht ausreden.«

»Wovon wollte er anfangen?« fragte Helena.

»Das ist längst erledigt«, sagte Menelaos. »Ich war ein Narr, daß ich es erwähnte.«

»Das warst du«, sagte Helena, »aber da du es nun einmal erwähnt hast, wirst du mir hoffentlich sagen, was es war.«

»Es tut mir leid, Helena, aber das kann ich nicht. Es war jedenfalls nichts Wichtiges.«

»Ich vermute, es war etwas sehr Wichtiges, Menelaos. Jedenfalls betrifft es mich und ist etwas, was du mir lieber verbergen möchtest.«

»Nun, ich kann es dir nicht sagen, damit basta. Ich habe erstens keine Lust, und wenn ich dir seine Bemerkungen wiederholte, würdest du mich beschuldigen, dich beleidigt zu haben, und um des lieben Friedens müßte ich noch einen zweiten Gast ins Haus laden. Wir haben dafür nicht Vorräte genug; du weißt, es war eine schlechte Ernte.«

»So lasse ich mich nicht abfertigen«, sagte Helena. »wenn du es mir durchaus nicht sagen willst, werde ich Eteoneus fragen.«

»Seit wann holst du dir Informationen über deinen eigenen Ruf beim Torhüter, Helena? Etwas Schimpflicheres könntest du tatsächlich nicht tun, als unsre Angelegenheiten mit den Dienstboten besprechen!«

»Ich habe nicht die Absicht, über unsre Angelegenheiten zu sprechen – ich will ihn nur fragen, was
er Geheimnisvolles über mich gesagt hat.«

»Das wird er dir gerade erzählen!« sagte Menelaos.

»Ob er es tun wird oder nicht, jedenfalls kann
ich ihn fragen. Ich hörte es natürlich lieber von dir,
aber da die Dienstboten über mich reden und du
mir deine Kenntnis davon nicht mitteilen willst,
werde ich mir irgendwie Aufklärung darüber verschaffen.«

»Ich sehe, Helena, du nimmst die Sache wichti-
ger, als sie ist. Ich will sie dir darum kurz erzählen.
Bei meiner Rückkehr fragte Eteoneus mich, wie die
Dienstboten sich dir gegenüber verhalten sollten.
Sie wären überrascht, sagte er, daß du überhaupt zu-
rückgekommen bist, und noch mehr, daß du deinen
Platz wieder eingenommen hast, als ob – nun, als ob
du nie fort gewesen wärst. Sie hätten sich darauf
vorbereitet gehabt, mich in meiner Einsamkeit zu
trösten, sagte er, aber sie wüßten nicht, wie sie sich
in einer Situation benehmen sollten, in der augenscheinlich weder von Einsamkeit noh Trostbedürf-
nis die Rede sein könnte. Sie hätten das Gefühl,
sagte er ...«

»Wo war es, wo du ihn anhieltst – ihn nicht wei-
terreden ließest?« fragte Helena. »Dies war schon
eine ganz ordentliche Rede.«

»Sie kam gegen meinen Willen und stückweise
heraus«, sagte Menelaos. »Ich gebot ihm wiederholt, zur Sache zu reden, aber er schweifte immer
wieder ab und ...«

»Was war denn das für eine Sache, von der er reden sollte?« fragte Helena.

»Nun, er wollte eigentlich über Hermione sprechen«, sagte Menelaos.

»Was?«

»Über Hermione und Orest«, sagte Menelaos. »Er machte sich Sorgen über ihre Vertraulichkeit.«

»Ich traue meinen Ohren nicht, Menelaos«, sagte Helena. »Du sprichst nicht mit deinen Dienstboten über deine Frau, du sprichst nur über deine Tochter mit ihnen – über deine Tochter und ihre Liebesangelegenheiten! Es wird wohl ein Unterschied sein, nur kann ich ihn nicht sehen. Menelaos, ich hatte keine Ahnung, daß du so ganz ohne jegliches Feingefühl bist! Das warst du doch sonst nicht, was ist nur mit dir geschehen? Und wohin sollen wir da kommen? Wenn du in deinen Jahren anfängst, solche Schwächen zu entwickeln, wirst du bald rettungslos herunterkommen, und dein Einfluß auf Hermione wird höchst verderblich sein. Gegen Unvornehmheit gibt es kein Mittel.«

»Wenn du dabeigewesen wärst, als Eteoneus sprach«, sagte Menelaos, »so würdest du sehr wohl wissen, daß ich nicht über meine Familie schwatzte, weder über meine Frau noch über meine Tochter – noch über meinen Bruder oder seine Frau oder seinen Sohn. Ich sage dies ausdrücklich, damit du nicht etwa denkst, ich wolle dir etwas verbergen. Eteoneus mag Orest nicht, und er kam, um mich gegen den Knaben einzunehmen. Von Orest kam er natürlich auf Hermione zu sprechen; er erzählte mir, daß die jungen Leute sich während unsrer Abwesenheit beständig getroffen hätten. Ich sagte ihm, sie seien schon lange für einander bestimmt, und ich hätte das vollste Vertrauen zu meiner Tochter; er sei ein unverschämter alter Schnüffler. Ich schickte ihn an seinen Posten, allein er ist ein hartnäckiger Bursche, und es dauerte etwas, bis ich ihn loswurde. Dabei redete er die ganze Zeit und versuchte, etwas über dich aus mir herauszubekommen. Ich wollte ihn nicht anhören, aber bis ich ihn hinaus hatte, hatte er mir seinen Standpunkt deutlich genug klargemacht. Was ich dir sagte, war eine kurze Zusammenfassung seiner Bemerkungen. Er fühlt, daß die Welt die Traditionen, in denen er aufgewachsen ist, nicht mehr achtet; was er eigentlich wollte, war, sich Trost holen, daß er alt geworden ist und sich in der Welt nicht mehr zurechtfinden kann.«

»Er hat vielleicht recht in bezug auf Orest«, sagte Helena, »und die Welt hat sich in der Tat gewandelt. Es tut mir leid, daß es so ist. Konservative Art und herkömmliche Sitten sind im Grunde doch das beste. Es kann nötig sein, von ihnen abzuweichen, aber wer das tut, muß einen hohen Preis dafür bezahlen. Deshalb schmerzt es mich, wenn ich sehe, daß du deine alte ritterliche Art verlierst, Menelaos. Sie war einer deiner schönsten Vorzüge, und wenn auch heutzutage ein rauheres, rücksichtsloseres Benehmen Mode zu werden scheint, so wird es dich, meiner Meinung nach, nie so gut kleiden. Ich bemerkte diese Veränderung sofort an dem Abend, als wir uns in Troja wiedersahen. Ich schätzte es an Agamemnon, daß er dablieb, um weitere Opfer zu bringen. Es zeugte gewissermaßen von dem Einfluß, den eine gute Erziehung auf ihn ausübte. Es tat mir leid, daß du nicht seinem Beispiel folgtest. Unsre Heimkehr war nicht so glücklich, wie sie hätte sein sollen. Du warst von Anfang an nicht in der richtigen Stimmung.«

»Das sehe ich durchaus nicht ein«, sagte Menelaos. »Unsre leiden haben ihren Grund in uns selbst, glaube ich. Ich habe nichts gegen Opfer, ich opferte einen ganzen Tag lang mit Agamemnon. Aber wenn man so etwas übertreibt, so ist es nicht mehr Frömmigkeit oder Ehrfurcht gegen das Herkommen, sondern Fanatismus oder einfach Torheit. Der Krieg war zu Ende, und nun schien mir unsre Aufgabe, unser altes Leben wiederaufzunehmen. Ich weiß nicht, was Agamemnon einfiel, er ist doch sonst nicht so auf Riten und Zeremonien erpicht. Ich neckte ihn etwas mit Klytemnestra – sagte, er fürchte sich wohl, heimzukommen und ihr gegenüberzutreten. Wenn ich bedenke, was nun tatsächlich in seinem Hause geschehen ist, dann wollte ich freilich, ich hätte nicht gerade das gesagt. Er wird sich daran erinnern, wenn er heimkommt, und vielleicht wird er glauben, ich stände in dieser argen Sache auf seiten seiner Frau. Aber er ist noch nicht zurück – beachte das wohl, Helena! Wir kamen ganz gut heim, abgesehen von der Verzögerung durch die Windstille, aber von ihm hat man noch nichts gehört. Wenn es auf unser Verhalten beim Opfer ankäme, so hätte er früher nach Hause kommen müssen; meinst du nicht auch?«

»Ich habe nie geglaubt, daß die Opfer die Schnelligkeit des Schiffes förderten«, sagte Helena.

»Ich meinte, sie sollten bewirken, daß wir überhaupt heim gelangten. Du weißt, daß du nicht viel
ausrichtetest, bevor du die regelrechten Opfer in
Ägypten darbrachtest. Agamemnon wird ohne
Zweifel bald zurückkehren, und wir werden einen
triftigen Grund für seine Verspätung erfahren.«

»Wenn er Zeit gehabt hat, etwas zur Ruhe zu
kommen«, sagte Menelaos, »wollen wir ihn einladen, damit wir miteinander über Hermione und
Orest reden.«

»Also noch ein Gast«, sagte Helena. »Menelaos,
hast du auch wirklich Pyrrhus eingeladen, wie du
versprachst?«

»Gewiß, der Bote ging noch in derselben Stunde
fort. Du weißt aber, Pyrrhus kommt nur zu einem
freundschaftlichen Besuch, mehr haben wir nicht
abgemacht, und Orest soll auch kommen. Natürlich
nicht zur gleichen Zeit – vorher, nicht wahr?«

»Ich würde Orest gern sehen, wenn er zu finden
wäre«, sagte Helena, »aber Hermione weiß nicht,
wo er sich aufhält. Ich habe wie du das Gefühl, daß
wir ihn sehen sollten, bevor wir eine Entscheidung
treffen. Und gegen Agamemnons Besuch habe ich
selbstverständlich auch nichts. Da wir früher immer
alle miteinander über die Heirat der Kinder gesprochen haben, sollten meiner Meinung nach auch jetzt
beide Teile an der Besprechung teilnehmen ... Da
kommt der Torhüter den Weg herauf. Soll ich euch
allein lassen?«

»Nein, bleib«, sagte Menelaos. »Ich weiß nicht,
was er will. Urteile selbst, ob ich zu vertraulich mit
ihm rede!«

»Menelaos, soll ich ihn fragen nach – dem, was er von mir sagte?«

»Nein, das sollst du nicht«, sagte Menelaos.

»Warum nicht? Stimmte deine Fassung nicht?«

»Meine was? Ach so, du meinst, ich hätte die Geschichte für eigene Zwecke erfunden? Glaub, was du willst! Aber ich sagte die Wahrheit.«

»Menelaos«, sagte Eteoneus, »ich erwartete, dich allein zu finden. Ich bitte um Verzeihung.«

»Vielleicht bin ich im Wege, Menelaos«, sagte Helena. »Ich komme wieder, wenn du frei bist.«

»Hör einmal, Eteoneus, was fällt dir ein, zu sagen, daß du mich allein zu finden erwartetest? Was ist denn in dich gefahren? Willst du es mir verübeln, wenn ich in meinem eigenen Hause mit meiner eigenen Frau spreche?«

»Ich maße mir nicht an, dir irgend etwas zu verübeln, Menelaos«, sagte Eteoneus, »wie ich auch darüber denken mag.«

»Das geht nicht an, Eteoneus«, sagte Menelaos. »Ich habe dir neulich geboten, dich einer höflichen Sprechweise zu befleißigen, wenn du von irgendeinem Mitglied meiner Familie sprichst. Ich denke, du hast mich deutlich verstanden?«

»Nein, Menelaos«, sagte der Torhüter, »ich habe zwar die Worte deutlich gehört, aber verstanden habe ich dich nicht … Doch es ist besser, wir reden nicht weiter darüber – in Gegenwart der Herrin.«

»Eteoneus«, sagte Helena, »ich höre dich immer gern, was du auch zu sagen hast. Tu, als ob ich nicht hier wäre – es sei denn, daß es sich um eine Privatangelegenheit meines Mannes handelte, von der ich nichts wissen darf. Du bist ein alter Freund, und ich habe seit meiner Rückkehr noch nicht viel von dir gesehen. Wie geht es dir?«

»Gesundheitlich ausgezeichnet«, sagte Eteoneus, »aber ich bin innerlich bedrückt.«

»Das tut mir leid«, sagte Helena, »bei deinen treuen Diensten solltest du in deinem Alter ein ruhiges Gewissen haben.«

»Oh, mein Gewissen ist ganz in Ordnung. Was mich bedrückt, ist nicht eigenes Unrecht.«

»Eteoneus«, sagte Menelaos, »was führt dich her? Was wünschest du von mir?«

»Einen Augenblick, Menelaos«, sagte Helena. »Habe ich recht verstanden, so fühlt Eteoneus sich von dem Unrecht bedrückt, das andere getan haben?«

»So ist es«, sagte Eteoneus.

»Du meinst, Unrecht, das sie dir persönlich zugefügt haben?« fragte Helena. »Ich möchte natürlich nicht indiskret sein.«

»Oh, so war es nicht gemeint«, sagte Eteoneus. »Es handelt sich nicht um ein mir persönlich zugefügtes Unrecht.«

»Nun«, sagte Helena, »Unrecht, das andere an andern begangen haben, gibt es so entsetzlich viel in der Welt. Wenn du dir das alles zu Herzen nimmst, Eteoneus, mußt du eine wahre Manie haben, dich zu grämen.«

»Eteoneus«, sagte Menelaos, »ich bestehe darauf, zu wissen, was ... «

»Verzeih, Menelaos«, sagte Helena. »Ich wußte nicht, daß es dich verstimmt, wenn ich mit Eteoneus rede.«

»Durchaus nicht«, sagte Menelaos. »Sprich mit ihm, soviel du willst, aber zu einer andern Zeit. Jetzt möchte ich hören, was er will.«

»Ich wollte dir nur eine Nachricht bringen«, sagte Eteoneus, »die dir zu andern Zeiten angenehm zu hören gewesen wäre.«

»Du willst doch nicht sagen, daß Pyrrhus die Einladung abgelehnt hat?«

»Er hat sie noch nicht erhalten. Nein, meine Nachricht betrifft deinen Bruder.«

»Ist er zurückgekehrt?«

»Jawohl«, sagte Eteoneus. »Die Nachricht ist soeben gekommen, daß er wieder daheim ist, gesund und wohlbehalten. Der Mann, der es mir sagte – er kam etwa vor einer Stunde hier vorbei –, hat ihn selbst gesehen, wie er vor seiner Tür hielt, mit seinen Wagen, dem ganzen Gepäck und der Kriegsbeute und mit Kassandra, seiner schönen Sklavin. Der Mann sagte, Kassandra sei wunderbar schön.«

»Das soll sie sein«, erwiderte Menelaos. »Was geschah dann?«

»Nichts. Sie gingen alle ins Haus. Nachdem die Türen geschlossen waren, wartete die Menge natürlich noch ein Weilchen und zerstreute sich dann allmählich. Und auch der Mann ging seines Weges.«

»Ich möchte wissen, was hinter jenen Türen vor sich ging«, sagte Menelaos.

»Ich auch«, sagte Eteoneus, »allein der Mann schien sich über die Bedeutung des Augenblicks nicht klar zu sein. Es war ein Handelsmann, der zufällig durch die Stadt kam und von Klytemnestras Betragen nichts gehört hatte. Er war ganz überrascht, als ich ihm davon erzählte, und bedauerte sehr, gerade im kritischen Augenblick fortgegangen zu sein.«

»Hat er denn Klytemnestra gar nicht gesehen?« fragte Menelaos.

»O ja, sie kam heraus, um Agamemnon zu begrüßen, wie der Mann sagte, und führte ihn ins Haus. Sie begrüßte auch Kassandra mit großer Höflichkeit.«

»Tat sie das wirklich?« fragte Menelaos. »Und war auch Ägisth bei der Begrüßung zugegen?«

»Der Mann hat ihn nicht gesehen – überhaupt nichts von ihm gehört«, sagte der Torhüter. »Das kommt, weil er so eilig weiterging.«

»Eteoneus«, sagte Menelaos, »als du mir zuerst die Geschichte von Klytemnestra und Ägisth erzähltest, dachte ich, das Ganze könnte ein leeres Gerücht sein, und ich sagte es dir auch. Nun scheint mir meine Vermutung ganz richtig gewesen zu sein. Wenn Ägisth Herr des Hauses wäre, so würde Klytemnestra Agamemnon nicht auf so ehrerbietige Weise begrüßt haben. Wenn die Skandalgeschichte wahr wäre, so hätte der Mann davon gehört, wenn er auch noch so schnell weiterging.«

»Ach Unsinn, Menelaos«, sagte Helena, »du versuchst, dich selbst zu täuschen. Orest hat doch Hermione die ganze Sache erzählt; Hermione hat es mir selbst gesagt, und dir gewiß auch. Eteoneus hat früher als wir alle darum gewußt. Nein, meine Schwester lebt mit Ägisth, und ihr Gatte ist heimgekommen. Der Händler ging offenbar zu schnell weiter. Inzwischen werden sie alle zu irgendeiner

Verständigung gekommen sein. Wenn man doch wüßte, auf welche Art!«

»Es gibt nur eine Art von Verständigung«, sagte Menelaos. »Mein Bruder wird Ägisth töten, und Klytemnestra wird Kassandra töten wollen. Eteoneus, laß alles sofort zur Reise richten. Ich will unverzüglich zu meinem Bruder.«

»Wenn du zu ihm mußt«, sagte Helena, »will ich nicht versuchen, dich zurückzuhalten; aber ich habe das Gefühl, daß es besser wäre, du bliebst hier. Was auch geschehen ist, geschehen ist es nun bereits; du würdest mit deiner Hilfe zu spät kommen. Es werden sicher bald genauere Nachrichten eintreffen. Ich würde an deiner Stelle hierbleiben«"

»Du magst in einer Weise recht haben, Helena, aber ich muß doch hin. Ich muß selbst sehen, wie die Sache entschieden ist.«

»Wenn du dich um Agamemnon beunruhigst«, sagte Helena, »so würde ich an deiner Stelle sofort einen Boten um Nachricht schicken, aber ich würde nicht selbst hinfahren. Du könntest ihm im Fall der Not nicht helfen, wenn du nicht eine beträchtliche Schar deiner Leute mitnähmest; und falls nun Agamemnon und Klytemnestra sich geeinigt haben, würdest du dich ziemlich lächerlich machen, wenn du mit deinen Truppen aufmarschiert kämest.«

»Sie können sich nicht geeinigt haben«, sagte Menelaos.

»Oh, das will ich nicht sagen«, sagte Helena. »In dieser Welt ist alle möglich. Sende Agamemnon deinen Gruß, als ob du nichts von der Geschichte mit Ägisth wüßtest; bitte ihn, bei der ersten Gelegenheit zu uns zu kommen. Seine Antwort wird dir sagen, was geschehen ist und was du zu tun hast.«

»Und wenn er sich nun mit Klytemnestra ausgesöhnt hat und sie mitbringt?« fragte Menelaos.

»Nun, wenn er sich mit ihr ausgesöhnt hat, kann er sie auch mitbringen«, sagte Helena. »Sie ist doch schließlich meine Schwester, und sie ist die Mutter des jungen Mannes, den du zum Schwiegersohn erwählt hast. Du kannst sie nicht übergehen. Wenn du meiner Ansicht gewesen wärst und dich für Pyrrhus eingesetzt hättest, so hättest du dir diese Gelegenheit erspart.«

»Ich habe Klytemnestra nie leiden können«, sagte Menelaos. »Ob sie nun ausgesöhnt sind oder nicht, ich werde an ihrem Betragen immer Anstoß nehmen ... Ich glaube auch, daß es das Richtige ist, den Boten zu schicken – Eteoneus, laß einen der Leute sich bereitmachen. Sofort.« – – –

»Nun, Helena, wie denkst du über die Sache?«

»Ich weiß nicht, Menelaos. Es ist dein Bruder und meine Schwester. Was es für uns bedeuten wird, weiß ich nicht.«

»Ich denke nicht an uns«, sagte Menelaos. »Wir werden schon jedem Schlage standhalten. Ich wollte meine Gefühle nicht vor Eteoneus zeigen. Es werden schreckliche Dinge dort im Hause vorgehen ... meinst du nicht auch?«

»Ich glaube, sie sind inzwischen schon vor sich gegangen«, sagte Helena. »Es tut mir leid um Elektra und um Orest. Und auch um Hermione. Sie wird es sich sehr zu Herzen nehmen, und ein junges Mädchen sollte sich nicht mit solchen Sachen zu quälen haben ... Menelaos, was hältst du von der Geschichte mit dem Händler, die Eteoneus vorbrachte?«

»Was sollte ich davon halten? Das, was Eteoneus uns sagte.«

»Du glaubtest also seinem Bericht. Das dachte ich mir. Ich nicht. Eteoneus weiß mehr, als er uns sagte, oder der Händler wußte mehr, als er Eteoneus sagte. Wie du selbst sagtest, würde jeder Händler von der Skandalgeschichte hören, wie kurze Zeit er sich auch dort aufhielte, und wenn er sie hörte, würde er nicht so achtlos weitergehen.«

»Du glaubst, daß Eteoneus mehr weiß, als er sagte?«

»Er oder der Händler.«

»Ich werde ihn sogleich rufen und ausfragen.«

»Frag ihn, ob ich nicht recht hatte, wenn ich dir riet, zu Hause zu bleiben«, sagte Helena. »Und frag ihn, aus welchem Grunde. Ich will zu Hermione gehen und ihr die Nachricht bringen. Sie ist vielleicht am meisten davon betroffen.« – – –

»Menelaos«, sagte Eteoneus, »ich habe gewartet, bis deine Frau hinausging. Nun kann ich mit dir allein sprechen. Ich habe dir nicht alles gesagt.«

»Dann sag es mir jetzt – was gibt es sonst noch?«

»Der Händler kannte die Skandalgeschichte ganz gut – wenn ich anders sagte, so war das meine Erfindung. Er wollte dableiben, um zu sehen, was geschehen würde, aber er sagte, jeder habe ihm geraten fortzugehen, wenn ihm seine Gesundheit lieb wäre.«

»Seine Gesundheit?«

»Sein Leben, um es deutlich zu sagen. Der Händler sagte, Klytemnestra und Ägisth hätten die Falle für Agamemnon gestellt und wollten keinen Zeugen dabeihaben, wenn sie zuschlügen.«

»Rufe die Leute zusammen, Eteoneus! Ich will sofort aufbrechen.«

»Das würde ich an deiner Stelle nicht tun, Menelaos. Ich hoffe, es ist nicht nötig. Ich habe versucht, Orest zu finden, und ich glaube, er hat die Nachricht bekommen. Vielmehr, ich bin dessen sicher. Er wird die Sache in die Hand nehmen. Er hält mich nicht für seinen Freund, aber in einer solchen Not stehe ich zu ihm, und er hat jetzt Gelegenheit zu zeigen, was für ein Sohn er ist. Er gehört jetzt mehr als du an Agamemnons Seite. Wenn ich mich nicht irre, ist er bereits unterwegs. Du tust besser daran, hierzubleiben, den Boten zu schicken und die Antwort abzuwarten.«

»Wo war Orest? Ich dachte, er wäre nicht zu finden?«

»Ich wollte ihn vorher nicht finden«, sagte Eteoneus. »Es ist sein Geheimnis, daher will ich nicht verraten, wo er war; aber jetzt werden wir sehen, aus welchem Holz er ist. Es ist dir hoffentlich recht, ich rüstete ihn mit deinen besten Waffen aus. Es bleibt ja in der Familie, wie ich zu ihm sagte.«

6

»Meine liebe Hermione, ich bin gleich herübergekommen, sowie ich die Nachricht hörte. Helena ist hoffentlich zu Hause?«

»Leider nicht, Charitas, sie ist heute nachmittag ausgegangen. Komm herein und nimm mich als notdürftigen Ersatz.«

»Nicht notdürftig, liebes Kind! Aber dies ist schon das zweitemal, daß ich sie verfehle. Wenn ich deine Mutter nicht so gut kennte, würde ich den Verdacht hegen, daß sie sich verleugnen ließe. Sag ihr, wie enttäuscht ich bin! Sowie ich hörte, daß Agamemnon zurück sei, sagte ich: ich muß gleich hin und Helena sagen, wie froh ich bin. Ach Gott ja! ... Ihr habt wohl Nachricht von eurer Tante?«

»Nein, wir haben noch keine direkten Nachrichten von ihnen. Ein Mann brachte die Kunde, daß Agamemnon heimgekehrt sei. Mutter sagte es mir. Vater hat Agamemnon bitten lassen, auf ein paar Tage zu uns zu kommen, sobald er Zeit hätte.«

»Dein Oheim ist ein bedeutender Mann, Hermione. Du kannst stolz auf ihn sein. Ich meine natürlich nicht, daß dein Vater nicht auch bedeutend ist, aber Agamemnon hatte immer ... nun, er hatte etwas Besonderes an sich. Es ist schwer, so etwas zu definieren. Ich habe nie begreifen können, daß deine Tante ihr Glück nicht zu würdigen wußte – die meisten Frauen würden sich glücklich schätzen an der Seite eines solchen Gatten.«

»Vielleicht ist es ihr um ein solches Glück gar nicht zu tun«, sagte Hermione. »Mutter mag es auch nicht hören, wenn man das behagliche Glück eines ruhigen und gesicherten Lebens preist. Sie scheinen ihre eigene Auffassung vom Glück zu haben. Aber vielleicht sollte ich dies nicht von meiner Tante sagen. Ich glaube, daß sie ihren Gatten doch schätzt – soweit sie ihn kennt. Ich weiß nichts, was dagegen spricht.«

»Mein liebes Kind, du willst doch nicht behaupten, daß du nichts von Klytemnestras ganzem Tun und Treiben gehört hast! Natürlich hast du das! Es ist längst der allgemeine Gesprächsstoff bei all euren Freunden und Bekannten. Ich weiß nicht, wie eine Frau den Mut zu solchen Dingen findet. Nicht etwa, daß ich sie um solchen Mut beneidete! Aber du kannst nicht sagen, daß sie Agamemnon schätzt, wenn sie mit Ägisth lebt.«

»Ich verstehe nicht viel von solchen Dingen, Charitas, aber ich glaube, daß ich die Ansicht meiner Tante wenigstens bis zu einem gewissen Grade verstehe. Ich will ihr anstößiges Leben nicht verteidigen, allein sie hat ihre schätzenswerten Eigenschaften. Orest – mein Vetter, weißt du – hängt sehr an ihr, und ich sage mir immer, daß ein so vortrefflicher Mensch nicht jemanden lieben würde, der von allen Tugenden verlassen ist.«

»Vielleicht ist es bei ihm nur Pflichtgefühl«, sagte Charitas. »Jedenfalls freut es mich, dies von Orest zu hören; ich dachte, er hätte etwas zu moderne Anschauungen. Du weißt, daß er nicht nach Troja ging, obwohl er ein gefürchteter Kämpfer sein soll. Irgend jemand sagte mir – wer war es doch? –, daß er daheim geblieben sei, weil er den Krieg mißbillige. Ich fürchtete, daß es ihm an Pflichtgefühl fehle. Allein Klytemnestra scheint mir ohne Zweifel – dein Oheim wird sie doch nicht wieder in sein Haus aufnehmen? Du sagtest, du hättest nichts darüber gehört.«

»Sie ist ja in seinem Hause«, sagte Hermione. »Sie war doch nie fort. Ich glaube wohl, daß es eine Auseinandersetzung zwischen ihnen geben wird, aber ich wiederhole, Klytemnestra hat auch ein gewisses Recht auf ihrer Seite, und ich behalte mir mein Urteil vor, bis ich mehr über die ganze Sache weiß.«

»Ah, Klytemnestra hat ein gewisses Recht auf ihrer Seite? Das wußte ich nicht. Agamemnon hat also – ? Nun, das ist nicht zu verwundern; so machen es die Männer alle. Erzähle mir die Sache doch, Hermione! Ich habe gar nichts davon gehört – ich bin absolut nicht im Bilde.«

»Es ist ganz einfach, wenn man beide kennt«, sagte Hermione. »Agamemnon ist hochfahrend und Klytemnestra ist hochmütig. Was braucht es mehr, damit es Streit gibt? Orest sagt, seine Mutter hätte es Agamemnon übelgenommen, daß er soviel Aufhebens von der Flucht meiner Mutter machte. Man könnte denken, sie sei eifersüchtig gewesen, aber Orest sagt, das sei nicht der Fall; er sagt, seine Mutter hätte den Kriegszug nach Troja etwas – nun, etwas außer Verhältnis gefunden. Dazu kam die Sache mit Iphigenie. Hast du davon nicht gehört? Das war vor langer Zeit, damals, als die Flotte in Aulis lag. Mein Oheim schickte von dort Botschaft, Iphigenie solle kommen, er wolle sie mit Achill verheiraten. Meine Tante war natürlich entzückt über diese Verbindung und schickte sich an, ihre Tochter zu begleiten, als Agamemnon ihr sagen ließ, er wolle nur die Tochter – die Mutter solle nicht kommen. Das war nun ziemlich arg, nicht wahr? Klytemnestra wollte ihre Tochter gern gut verheiratet sehen, aber sie wollte natürlich auch zur Hochzeit geladen werden. Du glaubst nicht, wie brutal Agamemnon damals vorging, er sagte: wenn Klytemnestra käme, so würde nichts aus der Heirat; sie solle nicht weiter fragen, er wolle ihr nachher, wenn er heimkäme, alles erklären. Um Iphigenies Glück nicht im Wege zu sein, schickte sie sie allein nach Aulis – und bei alledem wurde nichts aus der Heirat. Klytemnestra fand, daß ein solcher Verrat alle Bande zwischen ihr und Agamemnon löste, und ich kann ihr darin nicht unrecht geben.«

»Ich sehe nicht ein, daß sie, weil die Hochzeit ins Wasser fiel, nun gleich ihr Heim zerstören mußte«, sagte Charitas. »Wenn ich jedesmal, wo mein Mann nicht hält, was er mir versprochen, mit einem andern Mann durchginge, so würde ich – nun, so würde ich nicht die sein, die ich bin. Iphigenie konnte einen andern heiraten.«

»Nein, das konnte sie nicht«, sagte Hermione, »sie taten nämlich etwas Entsetzliches – sie opferten sie, um günstigen Wind zu bekommen.«

»Hermione! Wie furchtbar! – Und dabei erreichten sie vermutlich noch nicht einmal, was sie wollten.«

»O doch«, sagte Hermione. »Es war damals, als sie nach Troja aufbrachen. Aber vielleicht wurde Iphigenie gar nicht wirklich getötet. Ich hatte immer an diese Tötung geglaubt, aber jetzt will das niemand mehr wahrhaben, und neuerdings erzählt man, Iphigenie sei noch am Leben, an irgendeinem unbekannten Ort. Weshalb sie dann nicht heimkehrt, ahne ich nicht. Aber was auch mit ihr geschehen sein mag, ich hoffe, mein Oheim hat inzwischen alles befriedigend aufgeklärt, und ich hoffe sehr, daß er auch eingesehen hat, wie Klytemnestras Verhalten dadurch gerechtfertigt wird, daß er die Erklärung so lange hinausgeschoben hat. Orest sagt –«

»Liebe Hermione, ich bezweifle sehr, daß Orest einen guten Einfluß auf dich hat; er scheint gerade so zu reden – und zu denken –, wie man es von dem Sohn seiner Mutter erwarten muß. Du würdest niemals solche verwegenen Anschauungen äußern, wenn sie dir nicht von irgend jemand eingegeben wären; sie entsprechen nicht deiner feinen weiblichen Art. Ich habe Orest in Verdacht. Ich hoffe, du gehst in deiner Bewunderung für ihn nicht zu weit.«

»Ich glaube nicht, daß ich in meiner Bewunderung für ihn zu weit gehe«, sagte Hermione.

»Sicherlich nicht«, sagte Charitas. »Es ist wirklich

ein Wunder, Hermione, wie du in deinen Lebensanschauungen so unbeirrbar und auf der Höhe geblieben bist, bei alledem, was um dich her vorging. Du
weißt, daß ich deine Mutter liebe, aber – ich darf
wohl aussprechen, was selbst die, die ihr am nächsten stehen, zugeben – sie ist keine ideale Mutter. Ihr
ganzes Dasein dreht sich um Liebe, als ob es darauf
allein im Leben ankäme. Auf gesunden Menschenverstand kommt es weit mehr an, glaub mir! Und
auf etwas Umsicht und Erfindungsgeist. Die Leute,
die sich in ihrem Gefühl gehenlassen, Hermione,
sind einfach eine Plage für uns andere. Ihre Instinkte
und Triebe sind ihnen geradezu heilig! Ich hoffe, du
läßt dich nicht auf solche Wege locken. Ich versuche
immer, Damastors Triebe zu unterdrücken oder
wenigstens seine Gedanken davon abzulenken. Bis
jetzt ist es mir, glaube ich, auch gelungen. Findest
du nicht, daß er ein lieber Junge ist, Hermione?«

»Ich kenne ihn nicht genug, Charitas, um zu wissen, ob er ein lieber Junge ist. Er ist immer sehr
höflich gegen mich.«

»Höflich? O Hermione, er liebt dich – er ist wirklich bis über die Ohren in dich verliebt! Du brauchst
doch mir gegenüber nicht verschämt zu tun, ich bin
ja seine Mutter und deine alte Freundin. Ich kenne
seine Gefühle in dieser Beziehung. Der Junge erzählt
mir alles. Er kommt oft zu mir ins Zimmer, um mit
mir zu sprechen, wenn er dich besucht hat.«

»Was erzählt er dir denn, Charitas? Er kommt
nämlich nie zu mir herüber. Ich habe seit vielen
Wochen kein Wort mit ihm gewechselt.«

»Hermione! Ich falle in Ohnmacht! Damastor!

... Das ist ja unmöglich! Der Junge würde mich doch nicht täuschen!«

»Es tut mir leid, daß ich es dir sagen muß, Charitas, aber du deutetest schon einmal oder mehrmals an, daß Damastor in mich verliebt wäre. Ich konnte auf eine solche Andeutung nicht eingehen, aber sie verdroß mich, da Damastor mir nie irgendwelches Interesse gezeigt hat. Es war mir unangenehm, daß du einen falschen Eindruck hattest.«

»Er sagte mir – das sagt er immer –, daß er hierher wollte, um dich zu besuchen. Ich glaubte, er hätte die Absicht –«

»Ich glaubte, er hatte die Absicht herzukommen«, sagte Hermione. »Ich zweifle auch nicht, daß er hergekommen ist. Und ich zweifle nicht, daß er verliebt ist. Es sind noch andere Frauen hier im Hause, Charitas.«

»Um des Himmels willen! Es ist doch nicht – deine Mutter!«

»Nein, merkwürdigerweise ist sie es nicht. Ich vermute – ich weiß es natürlich nicht sicher –, daß es Adraste ist.«

»Und wer ist Adraste?«

»Das weißt du doch – du hast sie ja gesehen –, das Mädchen, das meine Mutter bedient.«

»Die, die mit Helena zu mir in den Garten kam? Hermione! Sie ist sehr schön!«

»Das ist sie gewiß – wenn man den Typ mag.«

»Wie furchtbar! Ein Mädchen ganz ohne Stand! Und eine, die immer um Helena ist! ... Hermione, wie kommst du darauf, daß Damastor in sie verliebt ist?«

»Sie sind so viel zusammen, ich habe sie oft miteinander gehen und reden sehen, wenn sie sich allein glaubten. Er ist noch ein Knabe, Charitas, und sie ist ein intrigantes kleines Ding, wenn ich sie richtig beurteile. Sie kennt ihre Reize und möchte sie um keinen Preis ungenutzt lassen; ich glaube auch, daß es mit ihrer Tugend nicht weit her ist. Vielleicht irre ich mich, aber es scheint mir, daß Damastor sich von ihr hat einfangen lassen.«

»Mein armer Junge! Mein armer Junge! Ich hätte es wissen können. Dahinter steckt deine Mutter, Hermione! Ich würde gern deine Gefühle schonen, aber ich muß sagen, diese Frau hat mir übel vergolten, was ich für sie getan habe – obgleich ich wußte, daß sie es nicht verdiente. Was für ein Recht hat sie, wieder ehrbare Frauen aufzusuchen, die vielleicht Schlimmeres von ihrem Gatten erduldet haben, als ihr je widerfuhr, und mit der Miene einer Göttin über menschliche Begriffe von Recht und Unrecht abzuurteilen – und diese kleine Schlange mitzubringen, daß sie unsre Söhne von uns fortlockt und unser Leben vergiftet! Wenn deine Mutter doch ihren gerechten Lohn bekommen hätte, Hermione! Aber noch kann ich Damastor retten. Ich werde ihn fortschicken, an einen Ort, wo er vor diesem Mädchen sicher ist. Er wird sie vergessen, sobald er etwas mehr von der Welt sieht. Er soll zu meinem Bruder auf Besuch. Wenn sie je wieder Gelegenheit hat, mit ihm zu sprechen, so wird das nicht eher sein als bei meiner Bestattung!«

»Ich glaube, daß du klug handelst«, sagte Hermione. »Es ist ein Jammer, wenn ein so netter Junge wie Damastor einem solchen Mädchen zum Opfer fällt. Jeder gut erzogene junge Mensch, der auf sie hereinfiele, würde mir leid tun. Ich bin froh, daß Orest, soweit er sie kennt, sie durchaus ablehnt.«

DRITTER TEIL

Die ältere Generation

I

»Wenn du meine Gründe durchaus wissen willst«, sagte Hermione, »so kann ich dir kurzerhand gleich drei nennen. Erstens liebe ich ihn nicht. Zweitens liebe ich Orest. Drittens ist Pyrrhus nach allem, was ich über ihn gehört habe, ziemlich brutal, und ich habe kein Verlangen nach einem gewalttätigen Gatten. Ich weiß nicht, warum du noch einmal auf die Sache zurückkommst. Laß Pyrrhus kommen, ich werde deinem Wunsch folgen und ihn mir ansehen, und dann kann er wieder heimreisen. Je mehr wir über ihn sprechen, desto mehr wird er mir zuwider.«

»Wenn meine Absicht nur wäre, eine Heirat zwischen dir und Pyrrhus zustande zu bringen«, sagte Helena, »so würde ich sicher nicht so viel davon reden; ich kann mir wohl denken, daß die Wirkung so ist, wie du sagst. Es kann dahin führen, daß dir schon der Klang seines Namens verhaßt ist und daß du eine heftige Abneigung gegen mich faßt. Wenn du ihn siehst, wird er dir vielleicht dennoch gefallen, trotz allem, was ich zu seinen Gunsten gesagt habe.

Aber wie dem auch sein mag, ich möchte dich mit einigen elementaren Wahrheiten über die Ehe bekannt machen, die die meisten Mädchen zu spät erfahren. Denn mir liegt vor allem deine Erziehung am Herzen, mehr als deine Heirat. Wenn es eine andre Möglichkeit gäbe, dir diese Ideen nahezubringen, so würde ich sie nicht in Worte fassen. Verzeih mir, Hermione, wenn ich dich damit quäle. Vielleicht könntest du meinen Standpunkt verstehen, wenn du einmal den Versuch machtest; wir älteren Leute haben nämlich einen gewissen Standpunkt. Das kommt, weil wir Kinder zur Welt gebracht haben. Wir möchten ihnen ein besseres Leben verschaffen, als wir es gehabt haben. Das einzige, was wir dazu tun können, ist, daß wir ihnen unsre Erfahrung zugute kommen lassen. Aber nichts verdrießt die Jugend so wie gerade dies. Nun will ich nicht etwa behaupten, daß ich auf dem Gebiet der Liebe überall Bescheid wisse, aber ich weiß sehr viel besser Bescheid als du, und deine drei Gründe, weswegen du Pyrrhus abweist, scheinen mir absurd. Werde nicht böse! Sie werden dir eines Tages ebenso erscheinen, selbst wenn du deiner Liebe zu Orest treu bleibst.«

»Sie scheinen mir jetzt nicht absurd«, sagte Hermione, »und ich bin diejenige, die zu entscheiden hat.«

»Freilich«, sagte Helena, »ich möchte, daß du mit offenen Augen entschiedest, ohne dich selbst zu täuschen. Du sagst, du liebst Pyrrhus nicht. Wie solltest du auch? Du hast ihn ja nie gesehen. Aber er kommt in ein paar Wochen hierher. Ich verlange nicht, daß du sein Herz an ihn verlierst; ich wollte dich nur warnen. Obwohl du einen andern Mann zu lieben glaubst, könnte es doch geschehen, daß du Pyrrhus kaum vierundzwanzig Stunden gesehen hast und schon das Verlangen empfindest, ihm mit Leib und Seele anzugehören. Glaub nur nicht, daß du die einzige Frau in der Welt bist, der das nicht geschehen könnte.«

»Wenn du meinst, daß Orest keine so hervorragende Persönlichkeit ist wie Pyrrhus«, sagte Hermione, »so will ich deine Meinung gern gelten lassen. Das heißt, ich stimme dir zwar nicht zu, aber du kannst es meinetwegen glauben. Vielleicht hast du recht. Allein das ist kein Grund für mich, auch nur einen Augenblick zu schwanken, wo mein Herz ein für allemal entschieden hat. Es gibt Menschen, die füreinander geschaffen sind. Ich glaube, jedem von uns ist vom Schicksal sein Gefährte bestimmt, wenn wir nur so glücklich sind, einander zu finden. Orest und ich gehören zusammen, das steht unumstößlich fest. Pyrrhus mag ein noch so wunderbarer Mensch sein; er ist nicht mein Schicksal. Es hat keinen Sinn, darüber zu streiten: ich fühle es.«

»Du fühlst«, sagte Helena, »daß Orest und du füreinander geschaffen und aufbewahrt seid, daß euer Bund in den Sternen längst beschlossen ist? Ich kenne dies Gefühl gut. Ich habe es mehrmals gehabt, bei verschiedenen Männern. Das ist die bestechende Art, wie unsre Natur in dem Augenblick spricht, wo wir einen Mann sehr begehren. Hast du nie gesehen, wie ein Kind beim Anblick einer Puppe sofort nach ihr greift und sie, an sich drückend, aus-

ruft: Das ist meine Puppe? Wonach wir sehr verlangen, das erscheint uns immer als vom Schicksal bestimmt. «

»Du glaubst nicht an eine Schicksalsehe? An ein
solches geistiges Einssein?«

»Das kann mit der Zeit entstehen«, sagte Helena,
»aber dazu gehört sehr viel Anpassung von beiden
Seiten, so viel, daß ich, anstatt mich mit Zweifeln
über den Willen des Schicksals zu plagen, lieber annehme, daß es gar keine solchen vorherbestimmten
Paare gibt, keine getrennten Hälften, die sich zu
einem harmonischen Ganzen zusammenfügen sollen. Du kannst an diesen Unsinn von schicksals-
gewollten Ehen nicht mehr glauben, mein Kind,
wenn du einmal die Erfahrung gemacht hast, daß
zwei Männer dich zu gleicher Zeit aufrichtig lieben.
Beide glauben, du seist ihr Schicksal, und wenn du
den einen wählst, so wird sich der andere nie überzeugen lassen, daß du weißt, was dein Schicksal ist.
Höchstwahrscheinlich weißt du es auch nicht. Und
sicher kannst du nicht mehr an deine Theorie glauben, wenn du selbst zum zweitenmal liebst – dieselbe Leidenschaft, dieselbe Herzenspein, dasselbe
Schicksalsgefühl, nur ein andrer Mann. Wenn wir
jung sind, sind wir alle geneigt zu glauben, daß just
der eine für uns bestimmt ist, und wenn wir dann
die Erfahrung machen, daß unser liebendes Herz
zum zweiten- und sogar zum drittenmal brechen
kann, fangen wir an, uns zu verachten. Bis wir dann
allmählich das Naturgesetz erkennen, daß die Liebe
unser Herz immer und immer wieder treffen kann,
so wie sich unser Charakter entwickelt und ändert,

und daß unser Schicksal nicht so endgültig festgelegt ist, wie wir glaubten.«

»Mutter, dur redest so, als ob es in dieser Welt nichts Festes und Zuverlässiges gäbe«, sagte Hermione. »Ich kann dir nicht zustimmen: es scheint mir unfromm. Ich möchte meinem Glauben treu bleiben.«

»Nichts ist zuverlässig in dieser Welt, Hermione, wenn wir selbst es nicht sind«, sagte Helena. »Treue muß unser Charakter sich erst erwerben, sie fällt uns nicht in den Schoß, noch läßt sie sich wie eine Blume am Weg pflücken. Es ist ein gewaltiger Unterschied zwischen Treue und Liebe. Liebende sind oft treu bis ins hohe Alter hinein, und ihre Treue ist um so bewundernswerter, als sie nicht einfach natürlich ist. Wenn wir heiraten, so kann die Liebe uns verlassen, aber die Forderung der Treue bleibt bestehen. Ich möchte, daß du den Mann wähltest, dem du am leichtesten auf die Dauer treu bleiben kannst, und ich behaupte, daß es dabei mehr, als du denkst, auf die Wahl ankommt. Du sagst, du liebst Orest, und diese Liebe sei dein Schicksal. Ich warne dich, wenn du mir auch natürlich nicht glaubst: du wirst später vielleicht einen andern genauso leidenschaftlich lieben. Und wenn du mir sagst, daß man der zweiten Liebe Widerstand leisten kann und soll, so gebe ich dies zu – aber dies gilt ebensogut von der ersten.«

»Wenn du mir aufgrund deiner eigenen Erfahrung rätst«, sagte Hermione, »so möchte ich dich mehr über dein Leben fragen, als mir schicklich erscheint; ich weiß nicht, ob ein Mädchen ihre Mutter nach solchen Dingen fragen darf.«

»Ich will dir gern alles sagen, was ich weiß«, sagte Helena, »frage getrost alles, was du wissen möchtest.«

»Nun also, wenn du so über die Liebe denkst«, sagte Hermione, »so weiß ich nicht, weshalb du damals nicht bei Vater geblieben bist. Du hättest sehr gut der Liebe zu Paris widerstehen und mir ein Beispiel von Treue geben können. Ich muß sagen, daß ich dein Leben und deine Lehren nicht recht zusammenreimen kann.«

»Liebes Kind«, sagte Helena, »es ist gar kein Zusammenhang zwischen beiden.«

»Das dachte ich mir«, sagte Hermione.

»Nicht das geringste«, sagte Helena. »Ich würde dir niemals raten, das zu tun, was ich getan habe. Das hätte gar keinen Sinn. Du könntest auch nicht. Und selbst wenn du es könntest, so hast du doch nicht meine Gründe dafür.«

»Ich gebe zu, daß ich dein Leben nicht nachahmen könnte«, sagte Hermione, »aber ich finde, du solltest das nicht so sagen, als ob es eine Gabe wäre, die ich nicht geerbt habe. Wir werden uns nie darüber einigen, welche Lebensform die richtigste ist. Ich kann mir keinen Grund denken, der deine Flucht mit Paris rechtfertigen könnte.«

»Ich habe nicht die Absicht, mein Leben zu rechtfertigen, Hermione, weder vor dir noch vor irgend jemand. Aber deine Frage brachte meine Gedanken auf die Gründe für meine Handlungen, ob sie gerechtfertigt sind oder nicht. Ich rate dir, mache nicht den Versuch, dein Leben zu rechtfertigen, nachdem es einmal gelebt ist; da muß es für sich selbst sprechen. Urteile auch nicht über die einmal geschehenen Handlungen anderer; sie lassen sich doch nicht mehr ungeschehen machen. Du scheinst mir etwas geneigt, über mein vergangenes Leben abzuurteilen. Ich lehne dein Urteil nicht deshalb ab, weil es sich um mein eigenes Leben handelt, sondern weil jedes Aburteilen über andere eine Anmaßung ist. Ich rede so viel über dein Leben, weil es noch in der Zukunft liegt; ich werde nie etwas sagen über das, was du einmal getan hast.«

»Ich wollte nicht unhöflich sein«, sagte Hermione, »und ich sehe auch ein, warum es mit dir anders ist als mit andern. Du bist so schön, daß die allgemeingültigen Regeln auf dich keine Anwendung finden.«

»Das war in der Tat so«, sagte Helena, »aber das hätte nicht so sein sollen, und ich wollte es auch nicht. Das ist das ganze Unglück. Ich wollte nie anders sein als meine Mitmenschen, und doch hatte ich nie das Gefühl, daß ich mit ihnen in ein und derselben Welt lebte. Kannst du wohl verstehen, in welch eine Lage dies mich brachte und wie verhängnisvoll sie für mich werden mußte? Niemand hat das Recht, uns von irgendeinem Teil des Lebens auszuschließen, auch nicht von seinen Härten, von seinen Sorgen und Leiden. Man sagte immer, daß ich schön sei, aber die einzige Wirkung, die ich davon bemerkte, war, daß man mich behandelte, als ob ich kein menschliches Wesen wäre. Mein ganzes Leben war ein beständiger Versuch, meinen Platz unter den andern Menschen zu behaupten, damit mir nichts vom Leben verlorenginge. Ich war unzufrieden, daß die allgemeinen Lebensregeln für mich nicht gelten sollten. Wenn ich als Kind unrecht tat, bestrafte man mich nicht. Wenn ich fragte, warum man mich nicht strafte, sah man darin eine besondere Tugend oder Gewissenhaftigkeit, aber tatsächlich wollte ich nur das haben, was normalerweise aus meinem Betragen folgte. Als junges Mädchen mochte ich in meiner Unerfahrenheit noch so töricht handeln, es schadete mir nie. In der Ehe hoffte ich, endlich das wirkliche Leben kennenzulernen; wenn ich mit einem Manne lebte, so dachte ich mir, würde ich endlich eine Rolle in der Tragödie des Lebens spielen; besonders wenn die Ehe unglücklich ausfiele. Aber ich war behüteter denn je – ja ich wurde tatsächlich vom Leben gar nicht mehr berührt. Es verdroß mich, daß man mir noch immer Redensarten über meine Schönheit machte; sie erschienen mir als ein Vorwand, um mich um das zu betrügen, wonach mich am meisten verlangte. Ich verstand, warum man bisweilen sagt, daß Schönheit ein Fluch ist. Ohne scharfe Kanten ist das Leben eine glatte Gewohnheit, ohne jeden Sinn. Ich gab mich Paris hin, weil ich ihn liebte, aber ich hatte dabei die leise Hoffnung, daß unsre Liebe die große Tragödie meines Lebens werden und ich am Ende leiden und fühlen würde. Allein die Jahre in Troja glitten wie ein Traum an mir vorüber; niemand nahm mich ernst, niemand, nicht einmal Priamos schalt mich, daß ich die Stadt ins Verderben stürzte – auch Hektor nicht, der Paris und mich prinzipiell verurteilte. Als dann das Ende kam, sagte ich mir: Nun werde ich endlich leben, den Menelaos wird mich sicher töten. Dein Vater ahnt nicht, was in mir vorging, als ich den Zorn aus seinem Gesicht weichen und den beschützenden Blick wieder an seine Stelle treten sah. Er hat mir nicht eigentlich verziehen, aber ich gehöre für ihn nicht in die Welt der andern, ich bin eine Art Phantom. Wenn er an Paris und mich denkt und ich nicht dabei bin, möchte er mich töten, aber wenn ich da bin, und er denkt daran, so ist er nur gereizt. Hermione, der Grund, weshalb ich ein solches Verlangen nach Leben habe, weswegen ich möchte, daß du früh das Leben lieben lernst, ist, daß ich nie gelebt habe. Aber bei meinem Suchen nach dem, was wirklich ist, habe ich gelernt, strenge Wahrhaftigkeit gegen mich selbst und vollkommene Aufrichtigkeit über mein Tun andern Menschen gegenüber zu üben; das ist das einzig Wirkliche, das mir bleibt. Als du meinen Ruf dadurch zu retten suchtest, daß du erzähltest, ich sei nie in Troja, sondern in Ägypten gewesen, verstehst du nun, was du mir damit raubtest? Für uns alle ist Unaufrichtigkeit etwas, was sich trennend zwischen unsre Seele und das Leben stellt, aber für mich würde sie besonders gefährlich sein. Ich bin so weit entfernt, wie nur irgend denkbar, von den sogenannten Ehrbaren, deren Ehrbarkeit nur bedeutet, daß sie nicht den Mut haben zu leben.«

»Ich bezweifle, daß ich so schön bin«, sagte Hermione, »daß ich deine Methode befolgen muß, um das Leid kennenzulernen. Denn das wolltest du doch sagen. Aber was hat das mit meiner Wahl eines Gatten zu tun?«

»Du hast vorhin ganz richtig bemerkt«, sagte

Helena, »daß meine Lehre nicht zu meinem Leben paßt. Ich habe dir mein Leben zu erklären versucht. Nun laß uns auf meine Lehre zurückkommen. Oder vielmehr auf deine Gründe, weswegen du Pyrrhus ablehnst. Du sagtest, Orest sei dein Schicksal. Ich habe dir meine Meinung über diese Schicksalstheorie gesagt, ob es sich nun um Orest oder einen andern handelt. Du sagtest auch, wenn ich mich recht erinnere, Pyrrhus sei brutal. Was meintest du damit?«

»Er hat blutige Hände. Ich will keinen Mörder heiraten.«

»Er war furchtbar im Kampf, wenn du das meinst«, sagte Helena. »Ziehst du Orest vor, weil er nicht mit im Kriege war?«

»O nein«, sagte Hermione. »Ich meine, daß Pyrrhus hernach Polyxena tötete. Ich weiß, es hieß, daß er sie aus irgendeinem tugendhaften Grunde auf dem Grabe seines Vaters hätte opfern müssen, aber so etwas gehört nach Orests und meiner Anschauung nicht mehr in unser Zeitalter. Es war offenbar Mord, wie man ihn auch begründet, und war ebensowenig zu rechtfertigen wie die Opferung Iphigeniens beim Aufbruch der Flotte. Wenn ich an deinen Helden denke, wie dieser von dir gepriesene große, starke Mann ein schwaches Mädchen ergreift, sie an das Grab seines erhabenen Vaters schleift, ihr den Kopf zurückbiegt und die Kehle abschneidet, wie man es mit Opfertieren macht – so hasse ich ihn und alles an ihm. Glaubst du, ich könnte ihn lieben und mich von ihm umarmen lassen? Ich würde an das andre Mädchen denken und mich fragen, ob er mich wohl auch so aus Pietät hinopfern könnte. Er soll auch Priamos getötet haben – im letzten Augenblick, als der verzweifelte alte Mann zu kämpfen versuchte. Ein schwacher Greis, der keinem Kind mehr etwas zuleide tun konnte! Pyrrhus ist ein roher Mensch, und ich bin geneigt zu glauben, daß sein Vater es auch war. Achill schlug den Menschen mit Vorliebe den Schädel ein oder hieb sie in Stücke. Hat er nicht einmal ein Mädchen getötet – jene Amazone? Er stieß seinen Speer mitten durch sie hindurch!«

»Ich habe oft an diese mörderischen Taten gedacht«, sagte Helena, »und mit demselben Abscheu, den du davor hast, aber wenn auch offenbar sehr viel Unrecht dabei ist, so ist es doch schwer zu wissen, was recht ist. Du sagst, du kannst den Gedanken nicht ertragen, daß man ein Mädchen hinopfert, wie man ein Tier auf dem Altar schlachtet?«

»Nein, gewiß nicht!«

»Aber du hast nichts gegen Tieropfer?«

»Wie sollte ich? Es ist eine feierliche Handlung – dazu sind sie da!«

»Ich glaube, es gibt Menschen«, sagte Helena, »die bei dem Gedanken schaudern, daß man mit dem Messer durch die Kehle eines armen Schafes fährt. Unsre Religion ist jedenfalls ziemlich blutig, meinst du nicht auch?«

»Ich sehe, wo du hinauswillst«, sagte Hermione. »Ich soll sagen, daß Opfer nicht blutig sind, und dann willst du mir entgegenhalten, daß Pyrrhus aus religiösen Motiven und daher nicht roh handelte. Nun, ich glaube in der Tat, daß unsre Opfersitten barbarisch sind; wir hätten sie längst überwinden sollen, wie wir die Menschenopfer überwunden haben.«

»Manche Menschen empfinden so wie du«, sagte Helena. »Aber wenn wir die Schafe töten, um ihr Fleisch zu essen, so hast du, soviel ich weiß, nichts dagegen. Wenn du das Fleischessen für eine kannibalische Sitte hältst, so merkt man es dir jedenfalls bei den Mahlzeiten nicht an.«

»Wie absurd, Mutter! Natürlich essen wir Fleisch. Warum sollten wir das nicht?«

»Die Schafe hätten vielleicht einen Grund dagegen«, sagte Helena, »ich selbst habe keinen. Ich wollte nur gern wissen, wo du anfängst, das, was du Mord nennst, gerechtfertigt zu finden. Ich sehe es jetzt. Das Tier, das zu religiösen Zwecken geopfert wird, hat dein Mitleid, aber wenn es dir bei Tische serviert wird, so erfüllt es seine Bestimmung als etwas, was dir als Speise dient.«

»Ich kann deinem Witz nicht folgen. Wie soll ich dich verstehen? Bist du mit Menschenopfern einverstanden? Hältst du die Tötung der beiden Mädchen für recht?«

»Ich selbst würde sie nicht getötet haben«, sagte Helena, »allein im Kriege werden Männer und Frauen in einem durchaus religiösen Sinne geopfert, für den göttlichen Zweck, dem der Krieg nach dem Glauben der Menschen dient. Ob es gut oder schlimm für sie ist, daß sie geopfert werden, weiß ich nicht. Niemand weiß es. Aber wenige erheben Widerspruch dagegen. Wenn es recht ist, Menschen im Kriege zu opfern, so weiß ich nicht, was du gegen ihre Opferung auf dem Altar hast. Wenn du die Opferung dieser Mädchen beklagst, so beklagst du nur, daß sie nicht ein paar Jahre länger gelebt haben. Du weißt nicht, wie diese Jahre für sie gewesen wären. Wenn sie ereignislos gewesen wären – ich meine innerlich –, wenn sie nichts weiter gewesen wären als soundsoviel Atemzüge, Mahlzeiten und durchschlafene Nächte mehr, ohne Sinn für ihr wirkliches Leben, so war die in wenige Stunden zusammengedrängte Fülle tiefer und starker Gefühle vielleicht besser für sie. Glaube nicht, Hermione, daß ich gegen deine humanen Tendenzen bin; ich vergleiche nur jene beiden Mädchen die auf so barbarische Weise geopfert wurden, mit mir selbst, die ich ganz um das volle Gefühl des Lebens gekommen bin.«

»Du willst doch nicht sagen, daß du wolltest, Menelaos hätte dich getötet?«

»Ich war enttäuscht«, sagte Helena. »Nein, ich hatte nicht den Wunsch zu sterben, doch ich hoffte, wenigstens die Schrecken des Lebens kennenzulernen – und dann wurde dein Vater, wie du es nennen wirst, menschlich, und ich sah, daß ich nichts mehr zu erhoffen hatte las noch inhaltsleerere Jahre, wo das Alter allmählich an das matte Herz herankriecht – es sei denn, daß ich mein Lebensglück darin fände, dich zu einem wirklich Leben hinzuleiten. Ich habe genug gesagt, und es hat keinen Sinn, es noch einmal zu wiederholen, aber wenn du meine Lebenssehnsucht hättest, die durch Enttäuschung nur um so größer geworden ist, so würdest du Pyrrhus nehmen mit all seiner scheinbaren Rücksichtslosigkeit

und Brutalität statt dieses vorsichtigen und unge-
fährlichen Vetters.«

»Du würdest es tun, aber ich würde es nicht und
werde es nicht«, sagte Hermione. »Ich denke nicht
nur an jene Tötung. Er hat Frauen als Sklavinnen
heimgeschleppt und hat noch die alte Vorstellung,
daß der Held über die Frauen, die er erbeutet, Her-
renrechte hat. Man sagt, Agamemnon habe Kassandra heimgebracht, und du selbst sagtest, du
fürchtetest, Klytemnestra würde eifersüchtig sein.
Natürlich wird sie das, wenn auch Kassandra meinem Oheim sicher nichts bedeutet – davon ist Orest
fest überzeugt. Aber Pyrrhus lebt mit Hektors
Witwe Andromache und wahrscheinlich auch mit
den andern Frauen, die er sich in Troja erwarb.
Solch eine Art Held ist er. In meinen Augen ist er
ein roher Mensch, der nicht mehr in unsre Zeit paßt,
und in Orests Augen auch, und ich glaube, die meisten Menschen unsrer Generation empfinden so. Ich
wußte nicht, daß du so veraltete Ansichten hast,
Mutter, und so am Hergebrachten haftest, bis du
anfingst, mir Pyrrhus aufzureden. Ich sehe mich
schon seiner großen Herde von Frauen einverleibt –
und meine Kinder eines Tages fröhlich mit denen
von Andromache spielen!«

»Du hast wieder recht«, sagte Helena, »zum Teil
wenigstens. Doch die Seite, die du nicht siehst, ist
das Wesentlichste. Ich habe Bedenken, dir jetzt zu
antworten, Hermione, denn wenn ich auch sonst
über jede Sache offen rede, so gibt es doch Dinge,
über die ich lieber nicht mit dir sprechen möchte,
es sei denn, daß es dir von unmittelbarem Nutzen

wäre. Dies ist vielleicht das letztemal, daß wir diese Fragen erörtern; ich habe alles gesagt, was ich darüber weiß und was ich sagen konnte. Oder fast alles. Ich will dir auch das übrige sagen. Du möchtest deinen Mann ganz für dich allein haben. Das möchte jede Frau, die liebt, und die Männer empfinden Frauen gegenüber nicht anders. Die Liebe will ausschließlichen Besitz. Aber du gehst, wie mir scheint, noch einen Schritt weiter als deine Generation, du willst, daß dein Mann nie eine andere geliebt hat. Ich glaube, daß auch Orest einer Frau nicht trauen würde, die ihr Herz schon vorher einem andern Manne geschenkt hätte. Das ist aber alles Unsinn. Wenn die Welt nach dieser Theorie handelte, so würde das ein unabsehbares Elend für Liebende bedeuten – es gäbe kein Ende von Heuchelei, von dunklen Geheimnissen, von verscharrten Leichnamen. Es ist wieder deine Vorstellung von der Schicksalsehe, nur in törichterer Form. Freilich, wenn zwei Menschen sich lieben – oder richtiger gesagt, solange sie sich lieben –, existieren die andern Männer und Frauen für sie nicht; in diesem Sinne soll man seinen Geliebten ganz für sich allein haben. Es wäre mir entsetzlich, wenn du Pyrrhus heiratetest, ohne daß ihr einander leidenschaftlich liebtet. Aber glaub mir, Hermione: der Mann, der eine Frau am glücklichsten machen kann, ist der, der viele Frauen lieben könnte, der sogar mit mehreren Frauen gelebt hat, vielleicht wie Pyrrhus es getan, und der zuletzt seine ganze Liebe der einen widmet. Nach deiner Theorie ist der beste Mann der, der vorher unmöglich hätte lieben können. Deine Theorie ist falsch. Du wirst sehen, daß ein solcher Mann häufig einer großen Liebe überhaupt nicht fähig ist. Du findest meine Anschauungen gewiß unmoralisch?«

»Das tue ich allerdings«, sagte Hermione.

2

»Ich ebenfalls«, sagte Menelaos. »Ich hörte deine
letzte Rede, als ich eintrat, und blieb auf der Schwelle stehen, um sie nicht zu unterbrechen. Was für
Narrheiten erzählst du dem Kinde da, Helena?«

»Nicht Narrheiten, sondern Wahrheiten«, sagte
Helena. »Ich habe die Welt nicht erschaffen.«

»Als du mir neulich deine Rede über die Liebe
zum Leben hieltest, da verstand ich vieles nicht
recht«, sagte Menelaos. »Jetzt fange ich an zu verstehen. Du findest meine Treue gegen dich un-
männlich, sie ist dir ein Zeichen von Schwäche. Du
bewunderst Männer wie Achill und seinen vortrefflichen Sohn! Ich will dir etwas sagen, liebe Frau:
wenn ich dich auf die Art geliebt hätte, wie sie Frauen
lieben, so wärest du jetzt nicht hier. Ich hätte dir in
jener Nacht in Troja den Kopf abgehauen!«

»Siehst du, Hermione, daß ich recht hatte?« sagte
Helena. »Du fängst also wirklich an, mich zu verstehen, Menelaos, und auch ich lerne dich mit der Zeit
immer besser kennen. Du schontest nicht die Frau,
die du liebtest, sondern du wolltest mich als Kunst-
werk erhalten!«

»Ich weiß nicht, warum ich dich schonte, aber was auch der Grund war, du verdientest meine Güte nicht und weißt sie nicht zu würdigen. Sobald ich den Rücken wende, fängst du an, Pläne und Ränke zu schmieden, um deinen Willen durchzusetzen. Ich kann dir nicht trauen. Hatten wir nicht abgemacht, Pyrrhus sollte kommen und Hermione sollte dann selbst wählen? Und nun benutzest du den Augenblick, wo du weißt, daß ich den Kopf voll Sorgen habe, um das Kind auf deine Seite zu ziehen und die Sache ohne mich zu entscheiden. Zum Glück läßt sie sich durch Gründe, wie ich sie soeben hörte, nicht überzeugen. Eine verlockende Aussicht fürwahr, wenn der Mann sich jeden Augenblick auf Polygamie legen kann! Hermione, glaub mir, mein Kind, deine Mutter weiß für Sensation zu sorgen, aber nicht für Sicherheit.«

»Du hast wieder einmal nicht begriffen, um was es sich handelt«, sagte Helena. »Was du hörtest, war nicht notwendig ein Argument zu Pyrrhus' Gunsten; auch habe ich nicht den Versuch gemacht, hinter deinem Rücken für den jungen Mann zu plädieren. Alles, was ich sagte, kann zu seinen Gunsten gedeutet werden, aber wenn du früher gekommen wärst, würdest du dich überzeugt haben, daß Hermione alles zu seinen Ungunsten deutet. Ich versuchte nur, ihr einiges zu sagen, was sie vom Leben wissen muß und was sie von dir wahrscheinlich nicht erfahren wird. Ich werde auch fernerhin das wenige, was ich an Lebenskenntnis habe, mit ihr teilen, ob du nun dabei bist oder nicht. Du hättest natürlich gleich von Anfang an zugegen sein können, obwohl ich bezweifle, daß dich unser Gespräch interessiert hätte. Ich habe dir dieselben Dinge oft genug gesagt, doch du hattest nie Ohren dafür. Ich weiß auch nicht, ob Hermione sich das zunutze macht, was ich ihr gesagt habe.«

»Wenn ich nach dem, was ich hörte, auf das übrige schließen darf«, sagte Menelaos, »so sagtest du ihr nichts, was sie sich zunutze machen könnte. Der Schluß, den ich daraus ziehen konnte, war der gewöhnliche, daß du hofftest, sie würde glücklicher werden, als du es gewesen; und da deine Kennzeichen eines idealen Gatten auf mich absolut nicht zutreffen, scheint mir, du habest ihr ziemlich klargemacht, daß du in deiner Ehe nicht glücklich bist – nicht so glücklich, wie du es mit Achill oder Pyrrhus gewesen wärst. Ist das die Art, wie du zu deiner Tochter über deinen Mann sprechen solltest? Ich frage dich, Helena, wenn du ein Gefühl für Gerechtigkeit hast, ist das recht und schicklich?«

»Mein lieber Menelaos«, sagte Helena, »Hermione weiß sehr gut, daß wir zwei nicht glücklich miteinander gewesen sind; es bleibt mir nur übrig, ihr das Warum zu erklären. Meinst du, es stünde mir an, meine Ehe glücklich zu nennen, nachdem ich dich all die Jahre verlassen habe und mit Gewalt zurückgebracht bin? Mußte ich nicht vernünftigerweise annehmen, daß Hermione, die deinen Scharfsinn geerbt hat, irgendwelche Unstimmigkeiten zwischen uns vermutet? Ich sollte meinen, daß in gewissen Lebenslagen selbst du, Menelaos, die Dinge lieber nimmst, wie sie sind.«

»In gewissen Lebenslagen, Helena«, sagte Menelaos. »Ich glaube, dies ist so eine, weißt du! Du hast deine Bewunderung für gewalttätige Gatten nun oft genug geäußert. Ich möchte jetzt einmal diese Rolle spielen. Was wir über Pyrrhus abgemacht haben, dabei bleibe ich; wenn er kommt, werde ich ihn gastlich aufnehmen; von Heirat wird nicht die Rede sein. Wenn er wieder fort ist, wird Hermione Orest heiraten. Und weiter will ich über die Sache jetzt nichts mehr hören.«

»Gut!« sagte Helena. »Das ist im Grunde das, was ich wollte. Ich wollte zwar Hermione die Freiheit lassen, sich ihren Gatten zu wählen, nachdem sie Pyrrhus gesehen, aber ich vermute, daß sie auf jeden Fall Orest heiraten will; so schadet dein Befehl nicht weiter. Wenn sie jedoch durch irgendein Wunder ihren Sinn ändert und Pyrrhus heiraten möchte, so willst du sie also zwingen, Orest unter allen Umständen zu nehmen. Gut, aber dann handelst du natürlich als gewalttätiger Vater, nicht als gewalttätiger Gatte.«

»Ich nehme an, daß es Hermiones Wunsch ist, Orest zu heiraten«, sagte Menelaos. »Sie weiß, daß ich nicht die Absicht habe, sie zu zwingen, gegen ihren Willen zu heiraten.«

»Ah, siehst du wohl, Menelaos!« sagte Helena. »Ich wußte ja, du würdest es nicht durchführen, aber ich glaubte allerdings, du könntest etwas länger als drei Sekunden den Grimmigen spielen. Warum trittst du nicht energisch auf und sagst kurz und bündig, wer unser Schwiegersohn sein soll? Sagst Hermione, sie solle ihn heiraten, sagst ihm, er soll Hermione heiraten, ohne zu mucksen, und sagst mir, ich solle den Mund halten? Warum tust du das nicht?«

»Dein Spott stört mich nicht«, sagte Menelaos. »Ich trete schon energisch auf, wie du sehen wirst. Hermione wird Orest heiraten. Ich werde höflich gegen Pyrrhus sein – nicht mehr als das. Ich mag ihn nicht, und ich mochte seinen Vater nicht; und nun, da du wolltest, du hättest einen von ihnen oder alle beide geheiratet, mag ich sie noch weniger. Solange Pyrrhus hier ist, bleibst du unsichtbar, außer bei den Mahlzeiten und wenn ich dich besonders auffordere zu erscheinen. Wenn du mir nicht gehorchst, schließe ich dich in deinem Zimmer ein und stelle eine Wache vor die Tür. Pyrrhus wird sich nicht darüber wundern, da er deine Geschichte kennt. Ich werde ihm mit deiner berühmten Offenheit sagen, daß ich dich mit mehr Achtung, als du verdienst, hätte behandeln, dir deine Stellung in der Gesellschaft und alles das, was du von dir geworfen, hätte wiedergeben wollen, aber du hättest es nicht gewollt. Du bist geradezu unmöglich, Helena, von außen zwar schön anzusehen, aber innen nichts weniger als schön. Du bist die geborene Unheilstifterin. Wenn es sein muß, erzähle ich ihm die ganze Geschichte.«

»Menelaos«, sagte Helena, »wenn du den starken Mann spielen willst, so tust du mir leid. Du tust mir wirklich leid. Du und dein Bruder, ihr hattet ewig Streit mit Achill. Ihr wußtet, daß er der Größere war, und suchtet einen Vorwand, um ihn zu ärgern. Nun, da du Pyrrhus in unser Haus geladen hast, auf meine Bitte und zu dem besonderen Zweck, den wir drei – ich schließe Hermione mit ein – dabei im

Auge hatten, sagst du, du willst ihm alles von mir erzählen – du wirst vermutlich auch ein paar von den höflichen Ausdrücken wiederholen, deren du dich im Schoß deiner Familie bedienst. Ich sehe, sein Besuch wird ihm allerlei Überraschungen bringen, aber im ganzen wird er ihn genießen, denn du wirst ihm deutlich machen, wie hoch du ihn schätzest und wie wenig du von dir selber hältst. Du hast ganz recht. Wenn ich euch beide in bezug auf Geist, äußere Erscheinung, Lebensart und Leistung vergleichen soll, dann schließ mich lieber ein! Laß Hermione ihn sehen, das war ja in erster Linie mein Wunsch. Übrigens möchte ich Pyrrhus in deiner Gegenwart schon gar nicht sehen. Ich würde mich deiner zu sehr schämen, Menelaos. Ich könnte ihm nicht erklären, warum ich dich heiratete und warum ich mit dir zurückkehrte. Das heißt, erklären könnte ich es schon, wenn die Sache einmal zur Sprache käme, aber es wäre doch gar zu taktlos, wollte ich mit einem Gast über dich sprechen.«

»Warum hast du mich denn geheiratet?« fragte Menelaos. »Und warum kamst du mit mir zurück?«

»Es war ein Mißgriff«, sagte Helena.

»Wenn ich bedenke«, sagte Hermione, »daß diese ganze Veranstaltung meinem Glück dienen soll, so weiß ich wirklich nicht, inwiefern. Was soll mir eurer Meinung nach der Besuch dieses Mannes nützen, wenn ich weiß, was ihr von ihm und voneinander denkt? Wenn dies die Vorbereitung für eine richtige Gattenwahl ist, so scheint es mir weit einfacher, man wählt erst den verkehrten und sucht ihn nachher wieder loszuwerden.«

»Du hast ganz recht, Hermione«, sagte Helena. »Es hat keinen Zweck, daß Pyrrhus jetzt kommt. Es tut mir leid, daß ich den Vorschlag zuerst gemacht habe. Ich hatte die besten Absichten, aber dein Vater mißdeutet meine Motive, und er ist nicht in der geistigen Verfassung, daß wir irgendeinem Gast einen angenehmen Aufenthalt bei uns versprechen könnten. Es ist mein Ernst, Menelaos, ich willige in die Heirat mit Orest; ich werde keine weiteren Einwände erheben, weder in deiner Gegenwart noch hinter deinem Rücken. Und als letzte Gefälligkeit in dieser Sache erbitte ich von dir, daß du die Einladung widerrufst – schicke Bescheid, daß Agamemnon zurückgekehrt ist, daß du dadurch in Anspruch genommen seist und daß wir uns daher die Freude seines Besuchs, auf die wir gehofft hätten, für den Augenblick versagen müßten.«

»So leicht kommst du nicht davon«, sagte Menelaos. »Ich sehe ganz gut, was du im Sinne hast: damit ich ihm nicht die ganze Geschichte erzähle und er nachher der neugierigen Welt berichtet, wie unser Verhältnis ist, soll ich ihm lieber zur rechten Zeit wieder abwinken. Das fällt mir nicht ein. Pyrrhus wird kommen, sofern ich ihn dazu überreden kann. Wenn dir deine bisherige Freiheit lieb ist, so stellst du dich der Verbindung mit Orest nicht mehr entgegen. Und bei der ersten Gelegenheit heiratet Hermione ihren Vetter.«

»Ach Vater«, sagte Hermione, »ich wollte, du tätest, was Mutter sagt – laß Pyrrhus nicht kommen! Niemand hat jetzt Verlangen nach seinem Besuch – ich bin sicher, du tust Mutter unrecht; sie sprach im Interesse unsres häuslichen Friedens. Ihr selbst würde es, glaube ich, nichts ausmachen, wenn du sie einschlössest – es würde ihr die Aufregung verschaffen, wonach sie sich sehnt. Aber diesmal denkt sie an mich, an uns alle, und ihr Rat ist gut. Ich möchte diesen Menschen nicht hier sehen!«

»Es tut mir leid, aber nun ist es zu spät«, sagte Menelaos. »Ich wurde gezwungen, ihn einzuladen, obwohl ich ihn ebensowenig hier haben wollte wie du. Nun wird er kommen.«

»Menelaos«, sagte Helena, »ich bezweifle, daß du das Recht hast, Pyrrhus jetzt zu uns einzuladen, nach all den erregten Auseinandersetzungen, die wir gehabt haben, und angesichts der Spannung, wie sie jetzt bei uns herrscht. Er kann durch irgend etwas verletzt werden und würde glauben, daß du die alte Fehde mit seinem Vater wiederaufnehmen wolltest; das würde allgemein geglaubt werden, und dein Ruf würde darunter leiden.«

»Ich werde meinen Ruf schon zu hüten wissen«, sagte Menelaos. »Du bist gerade die rechte dazu, mir zu raten, wie ich meinen guten Namen in acht nehmen soll! Wo hast du diese Kunst gelernt?«

»Du bist unhöflich«, sagte Helena, »und läßt dich wieder von deiner Heftigkeit hinreißen. Ich sehe mit Bedauern, daß dein gesundes Urteil dich verlassen hat. Darf ich dich darauf hinweisen, daß bei einer Verstimmung zwischen dir und Pyrrhus unsre Freunde sich fragen könnten, ob wohl in andern Fällen dein Gast immer der Schuldige gewesen sein? Selbst bei Paris fragten sich manche, was du deinerseits wohl getan haben mochtest, um die

Tragödie herbeizuführen. Du solltest nun wenigstens auf einen jungen Mann weisen können, der als Gast zu dir kam und dich als Freund verließ. Da wir bei diesem Besuch nicht mit Sicherheit auf einen solchen Ausgang rechnen können, so bitte ich dich dringend, Pyrrhus nicht gerade jetzt kommen zu lassen.«

»Mein einziges Versäumnis bei Paris' Besuch«, sagte Menelaos, »war, daß ich dir hinter meinem Rücken traute. Das werde ich nicht wieder tun. Ich frage den Teufel danach, ob Pyrrhus als Freund von mir scheidet, aber ich verspreche dir, daß er dies Haus allein verläßt. Er wird weder Hermione mit sich nehmen noch dich. Und wenn du dich anständig benimmst, so wird es schon keinen Streit geben.«

»So laß ihn später kommen«, sagte Helena. »Wenn er in den nächsten Tagen oder selbst in den nächsten Wochen kommt, so kann er gerade im Augenblick kommen, wo du zu deinem Bruder müßtest. Setzen wir den Fall, Agamemnon schickte dringend nach dir, willst du da antworten, daß du ihm gern zu Hilfe kämest, aber du hättest einen Gast, mit dem du deine Frau nicht allein zu lassen wagtest? Wenn Agamemnon deiner bedarf, mußt du zu ihm gehen; du würdest es dir nie verzeihen, wenn du es nicht tätest. Und mir liegt wirklich nicht daran, allein bei dem Gast zu bleiben, mit dem Bewußtsein, daß du danach zeitlebens von eifersüchtigem Verdacht geplagt würdest. Es ist am besten, du hältst dich für alle Fälle frei.«

»Mein Bruder wird mich nicht brauchen«, sagte

Menelaos. »Je mehr ich darüber nachdenke, um so mehr bin ich dessen gewiß. Er wird schon mit Ägisth fertigwerden, und wenn er Hilfe braucht, so ist ja Orest unterwegs.«

»Unterwegs wohin?« fragte Hermione. »Woher weißt du das?«

»Eteoneus setzte sich mit ihm in Verbindung und lieh ihm einige von meinen Waffen, und er ist schon eine ganze Weile fort, um, wenn es nottut, seinem Vater beizustehen.«

»Oh, warum bist du nicht selbst zu Agamemnon gegangen?« rief Hermione. »Du hättest doch mehr nützen können als Orest; du hast Erfahrung, und er ist nur ...«

»Wenn Orest der Mann ist, den du heiraten willst«, sagte Helena, »so ist er nicht ›nur‹, sondern er ist ein ganzer Mann. Er mußte zu seinem Vater – er ist jetzt da, wohin er gehört.«

»Ich muß sagen, daß ich dem zustimme«, sagte Menelaos, »obwohl ich selbst auch die Absicht hatte hinzugehen. Allein ich habe einen Boten geschickt, um zu sehen, ob Agamemnon mich braucht; in diesem Falle breche ich sofort auf. Übrigens finde ich, daß Orest jetzt die beste Gelegenheit hat zu zeigen, was an ihm ist; seine jetzige Haltung wird uns mehr von ihm erkennen lassen als ein Dutzend Unterredungen mit deiner Mutter und mir ... Aber mein erster Impuls war, sofort aufzubrechen, und deine Frage macht mich wieder etwas irre, ob das nicht doch das Richtige gewesen wäre. Es geht mir gegen das Gefühl, die gefährliche Lage meines Bruders als Prüfstein für seinen Sohn zu benutzen. Wenn ich meinem Impuls gefolgt wäre, wäre ich jetzt da. Deine Mutter riet mir hierzubleiben.«

»Das riet ich dir allerdings«, sagte Helena, »aber du hättest nicht auf meinen Rat hören sollen. Ich wenigstens schätzte dich darum nicht höher, daß du es tatest. Achill würde nicht so vorsichtig gewesen sein, und ich bin sicher, auch Pyrrhus nicht. Ich riet es dir wegen deiner eigenen Sicherheit, sprach von Gefahr und daß du dich möglicherweise lächerlich machen könntest – aber was macht das einem Manne aus, der seinen Bruder liebt und der den rechten Trieb zum Leben in sich hat? Ich sagte, du würdest eine lächerliche Rolle spielen, wenn du mit deinen Truppen anmarschiert kämest, während Agamemnon und Klytemnestra sich bereits verständigt hätten. Einem andern Manne wäre dabei der Gedanke gekommen, wie nötig er mit seinen Truppen sein würde, falls der Kampf im Gange sein sollte. Nein, Menelaos, du hast deine guten Seiten, aber du kannst nicht die Rolle des starken Mannes spielen, und alles, was du sagst und tust, bestätigt nur die Wahrheit von dem, was ich Hermione klarzumachen suchte. Du hast zwei große Schicksalsstunden gehabt: die eine, als ich mit Paris entfloh; die andere, als du erfuhrst, daß deinen Bruder bei der Heimkehr große Gefahr erwartete. Du warst beiden nicht gewachsen. Du riefst alle Freunde und Nachbarn herbei, daß sie dir in Troja hülfen, und nun verläßt du dich auf Orest. Im ersten Falle könnte man dich noch entschuldigen, aber wie du dir dies zweitemal verzeihen kannst, weiß ich nicht. Dein Bruder ist vielleicht in Lebensgefahr, und du sitzest hier zu

Hause in Sicherheit und versteckst dich hinter der Tür, um zu hören, was deine Frau zu deiner Tochter sagt. Deine Frau rät ihrem Kinde, einen wirklichen Mann zu heiraten, wenn es möglich ist. Du gerätst über einen so offenbaren Verrat in Wut und drohst, deine Frau einzuschließen, wenn je ein wirklicher Mann in dein Haus kommen sollte. So hast du dich eben vor Hermione gezeigt. Du hast ihr, besser, als ich es könnte, erklärt, warum mein Leben nicht so gewesen ist, wie sie es für richtig hält. Du tust mir von Herzen leid, Menelaos; ich sehe dich an und denke an den Mann, den ich einst liebte, an die Persönlichkeit, die zu werden du dich immer gesträubt hast. Keine Frau könnte dir so untreu werden, wie du es deinem wahren Selbst gewesen bist. Statt groß zu sein, hast du dir nur immer einzureden versucht, daß du es seist, und von andern die Achtung verlangt, die du hättest verdienen sollen. Du hast einen Schatten verfolgt. Was ich Hermione sagte, hätte dich veranlassen müssen, beschämt von der Tür wegzuschleichen. Wärst du Manns genug gewesen, mich in jener Nacht in Troja zu töten, so wäre ich nie mit Paris entflohen. Darin steckt unsre ganze Ehegeschichte. Wenn du keine Rache suchtest, so hattest du keine Entschuldigung dafür, daß du so viele Menschen in dein Schicksal verwickeltest und Troja zugrunde richtetest; verzeihen hättest du mir allein können. Wenn ich von starken Männern spreche, so meine ich nicht nur physische Stärke. Du hättest dich bei meiner Flucht sehr stark zeigen können, ohne auch nur einen Finger zu rühren – wenn du nämlich deinen Geist hättest brauchen wollen und Geistesstärke gehabt hättest. Ich kann mir einen gewissen Charakter in deiner Lage denken, der keck behauptet hätte, er hätte Paris bestochen, damit er ihn von einem lästigen Weibe befreie – er hätte ihn gut dafür bezahlen müssen – er selbst wäre eigens deswegen fortgereist, um die Sache zu erleichtern – die Möbel wären nicht gestohlen worden, sondern bei dem Handel draufgegeben. Eine derartige Keckheit hätte Paris zugrunde gerichtet – und mich natürlich auch. Aber in diesem Fall hättest du dich entschließen müssen, mich für immer aufzugeben. Das konntest du nicht, nicht wahr, Menelaos? Du wolltest mich als eine Ausgestoßene brandmarken, und zugleich wolltest du mich als Frau wiederhaben. Du tust mir leid. Jetzt ist es zu spät, den rauhen Helden zu spielen; du wirst nur daran denken müssen, wie schwach du warst, und versuchen, dich dadurch zu entschädigen, daß du mich ärgerst, an den Türen horchst und dich meinen besten Plänen für Hermiones Wohl widersetzt. Ob du nun Achill mochtest oder nicht, kannst du nicht wenigstens ehrlich sein gegen ihn und den Gegensatz zwischen euch beiden zugeben? Siehst du nicht ein, daß er selbstlos für euch kämpfte, bis du und Agamemnon mit dem Streit anfingt? Wie offen liegt sein Charakter da! Es ist nicht überraschend, daß ich ihn bewundere; das Traurige ist nur, daß du es nicht tust.«

»Du meinst also, ich sollte zu Agamemnon gehen?« fragte Menelaos.

»Ich habe dir geraten, dies nicht zu tun«, sagte Helena.

»Warum nicht?«

»Das weißt du sehr gut: weil es gefährlich ist hinzugehen und weil die Möglichkeit besteht, daß du dich lächerlich machst.«

»Du meinst, daß Achill oder seinesgleichen hingehen würde, auch wenn man ihm abriete?«

»Es gibt für einen jeden von uns Dinge, Menelaos, in denen wir uns nicht raten lassen können. Keine Frau hätte Achill vor einer Gefahr warnen können – die existierte für ihn nicht. Und es wäre Achill – und auch irgend jemandem sonst – nie eingefallen, daß er sich lächerlich machen könnte.«

»Ich werde zu meinem Bruder gehen«, sagte Menelaos. »Es ist nicht zu spät, ich selbst zu sein, wie du es nennst.«

»Es ist jemand an der Tür«, sagte Hermione.

»Wer ist an der Tür?« rief Menelaos. »Herein! – Ach, du bist es, Eteoneus. Warum klopftest du nicht? Die Unterhaltung ging nur uns an, und ich bin kein Freund vom Horchen.«

3

»Ich zögerte hereinzukommen«, sagte Eteoneus.
»Ich wäre überhaupt lieber nicht gekommen.«

»Was ist denn geschehen?« fragte Menelaos.

»Es ist Nachricht gekommen«, sagte Eteoneus,
»und es wird mir schwer, sie zu melden.«

»Sag sie uns, Eteoneus«, sagte Helena, »laß uns
nicht warten! Wir werden gefaßt sein, ob sie nun gut
oder schlecht ist!«

»Agamemnon ist tot«, sagte Eteoneus.

»Menelaos!« rief Helena und trat an seine Seite.

»Mein Bruder ist tot!« wiederholte Menelaos.

»Ich mochte es dir nicht sagen«, sagte Eteoneus.

»Wer – wiee starb er?« fragte Menelaos.

»Er wurde getötet«, sagte Eteoneus. »Ägisth
tötete ihn.«

»Unmöglich!« rief Menelaos. »Das muß ein Irrtum sein. Ägisth konnte meinem Bruder einen
Augenblick in ehrlichem Kampfe standhalten!«

»Nein, das konnte er nicht«, sagte Eteoneus,
»aber es war kein ehrlicher Kampf. Agamemnon
ging ins Haus, wie der Händler uns berichtete, und

da er sich in seinem Hause sicher glaubte, nahm er seine Rüstung ab und hängte das Schwert an die Wand. Dann töteten sie ihn.«

»Sie? Wer war es denn sonst noch?« rief Helena.

»Ich wollte die Nachricht nicht bringen«, sagte Eteoneus. »Wenn ich einen anderen hätte schicken können, wäre ich draußen am Tor geblieben.«

»Sag uns alles!« gebot Menelaos. »Wer tötete meinen Bruder?«

»Ich glaube, Ägisth ist der Hauptschuldige«, sagte Eteoneus. »Orest verfolgt ihn, und vielleicht hat er jetzt schon seinen Lohn. Der Bote sagt, Klytemnestra sei mit in die Sache verwickelt.«

»Meine Schwester! Ich wußte es!« rief Helena.

»Was wußtest du, Helena?« fragte Menelaos.

»Mein Herz sagte mir, daß sie ihn eines Tages morden würde. Sie ist die eigentliche Täterin, nicht Ägisth! Eteoneus will mich schonen, aber das ist die Tatsache.«

»Helena«, sagte Menelaos, »wir haben schwere Augenblicke in unserm gemeinsamen Leben gehabt, und ich habe dir harte Dinge ins Gesicht gesagt, aber ich glaube nicht, daß eine Schwester von dir eine solche Tat verüben könnte. Ich kann es nicht glauben von einer Frau, die uns so nahesteht, die eines Blutes mit dir ist. Dieser Mord ist gerade das, was man einem so hinterlistigen Feigling wie Ägisth zutrauen kann. Wäre Klytemnestra die Anstifterin gewesen, so wären sie kühn und dramatisch zu Werke gegangen. Ich könnte mir vorstellen, daß sie es draußen vor aller Augen täte und sich dessen noch rühmte, aber nicht, daß sie ihm so feige eine Falle stellte. Mein Bruder! Er sagte, wir würden uns nie wiedersehen!«

»Ich glaube, Vater hat recht«, sagte Hermione. »Tante ist immer furchtbar leidenschaftlich, aber wenn sie im Zorn ist wie gegen Agamemnon, so ist sie, wie Orest sagt, geradezu eine Furie. Dieser heimliche Mord sieht ihr nicht ähnlich und wäre auch nicht in ihrem Interesse; er würde ihre gerechte Sache zu einer ungerechten machen. Wenn sie Agamemnon hätte töten wollen, so hätte sie daraus eine öffentliche Hinrichtung gemacht, denn sie betrachtet ihn als den Mörder ihres Kindes, der er ja war. Aber dadurch, daß sie ihn von hinten erdolchte, hätte sie ihre Sache in ein falsches Licht gestellt.«

»Es ist etwas in Klytemnestras Charakter«, sagte Helena, »das ich nie verstanden und dem ich nie getraut habe. Sie ist in gewisser Weise empfindsam, und man könnte sie für weich halten, aber dabei hatte ich doch immer halb unbewußt das widrige Gefühl, daß sie im Grunde grausam ist. Ich gäbe alles darum, zu hören, daß sie Agamemnon nicht gemordet hat, aber ich bin vollkommen sicher, daß sie es tat.«

»Wenn sie es getan hätte«, sagte Menelaos, »so hätte das Volk sie längst aus Rache getötet. Mein Bruder war zwar nie, was man populär nennt, aber seine Leute waren ihm treu ergeben, und sie müssen zu der Zeit um ihn gewesen sein. Es ist mir ganz klar, daß Ägisth die Schlinge stellte, und nun heißt es, Klytemnestra habe dabei geholfen. Das ist die Folge ihrer unrechtmäßigen Verbindung mit ihm;

jetzt denkt man natürlich, daß sie die Anstifterin ist.«

»Dazu kommt noch eins«, sagte Hermione. »Klytemnestra mußte wissen, daß dieser Mord irgendwie gerächt werden wird. Orest wird an Ägisth furchtbare Rache nehmen, aber wenn Klytemnestra darin verwickelt wäre, so müßte er auch sie strafen. Sie mußte begreifen, wohin eine solche Tat führen würde.«

»Orest würde seine Mutter nicht töten«, sagte Menelaos. »Im übrigen stimme ich dir zu. Ich glaube, Helena ist ungerecht gegen ihre Schwester ... Eteoneus, berichtete der Bote noch Einzelheiten?«

»Ich habe dir die Einzelheiten noch nicht erzählt«, sagte Eteoneus. »Ich berichtete nur die Hauptsache.«

»So hast du noch mehr zu berichten?« rief Helena.

»Die Einzelheiten sind folgende«, sagte Eteoneus. »Der Bote sagt, Agamemnon sei ins Haus gegangen, wie schon der Händler erzählte, und nach einiger Zeit zerstreuten sich die Leute, da es nichts Neues mehr zu sehen gab. Darauf ließ Klytemnestra alle zurückrufen und kam heraus, um ihnen eine Rede zu halten. Sie sagte, sie habe sich mit ihren Nachbarn immer so ausgezeichnet gestanden, daß kein Grund vorhanden sei, sie jetzt nicht ins Vertrauen zu ziehen. Sie habe soeben ihren Gatten getötet. Wahrscheinlich wüßten sie, daß sie und Ägisth miteinander gelebt hätten, sie hätten sich vor den Augen der Götter als Mann und Weib betrachtet. Sie habe gezweifelt, daß Agamemnon zurückkehren würde, oder habe vielmehr gehofft, daß er es nicht täte, denn er habe ihre Tochter ermordet; sie sei durch fromme Pflicht genötigt gewesen, den Mörder ihres Kindes zu töten, worin sie ihr gewiß zustimmen würden. Sie betonte, daß sie Agamemnon getötet habe, um Iphigenie zu rächen, nicht, um weiter mit Ägisth leben zu können; diese Liebe sei eine mittelbare Folge dessen, was Agamemnon getan. Sie bekannte, die Pflicht, ihr Kind zu rächen, sei ihr dadurch erschwert worden, daß der Mörder ihr gesetzmäßiger Gatte gewesen sei und sie ihn einst geliebt habe. Sie bekannte auch, daß er ihre Skrupel durch die Art seiner Rückkehr gänzlich beseitigt habe: er habe tatsächlich Kassandra als Kebsweib heimgebracht. Sie habe ihn daher in einen abgelegenen Teil des Hauses geführt, habe ihn aufgefordert, sich zur Ruhe zu legen, und als er seine Rüstung abgenommen, habe sie ihn getötet. In einem Anfall von Eifersucht, den sie bedaure, habe sie auch Kassandra getötet. Es sei ihr jetzt klar, sagte sie, daß dieser zweite Mord überflüssig gewesen sei, allein es sei schwer, alles gleich richtig zu bedenken. Sie wünsche, daß jeder wisse, erstens: sie selbst habe es getan, ohne irgend jemandes Hilfe, und zweitens: sie sei stolz darauf und brauche sich wegen nichts zu entschuldigen. Sie wolle jetzt Ägisth zum gesetzmäßigen Gatten nehmen; sie habe sich bei der Ermordung Agamemnons nicht von ihm helfen lassen, denn es habe sich dabei einzig und allein um die Rache für ihre Tochter gehandelt, und nicht um ihre Liebesangelegenheiten. Ägisth sei vollkommen unschuldig. Wenn jemand schuldig sei, so sei sie es, doch sei sie der Ansicht, daß sie durch diese Tat eher eine fremde Schuld ausgelöscht als selbst eine auf sich geladen habe. – Der Bote fand ihre Rede großartig«, fügte Eteoneus hinzu, »und zuerst wurde sie auch gut aufgenommen, aber dann sagte man sich doch, daß sie in Wirklichkeit nur Ägisth zu schützen und die Schuld dahin zu schieben suchte, wohin keine Rache treffen würde. Der Bote sagt, wenn es Orest gelingt, Ägisth zu töten, so wird das Volk auf seiner Seite sein, aber im andern Falle werden sie wahrscheinlich zu Klytemnestra halten – sie hat die Lage vollkommen in der Hand.«

»Natürlich hat sie das«, sagte Helena. »Sie hat zweifellos alles längst geplant, sogar die Rede. Sie überläßt dem Zufall nichts. Sie hat ihn ermordet. Ich bin froh, daß sie das wenigstens nicht leugnet.«

»Ich kann es nicht glauben, auch jetzt noch nicht«, sagte Menelaos. »Es übersteigt meine schlimmsten Befürchtungen.«

»Meine auch«, sagte Helena, »obwohl ich Schlimmes von Klytemnestra fürchtete. Es ist furchtbar für dich, Menelaos, und auch für mich; ich habe das Gefühl, als ob die Schande, die meine Schwester auf sich geladen, auch auf mich fällt. ... Wenn sie nur mit Ägisth leben wollte, so hätte sie ja mit ihm davongehen und Agamemnon sich selbst überlassen können. Aber in seinem Hause zu bleiben, sein Brot zu essen und mit diesem Tunichtgut Ägisth seine Habe zu verzehren, und dann, wenn Agamemnon zurückkehrt, ein liebevolles Willkommen zu heucheln, ihn in Sicherheit wiegen und endlich zu erdolchen – das ist echt Klytemnestra!«

»Ich bin erstaunt, daß du so streng über deine eigene Schwester urteilst«, sagte Menelaos. »Ich empfinde natürlich ebenso, aber ich hätte erwartet, daß du sie verteidigen würdest.«

»Ich habe meine Gründe«, sagte Helena.

»Eteoneus«, sagte Hermione, »glaubst du, daß Orest allein mit Ägisth fertigwerden kann?«

»Ich fragte den Boten danach«, sagte Eteoneus, »aber er konnte es mir nicht sagen. Man weiß nicht viel von Ägisth. Vielleicht ist er der Schwächling, der er scheint, das bloße Echo Klytemnestras, vielleicht ist er der Anstifter des Ganzen. Es ist schwer zu sagen.«

»Meinst du nicht, du solltest ihm helfen, Vater?« fragte Hermione.

»Ich werde sofort aufbrechen – ich habe mich soeben, während wir sprachen, dazu entschlossen«, sagte Menelaos.

»Wohin willst du?« fragte Helena.

»Ich will Orest helfen, sich an Ägisth zu rächen.«

»Und an Klytemnestra?«

»O Himmel, nein!« sagte Menelaos. »Die überlassen wir ihrem schuldigen Gewissen. Aber Ägisth ist der Schurke, dessen bin ich um so sicherer, als sie ihn so energisch verteidigt. Wir werden schon sehen, daß er seine Schuld büßt. Ich komme sofort zurück und werde rechtzeitig hier sein, um Pyrrhus zu empfangen.«

»Bring Orest mit«, sagte Helena, »dann kann die Hochzeit ohne Aufschub erfolgen. Die Verbindung mit deiner Tochter wird diesen Zweig der Familie rehabilitieren, ich meine, gesellschaftlich, und der arme Junge wird dadurch am besten über sein entsetzliches Leid hinwegkommen.«

»Diese Hochzeit kann warten«, sagte Menelaos.

»Natürlich kann sie das«, sagte Helena. »Was willst du indessen tun, wenn du Klytemnestra jetzt begegnest? Wird es nicht ziemlich peinlich für dich sein, sie zu begrüßen, während du drauf und dran bist, ihren Geliebten zu töten? Und wird es nachher nicht noch peinlicher sein? Du solltest die Sache von allen Seiten betrachten, Menelaos. Diesmal will ich dich nicht drängen, Gefahr oder Lächerlichkeit zu meiden; ich denke nur, jetzt, da Agamemnon tot ist, mußt du dich an Klytemnestra als Orests Mutter wenden, um die Einzelheiten von Hermiones Hochzeit zu besprechen, und daher wäre es vielleicht klüger, du hieltest dich von dem Streit fern – besonders da Orest Manns genug zu sein scheint, ihrer Wut zu begegnen.«

»Das sehe ich durchaus nicht ein«, sagte Hermione. »Vater kann sich nicht von dem Streit fernhalten; er kann nicht mit Klytemnestra über mich noch über irgend etwas sprechen, ohne daran zu denken, wer Agamemnon tötete. Es ist das beste, er geht jetzt hin und hilft Orest; ich brauche Klytemnestras Einwilligung nicht – sie braucht überhaupt nicht gefragt zu werden. Ich will ihre Einwilligung gar nicht haben. Ich will nichts mit ihr zu tun haben.«

»Du kannst deine Schwiegermutter nicht übergehen«, sagte Menelaos. »Ich freue mich, daß du ihr gegenüber so empfindest, aber du wirst in eine schwierige Lage kommen, wenn du ihren Sohn heiratest. Weißt du, Hermione, es ist vielleicht nicht klug, wenn wir uns die Sache noch einmal überlegen. Ich habe Orest zwar ganz gern, aber in der Ehe hat man mit der Verwandtschaft zu rechnen. Die Ehe ist eine schrecklich soziale Einrichtung. Und ich habe keine sozialen Neigungen nach Klytemnestras Seite hin.«

»Vater, willst du von Orest und mir abfallen?« fragte Hermione.

»Das will ich natürlich nicht«, sagte Menelaos, "aber du mußt selbst einsehen, wie die Sache liegt. Ich hätte die Heirat mit Agamemnon abmachen und meine Abneigung gegen seine Frau unterdrücken können; aber jetzt ist die Frau das Haupt der Familie. Das ist ganz etwas anderes. Ich kann keine Schritte tun, meine Tochter mit dem Sohn der Mörderin meines Bruders zu verheiraten!«

»Mit dem Sohn deines Bruders«, sagte Hermione.

»Das ist alles recht gut«, sagte Menelaos, »aber ich sehe ihn von der andern Seite. Wie wäre es, wenn wir die ganze Sache einstweilen fallenließen? Orest hat jetzt ohnehin an andere Dinge zu denken, und es eilt nicht damit.«

»Ich kann Orest nicht fallenlassen, wenn du das meinst«, sagte Hermione. »Ich bin ihm lebenslänglich verpflichtet; ich habe mich ihm verlobt, ihm mein Wort gegeben. Ich habe meinen Sinn in keiner Beziehung geändert. Wenn er mich nehmen will, bin ich sein. Ich glaubte, du wüßtest dies, Vater. Ich möchte gern mit deinem Segen heiraten, aber ich werde Orest auf jeden Fall heiraten. Ich wollte, du hülfest ihm im Kampf mit Ägisth; doch er wird wahrscheinlich auch allein mit ihm fertig.«

»Ich finde das nicht ehrerbietig«, sagte Menelaos. »Du solltest auf den Rat deines Vaters hören. Wir pflegten Hochachtung vor unsern Eltern zu haben.«

»Ich habe auch Hochachtung vor meinen Eltern«, sagte Hermione, »aber du brichst mir dein Wort, nur weil Klytemnestra Agamemnon tötete. Mutter hat dich herumgebracht, ohne daß du es gemerkt hast. Sie und ihre Familie würden mein Leben ruinieren, wenn ich sie gewähren ließe.«

»Hermione«, sagte Helena, »du solltest so nicht zu deinem Vater sprechen. Er hat ganz recht: du solltest ehrerbietig gegen deine Eltern sein. Die Frage ist nicht, ob sie Höflichkeit verdienen, darüber zu urteilen ist nicht deine Sache; die Frage ist, ob du innerlich vornehm genug bist, eine höfliche Form vorzuziehen ... Ich möchte dich auch daran erinnern, daß du meine volle Erlaubnis hast, Orest zu heiraten. Ich redete dir nur zu, Pyrrhus zu sehen; auch daran liegt mir jetzt nichts mehr. Meinetwegen heirate Orest, wann du willst; du mußt die Sache allein mit deinem Vater abmachen.«

»Alles, was ich dabei abmachen werde«, sagte Menelaos, »ist, daß die ganze Sache verschoben wird. Jetzt werde ich erst einmal tun, was ich kann, um dem Jungen zu helfen; nachher werden wir sehen.«

»Du kannst warten, wie du sagst«, sagte Hermione, »aber ich wiederhole dir ganz offen, daß ich mit dem Warten nichts gewinne. Ich habe meinen

Entschluß gefaßt, und ich fühle, ich gehöre jetzt um so mehr zu Orest, als er in Not ist.«

»O Hermione, begreifst du denn nicht?« sagte Helena. »Dein Vater wird jetzt Orest helfen und gerade aus dieser Hilfe wird die Hochzeit ganz selbstverständlich erfolgen. Wenn du nur wartest, wirst du schon sehen.«

»Sie wird nichts dergleichen sehen«, sagte Menelaos, »das ist durchaus nicht selbstverständlich! Die Verhältnisse liegen ganz klar. Wenn ich das nicht wüßte, würde ich Orest seine Sache allein machen lassen! Er soll sich lieber nicht einbilden, daß ich ihm lebenslänglich verpflichtet bin, wie Hermione von sich sagt, nur weil ich ihm helfe, den Mord meines Bruders zu rächen!«

4

»Du meinst also, er geht nicht hin?« fragte Hermione.

»Ich bin dessen sicher«, sagte Eteoneus.

»Ich möchte meinen Vater nicht für feige halten«, sagte Hermione, »aber es ist schwer, sein Zuhausebleiben zu erklären. Nicht nur, daß sein Neffe seiner Hilfe bedarf, der Ermordete ist sein eigener Bruder, und der Anstand fordert, daß er den Mord rächt.«

»Er ist kein Feigling, wenigstens nicht im gewöhnlichen Sinne«, sagte Eteoneus. »Deine Mutter riet ihm ab. Du hast selbst gehört, wie sie es machte. Als sie anfing, ihm zuzureden, er solle Orest helfen, damit die Heirat um so schneller zustande käme, und als sie ihn daran erinnerte, daß er die Hochzeitsangelegenheit mit Klytemnestra besprechen müßte, wußte ich, daß weder aus der Hilfe für Orest noch aus der Hochzeit etwas werden würde. Ich gehöre nicht zu den unbedingten Verehrern deiner Mutter – ich stehe in allen Dingen zu deinem Vater –, aber man muß zugeben, daß sie klug ist.«

»Das ist kein Grund, weshalb Vater nicht hingehen sollte. Er weiß, ich kann die Heirat ohne ihn bewerkstelligen; er kann Klytemnestra vollständig übergehen.«

»Ich weiß nicht, ob er sie bei seiner Rache übergehen kann«, sagte Eteoneus. »Fandest du nicht, daß deine Eltern etwas um diese Frage herumgingen? Sie wurde aufgeworfen, aber sie gingen nicht weiter darauf ein. Rechtmäßigerweise müßte Klytemnestra wegen Gattenmordes bestraft werden. Deine Mutter wollte nicht gern für ihre Schwester bitten, wenigstens nicht geradezu, aber natürlich will sie nicht, daß ihr eigener Mann ihre Schwester tötet. Die Situation ist äußerst schwierig. Orest wird seine Mutter sicher nicht töten; wenn also jemand Rache an ihr üben soll, so muß es Menelaos sein. Was für Zustände würden entstehen, wenn er heimkäme und uns sagte, der Geist Agamemnons sei durch das Blut seiner Mörder Ägisth und Klytemnestra versöhnt! Meinst du, daß er und Helena sich danach behaglich zu Tische setzen und über uns plaudern könnten, was inzwischen im Hause vorgefallen? Helena verurteilt ihre Schwester streng, aber Menelaos weiß, daß er gut daran tut, seine Hand nicht gegen Klytemnestra zu erheben.«

»Eteoneus, glaubst du, daß Orest stark genug ist, mit Ägisth zu kämpfen?«

»Mit Ägisth allein, ja; doch wenn Klytemnestra ihrem Geliebten hilft, sollte Orest sich in acht nehmen. Die beiden zusammen waren Agamemnon über. Das ist noch ein Grund, glaube ich, weshalb Menelaos hierbleiben wird. Selbst wenn sie Klytemnestra in Ruhe lassen, so ist es nicht wahrscheinlich, daß sie zum Dank dafür sich nicht in den Streit mischt. Sobald dein Vater sich Ägisth feindlich nahte, würde sie ihm mit Freuden ein Messer in den Rücken stoßen. Sie sollten ihr lieber erst den Hals abschneiden, bevor sie sich an Ägisth machten.«

»Wie blutdürstig du bist, Eteoneus!« sagte Hermione. »Er macht sich nicht das geringste daraus, eine Frau zu töten; ja, ich glaube, wenn er an Orests Stelle wäre, so würde er lieber Klytemnestra töten und Ägisth frei ausgehen lassen.«

»Dieser Standpunkt hat etwas für sich«, sagte Eteoneus. »Sie ist die Schuldige, und sie ist eine Frau.«

»Darum gerade sollte er sie schonen«, sagte Hermione.

»Ich weiß, daß feine Sitte dies vorschreibt, aber ich halte es nicht für richtig. Die Frauen richten am meisten Unheil in der Welt an, und in meinen Augen ist es Schwäche, ihnen die Strafe zu ersparen. Dann tun sie schließlich alles, was sie wollen.«

»Du redest Unsinn, Eteoneus, und das weißt du ganz gut. Das Leben der Frauen ist eine endlose Folge von Leid und Sorgen. Eine Frau zu sein ist schon an sich ein hartes Los, aber die Männer machen es ihr noch unendlich viel schwerer.«

»Das sehe ich durchaus nicht ein«, sagte Eteoneus. »Soweit ich es beurteilen kann, sind die Männer und ihre Art den Frauen gerade so recht: sie wollen sie roh, sie tun ihr Möglichstes, sie so zu machen. Wenn eine Frau mir sagt, daß ihr Los hart ist, so sage ich: ›Ja, da hast du recht‹ oder so etwas, und dann sind wir beide zufrieden. Es ist Einbildung.«

»Du willst doch nicht sagen, es sei Einbildung, daß Pyrrhus mit Polyxena übel verfuhr, als er sie auf dem Grabe seines Vaters opferte?«

»Nicht übler als mit den Männern, die er bei der Zerstörung Trojas tötete.«

»Aber sie konnten sich verteidigen!«

»Das konnte sie auch.«

»Frauen sind den Männern gegenüber wehrlos«, sagte Hermione.

»Wirklich!« sagte Eteoneus. »und Klytemnestra?«

»Das ist ein besonderer Fall«, sagte Eteoneus, »und nicht der erste seinesgleichen. Alle Frauen sind Unheilstifterinnen.«

»Ob Andromache auch wohl dieser Ansicht ist?« sagte Hermione. »Pyrrhus brachte sie als seine Sklavin heim, und die Frau, die Hektors Gattin gewesen war, mußte sich die rohen Zärtlichkeiten dieses Mörders gefallen lassen. Man sagt, daß sie ein Kind erwartet.«

»Sagt Andromache, daß seine Zärtlichkeiten roh sind?« fragte Eteoneus. »Wenn du auf diese Frage Gewicht legst, so solltest du Andromache selbst fragen. Du solltest wirklich nicht über Pyrrhus reden, bevor du dich genau erkundigt hast. Woher weißt du, daß sie ihn nicht mag? Du sagst, du möchtest Pyrrhus nicht heiraten, weil er Andromache schlecht behandelt hat. Du scheinst von den Frauen nicht viel zu wissen, Hermione, und ich vermute, daß du von den Männern ebensowenig weißt. Der wahre Grund, weshalb du Pyrrhus nicht heiraten solltest, ist, daß Andromache eifersüchtig auf dich sein würde; sie würde es wahrscheinlich mit dir machen wie Klytemnestra mit Kassandra.«

»Du weißt ebensowenig von Andromache wie ich«, sagte Hermione; »aber angenommen, du hättest recht, so bleibe ich doch bei meiner Behauptung: die Frauen haben im allgemeinen ein schweres Leben, und die Männer behandeln uns so schlecht, daß wir die Achtung vor ihnen verlieren.«

»Das gibt es nicht«, sagte Eteoneus. »Man kann eine Frau nicht so schlecht behandeln, daß man ihre Achtung verliert – solange man nämlich etwas Interesse für sie zeigt.«

»Du meinst also, eine Frau ist glücklich, ja, sie fühlt sich vielleicht tief geschmeichelt, wenn einer von deinem vortrefflichen Geschlecht ihr den Hof macht, sie verführt und endlich verläßt. Denn das ist die Tragödie vieler Frauen, wenn ihr Männer es auch nicht wahrhaben wollt.«

»Ich glaube, daß sie wohl nicht gern von ihm verlassen werden«, sagte Eteoneus, »das heißt, solange sie den Mann lieben; wenn sie seiner überdrüssig sind, kann er sie nicht früh genug verlassen. Aber im allgemeinen wollt ihr Frauen, daß man euch beachtet. Was den andern Teil der von dir geschilderten Tragödie anbetrifft, so ist das alles Schwindel, Hermione. Eine Frau wird nicht verführt. Ich weiß, was ich sage. Sie will den Mann, und der Mann will sie. Beide bekommen, was sie wollen; und soweit ich sehe, kommt der Mann am schlechtesten dabei weg.«

»Ich hatte keine Ahnung, daß du ein solcher

Frauenhasser bist«, sagte Hermione. »So hartherzig! Ich dachte, daß Erfahrung milder machte.«

»Ich bin kein Frauenhasser«, sagte Eteoneus. »Ich besitze nur zufällig etwas von der Erfahrung, die du meinst. Lehre mich die Frauen kennen!«

»Du bist doch, soviel ich weiß, nie verheiratet gewesen«, sagte Hermione.

»Schließt du daraus, daß ich nichts von Frauen weiß?« fragte Eteoneus. »Das ist nur ein Beweis meiner Klugheit.«

»Das läßt sich als Scherz ganz gut hören, Eteoneus, aber die Tatsache, daß du die Frauen gemieden hast, beweist nicht, daß du verstehen kannst, was sie unter der Behandlung der Männer fühlen und leiden.«

»Ich sehe, ich muß deutlicher werden, wenn ich mich begreiflich machen soll«, sagte Eteoneus. »Ich fürchte zwar, ich werde dadurch nicht in deiner Gunst steigen, aber die Sache ist die, Hermione, daß ich zu der älteren und zäheren Generation gehöre, die du verachtest. Bevor das Alter mich auf den Torhüterposten beschränkte, war mein Betragen zwar nach den Anschauungen unsrer Zeit ganz korrekt, aber dir würde es – wie sagtest du doch? – brutal erscheinen. Ich habe die Frauen nicht gemieden. Du hast mich mißverstanden; ich vermiedn nur die Heirat.«

»Oh!« sagte Hermione … »Leider gibt es ja noch heute eine Anzahl von Männern, die ein solches Leben führen.«

»Ja, eine Anzahl von Männern«, sagte Eteoneus, »und einige Frauen in deiner Familie.«

»Findest du es nicht unrecht?« fragte Hermione. »Ich dachte immer, du mißbilligtest das Betragen meiner Mutter.«

»Gewiß«, sagte Eteoneus. »Alle Ordnungswidrigkeiten sollten bestraft werden, wenn die Gesellschaft bestehen soll, aber dabei bleiben sie doch etwas Natürliches. Ich sage dir, Hermione, ich war gar nicht sehr überrascht, als deine Mutter mit Paris durchging; einer Frau ist alles zuzutrauen. Was mich überraschte, war, daß dein Vater ihr verzieh.«

»Dachtest du in deiner wilden Jugend ebenso, als du die Mädchen zum Unrecht verführtest?«

»Unsinn! die Mädchen werden zu nichts verführt! Ja, ich dachte immer so. Unrecht ist Unrecht, aber bisweilen ist es das Natürliche. Man hätte mich wohl bestrafen sollen. Man tat es nicht. Es wäre schon die Strafe wert gewesen.«

»Ich darf solche Reden nicht anhören«, sagte Hermione. »Ich wußte, daß es Männer gibt, die so denken wie du, aber ich war bisher noch nie einem begegnet. Du machst mich schaudern. Da habe ich dich nun von klein auf gekannt, und du hast uns alle immer so behütet, und doch hast du so unsittliche Anschauungen! Das hätte ich nie gedacht.«

»Ich hatte diese letzten Jahre, während ich die Familie dieses Hauses beobachtete, Anlaß genug, über Moral nachzudenken«, sagte Eteoneus. »Vorher hatte ich die Welt genommen, wie sie war, und getan, was andere taten – die ich schätzte. Ich muß sagen, ich sehe nicht, daß die moderne Art sehr verschieden von unsrer ist oder zu erfreulicheren Ergebnissen führt. Ich stehe auf dem Standpunkt, daß die Frauen dieselben sind wie zu meiner Zeit – und die Männer gleichfalls. Ich finde es höchst überflüssig, daß man sich heutzutage neue Theorien über sie macht. Du sagst zum Beispiel, ich sei unsittlich und es mache dich schaudern, wenn du mich anhörst. Vielleicht. Aber dennoch hörtest du mich an – weil es dich interessierte. So sind die Frauen immer gewesen. Du weißt, wie wir nach dem Kampf mit ihnen verfuhren, wenn wir eine Stadt eingenommen hatten. Deine Generation nennt es barbarisch, aber als ich jung war, galt es für ganz in der Ordnung, und niemand beklagte sich darüber. Wir pflegten die Männer zu töten und die Frauen zu nehmen. Die meisten Frauen habe ich bei solchen Gelegenheiten kennengelernt. Du findest ein solches Verfahren grausam gegen die Frauen, nicht wahr? Nun, ich habe nie ein Mädchen auf diese Weise besessen, die besonders unglücklich darüber zu sein schien; ihr Sträuben war eine bloße Form. Sie liefen weg, und man fing sie und trug sie an einen stillen Platz und – nun, damit war die Sache fertig. Ich sehe nicht ein, daß es mit der Heirat viel anders ist, außer daß die Werbung etwas länger dauert. Und das ging im Kriege alles ganz rechtlich zu; die Frauen wußten vorher, was mit ihnen geschehen würde, wenn ihre Seite unterlag; sie würden mit einem Fremden verheiratet werden, aber dafür auch mit einem überlegenen Mann. Nun sollen sich Achill und einige von den Jüngeren ja anders benommen haben; Chryseis war seine Gefangene, aber er hatte nichts mit ihr zu tun. Er konnte natürlich tun und lassen, was er wollte, aber ich sehe in solchem Betragen nichts besonders Verdienstliches. Pyrrhus und Agamemnon stehen noch auf dem alten Standpunkt. Agamemnon war ein bedeutender Mann. Er hat nur einen Fehler gemacht.«

»Aber Eteoneus, nach deinen Grundsätzen hat ja Paris ganz recht gehandelt!«

»Ich sage auch nicht, daß er unrecht hat, wenn er ein so gefährliches Spiel wagen wollte. Du weißt, daß man ihn tötete. Die ganze Sache wäre zu meiner Zeit auch nicht anders verlaufen, nur daß deine Mutter nicht zurückgekehrt wäre.«

»Du willst doch nicht sagen, daß mein Vater sie hätte töten sollen?«

»Nun, dergleichen ist schon vorgekommen«, sagte Eteoneus. »Es ist natürlich peinlich, die Sache grundsätzlich zu erörtern, besonders da deine Mutter hier ist. Ich bin weit davon entfernt, jetzt ihren Tod zu wollen, obwohl es mich immer etwas aus dem Konzept bringt, wenn ich sie sehe - es ist, als lebte man mit einer Toten.«

»Sag einmal, Eteoneus – du meinst doch nicht, daß Orest oder mein Vater Klytemnestra töten sollte?«

»Sicher nicht Orest; es wäre eine Sünde, wollte er seine eigene Mutter töten. Wenn sie sein Weib wäre, wäre es etwas anderes. Agamemnon hätte sie töten sollen. Das war der Fehler, den er machte. Sie war treulos.«

»Und was soll mit den Männern geschehen, die treulos sind?« fragte Hermione. »Du bekennst, daß du ein Leben geführt hast, das ich schlecht und grausam nennen würde, und du hast dich nie gebessert;

du bist einfach zu alt für solchen Lebenswandel geworden. Warum wäre es nicht in der Ordnung, wenn eine von den Frauen, die du verlassen hast, dich getötet hätte? Die Treue sollte nicht nur auf einer Seite sein.«

»Das war auch Klytemnestras Anschauung«, sagte Eteoneus. »Diese Frau ist merkwürdig modern für ihr Alter.«

»Alter!« sagte Hermione. »Du wankst dem Grabe zu mit den brutalsten Anschauungen, die ich je gehört habe. Wenn Pyrrhus dir gleicht, so bestätigen sich meine schlimmsten Befürchtungen über ihn. Ich bin froh, daß ich zu einer andern Generation gehöre!«

5

»Ich wollte Helena besuchen«, sagte Charitas.

»Sie ist nicht zu Hause«, sagte Eteoneus. »Kann ich irgend etwas bestellen?«

»Nicht zu Hause!« sagte Charitas. »Ist sie denn überhaupt je zu Hause? Ich möchte sie persönlich sprechen. Bist du sicher, daß sie ausgegangen ist? Sie ist nie da, wenn ich komme. Ich muß gestehen, daß dies etwas nach Absicht aussieht.«

»Jetzt ist sie sicher nicht zu Hause. Es wird ihr leid tun, dich verfehlt zu haben.«

»Das möchte ich wirklich wissen«, sagte Charitas. »Deine Herrin behandelt ihre alten Freundinnen nicht gerade gut.«

»Es wird ihr leid tun zu hören, daß du dies findest«, sagte Eteoneus. »Ich werde es ihr bestellen, sobald sie nach Hause kommt.«

»O nein, das sollst du nicht! Ich habe die größte Hochachtung vor ihr, sonst wäre ich nicht hier. Aber ich mag nicht immer umsonst kommen. Wir erhielten soeben die Nachricht von dem armen Agamemnon, und ich wollte ihr nur zeigen, daß ich ihr gegenüber dieselbe bleibe, was auch in ihrer Familie vorfällt. Ich finde, sie sollte zu solchen Zeiten eigentlich zu Hause sein. Es scheint mir, sie hält sich jetzt immer außer dem Haus auf. Hast du das bemerkt?«

»Es ist zu arg, daß du den Weg umsonst machen mußtest«, sagte Eteoneus. »Sie wird deine Aufmerksamkeit zu würdigen wissen. Sie war in der letzten Zeit sehr in Anspruch genommen.«

»Das kann ich mir denken, bei all dem Schrecklichen, das eins nach dem andern passiert ist! Die Familie ist natürlich auf Agamemnons Seite?«

»Agamemnon ist tot«, sagte Eteoneus. »Ich weiß nicht, was du damit meinst, daß sie auf deiner Seite ist?«

»Nun, Klytemnestra und er waren doch im Streit miteinander, nicht wahr?«

»Ich habe nie gehört, daß sie auch nur ein unfreundliches Wort miteinander wechselten«, sagte Eteoneus. »Man kann doch sterben, ohne mit seiner Frau Streit zu haben.«

»Du weißt, was ich meine – Klytemnestra war ihm untreu.«

»Ach so, das meinst du!« sagte Eteoneus. »Ja, ich habe davon gehört, aber ich bezweifle, daß er es wußte. Sein Tod kam so plötzlich, sie hatte wahrscheinlich keine Zeit, es ihm zu sagen.«

»Er muß es gewußt haben!« sagte Charitas. »Ich hörte, er hätte versucht, sie zu töten, und das mit Recht, aber sie rief so laut, daß Ägisth ihr zu Hilfe kam, und dann ermordeten sie Agamemnon zusammen.«

»Das ist ja eine ganz interessante Geschichte, wenn sie nur wahr ist«, sagte Eteoneus. »Wer hat dir das erzählt?«

»Sie wurde uns aus diesem Hause zugetragen, die Dienstboten haben es nicht erzählt«, sagte Charitas. »Ich hatte gehofft, die Tatsachen von Helena zu erfahren.«

»Sobald sie nach Hause kommt«, sagte Eteoneus, »werde ich ihr sagen, du möchtest wissen, ob Agamemnon zuerst versuchte, ihre Schwester zu töten, oder ob ihre Schwester stracks auf Agamemnon losging und ihn tötete.«

»Oh, geschah es auf diese Weise? Diese Fassung kannte ich noch nicht. Wer hat das erzählt, Eteoneus?«

»Ich glaube, es waren vor dir schon andere Freunde da. Das einzige, was wir wissen, ist, daß Agamemnon kurz nach seiner Rückkehr starb.«

»Er muß von ihrem Betragen gehört haben, und er konnte furchtbar in Wut geraten, nicht wahr?«

»Nun, das weiß ich nicht«, sagte Eteoneus. »Ich habe nicht versucht, dies festzustellen, wenn er hierherkam. Er erschien mir immer als ein hervorragender Mann. Auch sie war eine hervorragende Frau, nicht nur durch ihre Schönheit.«

»Ja«, sagte Charitas, »manche fanden sie viel schöner als Helena. Der Unterschied, den man von jeher zwischen ihnen machte, zeigt, wie zufällig Ruhm und Erfolg sind. Jeder hat von Helenas Schönheit gehört; wenige wissen etwas von Klytemnestra. Helena führte ein höchst skandalöses Leben mit einem andern Mann, und ihr Gatte nahm sie wieder zu sich – unbegreiflicherweise –; und Klytemnestras Betragen hat zu Mord geführt ... Du meinst, sie hat ihn nicht aus Notwehr getötet?«

»Durch Notwehr läßt sich vieles rechtfertigen«, sagte Eteoneus. »Ich weiß nur nicht, daß jemand sie angegriffen hätte, und ich sagte auch nicht, daß sie Agamemnon getötet hat. Er ist tot, das ist alles, was ich sagte. Hast du sonst noch etwas an Helena zu bestellen?«

»Ich habe noch nichts an sie bestellt«, sagte Charitas. »Sag ihr natürlich, daß ich hier war ... Eteoneus, findest du nicht, daß Menelaos und sein Bruder sonderbare Vorstellungen von ihren Frauen hatten?«

»Sie hatten außergewöhnliche Frauen«, sagte Eteoneus, »aber ich weiß nicht, was für Vorstellungen du meinst.«

»Sie waren merkwürdig leichtgläubig, das meine ich. Du scheinst der Ansicht zu sein – und du mußt es ja am besten wissen –, daß Agamemnon ganz ahnungslos heimkehrte. Man stelle sich so etwas vor!«

»Oh, dabei ist nichts zu verwundern; Eheleute wissen in Wirklichkeit wenig voneinander, wenn sie zu Hause sind; und wenn einer von ihnen fort ist, verlieren sie die Fährte vollständig. Du, zum Beispiel, weißt nicht, ob dein Mann dir treu ist.«

»Was unterstehst du dich, Eteoneus! Ich werde mit Menelaos sprechen. Du vergißt, was sich für deine Stellung ziemt. Mein Mann ist mir durchaus treu.«

»Ich will es gern glauben«, sagte Eteoneus. »Ich möchte wahrlich nicht, daß du auf meine Bemerkung nach Hause gehst und ihn ermordest. Natürlich ist er treu. Ich wies nur darauf hin, daß du nicht wissen kannst, ob er es ist. Du solltest verstehen, wie es mit Agamemnon war. Er hielt seine Frau für besser, als sie war. Das ist ein allgemeiner Fehler.«

»Ich weiß nicht, warum ich mit dir rede, Eteoneus; du bist unhöflich und anmaßend. Ich kam nur, um –«

»Es wird Helena leid tun, daß sie nicht zu Hause war«, sagte Eteoneus. »Soll eins von den Mädchen dich mit dem Sonnenschirm zurückbegleiten? Es ist eine surrende Hitze draußen.«

»Ach, Eteoneus, vielleicht kannst du mir sagen – was für ein Mädchen ist diese Adraste, die immer um Helena ist?«

»Sie ist Helenas Zofe und ein schönes Mädchen, das muß ich sagen. Helena hat gern schöne Mädchen um sich.«

»Ich meine natürlich, was für einen Charakter sie hat. Daß die Magd gut aussieht, sieht jeder. Ist sie zuverlässig und ungefährlich – für Männer, meine ich?«

»Ungefährlich!« sagte Eteoneus. »Das glaube ich kaum. Im Gegenteil! sie wird mehr Herzen brechen als irgendeine – von Helena selbst abgesehen. Ich mag sie sehr gern; sie ist allgemein beliebt, selbst bei uns Alten. Dein Sohn schätzt sie sehr; er kann dir Näheres über sie berichten, besser als ich.«

»Das ist das Schlimmste, was du mir sagen kannst! Das gerade fürchtete ich, Eteoneus! Ich kann meinen Jungen sich nicht in das Mädchen verlieben lassen! Unmöglich!«

»Nun, er hat es ohne Erlaubnis fertiggebracht«, sagte Eteoneus. »Er ist in sie verliebt und sie in ihn, und man kann ihm dazu Glück wünschen, er findet nicht zum zweitenmal ein so schönes Mädchen, das ihn haben will.«

»Aber sie ist nichts Besseres als ein Dienstbote!« sagte Charitas.

»Nun, er ist noch nicht einmal das«, sagte Eteoneus. »Er ist ein netter Junge, aber bis jetzt gänzlich nutzlos; und das Beste, was ich von ihm weiß, ist, daß sie ihn schätzt. Was regst du dich darüber auf? Laß sie glücklich sein!«

»Ich bin sicher, sie bringt ihn ins Unglück«, sagte Charitas. »Er ist unerfahren, und sie hat nicht umsonst in Helenas Nähe gelebt; sie wird Absichten auf ihn haben.«

»Ich habe in meinem Leben genug Schlechtigkeiten gesehen«, sagte Eteoneus, »und manche finden, daß ich selbst allerlei auf dem Kerbholz habe; aber soweit ich mich auf Höllenkünste verstehe, kann ich mir nicht vorstellen, wie dies Mädchen es anfangen sollte, deinen Jungen ins Unglück zu bringen. Wenn ich die Verantwortung für sie hätte, würde ich deinen Jungen fürchten, aber sie kann ihm nichts zuleide tun.«

»Doch, das kann sie«, sagte Charitas, »sie kann ihm sein Leben zerstören – sie kann ihn heiraten.«

»Das ist schon möglich«, sagte Eteoneus, »aber eine Heirat braucht ja nicht notwendig zum Unheil zu führen. Er wird seinem Vater nacharten und ein fügsamer Gatte werden, und dazu wird er bei einer solchen Frau auch allen Grund haben.«

»Du redest, als ob die ganze Sache schon abgemacht wäre.«

»Es wäre gut, sie würde bald abgemacht«, sagte Eteoneus. »Im ganzen Hause redet man darüber, daß sie sich als Mann und Frau betrachten, und wenn zwei verliebte junge Menschen so zueinander stehen, so ist die Sache praktisch abgemacht.«

»Meinst du, daß sie schon jetzt zusammenleben?«

»Ich kann es nicht beweisen«, sagte Eteoneus, »aber ich glaube allerdings, und wir finden alle, daß Damastor einen sehr guten Geschmack hat.«

»So, hat er das? Findet ihr das? Er soll ihr nicht wieder vor die Augen kommen! Dafür werde ich noch heute sorgen. Ich werde den Jungen in Sicherheit bringen, bis er kuriert ist. Ich wußte gleich, was geschehen würde, wenn Helena tun könnte, was sie wollte! Menelaos hat viel zu verantworten! Das ist der Gipfel – einen solchen Knaben in solch ein Haus zu locken!«

»Hör einmal, das ist etwas stark, wenn du überhaupt weißt, was du redest!« sagte Eteoneus.

»Niemand hat deinen Sohn hierhergelockt. Ich konnte ihn nicht fernhalten, obgleich Helena es mir gebot. Und mir scheint, du handelst ziemlich erbärmlich, wenn du sie jetzt trennst. Der Junge ist hinter ihr her gewesen und hat sie so weit gebracht: und vielleicht ist gerade jetzt die Zeit, wo er sie nicht im Stich lassen sollte. Es wäre nicht anständig von ihm.«

»Was ihr euch hier einbildet, mir von Anständigkeit zu reden!« sagte Charitas. »War es anständig von Helena, das Mädchen zu mir zu bringen und sie in den hinteren Teil des Gartens zu schicken, wo sie ungestört mit ihm plaudern konnte? Das hat sie nämlich getan – da fing es an, unter meinen Augen! War es anständig –«

»Wenn du ihre Liebe entstehen sahst, auf deinem eigenen Grund und Boden und unter deinen Augen«, sagte Eteoneus, »so mußt du es ja die ganze Zeit gewußt haben und solltest die Verantwortung für das, was dein Junge etwa getan hat, mit ihm teilen. Dies Haus hat sich nichts vorzuwerfen – in diesem Falle wenigstens. Ich bin zu altmodisch, um mich mit dem, was früher geschah, zu befreunden, aber ich werde in allen Dingen fest zu diesem Hause stehen. Die jungen Leute verlieben sich heutzutage, just so, wie sie es immer getan haben, und manche von den Alten haben vergessen, wie es damit ist. Wenn du den Jungen jetzt fortschaffst, so bist du das erbärmlichste Weib, das mir je im Leben begegnet ist, und ich habe allerlei Erfahrungen gemacht.«

»Dies geht zu weit«, sagte Charitas. »Wenn mein Mann hört, wie du zu mir gesprochen hast, wird er es Menelaos sagen.«

»Das wird er, wenn ich ihn einlasse«, sagte Eteoneus; »sonst kann er von seinem Sohn lernen, wie man sich hinten bei den Dienstboten einschleicht!«

VIERTER TEIL

Tod und Geburt

I

»Charitas hat ihren Mann geschickt, um sich über die Art, wie du zu ihr gesprochen hast, zu beklagen, Eteoneus«, sagte Menelaos. »Leider ist dies nicht die einzige Beschwerde, die in den letzten Tagen gegen dich geführt wurde. Ich finde wirklich, daß du dich in dieser kritischen Zeit, wo du weißt, wie Schweres ohnehin schon auf mir liegt, etwas zusammennehmen und dir keine Übergriffe erlauben solltest. Ich habe dich rufen lassen, aber nun, da du hier bist, weiß ich nicht, was ich dir sagen soll. Du bist schon so viele Jahre in meinem Dienst und warst immer der einzige in meinem Hause, auf dessen korrektes Benehmen ich unbedingt rechnen konnte. Aber in den letzten Monaten hat deine Zunge dich wiederholt in Ungelegenheiten gebracht. Du selbst erzähltest mir von deinem Streit mit Orest, und ich mußte mich dagegen verwahren, daß du an meiner Frau Kritik übtest. Und nun kommt unser nächster Nachbar und sagt, daß du auch an seiner Frau Kritik übst. Was ist mit dir vorgegangen, Eteoneus? Und was soll ich mit dir machen?«

»Nichts ist mit mir vorgegangen, Menelaos«, sagte der Torhüter, »nichts als daß ich alt geworden bin. Ich glaube zwar, daß das Alter meinen Charakter nicht wesentlich verändert hat, aber wenn du glaubst, daß es doch der Fall ist, so ist es vielleicht besser, du läßt mich gehen. Zu der Zeit, wo du mit mir zufrieden warst, kamen nur Leute gewöhnlichen Schlages an deine Tür, und nur normale Ereignisse spielten sich drinnen ab. Nun aber kommen, wie du zugeben mußt, seltsame Gäste, und wir empfangen seltsame Botschaften, und was sich drinnen im Hause ereignet, ist für meine Erfahrung neu. Ich glaube kaum, daß ich mir jetzt weniger Reserve auferlege bei dem, was ich sage; ich würde vor vierzig Jahren wahrscheinlich dieselbe Kritik geübt haben, wenn dieselben Dinge sich damals ereignet hätten.«

»Ich mag nicht, wenn du von deinem Alter redest«, sagte Menelaos, »und möchte auch nicht daran denken, dich gehen zu lassen. Ich weiß sehr wohl, daß ich dich an deinem gegenwärtigen Posten nicht ersetzen könnte. Die jüngeren Dienstboten sind heutzutage nichts als Dienstboten – sie haben keine Anhänglichkeit für die Familie. Aber wie unentbehrlich du mir auch bist und wie sehr ich dich auch schätze, du mußt einsehen, wie peinlich es mir ist, wenn über dich geklagt wird. Es wird schon ohnehin genug an uns herumkritisiert. Der Tod meines Bruders gibt zu neuem Gerede Anlaß. Wenn ich dich nicht so hoch schätzte, würde ich dich ohne Zögern fortschicken. Statt dessen frage ich dich Mann zu Mann, was du tun würdest, wen du an meiner Stelle wärst.«

»Nun, wenn ich an deiner Stelle wäre«, sagte Eteoneus, »würde ich erst einmal genau feststellen, worüber Charitas sich beklagt hat.«

»Ihr Mann, nicht Charitas«, sagte Menelaos.

»Oh, ich verstehe«, sagte der Torhüter.

»Er sagt, du hättest seine Frau beleidigt, als sie Helena besuchen wollte. Erstens wolltest du sie nicht einlassen. Dann gabst du auf ihre Fragen ziemlich sarkastische Antworten. Und schließlich sagtest du ihr gar, sie sei die erbärmlichste Frau, die dir je begegnet, obwohl dir schon recht erbärmliche begegnet wären.«

»Das kommt der Wahrheit näher, als man es von einer zornigen Frau erwarten sollte«, sagte Eteoneus, »besonders da ich es von dir höre, der es von ihrem Mann hat, der nichts davon weiß, als was sie ihm sagte. Sie fragte, ob Helena zu Hause sei. Ich verneinte es. Das meint sie damit, daß ich sie nicht einließ. Tatsächlich hat sie recht. Helena hat mir befohlen, zu sagen, sie sei nicht zu Hause, wenn irgend jemand käme; aber sie hat mir auch befohlen, dafür zu sorgen, daß Charitas argwöhnt so etwas. Sie sagte, Helenas beständige Abwesenheit finge an, nach Absicht auszusehen. Ich tat, was mir gebotennwar, Menelaos, und ich tat es um so gewissenhafter, als ich deine Frau nicht besonders schätze und ihre Befehle nicht gern ausführe.«

»Wenn Helena Charitas nicht sehen wollte«, sagte Menelaos, »so trifft dich sicherlich kein Vorwurf. Aber weshalb wollte Helena sie nicht sehen – gab sie dir einen Grund an?«

»Ja«, sagte Eteoneus, »sie sagte, sie könne es nicht

ertragen, mit neugierigen Nachbarn über den Tod deines Bruders zu sprechen und über die Rolle, die ihre Schwester dabei gespielt hat, und sie wäre sicher, Charitas würde sofort angelaufen kommen, sobald sich das Gerücht verbreitete.«

»Hm«, sagte Menelaos, »diese Zurückhaltung macht ihr Ehre. Sie scheint Charitas zu kennen.«

»Sie kennt ihr Geschlecht. Ich glaube übrigens, daß sie Charitas auch sonst nicht empfangen würde«, sagte Eteoneus. »Meiner Ansicht nach betrachtete sie den Mord als die beste Entschuldigung, die sie je gehabt hat, um Charitas fernzuhalten. Sie hat mir vorher dieselben Weisungen gegeben, mit anderer Begründung. Dies ist bei weitem die beste.«

»Was mag nur zwischen ihnen vorgefallen sein?« sagte Menelaos. »Sie waren sonst Freundinnen, und Charitas ist eine Frau, wie ich sie Helena zum Verkehr wünsche, sehr gesetzt und vernünftig und durchaus zuverlässig.«

»Sie hat mir nie ihre Meinung über Charitas gesagt«, sagte der Torhüter, »aber ich glaube kaum, daß sie sie für vernünftig oder zuverlässig hält.«

»Wofür hält sie sie denn?«

»Sie sagte einmal, Charitas sei ehrbar.«

»Nun also!« sagte Menelaos.

»Das sollte kein Kompliment sein«, sagte Eteoneus. »Sie meinte, Charitas hafte am Hergebrachten.«

»Das ist heutzutage schon Kompliment genug«, sagte Menelaos. »Was in aller Welt will denn diese Frau?«

»Welche?«

»Meine.«

»Nun, das ungefähr fragte ich dich, als du heimkamst«, sagte Eteoneus, »und du warst über mich
erzürnt. Wenn du mir jetzt sagen willst –«

»Wir sind von unserm Thema abgekommen«,
sagte Menelaos. »Du hast auf die erste Anklage geantwortet. Wie ist es mit den sarkastischen Bemerkungen?«

»Die habe ich gemacht«, sagte Eteoneus. »Die
Frau wollte nicht weggehen. Sie wollte die Skandalgeschichte auf jeden Fall erfahren, und wenn ihr
sonst niemand Rede stand, dann von mir. Ich verab-
schiedete sie mehrmals, in verschiedener, ganz höf-
licher Form, aber sie saß fest wie ein Blutegel, und
bei meinem Bestreben, nichts zu sagen, und in meinem Ärger darüber, daß sie mich ausfragte, habe ich
wohl etwas scharf geantwortet.«

»Erinnerst du dich vielleicht an irgend etwas, was
du gesagt hast?«

»Ich weiß nicht recht. Ich gebe zu, daß ich bissig
war. ... Ach ja, sie wollte wissen, ob nicht Agamemnon Klytemnestra angegriffen und Klytemnestra ihn aus Notwehr getötet hätte. Ich sagte ihr,
glaube ich, ich würde Helena die Frage übermitteln,
wenn sie nach Hause käme; sie würde wissen, ob
der Mann ihrer Schwester diese zu töten versuchte
und es ihm mißlang, oder ob die Frau ihren Mann
aus eigenem Antrieb tötete. Oder so etwas. Ich weiß
noch, daß Charitas sehr geärgert aussah.«

»Das klingt allerdings impertinent, und ich bin
sicher, du hast es in Wirklichkeit noch schärfer gesagt.«

»Menelaos, würdest du es richtiger finden, wenn ich mit den Nachbarn über dich und deine Verwandten klatschte? Was ich über Klytemnestra denke und was ich über deine Frau denke, ist meine private Meinung – ich glaubte, wir seien uns darüber einig; über diese Dinge mit Charitas zu sprechen, gehört auf jeden Fall nicht zu meinem Dienst. Sie wollte klatschen, ich konnte sie nicht loswerden. Natürlich befriedigten meine diplomatischen Antworten sie nicht. Ich hätte ihr Mißfallen nur dadurch vermeiden können, daß ich ihr alles erzählte. Ich hoffe, du sagtest ihrem Mann, daß es nicht Sache seiner Frau sei, deine Dienstboten über deine Angelegenheiten auszufragen? Ich bin geneigt zu glauben, daß Helena sich noch schonend ausdrückte, als sie sie ehrbar nannte.«

»Gehen wir zu der dritten Anklage über«, sagte Menelaos. »Ich möchte die Sache erledigen – ich habe noch über anderes mit dir zu sprechen. Nanntest du sie die erbärmlichste Frau, die dir begegnet ist?«

»Ich halte sie allerdings dafür«, sagte Eteoneus, »aber ich ließ ihr einen Ausweg. Sie sagte, sie wolle ihren Jungen fortschicken, damit er nicht durch die schlechten Sitten dieses Hauses angesteckt würde, und ich antwortete, wenn sie ihn jetzt von Adraste trennte, so wäre sie die erbärmlichste Frau, die ich je gesehen, und ich fügte hinzu, daß ich allerlei Erfahrung in dieser Richtung gemacht hätte.«

»Aber was redet sie denn von Fortschicken und von meinem Hause? Er wohnt doch nicht hier!«

»Und ob! Dies ist sein Standquartier.«

»Du meinst, er ist hier im Hause?«

»Jede Minute, die er hier sein kann«, sagte Eteoneus. »Helena sagte mir, ich sollte ihn nicht einlassen, aber der läßt sich nicht fernhalten, und wenn wir eine fünfzig Fuß hohe Mauer um das Haus errichteten.«

»Dies ist die verzwickteste Geschichte, die mir je vorgekommen ist. Mein Haus scheint im Belagerungszustande zu sein und unser einziges Bestreben, die Familie Charitas abzuwehren. Warum wollte Helena den Jungen fernhalten?«

»Wegen Adraste natürlich.«

»Was in aller Welt meinst du? ... Oh, jetzt erinnere ich mich! ... Helena fürchtete, daß das Mädchen sich in ihn verlieben könnte.«

»Die Gefahr bestand«, sagte Eteoneus.

»Und du meinst, die Gefahr ist nun vorüber«, sagte Menelaos.

»Du meine Güte, nein!« sagte der Torhüter; »es ist geschehen – sie trägt ein Kind von ihm.«

»Barmherzige Götter!« rief Menelaos, »in meinem Haus? Ein Kind? Das ist stark! ... Gibt es denn noch eine Seele hier im Hause, die nicht eine Schande für die Gesellschaft ist? Ich nenne das geradezu –! Konnte Helena es nicht hindern?«

»Sie wollte es, daher versuchte sie den Jungen fernzuhalten«, sagte Eteoneus, »aber du weißt, wie es ist, Menelaos, wenn zwei junge Leute verliebt sind. Du bist auch einst jung gewesen.«

»Niemals!« sagte Menelaos, »niemals in diesem Sinne. Ich verstehe diesen Standpunkt nicht, obwohl ich Leute kenne, die ihn haben. Wenn so etwas recht ist, was ist dann überhaupt unrecht?«

»Nun, wenn sie verheiratet wären und die Frau mit einem andern durchginge, das würde ich unrecht nennen«, sagte Eteoneus. »Und wenn der Mann ihr verziehe und sie wieder zu sich nähme, oder sie zu sich nähme, ohne ihr zu verzeihen, das würde ich unrecht nennen, oder wenigstens einen schweren Fehler. Aber diese beiden jungen Leute lieben sich, und sonst hat keins von ihnen viel Bedeutung. Ich hatte Sorge wegen Orest und Hermione, daß sie es ebenso machen würden; ja, ich muß sagen, eigentlich habe ich keine hohe Meinung von Orest, daß er meine Befürchtungen nicht gerechtfertigt hat. Bei einem so hochstehenden Mädchen wie Hermione, für die du mir obendrein die Verantwortung übergeben hattest, wäre es eine ernste Sache gewesen; aber ich möchte wissen, was es schadet, wenn diese beiden das Natürliche getan haben? Helena ist es nicht recht, weil sie findet, Damastor ist nicht gut genug für das Mädchen. Charitas ist böse, weil sie findet, das Mädchen ist nicht gut genug für Damastor. Ich bin geneigt, von den beiden eher Helena recht zu geben, aber tatsächlich haben sie beide unrecht.«

»Und das Mädchen soll ein Kind bekommen – in meinem Hause!«

»Ja, und Charitas schickt ihren Jungen fort, so daß er das Mädchen nicht heiraten und auch das Kind nicht ab und zu sehen kann«, sagte Eteoneus. »Das ist in meinen Augen eine ungerechtfertigte Erbärmlichkeit.«

»Ich muß sehen, was sich dabei tun läßt«, sagte Menelaos.

»Man kann jetzt nichts weiter tun als abwarten«, sagte Eteoneus.

»O doch kann man etwas tun!« sagte Menelaos. »Das Kind kann anderswo geboren werden. Mein Haus hat einstweilen Skandalgeschichten genug erlebt, und ich will um keinen Preis, daß meine Tochter mit solchen Dingen in Berührung kommt. Aber wir sind noch nicht fertig, Eteoneus. Es ist noch von anderer Seite über dich geklagt worden, und deine freien Ansichten in bezug auf Adraste stimmen nur zu gut damit zusammen. Du hattest unlängst ein Gespräch mit Hermione. Ich kann nicht glauben, daß du die Dinge gesagt hast, die sie mir erzählte, und doch glaube ich dem, was sie sagt, unbedingt. Über sexuelle Fragen nun gar hast du mit ihr gesprochen! Du hast ihr von der Zügellosigkeit der Männer den Frauen gegenüber erzählt und wie die Frauen sich dabei verhalten; und um zu beweisen, daß du dich auf diese Dinge verstehst, hast du ihr von deinen eigenen Ausschweifungen in deiner Jugend erzählt. Hermione sagt, sie hätte nie so sittenlose Reden gehört, und sie war aufs tiefste empört darüber.«

»Ich erzählte ihr, wie wir die Frauen im Kriege zu behandeln pflegten«, sagte Eteoneus, »und ich deutete sehr zart an, daß die Frauen es eigentlich ganz gern mochten. Ich habe kein einziges unzartes Wort gesagt, und keine einzige Silbe, die nicht wahr ist.«

»Aber man erzählt heutzutage jungen Mädchen derlei Wahrheiten nicht, Eteoneus. Hermiones Leben ist bisher wohlbehütet gewesen, und ich möchte, daß ihr ihre jugendliche Unschuld so lange wie möglich erhalten bliebe.«

»Aber ich bitte dich, Menelaos, das ist etwas stark! Sagte ich dir nicht, als du heimkehrtest, daß Hermione voll von neuen Ideen sei, und tatest du nicht so, als ob du selbst neuen Ideen zugänglich wärest? Damals war die letzte Möglichkeit, Hermiones Leben zu behüten, und wahrscheinlich war es da schon zu spät. Deine Vorstellung von ihrer Mentalität ist um eine Generation hinter der Zeit zurück. Ich bin in der rauhen Zeit aufgewachsen, an die du dich noch gut erinnern kannst. Du denkst, Hermione gehöre zu der darauffolgenden Periode, wo der Storch die Kinder brachte. Das ist nicht der Fall. Ihre Generation nähert sich schon wieder der Rauheit, in der Art, wie sie denkt und handelt, und sie tut das aus einem gewissen Pflichtgefühl. Es ist nichts Gesundes, und ich mag es nicht. Ein gesunder Menssh weiß, wozu das Geschlecht da ist, es ist kein Gegenstand für Meditation. Weißt du, wie ich dazu kam, mit deiner wohlbehüteten Tochter über diese Dinge zu sprechen? Sie brachte das Gespräch selbst darauf, indem sie von Pyrrhus anfing – sie sagte, er sei gegen Frauen ein roher Mensch, und sie wollte es damit beweisen, daß er mit Andromache lebt. Du siehst, sie hat Interesse genug dafür, um das ausfindig zu machen. Sie war vollkommen überzeugt, daß die Männer im allgemeinen schlecht sind und die Frauen verführen. Sie hat augenscheinlich sehr viel über die Frage nachgedacht und glaubt alle die modernen Erfindungen. Woher sie auch immer diese Vorstellungen haben mag, von mir hat sie sie gewiß nicht. Ich hätte ihr viel mehr sagen können, ich bin mir nicht nur keiner unbedachten Äußerung bewußt, sondern bewundere jetzt meine Zurückhaltung. Ich sprach nur von der Brutalität, wie sie es nennt, der Männer im Kriege – wie sie zum Beispiel Ajax an Kassandra übte und wie du selbst sie damals ganz in der Ordnung fandest. Ich erwähnte nichts davon, wie die Frauen sich in Friedenszeiten betragen. Ich sagte ihr nicht, daß ein Mann von einigermaßen gefälligem Äußern, wenn er die Einladungen annähme, die er von ehrbaren Damen erhält, nicht viel Zeit für sich übrig behalten würde. Ich sagte ihr nur, daß die einzigen, die Pyrrhus' Brutalität bezeugen könnten, die davon betroffenen Frauen wären, und daß diese wahrscheinlich, wenn die menschliche Natur sich nicht verändert hätte, ihm treu ergeben wären. Das ist ungefähr alles, was ich sagte – und aus meiner Erfahrung bezeugte.«

»Das ist sehr merkwürdig«, sagte Menelaos. »Helena redete einmal in derselben Weise zu ihr, als ich zufällig dazukam. Ich möchte wissen, ob meine Frau dem Kinde diese Ideen in den Kopf gesetzt hat!«

»Ich glaube nicht, daß deine Frau ihr sagen würde, Pyrrhus sei ein roher Mensch«, sagte Eteoneus. »Wenn sie ihr das sagte, was ich dir soeben gesagt habe, so ist sie die erste Frau, die es fertigbringt, in diesem Punkt ehrlich zu sein. Aber Hermione und ich sprachen, wie ich dir schon sagte, vor deiner Heimkehr verschiedentlich über Orest, und schon damals zeigten sich bei ihr diese Ideen. Die Unschuld, in der du sie halten möchtest, gibt es heutzutage nicht mehr, Menelaos. Jetzt wollen alle alles wissen – wenigstens darüber sprechen. Übrigens würde Hermione, wenn sie nicht selbst nach dieser Richtung neige, von Orest dahin geführt werden. Ich habe dir schon gesagt, daß er einen schlechten Einfluß auf sie hat.«

»Ich finde, du bist nicht konsequent«, sagte Menelaos. »Wenn es für dich richtig ist, mit einem jungen Mädchen freimütig über solche Dinge zu reden, warum ist es dann nicht auch ganz in der Ordnung, wenn Orest es tut? Du müßtest Orest gern haben; er ist ein Mann nach deinem Herzen.«

»Ich mag ihn gar nicht«, sagte Eteoneus. »Wenn ich mit Hermione oder sonst jemandem spreche, so versuche ich das zu sagen, was ich durch Erfahrung gelernt habe. Es steckt ein Stück Leben darin. Das war es, was Hermione abstieß. Wenn ich über die Frauen spreche, weil ich mit einer ganzen Reihe von ihnen intim verkehrt habe, so findet Hermione mich böse; aber wenn Orest, der absolut keine Erfahrung auf diesem Gebiet hat, sich darüber verbreitet, so bewundert sie seine Weisheit. Humbug! Gib acht, Menelaos, Orest hat eine unreine Gesinnung und einen ganz gefährlichen Charakter. Er ist sittenstreng, ja – aber das kommt auf dasselbe hinaus. Diese Art will über alles sprechen, aber nichts wirklich davon wissen. Wenn jemand wie ein Heiliger lebt und wie ein Heiliger denkt, so nenne ich ihn einen Heiligen. Doch wenn er über Vorstellungen brütet, die nichts mit seinem Leben zu tun haben, so traue ich seinem Leben auf die Dauer nicht. Die Hauptsache ist, daß man aus einem Guß ist. Ich traue weder Orest noch

Charitas, und, ich muß sagen, auch deiner Tochter nicht.«

»Wenn deine Stimme und deine Züge nicht anders wären, könnte ich denken, Helena spräche zu mir«, sagte Menelaos. »Ich hatte keine Ahnung, daß du ihre Lebensanschauungen teilst.«

»Das will ich nicht hoffen«, sagte Eteoneus. »Deine Frau ist durchaus nicht mein Ideal. Sie trägt die Schuld an dem meisten Unglück, das über uns gekommen ist.«

»Ob du sie nun magst oder nicht«, sagte Menelaos, »du redest ungefähr ebenso wie ich. Sie ist durchaus für Aufrichtigkeit, und Liebesangelegenheiten machen ihr Leben aus. Auch du bist, wie es scheint, für Aufrichtigkeit und hast mit der Enthüllung deiner Liebeserlebnisse meine Tochter gequält. Ich sehe jetzt, worauf Aufrichtigkeit schließlich hinausläuft.«

»Von mir will ich das gelten lassen«, sagte Eteoneus, »aber deine Frau verstehst du nicht. Es tut mir leid, aber sie ist dir zu schlau. Wie sie dich davon abhielt, Orest zu Hilfe zu kommen, das war einer der feinsten Tricks, die ich je gesehen habe. Ein paar Anspielungen auf Klytemnestra und wie peinlich die Ordnung der Heiratsangelegenheit sein würde, wenn du an der Hinrichtung ihres Geliebten beteiligt wärst, und du gabst wahrhaftig die Absicht auf, deinen Bruder zu rächen! Dann ein paar Andeutungen über die Anwesenheit der Mörderin deines Bruders bei der Hochzeit deiner Tochter, und du warst sofort gegen die Hochzeit entschieden. Diese Frau erreicht alles, was sie will. Sie wird dich zeitlebens um den Finger wickeln. Was ich am schlimmsten finde, ist ihre Art, die Leute ins Unrecht zu setzen. Die meisten Frauen verstehen sich darauf, aber bei ihr ist es eine Kunst. Ich kann mir denken, daß sie Priamos das Gefühl gab, sie hätte ein großes persönliches Opfer gebracht, indem sie nach Troja kam, und die Stadt sei ihr zu Dank verpflichtet. Zu mir sagt sie nichts – ich glaube, sie weiß, daß ich sie nicht mag; aber wenn sie mich mit dem ihr eigenen Blick ansieht, so habe ich das Gefühl, daß sie bereit ist, mir zu verzeihen, sobald ich sie darum bitte.«

»Dir was zu verzeihen?« fragte Menelaos.

»Das ist es eben! Was?« sagte Eteoneus. »Ich bin mir keines Unrechts bewußt. Aber das ist die Haltung deiner Frau. Wir andern sind immer im Unrecht, gleichviel, auf welchem Standpunkt wir stehen. Sie ist empört über Klytemnestra, die sich von der Konvention freimachte, und sie macht Charitas zum Vorwurf, daß sie am Konventionellen haftet.«

»Ja«, sagte Menelaos, »und sie lehnt Orest ab wegen seiner Familie, und dabei hat sie die ganze Zeit diese Adraste um sich, die ihr nur Schande gemacht hat.«

»Ich muß gestehen, daß ich in den beiden letzten Punkten mit Helena übereinstimme«, sagte Eteoneus. »Ich habe auch nichts für Orest übrig, und ich finde, daß Adraste ein famoses Mädchen ist; du kannst lange suchen, bis du einem so prächtigen Mädchen begegnest.«

»Ich habe wenig Aussicht, ihr zu begegnen«, sagte Menelaos. »Ich habe sie im Hause gesehen, aber ich gebe nie acht auf die weiblichen Dienstboten. Jetzt werde ich sie fortschicken und mein Haus, so gut ich kann, vor diesem neuesten Skandal schützen. Wohin schicke ich sie am besten, Eteoneus?«

»Ich würde es Helena überlassen«, sagte Eteoneus; »sie wird es am besten wissen.«

»Aber Helena wird sie nicht gehen lassen wollen«, sagte Menelaos. »Es würde ihr gerade ähnlich sehen, wenn sie das Mädchen behielte und die Rolle der Heldin spielen ließe!«

»Höchstwahrscheinlich«, sagte Eteoneus. »In meiner Jugend faßten die Männer die Frauen energisch an, besonders ihre eigenen Frauen; sie sagten ihnen einfach, was sie tun und lassen sollten, und wenn sie ungehorsam waren, bekamen sie Prügel. Wenn Hermione einverstanden ist, könntest du ja diese Methode bei Helena versuchen. Ich würde dir nicht raten, ohne Erlaubnis deiner Frau irgend etwas in Adrastes Angelegenheit zu tun, es sei denn, daß du wirklich entschlossen wärest, jene altmodische Beweisführungsmethode wieder in Anwendung zu bringen.«

»Ich werde mit Helena sprechen, und ich werde das Mädchen fortschicken«, sagte Menelaos.

»Ich danke dir für deinen Eifer, Eteoneus, aber noch kann ich mein Haus allein regieren. Ich brauche deinen Rat nicht, wie ich mit meiner Frau fertigwerden soll. Du wirst sehen, Adraste geht.«

»Ich glaube kaum, daß du mich überhaupt noch brauchst«, sagte Eteoneus. »Ich möchte fort, sobald du einen andern Torhüter finden kannst.«

»Ist das dein Ernst?« fragte Menelaos.

»Allerdings.«

»Ich kann dich nicht fortlassen, ehe nicht diese Sache mit Orest erledigt ist«, sagte Menelaos. »Fasse keine übereilten Entschlüsse! Ich werde Charitas' Mann sagen, daß du dich in befriedigender Weise entschuldigt hättest, und werde für deine Höflichkeit für die Zukunft einstehen. Ich werde dafür sorgen, daß Hermione keine Privatunterredungen mit dir hat. Wenn Orest zurückkehrt, kannst du mir deinen endgültigen Entschluß über das Torhüten sagen. Ich würde mich freuen, wenn du bliebest. Unsre gelegentlichen Meinungsverschiedenheiten würden mir sehr fehlen – ich bin seit vielen Jahren daran gewöhnt. Du bist jetzt fast der einzige Mensch, mit dem ich – nun, lassen wir das!«

2

Menelaos sah verhärmt aus. Ob es nun die sich häufenden Familienkatastrophen waren oder weil er jetzt seine Macht erweisen mußte, Helena zu seinem Willen zwingen zu können, was auch der Grund war, er sah abgehärmt und plötzlich gealtert aus. Er ging ein paarmal auf und ab, ohne Vertrauen zu gewinnen. Helena schien auf etwas gefaßt zu sein. Sie hatte eine undefinierbare Miene, als ob sie sich innerlich amüsierte; sie hatte nie besser ausgesehen.

»Ich möchte über zwei Sachen mit dir reden«, sagte er. »Die eine wird dir, glaube ich, angenehm sein. Pyrrhus nimmt deine Einladung an.«

»Deine Einladung«, sagte Helena.

»Nun gut, er nimmt die Einladung an und wird in kurzem hier sein. Er ist wahrscheinlich schon unterwegs. Ich hoffe, du bist zufrieden?«

»Worüber?«

»Du hast ja nun deinen Willen bekommen, nicht wahr? Dies ist gerade der rechte Augenblick, ihn zu unterhalten, wo bei uns alles so – aus dem Gleichgewicht ist!«

»Er könnte zu keiner ungelegeneren Zeit kommen«, sagte Helena.

Menelaos ging wieder auf und ab. Dazwischen blieb er vor Helena stehen, als wollte er ihr seine Meinung sagen, aber dann überlegte er sich's und ging weiter. Er tat Helena etwas leid.

»Menelaos, du weißt, daß du Pyrrhus aus eigenem Antriebe eingeladen hast – ja, gegen meinen ausdrücklichen Wunsch. Ich machte zwar zuerst den Vorschlag, ihn einzuladen, und hegte sogar die Hoffnung, Hermione und er würden sich füreinander interessieren. Als du dagegen warst, begnügte ich mich mit dem Wunsch, daß Hermione ihn wenigstens sehen sollte, wenn sie auch Orest wählte. Doch als ich einsah, wie unmöglich es sein würde, ihn gastlich zu empfangen, bat ich dich, den Besuch aufzuschieben. Du wolltest nicht auf mich hören, und nun ist es dir leid, daß er kommt. Aber ich werde mein Bestes tun, ihn zu unterhalten, und er wird wahrscheinlich nicht lange bleiben.«

»Im Gegenteil«, sagte Menelaos. »wenn du dein Bestes tust, ihn zu unterhalten, wird er wahrscheinlich überhaupt nicht fortgehen. Das ist es ja, was ich die ganze Zeit fürchtete. Ich denke, es ist besser, du bleibst soviel wie möglich im Hintergrunde, und vielleicht Hermione ebenfalls. Ich werde schon für seine Unterhaltung sorgen. Je mehr ich von den heutigen jungen Männern weiß, desto weniger liegt mir daran, meine Tochter in ihrer Gesellschaft zu sehn. Ich werde ihn unterhalten und werde dafür sorgen, daß er bald wieder abreist. Die eben erst vorgefallene Tragödie, in der deine Schwester eine

Rolle spielte, gibt dir einen Vorwand, dich abzuschließen.«

Helena sah ihn lächelnd an, und er setzte seine Wanderung fort.

»Mir ja, aber warum Hermione? Sie hat schon allzu abgeschlossen gelebt. Der Zweck dieses Besuches war einzig und allein, ihr eine andere Vorstellung von der Welt zu geben, ihre Lebenskenntnis über diesen kleinen Kreis hinaus zu erweitern. Ich hege das volle Vertrauen, daß du sie auch in meiner Abwesenheit vor jeder Gefahr schützen kannst, die etwa darin liegen könnte, wenn sie sich ein paarmal mit Pyrrhus unterhält.«

»Das ist schon richtig«, sagte Menelaos, »aber ich sehe eventuelle Mißlichkeiten voraus. Wenn Hermione sich jetzt etwa in ihn verliebte, so könnte Orest glauben, ich hätte Pyrrhus zu diesem Zweck kommen lassen.«

»Du kannst mir gern die Schuld geben«, sagte Helena.

»Aber Orest wird auf jeden Fall zornig, wenn ich ihm sage, daß er Hermione nicht heiraten kann«, sagte Menelaos, »und ich möchte den Streit auf hohem Niveau halten, ihn nur als Prinzipienfrage behandeln. Meine Tochter kann nicht den Sohn einer Frau heiraten, die ihren Mann getötet hat. Wenn Orest hört, daß ich Hermione mit Pyrrhus verheiraten will, so wird er denken, mein Grund gegen ihn sei ein Vorwand, um die Verlobung zu lösen und einen berühmteren Schwiegersohn zu bekommen.«

»Ich weiß nicht, weshalb du dich darum sorgen mußt, was Orest denken könnte«, sagte Helena.

»Schließlich gehört doch Hermione ihm nicht. Er hat nichts getan, um seine Ansprüche auf ihre Haut zu rechtfertigen, wenn er sie wirklich heiraten will. Hast du daran gedacht? Hermione will ihn, aber wir beide haben keinen Grund anzunehmen, daß er ebenso gesinnt ist. Behandle Pyrrhus so, wie du es tun würdest, wenn Orest gar nicht existierte; dann handelst du, wie es die Höflichkeit und auch die Selbstachtung fordert.«

»Ich wollte, ich hätte Pyrrhus nicht eingeladen!« sagte Menelaos. »Glaubst du, daß es jetzt zu spät ist, den Besuch aufzuschieben?«

»Kann der Bote ihn erreichen, bevor er aufbricht – oder kurz darauf?« fragte Helena. »Man kann ihn natürlich nicht erst an der Tür umkehren lassen. Wenn du ihm Nachricht schicken könntest, daß dein Bruder tot ist und daß meine Schwester ihn getötet hat, so wird Pyrrhus keinesfalls gern kommen wollen und froh sein, wenn er hört, daß wir ihn augenblicklich nicht bei uns haben können.«

»Das will ich tun«, sagte Menelaos. »Ich habe seinen Besuch nie gewünscht, und es ist noch nicht zu spät, wenn der Bote sich beeilt ... Noch eins, Helena. Ich höre, daß eines von deinen Mädchen hier im Hause sich schlecht aufgeführt hat.«

»Keine, soviel ich weiß«, sagte Helena.

»Ja, wie heißt sie doch – Adraste – hat Unglück gehabt.«

»Wenn du das nicht schlecht aufführen nennst«, sagte Helena. »Unglück ist das passendere Wort. Ein sehr angesehener junger Mann aus der Nachbarschaft hat ihr den Hof gemacht.«

»Damastor, nicht wahr? Du erzähltest mir vor einiger Zeit davon.«

»Ja«, sagte Helena, »Damastor ist es.«

»Ich habe ihn immer für einen sehr anständigen jungen Menschen gehalten und nie geglaubt, daß er etwas Unehrenhaftes tun würde.«

»Das würde er auch nicht geradezu, aber er hat ein gut Teil von dem, was man negative Schlechtigkeit nennen könnte. Er machte, wie gesagt, Adraste den Hof, redete ihr ein, sie seien füreinander bestimmt, schwur ihr ewige Treue und versprach ihr, sie zu heiraten. Die alte Geschichte. Er meinte alles ehrlich; er ist kein schlechter Junge. Aber seine Mutter hat ihn in Sicherheit gebracht, wie sie es nennt, und er hat sich fortschicken lassen. Kurz und gut, Adraste ist verlassen worden.«

»Willst du sagen, daß sie mit ihm gelebt hat?«

»Sie wird sehr bald ein Kind von ihm bekommen. Ich versuche, ihr, so gut ich kann, Mut zuzusprechen. Sie ist selbst fast noch ein Kind; ich wollte, diese frühe grausame Erfahrung wäre ihr erspart geblieben.«

»Ich wollte, sie hätte diesen Jungen in Ruh gelassen!« sagte Menelaos. »Wußtest du denn nicht, daß dieser Skandal im Gange war?«

»Dieser was?« fragte Helena.

»Skandal!« sagte Menelaos. »Das Wort ist dir vertraut, denke ich. Ein Weibsbild, das in meinem Hause dient, gibt sich mit dem jungen Sohn meines alten Freundes und Nachbarn ab! Wir haben ohnedies Skandal genug; mehr hält mein Ruf nicht aus!«

Er fing wieder an, auf und ab zu wandern, und Helena sah an ihm vorbei in den Garten hinaus, als ob er nicht da wäre.

»Du fragtest mich, ob ich gewußt hätte, was vorging«, begann sie. »Ich wußte, daß sie ineinander verliebt waren, und, wie ich dir damals schon sagte, ich fürchtete, daß es schlimm enden würde. Ich riet Adraste, ihr Herz nicht an Damastor zu verlieren, wenn sie anders könnte. Sie konnte nicht anders. Der Junge wäre nicht fortgelaufen, wenn seine Mutter ihn nicht dazu gezwungen hätte. In meinen Augen ist Charitas die, die den Skandal anrichtet. Wenn sie sich nicht eingemischt hätte, so hätte es eine unkluge Heirat gegeben. Dank ihrer Einmischung haben wir nun eine heimliche Liebschaft und ein illegitimes Kind.«

»Gerechter Himmel, ist denn das Kind schon da?« fragte Menelaos.

»Noch nicht«, sagte Helena.

»Dann wollen, wir, bevor es zu spät ist, das Mädchen an irgendeinen Ort schicken, wo das Kind geboren werden kann, ohne daß wir in die Geschichte verwickelt werden. Nachher werde ich für ihren Unterhalt sorgen, solange sie sich hier nicht sehen lassen kann. Hast du irgendeinen Ort vorzuschlagen?«

»Nein«, sagte Helena. »Und es ist auch nicht nötig. Ich wüßte keinen bessern als hier.«

»Ich glaube, du hast mich nicht verstanden«, sagte Menelaos.

»Vielleicht habe ich das nicht«, sagte Helena. »Ich dachte, du hättest mich gefragt, ob ich irgendeinen

Ort wüßte, wo das Kind geboren werden könnte, ohne daß wir in die Sache verwickelt würden. Einen solchen Ort gibt es nicht. Ich bin für Adraste verantwortlich, und sie erwartet Trost von mir, denn sie ist in Verzweiflung, daß Damastor sie verlassen hat. Anständigerweise muß ich mich gewissermaßen als Beteiligte betrachten. Und ich sollte meinen, du auch.«

»Da irrst du dich gewaltig«, sagte Menelaos. »Mich trifft keine Verantwortung in dieser Sache, und ich weiß, was ich tue, wenn ich das Mädchen aus dem Hause schaffe. Es ist nicht gut für Hermione, wenn sie derlei Vorkommnisse gewohnt wird in einem Hause, das als anständig gelten will. Sie ist ohnehin voll von allzu fortschrittlichen Ideen und sollte wenigstens einigermaßen normale Verhältnisse um sich haben.«

»Wenn Hermione jetzt Adraste sehen würde«, sagte Helena, »so würde das Beispiel des armen Mädchens sie nicht zum Laster ermutigen oder zu leichtsinnigem Betragen verlocken. Sie könnte sogar jetzt, wo Adraste so mutlos und verzweifelt ist, von ihr lernen, die Liebe überhaupt zu meiden und allen Männern zu mißtrauen.«

»Du denkst zuerst an Adraste«, sagte Menelaos. »Ich denke an Hermione. Unsre Tochter hat ein Recht auf ein ruhiges und ehrbares Heim – «

»Dann ist es nur gut, daß du es aufgabst, Orest beizustehen!« warf Helena ein.

»– ein durchaus ehrbares Heim und ein gewisses Quantum von dem, was man im allgemeinen Unschuld nennt. Es ist unrecht, einem jungen Mädchen die Häßlichkeiten des Lebens aufzudrängen; sie lernt sie noch früh genug kennen. Es tut mir leid, aber Adraste muß fort. Es ist ein Unglück.«

»Das ist es!« sagte Helena.

Menelaos blieb einen Augenblick stehen und sah sie an. »Nun«, sagte er, »es ist mir schwer geworden, mit dir darüber zu sprechen, und ich bin froh, daß du mir nicht entgegen bist.«

Helena sah ihm fest in die Augen. »Wie könnte ich dir in irgend etwas entgegen sein«, sagte sie, »was großmütig und gerecht ist? Ich nehme an, daß Adraste bleibt.«

»Ich habe dir soeben mit aller Entschiedenheit gesagt, daß sie nicht bleibt!«

»Ich bin sicher, du wirst dich anders besinnen«, sagte Helena. »Ich habe volles Vertrauen zu dir.«

»Nein«, sagte Menelaos, »bei andern Gelegenheiten habe ich dir nachgegeben, aber diesmal kann ich es nicht, ich bin fest entschlossen.«

»Bist du das?« fragte Helena.

»Ich sage dir, daß ich es bin!« sagte ihr Mann.

»Dann bist du es zweifellos«, sagte seine Frau.

»Ich bin froh, daß du es einsiehst«, sagte Menelaos. »Ich dachte mir, daß du es einsehen würdest.«

»Menelaos, das dachtest du keinen Augenblick«, sagte Helena. »Du wußtest, daß ich nie darauf eingehen würde, das Mädchen fortzuschicken. Niemals werde ich das. Adraste bleibt hier im Haus, solange ich bleibe.«

Menelaos wollte seinen Augen nicht trauen; sie lachte ihn aus!

»Wenn du mich zum Zorn reizest«, sagte er, »so

lasse ich das Mädchen mit Gewalt auf die Straße werfen.«

»Ich will dich nicht zum Zorn reizen«, sagte sie, »aber ich bezweifle, daß du irgend jemand findest, der deine liebreichen Befehle ausführt. Die Leute sind alle ziemlich gutmütig, und Adraste ist außerordentlich beliebt bei ihnen.«

»Du hast die Wahl«, sagte Menelaos. »Entweder hilfst du mir, das Mädchen irgendwohin zu schikken, oder ich lasse sie aus dem Hause werfen.«

»Das tu nur!« sagte Helena. »Ich nehme deine Herausforderung an! Deine Leute werden das Mädchen mit keinem Finger anrühren. Versuch nur einmal, den Befehl zu geben! Sie werden glauben, daß du verrückt geworden bist, und ich werde ihnen in aller Aufrichtigkeit sagen, daß ich es auch glaube. Das wird aber einen Auflauf geben! Und du wolltest jeden weiteren Skandal vermeiden! Es würde dir recht geschehen, wenn Pyrrhus in dem Augenblick ankäme, wo der heldenhafte Menelaos ein krankes und hilfloses Mädchen, das im Begriff ist, Mutter zu werden, auf die Straße wirft! Du könntest es ihm nachher erklären, o ja! du könntest sagen, es sei ein etwas verspätetes Reinmachen. Die Dienstboten, könntest du sagen, fingen an, sich ebenso schlecht aufzuführen wie ihre Herrschaft, und da du deine Familie nicht bessern könntest, hättest du dich entschlossen, die Dienstboten hinauszusetzen. Ich wollte, Achill könnte das hören!«

»Sehr witzig«, sagte Menelaos, »aber du bringst mich nicht davon ab. Adraste kann in aller Stille das Haus verlassen; aber wenn sie darauf besteht zu bleiben, wo sie nicht gewünscht wird, so lasse ich sie hinauswerfen!«

Er wartete, daß Helena etwas sagen sollte, aber sie sagte nichts. Sie sah vollkommen ruhig und zufrieden aus.

»Du weißt, du kannst mich nicht hindern, wenn ich entschlossen bin.«

»Wenn ich dich hindern wollte«, sagte sie, »so würde ich einfach die Männer heißen, es nicht zu tun. Ich würde ihnen deine augenblickliche Geistesgestörtheit erklären. Ich würde sie daran erinnern, daß du selbst im normalen Zustande wenig Achtung für Sitte und Herkommen hast – wie damals, als du die Opfer in Troja einstelltest. Die Männer reden noch von jenem Aufenthalt auf der Insel und in Ägypten. Aber ich würde nicht versuchen, diese Tollheit zu verhindern, wenn du dazu entschlossen wärest; du bist dein eigener Herr und mußt wissen, was du tust.«

»Nun laß uns einmal vernünftig miteinander reden, Helena«, sagte Menelaos. »Was willst du mit Adraste machen, wenn sie bleibt? Sie kann dir unmöglich von irgendwelchem Nutzen sein, solange sie ihr kleines Kind zu versorgen hat, und was für eine Zukunft hat sie, wenn das Kind aufwächst?«

»Sie wird mir immer eine Gefährtin sein – ich finde nicht leicht eine bessere, und ich habe Kinder gern«, sagte Helena. »Sie wird wie eine Tochter zu Hause sein, wenn Hermione heiratet und uns verläßt.«

»Hermione wird nicht so bald heiraten«, sagte

Menelaos. »Sie will Pyrrhus nicht, und ich will Orest nicht.«

»Aber Hermione will ihn, glaube ich«, sagte Helena. »Sie wird Orest heiraten. Wußtest du das nicht?«

»Ich wußte es nicht und weiß es auch jetzt nicht«, sagte Menelaos.

»Nun, es ist aber Tatsache«, sagte Helena, »und du tätest gut daran, dich darein zu finden. Ich wünsche es ebensowenig wie du, aber wir können es nicht hindern. Ich merkte es, als ich mit ihr sprach. Daher gab ich die Sache mit Pyrrhus auf. Du warst mir entgegen, aber du mußtest es mit der Zeit einsehen. Hermiones Gemütszustand macht die Sache unmöglich.«

»Sie soll Orest nicht heiraten! Ich habe es verboten!«

»Du hast alles getan, was du konntest«, sagte Helena, »und sie wird jetzt tun, was sie will. Mach dir keine Sorgen wegen der Verhandlungen mit Klytemnestra; ich bin sicher, Hermione wird uns eines Tages sagen, daß sie schon verheiratet sind – oder sie wird mir ankündigen, daß ich Großmutter werde. Ich werde nicht von dir verlangen, daß du sie aus dem Haus wirfst.«

»Helena, ich möchte dir auf halbem Weg entgegenkommen«, sagte Menelaos. »Du hattest recht in bezug auf Orest, als ich noch für ihn war. Ich will dir helfen, seine Heirat mit Hermione zu verhindern, wenn du mir hilfst, Adraste irgendwo unterzubringen, so daß wir nicht ins Gerede kommen. Unsere Nachbarin Charitas, zum Beispiel –«

»In diesem Fall wird Charitas schon schweigen«, sagte Helena. »Du vergißt, daß sie den durchgegangenen Vater zu verbergen hat. Hermione gegenüber sind wir machtlos. Aber wenn wir es auch nicht wären, so lasse ich doch Adraste nicht im Stich. Es ist für mich Ehrensache. Ich habe das Mädchen lieb, und sie ist in Not. Und findest du nicht schließlich auch, Menelaos, daß es zu spät ist? Du bist von Natur gutmütig und friedliebend, und du hast dich schon in zu vieles finden müssen, um in dieser armseligen kleinen Tragödie einen unerhörten Skandal zu sehen. Du hast mich wieder zu dir genommen, und du hast nichts getan, um den Tod deines Bruders zu rächen. Ich klage dich deswegen natürlich nicht an, aber zu diesen Beweisen der Großmut paßt es schlecht, wenn du nun plötzlich gerechten Unwillen über Adraste und ihr Kind aufbringst. Nun kannst du zwar, wenn du nicht meinst, daß es zu spät ist, deinen Charakter ändern, ganz energisch werden und uns mit dem Stock regieren. Wirf Adraste hinaus, schließ mich ein, wenn Pyrrhus kommt, sorge dafür, daß Hermione Orest nicht heiratet! Du hattest noch andere Strafen in Bereitschaft, wenn wir dir nicht gehorchen, nicht wahr? Rücke nur mit allem heraus, Menelaos, denn wenn du gegen Adraste grausam bist, so werde ich deine unversöhnliche Feindin. Meine Familie hat Talent zum Haß – obwohl ich es bisher nie gepflegt habe.«

»Ich glaube schon, daß du mit Klytemnestra wetteifern könntest, wenn du wolltest«, sagte Menelaos.

»Mein lieber Mann, wenn ich wollte, könnte ich

sie übertreffen! Klytemnestra handelte unnötig roh und niedrig. Aber ich werde nicht deine Feindin, wenn du mich nicht dazu zwingst – und nur aus Prinzip, nicht um eines Liebhabers willen. Ich möchte den Streit auf hohem Niveau halten.«

»Ich hoffe, daß ich mir dieses Unterschieds bewußt sein werde, wenn du das Messer in mich hineinstößt« sagte Menelaos. »Inzwischen lasse ich es darauf ankommen. Adraste soll fort, das steht fest. Du und ich werden Todfeinde, das steht auch fest. Möchtest du mir noch eben sagen, wie der Krieg zwischen uns anfangen soll?«

»Es gibt verschiedene Möglichkeiten«, sagte Helena. »Du könntest mich töten, indem du damit nur das in Troja Versäumte nachholtest. Das wäre eigentlich sehr passend: eine Abrechnung zwischen Agamemnons Bruder und Klytemnestras Schwester! Oder du führst deine Drohung aus und befiehlst deinen Leuten, Adraste auf die Straße zu setzen. Wenn sie dir nicht gehorchen, trägst du sie selbst hinaus. Ich rate dir zu dem ersten Verfahren.«

»Und ich nehme an, daß du in deiner gegenwärtigen resignierten Stimmung den verhängnisvollen Hieb ruhig abwartest.«

»Ja«, sagte Helena, »wenn Pyrrhus nicht vorher eintrifft.«

»Aha, so herum! Was wird er denn für dich tun?«

»Ich glaube, das hängt davon ab, um was ich ihn bitte, und das hängt natürlich wiederum davon ab, was du zu tun beschließt ... Ach, Menelaos, wozu dies unnütze Geplänkel? Ich weiß ja ganz gut, daß du Adraste nichts zuleide tun wirst, und ich verstehe auch, wie peinlich dir die Lage ist. Es tut mir wirklich leid! Wenn ich mich überhaupt über solche Dinge aufregte, so würde für mich die Sache noch peinlicher sein, denn die Leute werden natürlich sagen, daß mein schlechtes Beispiel sie verführt hat. Wie die Dinge sich gefügt haben, tut es mir leid, daß ich dich bat, Pyrrhus einzuladen; du ludest ihn ein, weil ich es wünschte, und ich gebe jetzt zu, daß es verkehrt von mir war. Aber findest du nicht, daß alle diese Dinge belanglos sind im Vergleich zu dem, was wir beide auf dem Herzen haben? Wenn ich an meine Schwester denke, an unsre Kindheit, an das, was sie getan hat, so erscheint mir Adrastes Schicksal noch lange nicht allzu tragisch. Niedrigkeit und Verrat sind das eigentlich Tragische, nicht wahr? Und wenn man den richtigen Blick für das Leben verliert. Laß uns Freunde sein, lieber Mann! Warum wollen wir uns nicht gern daran erinnern, daß wir einst Liebende waren?«

3

»Ist Mutter hier?« fragte Hermione. »Oh, da bist du! Vater, es ist etwas Schreckliches geschehen, und ich möchte es dir in Mutters Gegenwart sagen. Dies Mädchen, die Adraste, bekommt ein Kind!«

»Ich weiß es«, sagte Menelaos.

»Du weißt es? Und du kannst so etwas in deinem Hause geschehen lassen und so ruhig dabei bleiben? Ich mache Mutter in Gedanken Vorwürfe, während ich nach Hause eilte – aber daß auch du die ganze Zeit darum gewußt hast!«

»Hermione, du solltest nicht so zu deinem Vater sprechen«, sagte Helena. »Es ist nicht das erstemal, daß ich deine Art und Weise tadeln muß.«

»Es gibt Sclimmeres hier im Hause als meine Art und Weise«, sagte Hermione, »und wenn auch du und Vater nicht darüber empört seid, so bin ich es. Wenn das Mädchen nach dieser Entdeckung noch hierbleiben soll, so gehe ich fort.«

»Wohin willst du gehen?« fragte Helena.

»Das weiß ich nicht – vielleicht zu Orest, wohin meine Pflicht mich ohnehin ruft. Ich kann ihm vielleicht von Nutzen sein – hier bin ich vollkommen überflüssig. Ich habe versucht, euch beide als meine Eltern zu achten und zu ehren, aber wir sind uns tatsächlich fremd, und unser Verhältnis zueinander ist im Grunde unwahr. Euer Leben wird immer verwirrter, so daß es mir bald hoffnungslos erscheint, aber ihr scheint es gerade so haben zu wollen. Für mich ist es das einzig Richtige, daß ich Orest sofort heirate und nach einfachen und gesunden Grundsätzen ein neues Leben anfange, wie es andre vernünftige Menschen führen.«

»Das sind häßliche Reden, meine Tochter«, sagte Menelaos. »Ich meine nicht dein Benehmen mir gegenüber; das Schlimmste ist, daß es dir an menschlichem Mitgefühl fehlt. Deine Mutter und ich haben in letzter Zeit schweren Kummer gehabt, für den wir nicht verantwortlich sind. Glücklicherweise können wir ihn ohne deine Hilfe tragen, aber wenn du so musterhaft wärst, wie du gern sein willst, so würdest du Teilnahme für uns empfinden, statt uns zur Rede zu stellen. Adraste ist ein neuer Kummer. Ich bin nicht dafür verantwortlich, wie du gesehen hättest, wenn du eine Minute gewartet –«

»So beweise es!« sagte Hermione. »Wirf sie aus dem Hause!«

»Du meinst, Vater soll sie einfach hinauswerfen, damit sie draußen vor Hunger und Elend umkommt?« fragte Helena.

»Ja, das meine ich!« sagte Hermione.

»Ich habe immer gesagt, daß du bisweilen deiner Tante gleichst«, sagte Helena, »aber noch nie ist mir die Ähnlichkeit so stark aufgefallen.«

»Die Ähnlichkeit interessiert mich nicht, und du brauchst nicht zu versuchen, das Gespräch abzulenken«, sagte Hermione. »Diese Enthüllung der Zustände in unserm Hause hat mir den letzten Rest von Geduld geraubt. Es war arg genug, daß du mit Paris auf und davon gingst, und arg genug, daß du es nachher durchaus wahrhaben wolltest, und all das Schlimme, was man von dir erzählte; indessen, der Schauplatz deiner Abenteuer war weit weg. Und die Leute brauchten nicht gerade das Schlimmste zu glauben, wenn sie nicht wollten. Aber das Mädchen hat ihre Geschichte hier im Hause aufgeführt, wo man vor den Leuten nichts geheimhalten kann. Solange sie hier ist, hat sie mit Damastor geflirtet, der ein netter Junge und ganz unverdorben war, bis sie ihn verführte. Ich sehe nicht ein, warum wir unsern guten Namen hergeben sollten, um ihre gemeinen Triebe zu schützen! Ich werde meinen jedenfalls nicht dazu hergeben!«

»Hast du mit ihr gesprochen, nachdem du davon gehört hast?« fragte Helena.

»Ich werde mich hüten, vor den Augen anderer mit ihr zu sprechen!«

»So tu es heimlich. Du könntest von ihr lernen – wir alle. Du kannst dich nicht in ihre Lage versetzen, nicht wahr? Kannst dir nicht vorstellen, wie du von einem Manne, dem du vertrautest – Orest zum Beispiel –, verlassen und zum Gerede der Dienstboten würdest?«

»Das kann ich mir allerdings von mir nicht vorstellen«, sagte Hermione. »Und du auch nicht!«

»Ich versuche es auch gar nicht«, sagte Helena.

»Was ich dir klarmachen wollte, ist, daß Adraste, bevor ihr etwas zustieß, sich ebensowenig hätte vorstellen können, daß sie in solch ein Unglück geriete. So ist das Leben, mein Kind. Die meisten von uns urteilen hart über andere, weil es ihnen an Phantasie fehlt, um sich in ihre Lage zu versetzen.«

»Hast du sie vor dieser Gefahr gewarnt, als du sie lehrtest, die Liebe zum Leben zu pflegen?« fragte Hermione.

Menelaos lachte.

»Ich warnte sie vor der Liebe zu Damastor«, sagte Helena, »ebenso wie ich dich die Liebe zum Leben zu lehren versuchte und dir riet, Orest nicht zu lieben. Ihr beide, jede in ihrer Art, glaubtet, es besser zu wissen.«

»Es ist ein Unterschied zwischen Orest und Damastor«, sagte Hermione.

»Aber kein allzu großer«, sagte ihr Vater. »Ich bin auch deiner Ansicht, daß Adraste sich an irgendeinen Ort zurückziehen sollte, wo sie nicht soviel Aufsehen erregt wie hier; ich sprach eben mit deiner Mutter davon, als du kamst. Ich erzählte ihr auch, daß Pyrrhus unsre Einladung angenommen hat und bald kommen muß. Wir denken daran, den Besuch aufzuschieben. Doch sollte er noch vorher kommen, so möchte ich, daß du ihn mit größter Höflichkeit behandelst. Du wirst nicht allzuviel von ihm zu sehen bekommen, aber er soll einen guten Eindruck von uns fortnehmen. Das heißt, wenn er überhaupt kommt.«

»Ich bin froh, daß er vielleicht nicht kommt«, sagte Hermione. »Ich habe kein Verlangen, ihn zu sehen. Eteoneus weiß ihn zu schätzen und Adraste und Mutter, aber ich habe für diesen Typ nichts übrig. Ja, ich will nichts von ihm sehen, falls er doch kommt!«

»Das wirst du doch, wenn ich es dir befehle!« sagte Menelaos.

»Befiehl es mir, bitte, nicht, Vater«, sagte Hermione. »Es wäre mir schmerzlich, dir den Gehorsam verweigern zu müssen, aber nichts könnte mich bewegen, mit diesem Mann zu sprechen. Jedes Wort würde mir wie Verrat vorkommen.«

»Verrat an wem?« fragte Helena.

»An Orest. Vater sollte Pyrrhus sagen, daß ich mit Orest verlobt bin. Pyrrhus sucht, soviel ich weiß, eine Frau, und ich bin, vom Standpunkt moralischer Verbindlichkeit gesehen, so gut wie verheiratet.«

»Das wollen wir gleich ein für allemal ins Reine bringen«, sagte Menelaos. »Du bist noch nicht mit Orest verheiratet, nicht wahr?«

»Noch nicht«, sagte Hermione.

»Und ich will dich nicht durch die Frage verletzen, ob du wie Adraste die gesetzlichen Formalitäten außer acht gelassen hast. Gut also. Nun laß dir gesagt sein, daß wir unter den jetzt gegebenen Umständen deine Heirat mit Orest nicht für wünschenswert halten. Wir haben jeden Gedanken an diese Heirat aufgegeben. Du bist an niemanden gebunden. Und wenn du Orest heimlich triffst, ohne meine Erlaubnis, so werde ich Orest zur Verantwortung ziehen, und dich auch!«

»Menelaos«, sagte Helena, »findest du nicht, daß

wir die Sache verkehrt anfangen? Wir wünschen alle beide nicht, daß Hermione Orest heiratet, aber es hat keinen Sinn, es ihr zu verbieten. Sie ist kein Kind mehr. Im Gegenteil, sie zeigt Anlagen zu einer alten Jungfer. Und wenn du drohst, so mußt du es auch ausführen.«

»Das werde ich selbstverständlich«, sagte Menelaos. »Bis jetzt bin ich zu nachsichtig gewesen, aber ich habe etwas gelernt. Du tust immer, was du willst. Wenn nun Hermione anfängt, dir in dieser Hinsicht nachzuahmen, so bleibt von einem guten Heim nicht viel übrig.«

»Ich ahme Mutter nicht nach – es ist unrecht, so etwas auch nur anzudeuten«, sagte Hermione.

»Ich halte nur dem Manne, mit dem ich in aller Form verlobt bin, mein Wort. Ich bemühe mich, so gut es geht, Anstand und Schicklichkeit aufrechtzuerhalten.«

»Unsinn«, sagte Helena. »Du meinst wohl, was du sagst, oder du weißt nicht, was du sagst. Wenn du entschlossen bist, Orest zu heiraten, um Anstand und Schicklichkeit aufrechtzuerhalten, so laß es lieber bleiben. Dem Mann wird es nicht um Schicklichkeit zu tun sein – was er braucht, ist Liebe.«

»Ich brauche wohl nicht erst zu sagen, daß ich ihn liebe, aber ich muß dich daran erinnern, Mutter, daß für Orest und mich die Liebe nicht notwendig im Gegensatz zur Schicklichkeit steht. Ich versuche für das einzutreten, was ich stets hochgehalten habe. Ich bin mir immer gleich geblieben, und ich muß sagen, du auch, aber Vater nicht. Vor einigen Wochen empfand er ganz so wie ich, jetzt empfindet er wie du. Er hat durchaus das Recht, mit dir übereinzustimmen, wenn er es kann. Aber man sollte mich auch in Ruhe lassen, wenn ich bei meinem Standpunkt bleibe.«

»Meine Haltung Orest gegenüber hat sich allerdings in den letzten Wochen verändert«, sagte Menelaos, »und wenn du das nicht begreifen kannst, so tust du mir leid. Du glaubst, daß der Einfluß deiner Mutter mich bestimmte. Dein Schicklichkeitsgefühl erlaubt dir, die Tatsache zu übersehen, daß in diesen letzten Wochen Orests Mutter meinen Bruder ermordet hat. Das würde auch die freundschaftlichsten Beziehungen stören. Du hast sehr wenig Zartgefühl, Hermione, sonst würdest du nicht so darauf erpicht sein, in diese Familie einzuheiraten.«

»Ich habe Zartgefühl genug, um über den Mord traurig zu sein, aber –«

»Nun, ich bin dankbar, daß du wenigstens so weit gehst«, sagte Menelaos.

»Wenn du sarkastisch wirst, sage ich nichts mehr!« sagte Hermione.

»Nein, sage nichts mehr!« sagte Helena. »Es ist schon genug gesagt. Aber ich möchte doch eines fragen, über Adraste. Als du soeben hereinkamst, bemerktest du, du wärst sogleich nach Hause geeilt, nachdem du die Sache erfahren hättest. Wer erzählte dir davon?«

»Charitas«, sagte Hermione. »Sie hat nicht geklatscht, es kam ganz natürlich. Ich sprach einen Augenblick bei ihr vor, und sie mußte mir Damastors Abwesenheit erklären. Sie ist sehr erbittert über die ganze Sache. Es scheint, du nahmst Adraste eines Tages mit dahin, und sie sah den Jungen.«

»Helena«, sagte Menelaos, »du versichertest mir, Charitas würde nicht reden!«

»Ich unterschätzte ihr Schicklichkeitsgefühl«, sagte Helena. »Sie war es also, die dir jenes Charakterbild von Adraste gab! Deutete sie irgendwie an, daß Damastor vielleicht mitschuldig war?«

»Natürlich nicht!« sagte Hermione. »Man kann doch einem bloßen Knaben nicht Schuld geben, wenn er einer solchen Person in die Hände fällt. Diese Art Frauen können alles, was sie wollen, bei einem Manne erreichen.«

»Oh, das weiß ich nicht«, sagte Menelaos, »das hängt von dem Mann ab.«

»Und von der Frau«, sagte Helena. »Weiter, Hermione – was sagte sie sonst noch?«

»Sie sagt, du hättest das Ganze angerichtet. Gleich nach deiner Rückkehr besuchtest du sie –«

»Ich besuchte sie!«

»– und legtest deine sittlichen Grundsätze in dieser Beziehung offen dar. Wenn sie verstanden hätte, wie ernstlich du es meintest, sagte sie, so wäre sie wohl auf ihrer Hut gewesen. Du sagtest zu ihr, Damastor müßte sich eigentlich in das erste hübsche Mädchen, das ihm begegnete, verlieben, und du hattest Adraste bei dir, und ihn zu verführen.«

»Was soviel sagen will, als daß Adraste die erste Schönheit war, der er begegnete. Von dir abgesehen, natürlich. Bei derselben Gelegenheit sagte mir Charitas, daß Damastor sich für dich interessiere.«

»Das konnte sie dir nicht sagen, denn es war nie der Fall.«

»Nun, und was hat sie dir denn sonst noch gesagt?«

»Das ist, glaube ich, in der Hauptsache alles – sie ließ sich dann noch im einzelnen darüber aus.«

»Sie hat einiges von dem, was ich sagte, vermutlich vergessen«, sagte Helena. »Ich wies sie darauf hin, daß sie Damastor, in ihrem Bestreben, ihn ehrbar zu halten, leicht unsittlich machen könnte. Das erwähnte sie also nicht? Sehr merkwürdig! . . . Welchen Zweck meint sie denn, hätte ich dabei haben können, Damastor durch Adraste zu verführen?«

»Diese Frage möchte ich lieber nicht beantworten«, sagte Hermione.

»Beantworte sie trotzdem«, sagte ihr Vater. »Das interessiert mich.«

»Nun, sie gab eigentlich dieselbe Erklärung dafür wie du, Vater, als wir vor einiger Zeit darüber sprachen; sie sagte, es sei das Alter bei Mutter. Frauen eines gewissen Typus versuchen, ihre Reize für andere spielen zu lassen, wenn sie älter werden.«

»Das klingt nach Charitas, aber nicht nach deinem Vater.«

»Genau das sagte er – nicht wahr, Vater?«

»Er hat es ebensowenig gesagt, wie er es denkt«, sagte Helena. »Er will ja, daß ich, wenn Pyrrhus kommt, auf meinem Zimmer bleibe. Später einmal mag ich in seinen Augen vielleicht dahin kommen, meine Reize für andere zu gebrauchen, aber jetzt noch nicht.«

»Das war auch meine Ansicht«, sagte Hermione. »Ich sagte es ihm.«

»Es ist mir natürlich schmeichelhaft, wenn ihr Frauen darüber streitet, was ich sage und denke«, sagte Menelaos; »aber augenblicklich interessiert mich mehr das, was Charitas sagt. Ich bekomme auf diese Weise ein Bild von meinem Hauswesen, wie es sich nach außen hin darstellt.«

»Sie sprach nicht von deinem Hauswesen«, sagte Hermione; »sie sprach nur von Mutter und natürlich von Damastor und jenem Mädchen.«

»Wir wissen, was sie über das Mädchen sagte. In welcher Weise gedenkt sie für ihr Enkelkind zu sorgen?« fragte Helena.

»Für ihr was?«

»Es wird ein Kind erwartet, und Charitas ist die Großmutter dazu. Hast du dir die ganze Situation noch nicht klargemacht? Charitas hat das getan – da sitzt der Stachel. Sie denkt an das Alter, weil sie zuerst Großmutter geworden ist.«

»O nein, da irrst du dich; sie betrachtet dies Kind nicht als ihr Enkelkind; sie sprach davon wie von – nun, wie von einer Krankheit. Ich glaube kaum, daß sie für das Kind sorgen wird.«

»Ich glaube es auch nicht«, sagte Helena. »Dein Vater und ich werden es tun müssen, und vielleicht ist das für das Kind ebensogut.«

»Das fällt mir gar nicht ein!« sagte Menelaos. »Ich habe dir gesagt, daß Adraste das Haus verlassen muß – Hermione, ich sagte das gerade deiner Mutter, als du hereinkamst.«

»Ja, das tat er. Du siehst, mein Kind, wie unrecht

du hattest, so zu deinem Vater zu sprechen. Er war vollkommen deiner Meinung. Wir haben noch nicht Mord genug gehabt; du und Charitas und Menelaos, die drei Stützen der Gesellschaft hier, ihr alle wollt Adraste und ihr Kind töten. Ich kämpfe mit euch um ihr Recht zu leben. Aber ich bin nicht darauf eingeschworen, das Mädchen hier zu behalten, wenn es sich anders besser für sie einrichten läßt. Ich sehe eine solche Möglichkeit. Sie sollte zu Damastor. Wenn Charitas uns sagen will, wohin sie Damastor geschickt hat, so schicke ich Adraste sofort dahin.«

»Das wird sie dir nie sagen!«

»Wahrscheinlich nicht, aber ich sehe nicht ein, warum nicht, mein Kind. Du wirst sagen, daß ich kein Urteil darüber habe, aber die Ehrbarkeit, die nach meinem Sinne wäre, würde das Mädchen zu ihrem Liebhaber schicken und ihn gestatten zu heiraten. Du hältst es doch für richtig, daß man heiratet? Nun, das ist es gerade, was diese jungen Leute wollen.«

»Daran habe ich noch gar nicht gedacht«, sagte Menelaos, »aber das ist ein ausgezeichneter Gedanke. Wenn wir sie verheiraten könnten – und an einem anderen Orte –, so wären wie aus dieser fatalen Affaire heraus. Ob es sich wohl machen ließe?«

»Sehr einfach«, sagte Helena. »Hermione hat augenscheinlich Charitas' Vertrauen. Ich mische mich in die Unterhandlungen nicht ein. Du schickst Hermione zu Charitas mit dem Versprechen, daß, wenn sie uns sagt, wo ihr Sohn ist, wir Adraste auf unsre Kosten dahin schickten und dafür Sorge tragen wollen, daß die beiden jungen Leute sich in allen Ehren verheiraten und an irgendeinem entfernteren Ort, wo kein Klatsch an ihnen haftet, ein gemeinsames Heim gründen können.«

»Das ist das Richtige!« sagte Menelaos. »Das will ich tun!«

»Aber könnt ihr denn Charitas' Standpunkt gar nicht begreifen?« sagte Hermione. »Sie will sie für immer trennen. Adraste wird Damastor nie glücklich machen – so eine Frau wie die! Wenn Charitas gewollt hätte, daß er sie heiratete, so hätte sie ihn nicht fortgeschickt. Euer Plan ist ausgezeichnet für Adraste, aber Charitas wäre damit nicht geholfen.«

»Wäre aber nicht Damastor damit geholfen?« fragte Helena. »Er liebt das Mädchen, und ich nehme an, daß Charitas ihn auch ein wenig liebt – verwundeter Stolz kann doch bei einer solchen Frage nicht einzig und allein den Ausschlag geben.«

»Charitas wird nie sagen, wo Damastor ist«, sagte Hermione.

»Ich fürchte beinahe, daß du recht hast«, sagte Helena, »aber ich möchte trotzdem, daß du die Bestellung von deinem Vater ausrichtest. Wir haben dann für die jungen Leute getan, was wir konnten, und die Verantwortung für das, was in unserm Hause geschehen ist, übernommen, obwohl ich für meine Person Adraste und Damastor nicht verurteilte. Wenn Charitas uns nicht entgegenkommen will, so hat sie die Verantwortung, und du hast die Gelegenheit, die menschliche Natur etwas kennenzulernen.«

»Es tut mir leid«, sagte Hermione, »aber ich weiß von vornherein, daß Charitas nicht tun wird, was ihr wollt – und ich möchte sie wirklich auch nicht darum bitten.«

»Und warum nicht, wenn ich fragen darf?« sagte Menelaos.

»Ich finde, daß sie recht hat, wenn sie Damastor vor dem Einfluß dieses Mädchens schützt. Es wäre nicht sein Glück, wenn er sie heiratete.«

»Liebt er sie denn nicht mehr? Und sollen die Menschen sich nicht heiraten, wenn sie sich lieben?« fragte Helena. »*Du* solltest *mir* die Gründe entgegenhalten, die ich vorbringe. Ich bin so freisinnig, daß ich anfange, konservativ zu erscheinen. Wenn die Menschen unrecht tun, so sollten sie sich bessern und recht tun – das ist doch noch immer deine Meinung, nicht wahr? Du bist der Ansicht, daß zwei Menschen nicht zusammenleben sollten, wenn sie nicht verheiratet sind. Ich hoffe, du bist auch der Ansicht, daß zwei Menschen sich heiraten sollten, wenn sie sich lieben, und nur dann. Nun, laß uns Damastor und Adraste die Möglichkeit geben, sich den Forderungen der Gesellschaft zu unterwerfen, wenn es auch etwas spät ist. Sie haben den Wunsch, es zu tun.«

»Davon weiß ich nichts«, sagte Hermione. »Charitas hat kein Vertrauen zu Adraste, und ich auch nicht.«

»Du kennst Adraste wohl nicht sehr gut. Aber betrachte einmal die Sache von Damastors Standpunkt aus. Als du über Pyrrhus sprachst und über das, was du seine Brutalitäten nanntest, da verurteiltest du, wie mir schien, die Männer, die Frauen verlassen. Damastor hat Adraste nicht verlassen, aber seine Mutter hat es bewirkt, indem sie ihn wegschaffte. Wäre es nicht gut, wenn Charitas ihm jetzt die Gelegenheit gäbe, so zu handeln, wie er es, glaube ich, gern möchte – wie ein ehrenhafter Mann?«

»Ich stehe auf einem andern Standpunkt«, sagte Hermione.

»Ich bin empört über dich, Hermione«, sagte Menelaos, »ich bin wirklich empört. Du sagtest mir, daß du und Orest so gut wie verheiratet wärt, daß nichts euch trennen dürfte. Adraste und Damastor sind noch mehr verheiratet als ihr, und doch findest du, daß man sie unter allen Umständen trennen müßte, ob es ihm und andern recht ist oder nicht.«

»Es ist kein Vergleich zwischen diesen Leuten und uns beiden«, sagte Hermione. »Wir haben uns redlich bemüht, ein tugendhaftes Leben zu führen, während Adraste und Damastor einfach selbstsüchtig – ja, geradeheraus gesagt, sinnlich und gemein gewesen sind. Ich hatte schon lange das Gefühl, daß unser Heim entartete, aber ich hätte nie geglaubt, es würde dahin kommen, daß du und Mutter eine so unerhörte Aufführung begünstigen und sogar von mir verlangen würdet, den Schuldigen beizustehn. Mutter spottet, wie immer, über Ehrbarkeit, aber noch schlimmer als alles, was sie sagt, ist die sittliche Laxheit, die ihr beide in dieser Frage bekundet. Damastor hätte sich nie mit diesem Mädchen einlassen sollen, aber da er nun einmal den Fehler gemacht hat, stimme ich seiner Mutter durchaus zu, wenn sie verhindern will, daß er ihn wiederholt. Für Adraste habe ich nichts als unaussprechliche Verachtung. Ich werde nichts tun, um ihre Schuld zu verdecken und ihr zu einem Platz in der Gesellschaft zu verhelfen, den sie nicht verdient. Und wenn sie hierbleiben soll, so wiederhole ich, was ich gleich zu Anfang sagte: ich werde nicht mit ihr unter einem Dache bleiben!«

»Du gibst also deine Eltern als hoffnungslos auf?« sagte Menelaos. »Du willst über mich richten, der ich diese und viele andre Sorgen zu tragen habe, und du selbst willst nicht einmal das tun, was du kannst, um mir eine davon abzunehmen? Wer ist nun selbstsüchtig, das möchte ich wissen!«

»Du«, sagte Hermione. »Du und Mutter, ihr habt euch eine Schwierigkeit nach der andern geschaffen, und nun wollt ihr, daß ich euch auf Kosten meiner Selbstachtung und mit Aufopferung meiner Grundsätze daraus befreie. Es würde nichts nützen, wenn ich mit Charitas spräche; ich würde dadurch nur den Ruf der Anständigkeit verlieren, den ich – als einzige in der Familie – noch besitze. Glaubt nicht, daß ich euch nicht liebhabe oder daß es mir Freude macht, mein Heim aus einem solchen Grunde zu verlassen. Aber ich habe ein Recht darauf, ich selbst zu sein. Die Menschen, die am meisten davon reden, daß sie ihr eigenes Leben führen wollen – Menschen wie Mutter –, verstricken gewöhnlich erst andre hinein, bevor sie damit fertigwerden.«

»Du brichst mir das Herz«, sagte Menelaos; »ich habe nichts getan und nichts von dir verlangt, was dich zu solchen Reden berechtigte. Wenn du dieses Haus verlassen willst, so tu es. Ich werde, sobald ich kann, mit Orest sprechen. Er sollte diese Sache von unserm Standpunkt aus hören. Du wirst sie ihm in deinem Licht darstellen.«

»Hermione«, sagte Helena, »du wolltest doch nicht selbst Damastor heiraten?«

»Wahrhaftig nicht!«

»Ich habe nie verstehen können, warum Frauen so eifersüchtig sind auf Männer, die sie nicht selbst heiraten wollen«, sagte Helena, »und auch nicht, warum ein Mord leichter zu verzeihen ist als Schönheit.«

4

»Darf ich eintreten?« fragte Eteoneus. »Ich möchte nicht stören, aber ich sehe, daß die ganze Familie hier ist, und ich möchte lieber euch allen zugleich die Nachricht bringen.«

»Welche Nachricht?« fragte Menelaos.

»Von Orest.«

Sie sahen ihn an und schwiegen. Er wartete, daß sie ihm durch eine Frage weiterhülfen, aber schließlich mußte er von selbst fortfahren.

»Es ist teils gute Nachricht, teils schlechte. Zunächst: der junge Mann hat den Tod des Vaters gerächt. Er hat Ägisth getötet.«

»Das lasse ich mir gefallen!« sagte Menelaos. »Ich dachte mir, daß Orest allein damit fertigwerden würde, und es gewährt eine besondere Genugtuung, wenn der Sohn dem Andenken des Vaters sein Recht zu verschaffen weiß; es zeigt, daß die Kraft des Geschlechts nicht erloschen ist. Das ist sehr gute Botschaft, Eteoneus.«

»Du gibst uns gewöhnlich erst die Tatsache und dann die Einzelheiten«, sagte Helena. »Dürfen wir nun die Einzelheiten hören?«

»Der Bote sagt, daß Ägisth in beständiger Furcht vor Rache war; er konnte nicht erfahren, wo Orest sich befand, und lebte in steter Angst, daß ihm jeden Augenblick das Messer in die Rippen gestoßen werden könnte. Klytemnestra hielt dieser Spannung gut stand, oder vielleicht empfand sie sie gar nicht, aber Ägisth wurde schließlich ganz davon zermürbt. Er nahm seine Zuflucht zur Religion. Jeden Morgen schlich er hinaus zum Hausaltar – du erinnerst dich an den Platz, Menelaos, wo dein Bruder ein paar Felsen für den Familiengottesdienst glättete –: und dort opferte Ägisth ein kleines Tier und betete um Schutz für den kommenden Tag. Klytemnestra nahm nie daran teil, sagt der Bote – sie vertraute nicht auf Opfer. So schlich sich denn der unglückliche König allein dorthin, bevor die Pflichten des Tages für ihn begannen. Orest umlauerte das Haus, bis er diese Gewohnheit seines Feindes ausgekundschaftet hatte. Und eines Morgens, als Ägisth in die Opferflamme starrte, schlich Orest hinzu und hieb ihm den Kopf ab. Das war alles.«

»Ich wußte, er würde sich bewähren«, sagte Menelaos. »Dies läßt ihn sehr in meiner Achtung steigen. Wenn seine Mutter nicht wäre – «

»Kannst du seine Mutter nicht außer acht lassen«, sagte Hermione, »nun, wo er sich so tapfer gezeigt hat? Du sagtest, daß diese Probe seinen Charakter zeigen würde. Nun sei gerecht, Vater, und gib zu, daß ich einen guten Gatten gewählt habe.«

»Wenn dies ihn für die Pflichten eines Gatten geeignet macht, nun, dann ist es geeignet«, sagte Helena. »Aber er wird nicht sein ganzes Leben lang

Mordtaten zu rächen haben, und ich hoffe, wenn du ihn heiratest, so heiratest du ihn aus andern Gründen als wegen der Geschicklichkeit, mit der er Ägisth tötete. Wo ist er, Eteoneus? Ich möchte ihn sehen.«

»Er ist, soviel ich weiß, auf dem Weg hierher«, sagte Eteoneus, »aber ich glaube kaum, daß er hereinkommt, wenn du ihn nicht besonders einlädst. Er denkt, daß die Familie, mit Ausnahme deiner Tochter, sein Tun mißbilligt, und er ist augenblicklich – nun, ziemlich gespannt und reizbar.«

»Könntest du die Einladung wohl besorgen? Dann tu es auf jeden Fall! Du willst doch, daß er kommt, nicht wahr, Menelaos?«

»Ich möchte ihn gern sehen«, sagte Menelaos. »Ob er wohl die Waffen zurückbringt, die du ihm geliehen hast, Eteoneus? Es waren meine besten.«

»Oh, die wird er schon zurückbringen, Menelaos; ich glaube, er ist in solchen Sachen zuverlässig. Er wird, so schnell er kann, von dort fortzukommen suchen, und dies ist für ihn der gegebene Zufluchtsort.«

»Er wird nicht länger bei seiner Mutter bleiben wollen«, sagte Helena. »Dies ist der härteste Schlag, der Klytemnestra treffen konnte: ihren Geliebten auf ihrem eigenen Grund und Boden hingerichtet zu sehen, wo sie sich so mächtig glaubte.«

»Wirst du nun in die Heirat willigen?« fragte Hermione.

»Nein«, sagte Menelaos. »Ich gebe zu, daß die augenblickliche Situation dir recht gibt, aber ich habe immer noch nicht das Gefühl, daß er der Mann für dich ist. Ich weiß nicht, warum mein Herz bedrückt ist, seit Eteoneus uns die Nachricht gebracht hat; ich bin froh über die Rache, aber ich glaube, es ist der Gedanke, daß du nun Orest wirst heiraten wollen – sonst würde mir nicht so traurig zu Sinn sein. Ich habe das Gefühl, als ob ich meinen besten Freund verloren hätte, und das war Ägisth doch nicht.«

»Eteoneus«, sagte Helena, »was sagte Klytemnestra?«

»Nichts.«

»Und was tat sie?«

»Nichts.«

Helena sah ihn so unverwandt an, daß alle sie ansahen und bemerkten, wie sie erleichtert war. »Du hast auch noch schlimme Nachricht«, sagte sie. »Sag uns alles!«

»Ich sehe, du hast es erraten«, sagte Eteoneus, »und das macht es leichter, es zu sagen, Klytemnestra ist tot.«

Helena stand auf, als wollte sie das Zimmer verlassen. Dann blieb sie regungslos stehen, während die andern sprachen.

»Daher wurde Orest so leicht damit fertig«, sagte Menelaos. »Wenn sie gelebt hätte, wäre sie vermutlich für ihn auf der Hut gewesen.«

»Kein Wunder, daß Ägisth in der Religion Zuflucht suchte, nun er sie verloren hatte. Ich glaube, sie haben sich wirklich geliebt«, sagte Hermione. »Wie starb sie, Eteoneus?«

»Orest tötete sie.«

»Nein!« schrie Hermione auf.

»Er tötete sie.«

»Doch nicht seine eigene Mutter!«

»Seine eigene Mutter.«

»Orest!«

»Helena«, sagte Menelaos, »das ist viel schlimmer als der Tod meines Bruders. Für solch ein Verbrechen gibt es keine Verzeihung, weder im Himmel noch auf Erden. Orest ist ein Verlorener. Klytemnestra war im Vergleich zu ihm eine gute Frau. Ich hoffe, ich werde ihn nie – «

»Ich glaube, Hermione wird ohnmächtig«, sagte Helena.

»Es ist nichts«, sagte Hermione. »Ich nehme es dir nicht übel, Vater – es ist unmöglich –, selbst wenn ich es gesehen hätte, würde ich sagen, es ist unmöglich. Orest liebte sie und war ein so pflichtgetreuer Sohn – es ist einfach unmöglich!«

»Wenn du meinst, daß er es nicht getan hat, so irrst du dich«, sagte Eteoneus. »Er hat sie getötet. Eine Sohnespflicht stand gegen die andre, und er führte den Racheakt zu Ende. Er weiß, daß du es nicht billigst; niemand billigt es offenbar. Daher scheut er sich hierherzukommen.«

»Er darf niemals hierherkommen«, sagte Menelaos. »Meine Frau wußte, wie schwer es sein würde, der Mörderin seines Bruders zu begegnen; man kann wahrhaftig nicht von ihr verlangen, daß sie den Sohn, der ihre Schwester tötete, in unser Haus aufnimmt. Diese Heirat ist ein für allemal abgetan. Ich nehme an, daß du die Einladung an Orest zurücknimmst, Helena.«

»Nur für den Augenblick«, sagte Helena. »Orest tut mir leid. Was ich auch sonst dabei empfinden mag, ich kann nur Mitleid fühlen mit diesem ernsten und einfältigen Knaben der glaubt, durch eine solche Tat seine Pflicht zu erfüllen. Er ist ein Verlorener, Menelaos, aber ich möchte ihn nicht noch weiter in die Verlassenheit hinausstoßen. Stelle dir vor, wie ihm zumute sein muß, wenn ihm klar wird, was er getan hat! Vielleicht sollten wir ihn doch lieber gleich rufen lassen. Ja, Menelaos, laß ihn kommen!«

»Da kann ich nicht mit«, sagte Menelaos.

»Ich auch nicht«, sagte Eteoneus. »Die modernen Anschauungen gehen zu weit. Daß er Ägisth tötete, war natürlich ganz in der Ordnung, aber wenn es so weit geht, daß man seine Mutter tötet – ich werde nie einem Menschen die Tür öffnen, der seine eigene Mutter getötet hat.«

»Ich will gar nicht, daß er kommt«, sagte Hermione, »Es wäe zu schrecklich, mit all den Menschen im Hause um uns herum. Ich glaube, es ist besser, wenn ich ihn erst allein sehe.«

»Du wirst ihn nirgends sehen«, sagte ihr Vater. »Für unsre Familie existiert Orest nicht ... Wenn es nicht zu spät wäre! ... Sobald dies Entsetzen sich etwas gelegt hat, werde ich noch einmal Botschaft an Pyrrhus schicken, und wenn er der ist, für den deine Mutter ihn hält, so kannst du ihn heiraten. Er kann gern ein paar Fehler haben, wir dürfen nicht länger wählerisch sein. Mir wäre jetzt eine Verbindung mit Pyrrhus sehr willkommen, um unser Ansehen vor der Welt wieder etwas zu heben.«

»Ich habe dir noch die Nachricht zu bringen«, sagte Eteoneus, »daß Pyrrhus wahrscheinlich in ein paar Tagen hier sein wird. Er war schneller aufgebrochen, als wir erwartet hatten, und ich hatte dem Boten, deinem Befehl gemäß, gesagt, ihn nicht umkehren lassen, wenn er schon mehr als die Hälfte des Weges zurückgelegt hätte.«

»Ich möchte mich zurückziehen, wenn ihr erlaubt«, sagte Hermione. »Ich habe furchtbare Kopfschmerzen und muß eine Weile allein sein.«

»Bevor du gehst«, sagte Eteoneus, »muß ich dir noch etwas von Orest sagen. Ich schätze den jungen Mann ja nicht sehr, aber ich muß gerechterweise die Möglichkeit zugeben, daß er den Mord nicht selbst beging – die Möglichkeit. Einige sagen, er hätte seine Mutter nicht töten wollen und hätte daneben gestanden und dem Mord zugesehen.«

»Oh, ich hoffe, daß das wahr ist!«

»Ich sehe da keinen Unterschied«, sagte Menelaos. »Das kommt auf dasselbe hinaus.«

»Ja«, sagte der Torhüter, »viel anders ist es nicht, aber ich dachte, es wäre für Hermione doch ein gewisser Trost.«

»Wenn er sie nicht tötete«, sagte Helena, »wer tat es dann?«

»Seine Schwester Elektra.«

»Du meinst doch nicht, daß er seine Schwester für sich handeln ließ?« fragte Menelaos.

»Es ist nur ein Gerücht – der Bote sagte, niemand wisse genau, wie es geschah. Elektra wohnte nämlich nicht mit ihrer Mutter und Ägisth zusammen; ob sie es nicht wollte oder ob die beiden sie nicht haben wollten, das weiß man nicht. Sobald Orest Ägisth getötet hatte, eilte er nach dem kleinen

Hause, wo Elektra wohnte – ich glaube, sie ist verheiratet oder so etwas; jedenfalls soll sie in etwas merkwürdigen Verhältnissen leben – und Elektra hatte ihre Mutter gebeten, sie früh am Morgen zu besuchen. Klytemnestra kam, ohne der gastlichen Einladung zu mißtrauen, und Elektra bewillkommnete sie herzlich. Dann führte sie sie ins Haus, wo Orest sich verborgen hielt, und dort töteten sie sie. Wer von beiden es nun tatsächlich getan hat, das wird Orest euch am besten sagen können.«

»Erzähl uns nichts mehr davon!« sagte Menelaos. »Je mehr du erzählst, je schlimmer wir es. Durch erheuchelte Gastfreundschaft haben sie sie verraten! Haben sie ins Haus der Tochter geladen, um sie zu töten! Es gibt keine Sünde, die sie nicht begangen haben! Die Ehrfurcht von den Eltern steht bei allen Menschen, die nicht ganz Tier sind, obenan. Gleich danach kommt die Pflicht gegen den Gast.«

»So empfand auch Orest vor langer Zeit, als ich ihn nicht einlassen wollte«, sagte Eteoneus. »Er fand uns vollkommen demoralisiert, weil wir ungastlich waren. Aber ich vermute, er und seine Schwester fanden sich entschuldigt, indem sie daran dachten, wie Klytemnestra Agamemnon bei seiner Heimkehr von Troja empfangen hatte; auch sie erwies ihm alle Ehren der Gastfreundschaft. Andrerseits könnte man sagen, daß er ihr Mann war und die Gesetze der Gastfreundschaft auf ihn keine Anwendung fanden.«

»Eteoneus«, sagte Helena, »was für einen triftigen Grund hast du, um anzunehmen, daß Elektra den Mord beging?«

»Nun, diese Vorstellung wurde nachher von Elektra selbst geweckt. Als die Rache vollendet war, ließen sie die Leichname Ägisths und Klytemnestras hinaustragen und riefen die Leute zusammen, um ihnen zu sagen, was geschehen war – ihr seht, darin folgten sie Klytemnestras Beispiel. Aber als die Menge sich versammelt hatte, konnten Orest und Elektra ihre Gedanken nicht von der toten Mutter lösen, die da lag; sie brachen beide zusammen, Elektra noch mehr als ihr Bruder, und klagten sich öffentlich an. Der Bote sagt, es sei schrecklich anzuhören gewesen. Elektra versicherte immer wieder, daß sie es getan hätte, und wenn Orest auch erklärte, daß er mitschuldig sei, widersprach er ihr doch nicht. Aber man kann nicht nach dem urteilen, was in einem solchen Augenblick gesagt wird.«

»Vater«, sagte Hermione, »ich glaube, es war Elektra. Sie drängte ihn dazu. Ich weiß, Orest hätte so etwas nicht getan. Er nimmt aus Treue die Schuld mit auf sich, aber ich bin sicher, sie ist die Schuldige. Es ist nicht annähernd so schlimm, wie es schien.«

»Es ist so schlimm, daß ich Orest nie über meine Schwelle lassen werde«, sagte Menelaos. »Du suchst immer wieder nach Entschuldigungen, aber Tatsache ist, daß er seine Mutter getötet hat. Wenn dir nicht jedes natürliche Gefühl für Recht und Unrecht abhanden gekommen ist so mußt du wissen, daß er Unrecht begangen hat – ein so schweres Unrecht, daß hinfort für ihn kein Platz mehr in der menschlichen Gesellschaft ist. Du denkst doch nicht etwa noch daran, ihn zu heiraten?«

»Gewiß. Er ist mein Gatte.«

»Hermione, du willst doch nicht sagen, daß du einen Mann heiraten würdest, der seine Mutter getötet hat!«

»Ich werde ihn heiraten.«

»Kann ein Kind von mir moralisch so verkommen sein? Bedenk doch, was du sagst, Hermione! Seine Frau wird ihm gleich sein, die Gefährtin seiner Sünde, verflucht wie er! Nie wirst du ein anständiges Haus betreten noch mit Freunden essen, du wirst nicht einmal in Frieden sterben noch im Grabe Ruhe finden. Wenn du glaubst, daß du ihn liebst, bedenke, daß du keine Kinder haben darfst – der Fluch muß mit euch sterben! Ich weiß, wie tief dich diese furchtbare Tat entsetzt, aber ihre ganze Entsetzlichkeit hast du noch nicht erfaßt. Denke nur ein paar Tage in Ruhe darüber nach; du wirst sehen, daß ich recht habe.«

»Was du mir über meine Zukunft sagst, ist wahr«, sagte Hermione, »aber dennoch ist es meine Zukunft. Ich gehöre zu Orest, zu seinem Fluch, zu seinem Elend. Ich könnte mich nie achten, wenn ich ihn jetzt verließe. Du kennst ihn nicht so wie ich, und vielleicht kannst du einen solchen Charakter überhaupt nicht verstehen. Du bist verwegen in der Schlacht, wie man mir gesagt hat, Mutter ist verwegen in der Liebe. Es gibt Menschen, die verwegen in der Pflicht sind – die etwas zu Ende führen, nicht, weil es angenehm ist oder weil es irgend jemand glücklich macht, sondern einfach, weil es recht ist.«

»Du nennst es verwegen in der Pflicht sein, wenn man seine Mutter tötet?«

»Unter Umständen vielleicht, aber ich dachte an mich selbst und an meine Pflicht gegen Orest. Ich werde sie durchführen.«

»Ob es irgend jemand glücklich macht oder nicht, nicht wahr?«

»Menelaos«, sagte Helena, »du sagtest sehr richtig, daß Hermione Zeit braucht, um sich über die Bedeutung aller dieser Dinge klar zu werden. Laß ihr Zeit. Du brauchst ihr nicht zu sagen, daß sie darüber nachdenken soll. Sie wird nicht imstande sein, an irgend etwas anderes zu denken. In ein paar Tagen können wir alle ruhiger darüber sprechen. Nichts erscheint von so großer Bedeutung nach dem, was geschehen ist. Selbst eine Heirat mit Orest erscheint nicht so schlimm. Aber Orest selbst muß neue Pläne für sein Leben machen, und wir können warten, bis wir ihn sehen oder von ihm hören.«

»Bis wir von ihm hören«, sagte Menelaos. »Er darf dies Haus nicht betreten.«

»Sobald wird er jedenfalls nicht kommen«, sagte Eteoneus. »Ich erinnere mich jetzt, daß man sagte, er wolle eine Pilgerfahrt zu irgendeinem Heiligtum machen, um dort Ruhe für seine Seele zu finden. Die Reise wird ihm jedenfalls guttun, und er wird nicht so schnell zurückkehren. Deine Familie ist viel unterwegs, Menelaos.«

»Damit ist es nun vorbei«, sagte Menelaos. »Es ist Zeit, daß wir endlich zur Ruhe kommen, und meine engere Familie bleibt, denke ich, jetzt zu Hause. Hermione mag sich das überlegen, so viel sie will, Helena, aber ich werde jetzt nach einem ganz neuen Plan verfahren. Ich werde sehen, ob Pyrrhus sie heiraten will. Du hattest von vornherein recht. Wenn er sie haben will, mag Orest auf seine Pilgerfahrt gehen und möglichst lange fortbleiben. Wenn ich an Pyrrhus allerlei zu tadeln fand, so waren es doch Fehler, die ich verstehen konnte. Man überschätzt ihn doch, er ist ein ganzer Mann, und Hermione wird bei ihm das Heim finden, auf das sie Anspruch hat. Es ist ein Glück, daß er sich so schnell zu uns aufmachte.«

»O Menelaos, es ist verkehrt von dir, die Sache mit Gewalt durchsetzen zu wollen!« sagte Helena. »Laß doch die Frage eine Weile ruhen! Hermione braucht nicht zu heiraten, wenn sie lieber bei uns bleibt, und sicher darf sie nicht jemanden heiraten, den sie nicht liebt.«

»Nun höre aber einmal, Helena, du machst mich wirklich böse! Du hast diesen ganzen Streit wegen Pyrrhus angefangen; ohne dich hätten wir überhaupt nicht an ihn gedacht. Du hast mich mit allen möglichen listigen Argumenten zu überreden versucht, und diese letzten Ereignisse sind dir dabei zu Hilfe gekommen, so daß ich mich für überwunden erkläre. Warum stellst du dich jetzt auf die andere Seite? Hermione mag es sich überlegen. Wenn Pyrrhus kommt, werde ich mit ihm sprechen. Vielleicht will er nichts mit uns zu tun haben, aber wenn er den Vorschlag in Erwägung zieht, werden wir die Frage weiter erörtern.«

»Es tut mir leid, daß meine Zukunft euch soviel Sorgen macht«, sagte Hermione, »und ich wollte, du machtest dir nicht die unnötige Mühe mit Pyrrhus. Aber ich bin jetzt nicht imstande, etwas dazu zu sagen; du weißt am besten, was du zu tun hast. Wenn ihr erlaubt, gehe ich jetzt.«

»Warum Helena wohl mit ihr gegangen ist?« sagte Menelaos. »Ich möchte wissen, was sie jetzt unter sich bereden. Was, denkst du, ist der Grund, daß meine Frau über Pyrrhus andern Sinnes geworden ist?«

»Sie ist, glaube ich, nicht andern Sinnes geworden, sondern sie hat eingesehen, daß es nutzlos ist, darauf zu bestehen«, sagte Eteoneus. »Deine Tochter wird Orest heiraten. Ich weiß nicht, wie und wann, aber Orest ist jetzt so gut wie verheiratet.«

»Aber er hat absolut nichts auf der Welt! Er kann doch mit diesem Fluch, der auf ihm lastete nicht eine Frau ernähren! Man sollte denken, dies ist am allerwenigsten der Augenblick, den er sich zum Heiraten wählen würde.«

»Ich sagte nicht, daß er ihn wählen würde – ich sagte, sie würde ihn heiraten. Ein einmal aufgerütteltes Pflichtgefühl ist eine furchtbare Sache, Menelaos. Die Frauen verstehen sich meisterhaft darauf, es mit dem, was sie eigentlich wollen, in Übereinstimmung zu bringen. Sie wird ihn heiraten, und später wird er von Zeit zu Zeit hören, was für Opfer sie ihm gebracht hat. Der arme Kerl!«

»Aber sie schien ganz gefügig, als sie fortging«, sagte Menelaos. »Sie hat eigentlich schon nachgegeben, hast du das nicht bemerkt? Und ich denke, Helena wird die Gelegenheit nutzen, wenn sie allein sind. Sie ist noch mehr für Pyrrhus als ich, und der Gedanke an Orest muß ihr jetzt entsetzlich sein.«

»Das mag schon sein, aber deine Frau ist ziemlich schlau in der Art, wie sie eine Sache fallenläßt. Sie weiß ganz genau, wann sie gewonnen hat, und auch, wenn sie verloren hat. Das trifft man selten bei einer Frau. Helenas Talent, Tatsachen klar zu sehen und sich mit ihnen abzufinden, macht es so schwer, über sie die Oberhand zu gewinnen. Es war ihr unangenehm, daß du gerade jetzt die Heiratsfrage aufwarfst, ich konnte es merken. Ich glaube, sie fand, daß du deine Sache endgültig damit verdarbst. Vielleicht war Hermione geneigt, sich zu fügen; ich vermute, Helena ist in diesem Augenblick dabei, herauszufinden, ob sie es ist oder nicht.«

»Du magst recht haben«, sagte Menelaos. »Ich möchte wissen, wo du die Frauen so gut kennengelernt hast.«

»Ich kenne sie nur allzu gut«, sagte Eteoneus, »und in diesem Hause werde ich ständig an alles erinnert, was ich gelernt habe. Ich sollte anderswohin, wo das Vergessen leichter ist. Ich habe über mein Fortgehen nachgedacht, wie du mir anrietest. Nächste Woche, wenn du mehr Zeit hast, möchte ich einmal hereinkommen und mit dir darüber sprechen.«

5

»Oh, er ist wirklich ganz allerliebst, Adraste! Du kannst dich glücklich preisen. Laß mich ihn nehmen – es ist eine Ewigkeit her, seit ich so ein Kleines im Arm hielt, aber ich kann es noch ganz gut.«

»Das kannst du wahrhaftig, Helena! Da saugt er schon wieder an seinem Daumen! Nimm ihn heraus, bitte, Helena!«

»Du glaubst also, du kannst ihm das abgewöhnen?«

»Muß ich das nicht versuchen?«

»Vielleicht – man lernt so viel beim Versuchen. Nun er nicht mehr so feuerrot aussieht, sondern rosig, finde ich wirklich, daß er dir ähnlich sieht, Adraste. Findest du nicht auch?«

»O nein, Helena, ich finde, er hat viel mehr Ähnlichkeit mit seinem Vater. Ich weiß nicht, ob ich darüber froh oder traurig sein soll.«

»Froh, natürlich. Damastor sieht sehr gut aus, und du willst doch, daß euer Sohn euch beiden gleicht. Aber man kann über Kinder noch nicht endgültig urteilen, wenn sie erst eine Woche alt sind.

Ich kann mir denken, daß seine Mutter schon jetzt einige wesentliche Charakterzüge an ihm entdeckt hat?«

»Das habe ich wirklich, Helena. Er ist der beste kleine Kamerad – ich kenne seine Art schon ganz genau. Und ich glaube, er fängt schon an, mich ein bißchen zu beachten. Wenn er das nicht tut, werde ich eifersüchtig, denn auf dich hat er die Augen gerichtet von dem Augenblick an, wo du hereinkamst. Du bist natürlich daran gewöhnt.«

»Er ist ganz allerliebst!«

»Meinst du, sie verstehen wirklich schon so früh, Helena?«

»Nun, Hermione kokettierte mit ihrem Vater, als sie erst acht Tage alt war. Es war das einzige Mal in ihrem Leben, daß sie sich dergleichen zuschulden kommen ließ. Natürlich verstehen sie, sowie sie geboren sind! Dein Junge sieht mit jedem Tage verständiger aus. Wenn er eine noch tiefsinnigere Miene aufsetzt als augenblicklich, werde ich nicht mehr den Mut haben, ihn anzusehen. Er ist dabei, mir in der Seele zu lesen ... Nun, nun, armes Kind, nicht weinen! Ich gebe ihn dir wieder. Da! Warum in aller Welt weinst du denn? Du bist müde ... ich komme nachher wieder, wenn du etwas hast ausruhen können.«

»Nein, geh nicht fort, Helena, ich bin nicht müde. Mitunter überkommt es mich so plötzlich – mein furchtbares Schicksal; deine Güte mit dem Kinde macht mich –«

»Unsinn!« sagte Helena. »Du hast kein furchtbares Schicksal. Du solltest mehr glücklich sein. Du hast diesen schönen Knaben, den du liebhaben und aufziehen kannst, und du hast Freunde um dich, die den Knaben wegen seiner Mutter glücklich preisen. Du wirst ihm eine wunderschöne Kindheit schaffen und eine wunderschöne Jugend; er wird immer jung und strahlend sein wie du.«

»Ach, du bist so gütig, Helena, du willst mir Mut einsprechen –, aber der arme Junge wird nur seine Mutter haben, keinen Vater wie andere Knaben, kein vollständiges Heim. Ich hatte kein Recht, ihn zu gebären, und werde zeit meines Lebens dadurch gestraft werden, daß ich sehen muß, was er entbehrt.«

»Ich glaube kaum, daß die Natur danach fragt, ob wir ein Recht auf etwas haben, so oder so. Daß er seinen Vater entbehren wird, in seiner Kindheit und auch später, ist allerdings wahr, und ich will nicht versuchen, die Tatsache zu beschönigen. Ich weiß auch, daß du um das Heim trauerst, das du dir geträumt hattest. Niemand könnte behaupten, daß du so glücklich bist, wie du es verdienst. Aber auch so solltest du dich zufriedengeben. Mein liebes Kind, es hätte so viel schlimmer kommen können!«

»Wie wäre das möglich?«

»Nun, wenn er dich geheiratet hätte.«

»Du meinst, das wäre schlimmer gewesen!«

»Komm, gib mir den Kleinen wieder. Er ist bei mir viel stiller, und ich werde ihm einiges erzählen, was er sich später zunutze machen kann ... Ja, viel schlimmer, wenn man Damastors Charakter in Betracht zieht. Hätte er zu den großen Liebenden gehört, den unwandelbaren, von denen wir träumen, aber denen wir selten begegnen, dann wäre sein Verlust so tragisch gewesen, wie du ihn annimmst – aber dann hättest du ihn nicht verloren. Zu Anfang war er ein großer Liebender, o ja! Aber er konnte nicht standhalten. Das ist nicht seine Schuld – und auch nicht deine; er ist nun einmal so. Du weißt nicht, wie es gewesen wäre, wenn du Jahr für Jahr hättest mit ihm leben müssen, nachdem er aufgehört, dein Liebhaber zu sein, und sich auf seine Reserven als Ehemann zurückgezogen hätte. Natürlich wäre er gütig zu dir gewesen – das hättest du genossen, gewiß! –, aber selbst in seiner Gegenwart hättest du dich von dem Mann verlassen gefühlt, nach dem du dich sehntest. Du hättest mit einem Fremden gelebt, dessen Ähnlichkeit mit dem Geliebten dich nur gequält hätte. Jetzt bist du viel besser daran. Nicht in den Augen der Gesellschaft, aber in Wirklichkeit. Der Knabe ist das Kind deiner Liebe, und deine Liebe ist dir zum Glück entrissen, bevor sie beschmutzt oder abgenutzt werden konnte. Aber dein Leid ist klar und bestimmt ... Adraste, dieser junge Mann wird nie ein Freund von Gardinenpredigten sein; er ist eingeschlafen. Soll ich ihn in sein Bettchen legen?«

»Ja, bitte – und nimm ihm den Daumen heraus.«

»So ist's gut – da ist er schon wieder drin ... Ich finde, du kannst dich glücklich schätzen, Adraste, daß dir Liebe und Leid rein zuteil geworden ist.«

»Ich kann nicht einsehen, daß es ein Glück ist, Leid zu haben, ob rein oder unrein.«

»Es ist kein Glück, es zu haben, aber wenn wir es nun einmal haben müssen, so ist es gut, wenn wir es auch in seiner ganzen Tiefe fühlen. Es zeigt, wie lebendig, wie im höchsten Sinne glücklich wir noch sind. Ich gäbe vieles darum, ein Leid zu fühlen. Ich meine es vollkommen ernsthaft, ich beneide dich. Wir haben so oft über Liebe gesprochen, du weißt, wie ich darüber denke und wie wenig ich mein Ideal erreicht habe. Auch im Leid habe ich es nicht erreicht. Jeder, der erkannt hat, wie wunderschön und wie kurz das Leben ist, möchte es kennen – wenn auch nicht in seiner Ganzheit, so doch in seinen Höhen und Tiefen; für ihn ist das furchtbarste Schicksal, stumpf und schläfrig zu werden, in seinen Gewohnheiten dahinzuleben, den Tagen einfach ihren Lauf zu lassen. Ich habe mich immer danach gesehnt, das Leben bis in seine Tiefe kennenzulernen. Entweder ist dies nicht möglich oder ich fand den Weg nicht. Von mir will das Leben sich nicht erkennen lassen. Es stellt mich abseits, es macht, daß ich mich als Ausnahmefall empfinden muß, und das normale Schicksal, nach dem mich verlangt – ich bin überzeugt, es *ist* normal –, bleibt mir fern wie ein Traum.«

»Aber Helena, du scheinst doch so viel vom Leben zu verstehen. Du sagtest mir die Wahrheit über Damastor, lange bevor ich sie sehen konnte, und es ist gütig von dir, daß du mich nicht daran erinnerst, wie ich auf deinen Rat nicht gehört habe. Du könntest nicht so viel wissen, wenn du nicht mehr Erfahrung gehabt hättest, als du sagst.«

»Das ist das Schlimme; ich glaube, ich weiß in der Tat etwas vom Leben, aber nicht auf die rechte Art – nicht durch mein eigenes Gefühl. Adraste, du weißt, ich bin nicht hergekommen, um von mir selbst zu sprechen! Ich versuche dir zu zeigen, inwiefern du weniger unglücklich bist, als du glaubst. Da ich die Dinge nicht tief in mir selber erfahren habe, konnte ich nur an anderen lernen, das Leben durch sie zu verstehen suchen. Wenn man lernt, die Menschen auf diese Weise zu betrachten und sich selbst, trotz allem, was sie denken, als just solch ein Beispiel der allgemeinen Menschennatur, so gewinnt man vielleicht ein selbstloseres Interesse für die Menschen aber das Leid hat seine Schärfe verloren – und das gilt von allen Gefühlszuständen. Der Fehler ist nicht, daß man zuviel weiß; niemand ist zu weise. Aber man verlernt zu weinen, und man lernt, über die Menschheit lächeln, und vor allem über sich selbst. Die Liebe bleibt uns treuer als das Leid, und der Schmerz bleibt uns treuer; denn beide hängen mit dem Körper zusammen. Aber das Leid, das Herzeleid, wie du es empfindest, gehört nur der Seele an. Ich wollte, es wäre meiner Seele nicht so fern geblieben.«

»Helena, du machst mich traurig, wenn du so redest. Ich habe Grund genug zu wissen, daß dein Herz zart ist, daß du schnell verzeihst, daß du in deiner Gerechtigkeit sogar –«

»Ich glaube, ich bin ehrlich, liebe Adraste, und das ist alles, dessen ich mich rühmen kann. Die traurige Tatsache ist die, daß ich viele Menschen unglücklich gemacht habe, und wenn Menelaos oder Hermione meinen Nachruf schreiben, so werde ich in der Erinnerung der Menschen keineswegs als großmütig oder gerecht fortleben. Wenn ich dazu

gekommen bin, das Leben als eine Komödie anzusehen, als eine ziemlich ernste und sogar traurige Komödie, so habe ich eine Entschuldigung dafür, falls
ich deren bedarf: ich hätte in späteren Jahren jeden
Augenblick meinen Ruf wiederherstellen können,
wenn ich auf meine Tugenden hätte verzichten wollen. Hätte ich Menelaos eine Liebe geheuchelt, die
ich nicht mehr empfand, so würde man mich eine
musterhafte Gattin genannt haben. Das eigentlich
Tragische war der Verlust der Liebe, aber die andern
sehen es darin, daß ich diese Tatsache zugab. Wenn
ich bei meiner Heimkehr getan hätte, als sei ich von
Reue überwältigt, so hätte niemand mir geglaubt,
aber man hätte es korrekt gefunden. Natürlich
fühlte ich keine Reue. Meine Liebe zu Paris erwies
sich nicht als das Wahre, aber sie kam der Wahrheit
am nächsten, und ich bin dem Himmel dankbar dafür. Andrerseits sind die, die mich bessern möchten,
selbst nicht überzeugend lebensstark, und wenn sie
auch ihren Ruf bewahrt haben, so scheint ihnen ihre
Seele doch oft abhanden gekommen zu sein. Die
Leiden, die sie bekümmern, erscheinen mir meistens
nicht als Leiden, sondern als bloße Ärgernisse und
kleine Enttäuschungen. Sie wissen gar nicht, was
Leiden ist! Doch – Orest weiß es. Aber Charitas
zum Beispiel glaubt, sie hat Leid, weil ihr Sohn sich
seine Frau selbst wählen wollte. Es ist lächerlich,
dies Leid zu nennen. Und du meinst, du bist von
Leid überwältigt, weil dein Geliebter kein großer
Mensch war. Ich sage dir, du solltest dankbar sein
für die Liebe, die dir dies Kind schenkte, und du
solltest bedenken, was dir dadurch erspart wurde,

daß Damastor sich von dir trennen ließ. Wie furchtbar wäre es gewesen, wenn du hättest Glück heucheln müssen, nachdem er aufgehört, das zu sein, was er einst gewesen. Du hast vom Becher des Lebens getrunken, wenige von uns dürfen ihn ganz leeren. Du hast ihn unvermischt getrunken. Manche beneiden dich darum. Denk nicht mit Bitterkeit an deine Mondscheinstunden mit ihm, an die Glut seiner Küsse, an die Leidenschaft seiner Umarmungen. Alles, was du damals empfandest, war wahr. Die Menschen, die über solche Gefühle lachen, sind unfähig geworden, sie selbst zu haben. Und daß du nur nicht diesen Knaben hier lehrst, Liebe sei gefährlich und er solle sich vor ihr hüten, oder Vorsicht sei das Geheimnis der Lebenskunst!«

»Ich habe schon sehr viel darüber nachgedacht, wie ich möchte, daß sich sein Leben gestalte.«

»Natürlich, er ist ja auch schon ganze acht Tage alt.«

»Aber die Verantwortung ist furchtbar, Helena.«

»Welche Verantwortung meinst du?«

»Nun die, ihn richtig zu erziehen.«

»Du solltest dir nicht allzu viel Mühe damit geben. Ich an deiner Stelle würde daran denken, daß in jedem Menschenherzen von Natur etwas Gutes enthalten ist; dies Gute würde ich dem Knaben aufsuchen und hervorlocken. Er wird irgend etwas gern haben, etwas mit seinem Gefühl ergreifen, und das, was er liebt, wird unschuldig sein; wenigstens solange er klein ist. Ich würde ihn einfach darin ermutigen. Wenn er gar nichts liebt, ist nichts von ihm zu hoffen. In diesem Fall würde ich ihn so zu erziehen versuchen, daß er für die Menschheit möglichst unschädlich ist. Ich würde ihm sagen, daß er kein Recht hat, die Menschen zu bessern, solange er nicht dasselbe liebt, was sie lieben. Das würde ihn abhalten, Unheil anzustiften. Aber dein Sohn wird dir und Damastor gleichen – ja, seinem Vater; Damastor war schwach, aber eine Zeitlang war er ein Liebender. Du wirst den Knaben vor den Einflüssen schützen müssen, die die Seele seines Vaters verdorben haben. Denk einmal, was für ein Mann Damastor geworden wäre, wenn seine Mutter ihm geraten hätte, sein Herz an das erste hübsche Mädchen, das ihm begegnete, zu verlieren; wenn sie ihn ermahnt hätte, sich in die Allerschönste zu verlieben, von ihr zu träumen, die Welt nach ihr zu durchsuchen!«

»In diesem Fall hätte ich ihn natürlich nicht bekommen, nicht einmal auf kurze Zeit.«

»Doch, das hättest du. Sie hätte ihm sagen sollen, daß es nicht nur sein Recht, sondern auch seine Pflicht ist, dich zu lieben. Eine solche Erziehung würde etwas anderes aus Damastor gemacht haben. ... Aber ich will dir etwas sagen, Adraste. Wenn du deinen Sohn nach dieser idealen Methode, die ich dir vorschlage, erzogen hast, so wird er nicht ganz so ausfallen, wie du erwartest; er wird in manchen Dingen seinen eigenen Weg gehen und dich überraschen. Und dann wirst du deinen Grundsätzen etwas untreu werden und versucht sein, wie Charitas zu handeln. Du wirst sagen: Mein lieber Junge, dazu habe ich dich nicht erzogen! Wenn dieser Tag kommt, denke an das, was ich dir jetzt sage;

du wirst verstehen, daß das Leben eine Komödie ist.«

»Ich kann ihn mir nicht erwachsen vorstellen – diese kleine rosige Unschuld! Natürlich wird er seinen eigenen Willen haben – ich möchte, daß er den hat.«

»Natürlich; du möchtest, daß er seinen eigenen Willen hat, und du wirst verlangen, daß er genau das tut, was du ihm sagst. Nun, augenblicklich sieht er ja noch recht harmlos aus. Das kommt, weil wir soviel älter sind, glaube ich. Wahrscheinlich ist alles Täuschung – nur die Füßchen sind es nicht. Füße sind nichts Besonderes, wenn sie einmal gebraucht sind, aber bei so kleinen Kindern sind sie etwas Auserlesenes an Form. Im übrigen erscheinen gesunde Kinder den Erwachsenen immer schön, ob sie es sind oder nicht. Darum ist es gut, daß sie eine ältere Generation haben. Da, nun siehst du wieder müde aus. Ich will jetzt gehen.«

»Noch einen Augenblick – bitte, geh nicht fort! Ich habe etwas auf dem Herzen, was ich dir sagen müßte, denn du willst ja immer, daß wir offen gegen dich sind. Ich bin dir so dankbar, daß du mir Mut machen willst und so tust, als ob alles mit mir in schönster Ordnung wäre. Das sieht dir so ähnlich. Aber du wirst mich nicht für undankbar halten, wenn ich die großmütige Absicht merke bei allem, was du über Leben und Jugend und Kinderziehung sagst. Als ich glücklich war, da war unser Gespräch anders, mehr auf gleich und gleich. Wird es je wieder so zwischen uns sein? Ich weiß, ich bin dir nicht mehr so wie sonst eine Freundin, ich bin gewissermaßen Gegenstand des Mitleids für dich geworden. Ich verdanke es dir, daß ich ein Dach über dem Kopf und dies Bett unter mir habe.«

»Sag nicht so etwas und denk auch nicht so etwas! Du bist mir dieselbe geblieben, die du mir warst, ein Kind meines Hauses und mir besonders lieb.«

»Nein, Helena, du kannst mich nicht täuschen. Menelaos wollte mich fortschicken.«

»Natürlich sagte er das! Nichts könnte korrekter sein. Niemand wird je behaupten können, daß mein Mann Ordnungswidrigkeiten in seinem Hause begünstigt habe. Er sagte, du müßtest unbedingt fort und er wolle nichts weiter darüber hören. Er hörte nichts weiter darüber, und du bliebst hier. So ist Menelaos. Er ist in Wirklichkeit der gütigste Mensch, der je versuchte, die Welt in Ordnung zu halten. Er geht Entschlüssen so lange aus dem Wege, solange er jemanden haben kann, der ihm zuhört. Der wahre Grund, weshalb er mich heimbrachte, anstatt mich zu töten, war, daß er sich jemanden für sein Alter aufbewahren wollte, mit dem er reden könnte. Er hat von dir nicht halb soviel Schlimmes gesagt, wie er zu mir im Laufe eines Tages sagt. Weder er noch ich können es dir ersparen; du wirst die Rolle der Haustochter übernehmen müssen, nun Hermione fort ist.«

»Fort? Wohin? Ich habe nichts davon gehört. Hat sie Orest geheiratet?«

»Sie hat uns verlassen – ist auf und davon gegangen. Ich vermute, sie wird Orest heiraten, wenn sie es nicht schon getan hat. Jedenfalls haben wir sie verloren. Ihr Vater drohte in einem Augenblick der

Erregung, sie mit Pyrrhus zu verheiraten, und Hermione nahm ihn ernst oder wollte ihn ernst nehmen. Es gab ihr einen vorzüglichen Vorwand, sich in Orests Schutz zu begeben. Wir wissen nicht, wo sie ist.«

»Sorgst du dich nicht um sie, Helena?«

O nein, durchaus nicht. Es tut mir zwar leid, daß wir unsre Tochter nicht besser zu nehmen wußten, aber Grund zur Sorge ist nicht da. Was könnte ihr Schlimmes zustoßen? Ich glaube vielmehr, ihr Entschluß, ihre eigenen Angelegenheiten selbst in die Hand zu nehmen, wird ihr guttun. Sie hat genug Zeit damit vergeudet, sich um meine zu kümmern. Wenn sie ihrem Vater und mir nicht viel kindliche Ehrfurcht zeigt, so kann ich ihr daraus keinen Vorwurf machen. Nein, wenn sie nichts Schlimmeres anstellt, so bin ich ganz zufrieden ... Adraste, ist Charitas dagewesen, um ihren Enkel zu sehen?«

»Kein Gedanke! Die alte Katze!«

»Da wir von kindlicher Ehrfurcht reden – du weißt, sie ist deine Schwiegermutter, durch Blut, wenn nicht durch Gesetz. Warum bittest du sie nicht, zu kommen?«

»Das sollte mir einfallen! Nach allem, was sie von mir gesagt hat!«

»Jawohl. Laß sie erst alles sagen und dann kommen. Ich an deiner Stelle würde sie darum bitten.«

»Sie würde nicht kommen.«

»Versuch es einmal. Sie wird nein sagen. Sag ihr, der Knabe wartet, daß sie ihn ansehen möchte. Dann wird sie kommen ... Und du könntest dir auf diese Weise Damastor retten.«

»Da sieh nur! Du sagtest, ich solle mich glücklich schätzen, daß er mich nicht heiratet, und nun rätst du mir, wie ich ihn zurückgewinnen kann!«

»Ich gebe zu, ich bin inkonsequent. Ich glaube zwar, daß du ohne ihn sehr gut daran sein würdest; aber du selbst glaubst es nicht und würdest mir nie verzeihen, wenn ich dir nicht sagte, wie du seine erzürnte Mutter herumkriegen kannst. Auf diese Weise wäre es zu machen. Nun tu, wie du willst. Merke wohl, daß ich sagte ›retten‹. Wir wollen den Damastor wiederhaben, der vielleicht gar nicht existiert. Aber er könnte ... Jedenfalls bin ich froh, Adraste, daß es ein Junge ist. Mädchen haben es immer schwerer im Leben.«

»Helena, findest du, daß Hermione Orest heiraten sollte?«

»Liebes Kind, sie wird Orest heiraten.«

»Aber sollte sie es tun?«

»Meinst du, ob ich es tun würde? Ich würde kurz vor der Hochzeit Gift nehmen. Er ist ungefähr genau alles das, was mir an der menschlichen Natur zuwider ist. Er sieht nichts Gutes im Leben, aber er ist bereit, die Verantwortung dafür zu übernehmen.«

»Helena, wenn Hermione heiratet und ein Kind bekommt, wirst du dann hingehen, um das Kind zu sehen?«

»Sofort. Ich werde nicht erst warten, bis ich eingeladen werde. Wenn sie mich nicht haben wollen, müssen sie mir die Tür vor der Nase zuschließen. Warum sollte ich nicht?«

»Aber Orest – und deine Schwester!«

»Das Kind kann nichts dafür. Wenn Hermione heiratet, werde ich mich in ihre Wahl finden. Wenn sie selbst sich auch darein finden kann, so kann sie sich glücklich schätzen. Du kennst meinen Grundsatz: vorher bereuen, nicht nachher. Und nachher hat es auch wirklich keinen Sinn mehr, Kritik zu üben. Ja, Orest und ich werden manches Mal zusammen an derselben Mittagstafel sitzen, und unsre Blicke werden sich kreuzen, und er wird über die unmoralische Tatsache grübeln, daß man mir meinen schlechten Lebenswandel gar nicht ansieht, während ich über das menschliche Gewissen und seine Geheimnisse nachsinne – wie es uns dazu bringen kann, verabscheuungswürdige Dinge zu tun, um unsres eigenen Heils willen und zum besten unsrer Freunde.«

»Aber Helena, würdest du von Hermione sagen, was du von mir sagtest, daß es besser wäre, wenn ihr Geliebter sie verließe und sie ihr Kind allein großziehen müßte?«

»O Himmel, ist das ein Kreuzverhör! Nein, Adraste, ich würde nie dasselbe von Hermione und von dir sagen. Ich glaube kaum, daß sie ihre Möglichkeiten nutzen würde, wenn Orest sie verließe. Ich bin nicht sicher, ob sie und Orest sich wirklich lieben, sich je geliebt haben oder je lieben werden. Die Fälle sind nicht gleich. Soviel ich sehe, betrachten die beiden sich nicht als Liebende, sondern als erhabene Pflichten. Hermione sieht Orest ganz sicher als eine ihrer Aufgaben an. Wenn ich jemals Gelegenheit habe, unter vier Augen mit ihm zu sprechen, werde ich ihm meine Teilnahme ausdrükken. Aber für deinen Fall gilt, was ich sagte, und ich wollte, ich könnte es auch von Hermione sagen; du bist nur mit der Gesellschaft in Konflikt geraten – und das ist schlimm genug –, aber du bist nicht im Streit mit den Dingen, auf die es in Wahrheit ankommt.«

»Willst du dem Kleinen diese Decke überlegen? Es zieht etwas.«

»Wenn er so fest schläft, macht er dir wenig Mühe. O was für eine prächtige Decke!«

»Ja, denke nur! Eteoneus kam herein, ganz ungebeten und ohne um Erlaubnis zu fragen, und tobte hier umher wie ein Wilder – sagte, das Haus ginge zum Teufel und er wolle nicht länger bleiben, und er nannte mich ein liederliches Frauenzimmer oder noch Schlimmeres und sagte, Damastor sei ein Esel. Dann deckte er dies über den Kleinen und ging hinaus.«

FÜNFTER TEIL

Helenas Schönheit

I

»Das heißt also einfach«, sagte Menelaos, »daß wir sie nicht finden können.«

»So ist es«, sagte Eteoneus. »Die Leute haben die ganze Gegend nach allen Richtungen durchsucht, wohl zehn Meilen im Umkreis, und niemand hat von ihr gehört oder sie vorbeigehen sehen.«

»Es ist sehr merkwürdig, daß ein junges Mädchen in einem zivilisierten Lande bei hellem Tage aus dem Hause gehen und vollständig verschwinden kann!«

»Ich habe die Vorstellung, daß sie nicht weit gegangen ist«, sagte Eteoneus. »Es klingt allerdings unwahrscheinlich, da sie sich schwerlich hier in der Nähe verbergen kann, aber wenn sie plötzlich hereinkäme, würde ich mich gar nicht wundern.«

»Aber ich!« sagte Menelaos. »Sie ist auf der Suche nach Orest, und der wird sich in dieser Gegend nicht aufhalten.«

»Woher weißt du das?«

»Die Unverschämtheit würde er nicht haben«, sagte Menelaos.

»Um die Verwirrung vollzumachen«, sagte Eteoneus, »fehlte nur noch, daß er in dem Augenblick
hier auftauchte, wo Pyrrhus ankommt.«

»Das wäre nicht das Schlimmste – das Schlimmste ist, wenn ich Pyrrhus mit der Nachricht empfangen muß, daß meine Tochter auf und davon
gegangen ist. Wir müssen sie finden, unbedingt,
Eteoneus. Pyrrhus kennt mich in erster Linie als
den Mann, dem seine Frau durchgegangen ist, und
wenn ich ihm nun sagen muß, daß meine Tochter
auch fort ist – das *kann* ich nicht, das kann ich
nicht!«

»Es ist kaum zu hoffen, daß sie Pyrrhus entgegen-
gegangen ist. Wie sie diesen Mann haßt!«

»Was schlägst du zunächst vor?« fragte Menelaos.

»Ich bin am Ende meiner Weisheit. Ich habe
nichts vorzuschlagen.«

»Du *mußt*, Eteoneus! Wir können uns unmöglich
so bloßstellen!«

»Das brauchst du auch nicht – du wirst schon
irgendeinen Ausweg finden. Aber ich fürchte, ich
kann dir nichts nützen; ich habe keine Spur von ihr
gefunden, und offen gesagt, mir lag auch nichts daran. Während wir sie suchten, fragte ich mich die
ganze Zeit, was in aller Welt wir mit ihr anfangen
sollten, wenn wir sie fänden.«

»Sie nach Hause bringen! Das war dein Auftrag.«

»Gewiß, aber was dann? Ich sollte meinen, es
wäre leichter für dich, Pyrrhus zu sagen, daß Hermione augenblicklich gerade abwesend ist, als sie in
Ketten zu präsentieren oder wie du sie sonst zu bän-
digen gedenkst. Wenn wir sie zurückbringen, so

bringen wir sie als Gefangene. Du solltest sie lieber gehen lassen. Es tut mir in der Seele weh, wenn ich bedenke, wohin wir gekommen sind, Menelaos. Dies ist nun wohl der letzte Dienst, den ich dir leiste – daß ich versuche, deine durchgegangene Tochter einzufangen. Ich werde froh sein, wenn Pyrrhus kommt und ich gehen kann.«

»Ich kann dich unmöglich entbehren, solange wir Hermione nicht gefunden haben! Du denkst doch nicht etwa daran, mich vorher zu verlassen?«

»Nun, Menelaos, ich würde alles tun, was man billigerweise erwarten kann; aber ich bin meines Amtes sehr müde, und ich glaube nicht, daß Hermione jemals zurückkehrt. Du verlangst, daß ich zeitlebens bleibe.«

»Das möchte ich in der Tat am liebsten, aber ich will nicht mehr verlangen, als der Augenblick fordert. Ich will dir einen Vorschlag machen: du bleibst, bis wir Hermione gefunden haben, ob sie nun hierher zurückkehrt oder nicht; in dem Augenblick, wo wir mit Sicherheit wissen, wo sie ist, kannst du gehen. Wenn wir sie nicht finden, bevor Pyrrhus kommt, bleibst du, bis er wieder abreist. Du meinst, daß er jeden Tag kommen kann; in dem Augenblick, wo er unser Haus verläßt, bist du frei. Das wird mir auf jeden Fall über das Schlimmste hinweghelfen, und ich werde dir beweisen, daß ich nicht undankbar bin.«

»Ich weiß nicht recht«, sagte Eteoneus. »Die Sache scheint mir etwas kompliziert ... Meinst du, ich darf gehen, sobald wir wissen, wo Hermione ist?«

»Gewiß.«

»Gott sei Dank, dann kann ich jetzt gehen! Was sagst du dazu! Hier ist sie!«

»Wo?«

»Unmittelbar hinter dir – in der Tür.«

»Was bedeutet das, Hermione? Wo bist du gewesen?«

»Darauf kommt es jetzt nicht an. Ich muß mit dir und Mutter sprechen. Ich nehme an, daß du dir darüber klar bist, welchen Verdruß dein Betragen – «

»Sei vernünftig, Vater! Wo ist Mutter?«

»Helena! – Oh, Helena! Hermione ist hier!«

»Ich kann jetzt wohl gehen?« sagte Eteoneus.

»Das brauchst du nicht«, sagte Hermione. »Du darfst alles hören, was ich zu sagen habe. Ich möchte sogar, daß du es hörst.«

»Hermione, mein liebes Kind!« sagte Helena, »ich bin so froh, daß du wieder zu uns zurückgekehrt bist!«

»Ich bin nicht zu euch zurückgekehrt – ich bin nur hereingekommen, um euch etwas mitzuteilen, und ihr werdet nicht froh sein, wenn ihr es hört.«

»Deine Manieren haben sich inzwischen nicht gebessert«, sagte Menelaos. »Wenn du so zu Pyrrhus sprichst wie zu deinen Eltern, brauchst du keine Angst vor ihm zu haben. Er ist ein tapferer Mann, aber ich glaube nicht, daß er es fürs ganze Leben mit dir wagen wird.«

»Du erwartest noch immer, daß Pyrrhus dich besucht?« fragte Hermione.

»Er kann jeden Augenblick kommen.«

»Er kommt nicht«, sagte Hermione. »Das wollte ich euch mitteilen.«

»Kommt nicht?« fragte Menelaos. »Er hat die Einladung angenommen, und Eteoneus meldete, daß er unterwegs sei. Wie ist es damit, Eteoneus?«

»Er kann jetzt nicht kommen«, sagte Hermione.

»Nun, das ist vielleicht ebensogut«, sagte ihr Vater. »Aber ich möchte wissen, warum nicht?«

»Er hat Orest beleidigt.«

»Was hat das damit zu tun? Orest hat nicht zu entscheiden, wer unser Gast sein soll! Was willst du uns mitteilen?«

»Orest und ich trafen Pyrrhus auf der Landstraße und –«

»Was hattest du mit Orest zu tun?« fragte Menelaos.

»Die Frage hat jetzt keine Bedeutung«, sagte Hermione. »Wir beide gingen zusammen, als wir Pyrrhus begegneten. Ich erriet, wer er war, aber ich sagte nichts. Er hielt an, um nach dem Wege zu fragen, und bevor ich es hindern konnte, hatten sie ihre Namen genannt. Pyrrhus wurde sofort steif und sagte, da er als Gast zu dir käme, ja, sich tatsächlich schon als deinen Gast betrachtete, fühlte er sich verpflichtet, mir seinen Schutz anzubieten. Orest fragte, vor wem er mich schützen wolle, und Pyrrhus sagte, vor einem Manne, der die Hand gegen seine Mutter erhoben hätte. Bevor mir klarwurde, was geschah, hatten sie schon ihre Schwerter gezogen.«

»Sie haben also wirklich gekämpft?« fragte Menelaos.

»Pyrrhus ist tot.«

»Hermione! Pyrrhus war mein Gast! Du willst doch nicht sagen, daß Orest einen Menschen getötet hat, der auf meine Einladung hin in mein Haus wollte?«

»Orest tötete ihn, Vater, unter den Umständen, die ich dir soeben berichtete.«

»Nun, das zeigt, was für eine Auffassung Orest von der Gastfreundschaft hat«, sagte Eteoneus.

»Ich werde es nie bereuen, daß ich ihn nicht einließ. Wenn es bei solchen Greueltaten einen Unterschied gibt, so ist dies noch ein Stück ärger als die Tötung Klytemnestras. Sie hatte doch wenigstens selbst ein Verbrechen begangen.«

»Dies werde ich nie überwinden!« sagte Menelaos. »Wenn ich sofort tot umfallen könnte, würde ich es als eine Gunst des Schicksals hinnehmen. Ich stand keineswegs auf fremdschaftlichem Fuße mit Pyrrhus oder seinem Vater. Ich lud ihn ein, mich zu besuchen, und er kam sogleich in vollem Vertrauen zu mir. Und da kommt ihm nun ein Verwandter von mir entgegen und tötet ihn. Wie soll ich mich vor andern und vor mir selber rechtfertigen?«

»Wußte Orest, daß Pyrrhus der Gast deines Vaters war?« fragte Helena.

»Ja«, sagte Hermione.

»Ich bin es Pyrrhus schuldig, daß ich seinen Leichnam suche und ehrenvoll bestatte«, sagte Menelaos. »Und dann werde ich wohl die Rache an Orest zu vollziehen haben. Wenn ich es nicht tue, werden die Menschen mich für mitschuldig halten und glauben, daß ich meinen früheren Feind in die Falle gelockt hätte.«

»Du kannst an Orest nicht Rache nehmen!« sagte Hermione. »Er hat nichts Unrechtes getan. Ich habe alles mit angesehen, und wenn er anders gehandelt hätte, würde ich ihn verachten. Pyrrhus beleidigte ihn – diese Beleidigung traf auch mich. Verstehe mich nicht falsch, ich versuche nicht, Orest zu verteidigen; er bedarf keiner Verteidigung. Pyrrhus kam weder in meinen noch in sonst jemandes Interesse. Ich bin froh, daß Orest ihn getötet hat. Wenn er es nicht getan hätte, würde ich es getan haben. Das habe ich mir an dem Tage vorgenommen, als Vater mir sagte, er wolle mich mit ihm verheiraten. Wenn man die Menschen zur Notwehr zwingt, so handeln sie in Notwehr!«

»Klytemnestra!« sagte Menelaos.

»Meine korrekte und ehrbare Tochter!« sagte Helena.

»Ich sehe, wir sind zum äußersten gekommen«, sagte Menelaos. »Ich wüßte nicht, welche neue Katastrophe jetzt noch über mein Haus hereinbrechen könnte. Da ist nichts weiter zu sagen ; wenn Hermione hiernach Orest noch will, so müssen wir zugeben, daß sie das Schlimmste von ihm weiß, und über Geschmack läßt sich streiten. Darf ich dich fragen, Hermione – nur zu meiner Orientierung –, ob du noch daran denkst, die Frau dieses Mörders zu werden?«

»Ich denke nicht nur daran«, sagte Hermione, »ich bin es bereits.«

»Das dachte ich mir«, sagte Helena.

»*Was* bist du bereits?« rief Menelaos.

»Seine Frau. Ich sagte dir ganz ausdrücklich, daß

ich ihn heiraten würde. Als wir Pyrrhus trafen, waren wir noch nicht verheiratet, und das war unangenehm, obgleich der Streit dadurch wahrscheinlich nicht vermieden worden wäre. Aber ich machte Orest klar, daß die Leute über unser Zusammenreisen reden würden, wenn sie von dem Totschlage sprächen, und schlug ihm vor, sofort zu heiraten. Das taten wir dann.«

»Du kannst das Haus verlassen!« sagte Menelaos. »Eteoneus, willst du so gut sein und ihr das Tor öffnen?«

»Danke, Eteoneus. Ich hatte nicht die Absicht, so lange zu bleiben; ich habe Orest warten lassen. Lebt wohl.«

»Einen Augenblick!« sagte Helena. »Menelaos, wir sind zum äußersten gekommen, wie du sagtest. Wir haben unsre Ansicht über das, was Hermione und Orest getan haben, aber da sie es auf eigene Verantwortung taten, haben sie auch allein die Folgen zu tragen. Das versteht sich von selbst, und wir können uns mit ihnen aussöhnen.«

»Ich werde mich nie mit Hermione und Orest aussöhnen!«

»Selbstverständlich wirst du es! Wie unsinnig! Hast du denn nicht selbst auch hin und wieder Fehler begangen? Ich jedenfalls. Es ist nur ein Gradunterschied. Wir erhalten dafür unsre Strafe – oder auch nicht, aber es ist nicht Sache unsrer Freunde und Verwandten, uns zu strafen. Überlaß doch dem Himmel auch seinen Teil, Menelaos! Wenn etwas einmal geschehen ist, so tut man am besten, damit Schluß zu machen und das Leben neu anzufangen.

Wenn du versuchst, das rächende Schicksal zu spielen, so verdirbst du nur deinen Charakter. Orest ist vielleicht ein Verbrecher – das ist seine Sache. Aber mir scheint, er ist ernstlich in Not, und Hermione auch, da sie gewillt ist, sein Los zu teilen. Das geht allerdings uns beide an; wir sollten unsern Kindern helfen, wenn sie in Not sind.«

»Orest ist nicht mein Kind.«

»Nun, du bist sein nächster männlicher Verwandter und der einzige, bei dem er Zuflucht suchen kann. Du brauchst seine Tat nicht zu verzeihen – das tu ich auch nicht; aber wir brauchen sie nicht wieder zu erwähnen. Wir beide haben versucht, für Hermiones Bestes zu sorgen, und es ist uns mißlungen. Laß uns jetzt, wo sie ihr Schicksal selbst in die Hand genommen hat, mit gutem Willen zur Seite stehen. Hermione, soweit es sich um mich handelt, steht dies Haus immer dir und deinem Manne offen.«

»Das tut es nicht!« sagte Menelaos.

»Ihr werdet natürlich nicht hier wohnen wollen«, fuhr Helena fort, »es würde augenblicklich nicht behaglich für euch sein, und auch für uns nicht; übrigens müssen junge Leute ihr eigenes Zuhause haben. Aber wenn ihr den Wunsch habt, uns zu besuchen, dies ist der Ort, wo du aufgewachsen bist, Hermione, und ich glaube, ihr werdet hier mehr Liebe finden als irgendwo anders, wieviel Freunde ihr auch finden mögt.«

»Für Hermione mag dies gelten«, sagte Menelaos, »aber nicht für Orest. Er ist hier aufgewachsen, und wenn er anderswo nicht mehr Freunde findet als hier, so kann er nur einpacken. Mach ihm das klar,

Hermione, daß die Freundschaft der Familie sich auf dich beschränkt; ihn nehmen wir nicht auf.«

»Wenn ich einen andern Vorschlag machen darf«, sagte Helena, »so würde ich sagen, wir bitten Hermione, daß sie Orest sofort hierherschickt. Wir haben Mißverständnisse genug in diesem Hause gehabt, und ich meine, das Verständigste ist, wir sprechen uns jetzt mit Orest aus. Schick ihm keine Botschaften durch Hermione oder sonst jemand, Menelaos; sprich selbst mit ihm!«

»Ich werde ihm nicht erlauben, das Haus zu betreten – und also werde ich auch nicht mit ihm sprechen.«

»Würdest du denn etwas dagegen haben, wenn ich mit ihm spräche? Meine Schwester ist es, die er getötet hat, und wenn irgend jemand an Pyrrhus' Tode schuld ist, so bin ich es, die den ersten Anstoß zu seinem Kommen gab. Ich beanspruche für mich das Recht, mit Orest zu sprechen, Menelaos.«

»Ich weiß nicht, was da zu sprechen wäre, Helena. Er wird wahrscheinlich die Gelegenheit benutzen, dir eine Strafpredigt über dein Betragen zu halten, oder er wird nachweisen, wo ich unrecht gehandelt habe.«

»Vielleicht fragt er mich, warum du ihm nicht halfst, seinen Vater zu rächen«, sagte Helena.

»Wenn er das tut, werde ich ihm erklären, daß ich dich davon zurückhielt. Wenn er mir sagt, daß ich Fehler gemacht habe, so werde ich dies zugeben und ihm Auskunft erteilen über das, was er etwa noch nicht von meiner Vergangenheit weiß. Orest schreckt mich nicht; mich verlangt sehr, ihn zu sehen. Wie bald, denkst du, daß du ihn herschaffen kannst, Hermione?«

»Nicht hierher, Helena!« sagte Menelaos.

»Der Zweck würde ganz verfehlt sein, wenn ich ihn anderswo träfe; und es wäre auch kaum schicklich für mich, ihm außer dem Hause und ohne deinen Schutz zu begegnen. Wie bald denkst du, Hermione?«

»Ich möchte ihn nicht kommen lassen, wenn Vater es nicht will.«

»Da hast du recht«, sagte Helena, »aber Vater hat nichts mehr dagegen.«

»Ich wüßte nicht, daß ich das gesagt hätte.«

»Verzeih! Ich dachte, du fändest es auch passender, wenn ich ihn hier spreche, als außer Hause und allein.«

»O ja, wenn du das meinst«, sagte Menelaos.

»Nun also, wie bald denkst du, Hermione?«

»Ich möchte nicht, daß er kommt, Mutter. Ich weiß nicht, was ihr mit ihm tun würdet.«

»Mein liebes Kind, er ist hier absolut sicher. Ich gebe dir mein Ehrenwort, daß ihm nichts geschehen wird.«

»Ich weiß nicht, was ihr zu ihm sagen würdet, und ich möchte nicht, daß er mit euch zusammenkommt«, sagte Hermione. »Er ist jetzt vollkommen glücklich – abgesehen von seinem persönlichen Unglück.«

»Das ist es immer, was uns Menschen am Glücklichsein hindert, mit Ausnahme von den wenigen, die sich um das Unglück anderer quälen. Du meinst doch nicht, daß Orest zu diesen gehört. Schick ihn her, Hermione. Ich verspreche dir, daß du ihn wiederbekommen sollst. Könnte er morgen hier sein?«

»Es wäre verständig von dir, wenn du ihn herschicktest«, sagte Menelaos. »Es kommt schließlich auf dasselbe hinaus. Deine Mutter möchte ich sehen. Ich versichere dir, ich werde ihn nicht lange aufhalten und wir werden ihm nichts zuleide tun.«

»Sagt mir, wann er kommt«, sagte Eteoneus, »damit ich dem neuen Torhüter sage, daß er sich abwendet und tut, als ob er ihn nicht sähe. Man kann einen solchen Menschen nicht in aller Form als Gast des Hauses empfangen.«

»Was redest du von einem neuen Torhüter?« fragte Helena. »Wir sind mit dem alten vollkommen zufrieden.«

»Eteoneus verläßt uns«, sagte Menelaos. »Er möchte sein Amt niederlegen, und ich habe versprochen, ihn gehen zu lassen, sobald Hermione zurückkehrt. Ich erwartete sie nicht so schnell, sonst hätte ich es ihm nicht versprochen. Ich habe bis jetzt noch keinen Ersatz für ihn.«

»Könntest du nicht bei uns bleiben, Eteoneus?« fragte Helena. »Du bist mein ältester Freund hier, du öffnetest die Tür dieses Hauses, als ich es als junge Frau betrat.«

»Und als du von Troja zurückkehrtest«, sagte Eteoneus. »Ich kann jetzt nichts weiter für dich tun, und es ist Zeit, daß ich gehe.«

»Du darfst nicht gehen – wir müssen noch darüber sprechen«, sagte Helena. »Du überlegst es dir noch einmal.«

»Du wirst schon bleiben«, sagte Menelaos. »Ich sehe es kommen.«

»Ich habe es mir überlegt, Helena, und ich möchte lieber nicht mehr darüber sprechen.«

»Das tut mir leid«, sagte Helena, »aber du mußt es ja am besten wissen. Du sagst mir noch Lebewohl, bevor du gehst, nicht wahr?«

»Das tu ich sicherlich«, sagte Eteoneus.

»Das gibt dir den Rest, Alter«, sagte Menelaos. –
»Und du schickst uns morgen Orest, nicht wahr?«

»Nein«, sagte Hermione. »Ich werde ihn nicht schicken. Ich warte nur noch, um mich von Eteoneus zu verabschieden, und dann gehe ich. Ich werde nicht zurückkehren. Wir haben in Wahrheit hier nichts zu suchen, daran können schöne Worte nichts ändern. Ich möchte jedenfalls nicht zurück; wir würden uns nie verstehen.«

»So mach, daß du fortkommst!« sagte Menelaos. »Was stehst du noch hier herum und sagst uns ein über das andere Mal, daß du nicht mit uns einverstanden bist? Hast du überhaupt irgendwelches Gefühl für das, was du und dein Mann getan habt? Glaubst du, daß irgendein Mensch danach fragt, ob du mit ihm einverstanden bist oder nicht? Wir haben dir erlaubt, dies Haus zu betreten, und haben dich nicht wie eine Geächtete behandelt. Wenn du das nächste Mal bei Freunden einkehrst, wirst du den Unterschied schon empfinden!«

»Menelaos! Menelaos!« sagte Helena. »Hermione soll nicht fort, ehe sie mir versprochen hat, mir ihren Mann zu schicken. Wenn sie das tut, so glaube ich, werden wir eines Tages zur Verständigung kommen – alle miteinander. Nicht mit dem Mörder meiner Schwester will ich sprechen, sondern mit ihrem Sohn. Wenn Hermione ihn so verzweifelt liebt, so muß etwas Gutes an ihm sein, von dem ich nichts wußte. Ich will gern meinen Irrtum bekennen, falls ich mich in ihm geirrt habe; ich möchte mich selbst davon überzeugen.«

»Er ist ein vortrefflicher Mensch, und ihr würdet ihn sicher sehr schätzen, wenn ihr wüßtet, wie er in Wirklichkeit ist. Das Schlimme ist, daß ihr ihn nie gekannt habt und nie kennenlernen wolltet.«

»Gewiß wollten wir ihn kennenlernen!« sagte Menelaos. »Wir sagten dir, du solltest ihn einladen, aber du konntest ihn nicht finden. Es war nicht unsre Schuld, daß du nicht wußtest, wo er war.«

»Es war auch nicht Hermiones Schuld«, sagte Helena, »und wir sehen jetzt, daß auch Orest kein Vorwurf traf. Tatsache ist, wie du sagtest, mein Kind, daß wir Orest nicht kennen. Willst du ihn bitten, morgen zu kommen?«

»Ich werde ihm die Einladung bestellen«, sagte Hermione. »Ich weiß nie, was er vorhat.«

2

»Es ist freundlich von dir, daß du gekommen bist, Orest«, sagte Helena. »Ich hörte, daß du augenblicklich sehr beschäftigt bist, doch ich hatte so sehr den Wunsch, dich zu sehen, nachdem Hermione uns von eurer Heirat erzählt hat.«

»Ich kann leider nicht sagen, daß ich gern gekommen bin«, sagte Orest. »Du hast allen Grund, mich zu hassen. Ich fürchtete mich vor einer Begegnung mit dir.«

»Ich hasse dich nicht«, sagte Helena, »und du hast keinen Anlaß, mich zu fürchten. Ich möchte mit dem Manne meiner Tochter Freundschaft schließen; nur aus diesem Grunde ließ ich dich bitten zu kommen.«

»Du wolltest nicht, daß ich Hermione heiratete«, sagte Orest.

»Nein, ich wollte es nicht.«

»Du wolltest, daß sie Pyrrhus heiratete.«

»Ja, das wollte ich.«

»Dann kann ich nicht an diese plötzliche Freundschaft glauben.«

»Mein lieber Orest, es stand von vornherein bei

mir fest, daß ich mit meinem Schwiegersohn in Freundschaft leben würde, wenn die Wahl einmal getroffen wäre. Die Freundschaft ist also nicht plötzlich; nur die Heirat war es. Ich wollte, du wüßtest, wie oft dein Name seit meiner Rückkehr in unserm Hause genannt wurde. Ich drang darauf, daß Hermione dich einlüde; uns lag sehr daran, dich kennenzulernen; aber sie wußte nicht, wo du warst. Wir nahmen innigen Anteil an deinem Geschick; wir fühlten die furchtbare Verantwortung, die auf deinen Schultern lag. Ich möchte dir jetzt sagen, wie tief ich dein Leid empfinde.«

»Ich komme mir vor wie ein Heuchler, wenn ich deine Teilnahme annehme«, sagte Orest. »ich habe dich nicht für einen Freund gehalten.«

»Wie konntest du das, da du mich nicht kanntest? Aber ich bin es – und darf ich dich auch zu meinen Freunden zählen?«

»Wie könntest du das? Ich habe deine Schwester getötet.«

»Ich weiß.«

»Und nun habe ich auch Pyrrhus, euren Gast, getötet.«

»Auch das weiß ich.«

»Das sind die schlimmsten Verbrechen in den Augen der meisten Menschen.«

»Auch in meinen Augen, mein lieber Neffe, aber du hast sie nicht aus Bosheit gegen mich begangen, nicht wahr? Ich dachte, du hättest andere Gründe gehabt.«

»Aber du willst doch nicht Freundschaft schließen mit dem Mann, der deine Schwester getötet hat!«

»Mit dem Mann, der meine Tochter geheiratet hat.«

»Ich muß gestehen, du bist großmütig!«

»Durchaus nicht, es ist nur natürlich. Versteh mich nicht falsch, Orest; was du getan hast, er scheint mir unsagbar grauenhaft. Du wirst schwer dafür gestraft werden, durch die Behandlung, die die meisten Menschen dir zuteil werden lassen, und noch mehr durch deine eigenen Gedanken. Ich kann dir nicht sagen, wie leid du mir tust. Ich würde alles getan haben, dich vor einer solchen Handlungsweise zurückzuhalten, ebenso wie ich versucht habe, Hermione von der Heirat mit dir zurückzuhalten. Aber geschehen ist geschehen, und wir können jetzt ungehindert Freunde sein und gegenseitig Anteil nehmen an den Folgen unsrer Fehler. Um meinetwillen traure ich über das, was du getan hast, und auch um deinetwillen. Je mehr wir Freunde sind, desto mehr beklage ich dein Handeln. Ich wollte nicht, daß Hermione dein Unglück teilen sollte.«

»Auch ich wollte ihr alles ersparen, aber sie wollte nicht«, sagte Orest. »Es liegt darin eine Art Gerechtigkeit, denn sie ist dein Kind, und, da wir nun einmal von unsern Missetaten sprechen, muß ich dir sagen, daß du an dem ganzen Unheil schuld bist. Mein Vater warb für seinen Bruder um deine Hand, und er fühlte sich immer etwas verantwortlich für die Gefahren dieser glänzenden Heirat und verpflichtet, Menelaos beizustehen. So fing das Ganze an – mit deiner Schönheit. Agamemnon opferte seine Tochter, um den Aufbruch der Flotte zu ermöglichen. Ich finde, daß meine Mutter danach das

Recht hatte, ihn zu verlassen. Aber sie hatte das Gefühl, sie müßte ihn töten, um ihr Kind zu rächen. Sie war sich über ihre Pflicht nicht im klaren, daher verfolgte sie ihn nicht; doch sie war entschlossen, ihn zu strafen, wenn er zurückkehrte. Ich weiß, sie hatte unrecht, allein ich achte ihre Beweggründe. Darum wurde es mir so furchtbar schwer, meinen Vater zu rächen – aber mir blieb natürlich keine Wahl. Und nun habe ich deinen Gast im Kampfe getötet. Iphigenie – Agamemnon – Klytemnestra – Pyrrhus. Das ist die blutige Konsequenz deines Betragens. Meine Mutter gab dir die Schuld. Sie sagte, du seist unerhört schön. Das bist du auch. Aber sie sagte weiter, daß, wohin du auch kämest, die Menschen anfingen unrecht zu tun. Ich kann das jetzt verstehen. Kannst du ruhig schlafen? Ich nicht. Aber das, was ich getan habe, scheint dir gewiß dilettantenhaft und belanglos. Daher kannst du mich so heiter begrüßen. Du hast so viele Menschen dazu gebracht, schreckliche Dinge zu tun, die ohne dich ein stilles und harmloses Leben geführt hätten. Alle die Männer, die tot in Troja liegen – ihre erschlagenen oder verhungerten Kinder – die gefangenen und entehrten Frauen! Wir können nie wirkliche Freunde werden; ich könnte mich nie dazu bringen, den Anblick deiner Schönheit zu genießen, während ich weiß, welche schlimmen Wirkungen sie hervorgerufen hat.«

»Wir wollen nicht über deine Meinung streiten, Orest«, sagte Helena. »Es ist im wesentlichen auch meine Meinung und ist die, die ich von dir erwartete. Wohin ich kam, ist immer Unheil gefolgt. Wäre ich nicht gewesen, so hätte dein Vater nicht sein eigenes Kind geopfert, meine Schwester hätte nicht ihren Gatten erschlagen, du hättest nicht deine Mutter getötet, noch Pyrrhus – und du hättest Hermione nicht geheiratet.«

»Oh, Hermione hätte ich auf jeden Fall geheiratet! Das ist kein Unheil, und du bist dafür in keiner Weise verantwortlich. Ich habe Hermione geheiratet, weil ich sie liebe.«

»Das gilt im allgemeinen als ein guter Grund«, sagte Helena. »Ich nehme an, eure Vereinigung war vorherbestimmt – du würdest sie geheiratet haben, ob du ihre Mutter schätztest oder nicht.«

»Ja – nein! Ich meine, wenn man liebt wie Hermione und ich, so kann man nicht anders.«

»Du hast Paris nie gesehen, nicht wahr? Natürlich nicht. Er empfand in diesem Punkt ebenso.«

»Und du warst gewiß nicht mit ihm einverstanden?«

»Doch, das war ich.«

»Dann hast du inzwischen deine Ansicht geändert?«

»Nein, ich bin noch der Ansicht. Daher bin ich froh zu wissen, daß es Liebe war, die dich in den Ehestand trieb. Ich fürchtete, es könnte Hermione gewesen sein. Sie machte kein Geheimnis aus ihrer Absicht, dich zu haben.«

»Oh, du darfst ihr nicht unrecht tun! Wir –«

»Was für ein Unrecht tue ich ihr?«

»Du deutest an, daß sie mich gezwungen hätte, sie zu heiraten.«

»Hat sie das nicht? Ich meine, du sagtest, du hättest nicht anders gekonnt? Waren es ihre Reize oder deine, die dich zwangen?«

»Oh – wenn du es so meinst.«

»Ich hatte natürlich unrecht«, fuhr Helena fort. »Es waren deine Reize, die sie zwangen.«

»Ich erhebe keinen Anspruch auf irgendwelche Reize«, sagte Orest.

»Nun, was es auch war, Paris fand dasselbe an mir und ich an ihm. Ist es nicht seltsam, wie die Liebe unsern Willen zwingt! Wir hätten nicht anders handeln können.«

»Oh, bitte sehr! Eine solche Theorie würde deine Leidenschaft für jenen trojanischen Schurken ebenso heilig machen wie jede andre Liebe!«

»Ich sprach von keiner Theorie«, sagte Helena. »Ich stellte nur eine Tatsache fest. Du sagtest mir, wie du und Hermione empfunden hättest; ich sagte dir, wie Paris und ich empfanden. Warum nennst du ihn einen Schurken? Du hast ihn nicht gekannt. Unsre Liebe war entschieden nicht anders als jede andre Liebe; sie schien uns heilig. Wenn es dir angenehmer ist, so will ich Menelaos zum Vergleich heranziehen. Als er mich heiratete, sagte er auch, er hätte nicht anders gekonnt. Jetzt denkt er anders und wollte, er hätte es nicht getan. Aber damals hatte er recht.«

»Wenn du nicht anders konntest«, sagte Orest, »so kann man dir logischerweise nicht die Schuld geben an dem Unheil, das daraus folgte. Dein Argument ist geistreich, aber ich glaube, es hält nicht stand. Wer ist denn für alles verantwortlich?«

»Das habe ich mich oft gefragt«, sagte Helena,

»aber ich weiß es immer noch nicht. Ich könnte behaupten, Menelaos sei schuld, aber dann müßte ich Menelaos zu verstehen suchen, und je mehr man versteht, je schwieriger wird es. Daher habe ich gelernt, was einmal geschehen ist, als geschehen hinzunehmen. Wir müssen die Folgen auf uns nehmen, aber es hat keinen Sinn, darüber zu debattieren, als ob es erst geschehen sollte, und ich habe keine Neigung, den Täter zu verurteilen.«

»Das ist ein höchst gefährlicher Grundsatz! Das hieße, alle Missetäter unbestraft lassen!"

»Niemals – es sei denn, daß man an das sittliche Gefühl im Menschen nicht glaubte. Ich halte noch immer an dem Glauben fest, daß wir, wenn wir eine Handlung getan haben, wissen können, ob sie recht oder unrecht war – wir wissen es an den Folgen, die sie für unser Leben hat.«

»Im allgemeinen wohl«, sagte Orest. »Aber in der praktischen Welt, in der menschlichen Gesellschaft, möchte man zwischen Verbrechern und andern unterscheiden.«

»Das wollte ich gern«, sagte Helena, »aber ich bezweifle, daß irgend jemand dazu imstande ist, jedenfalls nicht, bevor er den Verlauf ihres Lebens lange Zeit beobachtet hat Nimm dich selbst, zum Beispiel: ich weiß nicht, ob du ein Mörder bist oder ein ungewöhnlich pflichtgetreuer Sohn.«

»Ich habe versucht, meine Pflicht zu tun«, sagte Orest, »aber was ich tat, macht mich wahnsinnig unglücklich.«

»Kein Wunder«, sagte Helena. »Du bist wahrscheinlich etwas von beiden – ich meine, deine

Taten waren sowohl gut als böse. Du handeltest aus den höchsten Motiven, die du hattest, aber vielleicht waren sie nicht hoch genug. Deine Sittlichkeit ist über alle Kritik erhaben, aber vielleicht fehlte es dir an Erfahrung. Ich habe beobachtet, daß die meisten Menschen glauben, ohne weiteres handeln zu können, wenn sie sich im Recht wissen. Ich habe aus meiner Erfahrung gelernt, daß wir, gerade wenn wir uns sicher im Recht glauben, doch lieber vorsichtig sein sollten. Wir haben wahrscheinlich immer noch etwas übersehen. In der Liebe können wir nicht anders, wie du ganz richtig sagtest – ich meine es in bezug auf alle andern Dinge. Dein Vater hatte einen, wie mir scheint – wie mir wenigstens damals schien –, veralteten Glauben an Opfer. Ein Gott war für ihn ein Wesen, von dem man kaufte, was man brauchte. Daher opferte er mit dem reinsten Gewissen seine Tochter in der Hoffnung, der Flotte dadurch günstigen Wind zu verschaffen. Dein Vater und mein Mann verstanden alle beide so gut wie nichts von Seefahrt. Menelaos steuerte geradewegs nach Ägypten, als er nach Sparta wollte. Ich bewog ihn endlich selber, ein paar Opfer zu bringen. Die waren jedenfalls gut gegen seinen Eigensinn und seinen Hochmut, ob sie nun den Wind beeinflußten oder nicht. Hochmut ist eine schlimmere Sünde als die, deren dein Vater sich schuldig gemacht hatte, doch die Folge seines Opfers war weit furchtbarer. Ich stehe da vor einem Rätsel. Du findest, daß es unrecht von mir war, nach Troja zu entfliehen, obwohl du zu meiner dankbaren Genugtuung begreifst, daß ich nicht anders konnte. Aber Menelaos war nach deiner Ansicht vermutlich gezwungen, einen großen Krieg anzufangen, Hunderte in den Tod zu schicken und eine ganze Stadt zu zerstören, nur weil seine Frau ihm davongegangen war. Du findest, daß ich die Schuld habe. Das kann ich nicht einsehen. Ich finde, sein Hochmut war schuld und sein Mangel an Verständnis. Er, nicht ich, verursachte all das Sterben, obwohl er mit reinem Gewissen handelte und ganz mit sich zufrieden ist, während ich wußte, daß ich etwas Verhängnisvolles beging, obwohl ich nicht anders konnte. Wer von uns ist in Wirklichkeit verantwortlich für das Elend, das daraus folgte? Ich meine, ein anständiger Mann könnte seine Frau verlieren, ohne einen Krieg herbeizuführen.«

»Findest du nicht, daß eine Frau dafür gestraft werden sollte, wenn sie ihren Mann verläßt?«

»Es kommt auf die Frau an, und auf den Mann«, sagte Helena. »Ich mußte den besonderen Fall kennen.«

»Nun, ich dachte an dich«, sagte Orest.

»Vielleicht sollte ich gestraft werden – vielleicht bin ich gestraft, aber nicht von Menelaos. Er veranlaßte seine Freunde, Troja zu zerstören und sich töten zu lassen, aber er selbst und ich sitzen wieder friedlich zu Hause. Ich weiß, er hat das Gefühl, daß er etwas ausgerichtet hat, und ich glaube, es ist besser, wenn wir ihn nicht fragen, was.«

»Weshalb nicht?«

»Aus demselben Grunde, aus dem ich dich nicht fragen würde, was du damit ausgerichtet hast, daß du deine Mutter getötet oder was sie damit ausrichtete, daß sie deinen Vater tötete. Es ist gütiger, die Menschen nur nach ihren Absichten zu fragen; sähen wir die wahre Bedeutung von dem, was wir getan haben, so wäre es uns vielleicht nicht mehr möglich weiterzuleben.«

»Du weißt nicht, wie furchtbar du mein Gefühl verwirrst!«

»Doch, ich weiß es«, sagte Helena. »Ich tue es absichtlich. Du hieltst mich, als du herkamst, für eine schlechte Frau und dich selbst für einen Märtyrer der Pflicht. Du hattest recht in bezug auf dich selbst. Du bist ein Märtyrer dessen, was du für deine Pflicht hieltest. Auch deine Mutter war es. Aber nach dem, was ich gesagt habe, bist du nicht mehr so sicher. Du hältst mich wahrscheinlich auch weiterhin für schlecht, aber du siehst, daß es vielleicht nicht so leicht zu beweisen wäre, wenn wir die Sache erörterten. Über mein eigenes Verhalten, Orest, bin ich mir längst unsicher geworden. Aber ich will nicht den Kopf hängen lassen über irgend etwas, was ich getan habe. Ich will jede Vergeltung, die das Leben mir bringt, hinnehmen; bringt es mir keine, so werde ich dankbar sein, daß meine Taten doch nicht so schlimm waren, wie ich fürchtete.«

»Das ist ein sehr gefährlicher Grundsatz«, sagte Orest.

»Ich will nicht versuchen, dich dazu zu bekehren«, sagte Helena. »Ich wollte nur mich selbst erklären, und vielleicht dich ein wenig trösten. Ein Teil von dem Unrecht, das wir begehen, ist ein Verbrechen und ein Teil ist Irrtum; unsre Irrtümer sollten weniger tragisch sein als unsre Verbrechen, aber oft ist es umgekehrt. Du hast meiner Meinung nach ein paar furchtbare Irrtümer begangen, aber das ist kein Hindernis für unsre Freundschaft. Natürlich hoffe ich sehr, daß du sie nicht wiederholst.«

»Was du sagst, klingt gütig, und ich bin dankbar dafür, aber es scheint mir immer noch unmoralisch«, sagte Orest.

»Viellcicht ist es das«, sagte Helena. »Es ist das Beste, was ich zu geben habe. Jedenfalls ist kein Groll mehr zwischen uns?«

»Ich mißbillige noch immer deine Flucht nach Troja«, sagte Orest, »aber das ist längst vorbei.«

»Leider ja«, sagte Helena.

»Das klingt nicht nach Reue«, sagte Orest.

»Das soll es auch nicht«, sagte Helena.

»Menelaos grollt mir vielleicht, wenn du es auch nicht tust«, sagte Orest. »Daß ich daran gar nicht mehr gedacht habe! Es nützt nichts, daß wir versöhnt sind, wenn er in seiner Rachgier verharrt.«

»Er ist nicht rachgierig«, sagte Helena. »Er will nur das Böse strafen. Das sind zwei verschiedene Dinge, wenn sie vielleicht auch gleich aussehen. Augenblicklich will er nicht einmal mit dir sprechen, aber mit der Zeit wird er schon seinen Sinn wandeln. Im Grunde schätzt er dich; du warst von Anfang an sein erkorener Bewerber für Hermione.«

»Das sagte Hermione mir. Sie hatte gedacht, daß ihr Vater ganz auf ihrer Seite sei, aber in der letzten Zeit hatte sie das Gefühl, daß er – nun, daß er sie verriet.«

»Hermione muß nicht immer denken, daß man sie verrät, sobald man nicht mit ihr übereinstimmt.

Glaubst du, daß ihr beide miteinander auskommen werdet, wenn alle diese Aufregung vorbei ist?«

»Natürlich werden wir das; die Aufregung, wie du es nennst, hat uns bei unsrer Liebe nicht geholfen.«

»Oh, meinst du nicht?« fragte Helena. »Hermione will dir helfen. Du wirst auch weiterhin hilfsbedürftig bleiben müssen.«

»Ich glaube, du mißverstehst unser Verhältnis«, sagte Oret. »Wir sind geborene Kameraden. Ich habe sie gern geheiratet.«

»Armer Junge, ist das alles?«

»Ich meine, ich hege die Hoffnung, daß wir bald heiraten könnten, aber ich sah keine Möglichkeit, ihr das Heim zu geben, das sie verdient; man will mich nicht auf mein verräterisches Erbe zurückkehren lassen. Nach dem verhängnisvollen Kampf mit Pyrrhus sah ich sofort, daß Hermione kompromittiert sein würde, wenn sie nicht meine Frau war. Oder vielmehr sie selbst, mit ihrem gewohnten praktischen Verstand, sah dies zuerst, aber ich erkannte sofort, daß sie recht hatte und war um ihretwillen gern bereit, sie unverzüglich zu heiraten – obwohl es natürlich nicht der Augenblick war, den man sich sonst für eine Hochzeit wählen würde.«

»Sie ist Klytemnestra sehr ähnlich«, sagte Helena.

»Du weißt nicht, wie schrecklich es mir ist, wenn du das sagst!« sagte Orest.

»Oh, verzeih!« sagte Helena, »es war taktlos von mir.«

»Das Schlimme ist«, sagte Orest, »daß ich die Ähnlichkeit selbst bemerkt habe, und in einem höchst unheilvollen Augenblick. Als ich Pyrrhus niederhieb, freute sie sich. Ich habe nie diesen Blick auf einem andern Gesicht gesehen – außer auf einem einzigen. Dieser Blick hat mich in so entsetzlich qualvoller Weise verfolgt, daß ich mich frage, ob mein Geist nicht durch das, was ich durchgemacht habe, gänzlich zerrüttet ist. Wenn ich meine Mutter und meinen Vater und Pyrrhus auf den Gesichtern um mich wiedererkenne, wenn all das Blut den kleinsten Tropfen Glück vergiften soll – oh, du kannst dir nicht vorstellen, wie furchtbar das ist! Und ich kann nicht mit Hermione darüber sprechen, weil es sie betrifft; außerdem würde sie es auch nicht ganz verstehen; sie fühlt sich so absolut sicher in allem, was sie tut. Du bist der einzige Mensch, zu dem ich darüber gesprochen habe, und als ich kam, dachte ich nicht im geringsten daran, dir so etwas anzuvertrauen.«

»Ich bin froh, daß du es getan hast, Orest – ich bin stolz auf dein Vertrauen. Wenn es ein Zeichen von Geisteszerrüttung ist, daß man eine Ähnlichkeit zwischen Klytemnestra und Hermione findet, so ist mein Geist schon seit langer Zeit zerrüttet Sie hat von ihrer Tante die Entschiedenheit des Urteils über alles, was sie überhaupt sieht; für Hermione gibt es nur schwarz oder weiß. Ich kann mir von ihr nur vorstellen, daß sie einen Mann heiratet oder ihn ermordet, dazwischen gibt es nichts. In der Verurteilung eines Menschen ist sie äußerst streng. Eins meiner Mädchen wurde kürzlich von einem erbärmlichen Liebhaber betrogen, und als es sich herausstellte, daß sie ein Kind erwartete, wollte

Hermione, daß wir sie mit Schimpf und Schande aus dem Hause jagten.«

»Hermione hat mir davon erzählt«, sagte Orest. »Ich muß sagen, daß ich ganz mit ihr einverstanden war. Weitherzigkeit hat ihre Grenzen.«

»Das habe ich auch immer festgestellt«, sagte Helena. »Du und Hermione, ihr müßt diese Dinge selbst in euch durcharbeiten, aber du hast recht, wenn du findest, daß sie deiner Mutter ähnlich ist. Ich habe nie gefunden, daß sie mir gleicht.«

»Nicht im geringsten!« sagte Orest.

»Sie ähnelt allerdings ihrem Vater in mancher Hinsicht«, fuhr Helena fort, »und ich hoffe du tust, was du kannst, um die beiden wieder zusammenzubringen. Menelaos hängt sehr an ihr, sie ist der Mensch, den er am meisten in der Welt liebt; es ist oft so zwischen Vätern und Töchtern. Menelaos versuchte, sie von der Heirat mit dir zurückzuhalten, und das nahm sie übel. Da du sie gewonnen hast, kannst du es dir leisten, großmütig zu sein und die beiden miteinander auszusöhnen. Es würde nicht gut für sie noch für ihn sein, wenn sie zeit ihres Lebens Groll gegeneinander hegten.«

»Sie hat mit mir darüber gesprochen«, sagte Orest, »und natürlich möchte ich das tun, was recht ist, aber ich muß sagen, daß die Art, wie Menelaos mich beschimpft hat, nicht so leicht zu vergessen ist. Er ist von Natur heftig, nach dem, was Hermione sagt, und wenn er sich einmal in etwas verbohrt hat, so ist er schwer davon abzubringen. Hermione sagt, daß dieser Charakterzug die Hauptursache der Entzweiung ist. Ich sehe in diesem Augenblick noch nicht, wie ich etwas dabei tun kann. Wenn Menelaos im Unrecht ist, sollte er zuerst entgegenkommen. Ich kann mich doch nicht bei ihm für die kränkenden Bemerkungen entschuldigen, die er über mich gemacht hat.«

»Vielleicht ist die Situation unmöglich«, sagte Helena. »Verzeih, daß ich es erwähnte. Aber du könntest Menelaos – oder auch Hermione, je nachdem, wie du es richtig findest – dazu bewegen, daß sie von sich aus eine Verständigung suchen. Wenn du es nicht kannst, so kann es niemand. Ich vertraue auf deine Klugheit.«

»Es ist schwer, wie gesagt, aber ich will natürlich mein Bestes tun«, sagte Orest.

3

»Ich komme, um dir Lebewohl zu sagen, Vater. Orest und ich brechen morgen auf.«

»Es tut mir leid, Hermione – es wird mir schwer, dich zu verlieren. Und daß du mit diesem –«

»Sag nichts gegen ihn, Vater! Du wirst ihn vielleicht eines Tages besser verstehen.«

»Das wird kein Grund sein, um ihn besser leiden zu können. Darf man fragen, wohin eure Hochzeitsreise geht – oder ist es ein Geheimnis?«

»Wir wissen es noch nicht genau. Nach Delphi, sagt Orest, aber das scheint mir nicht gerade interessant. Die Hauptsache ist, daß er von hier fortkommt. Wir werden schon einen Ort finden, der uns beiden zusagt.«

»Wann kommt ihr zurück?« fragte Menelaos.

»Wir haben nicht die leiseste Ahnung, aber so bald wird es nicht sein. Orest kann natürlich jetzt nicht nach Hause, und es tut uns beiden not, daß wir etwas von der Welt sehen.«

»Nun, du weißt, wie ich über die Sache denke«, sagte Menelaos. »Ihr werdet wahrscheinlich Hungers sterben, oder würdet es, wenn ihr keine andern Reserven hättet als die deines Mannes. Ich habe Eteoneus gesagt, daß er etwas an Nahrungsmitteln und Wertsachen einpackt; einer von den Leuten wird euch die Sachen dahin bringen, wohin ihr sie haben wollt.«

»Ich danke dir, Vater, aber ich kann sie nicht annehmen. Orest wird schon sehr gut für alles sorgen.«

»Er hat nichts in der Welt«, sagte Menelaos, »und Freunde hat er jetzt auch nicht.«

»Selbst wenn dem so ist, kann ich doch dein Geschenk nicht annehmen«, sagte Hermione. »Es sei denn, daß du dich anders besonnen hast und Orest empfangen willst.«

»Ich werde nie für ihn zu sprechen sein!« sagte Menelaos.

»Du siehst, warum ich es nicht annehmen kann. Leb wohl, Vater!«

»Du kannst wenigstens dies eine tun«, sagte Menelaos. »Wenn du je so ernstlich in Not bist, so laß es mich wissen. Es hat keinen Sinn, daß du Mangel leidest, wenn Mutter und ich es vollauf haben.«

»Du wirst nie wieder von mir hören«, sagte Hermione, »wenn du meinen Mann nicht aufnimmst.«

»Ist es nicht schon genug, daß du ihn geheiratet hast?« fragte Menelaos. »Soll ich ihn auch noch lieben?«

»Du weißt ganz gut, was ich meine; solange du Orest nicht wie einen Schwiegersohn, sondern wie einen Verbrecher behandelst, kann ich mich nicht als deine Tochter betrachten.«

»Nun, dann ist nichts weiter zu sagen. Leb wohl. Sage Eteoneus, wenn du fortgehst, daß er die Sachen wieder auspacken und in den Keller bringen soll.«

»Ach, eins wollte ich dir noch sagen; das hätte ich beinahe vergessen«, sagte Hermione. »ich finde, daß du Mutter in manchem unrecht tust.«

»Unrecht? Mutter, sagst du? Seit wann?«

»Schon seit eurer Rückkehr – obwohl ich mir erst seit kurzem darüber klargeworden bin. Du beurteilst sie falsch und sagst Dinge zu ihr, die man als Kritik auffassen kann. Wer ein so feines Gefühl hat wie sie, muß ihre Lage bisweilen als peinlich empfinden. Ich hoffe sowohl um deinet- wie um ihretwillen, daß du versuchst, sie besser zu verstehen.«

»Ich ahnte nicht, daß der Fluch so schnell wirken würde!« rief Menelaos. »Du hast den Verstand verloren!«

»Hab keine Sorge wegen jenes Fluches, Vater – er trifft nicht. Mein Verstand ist noch derselbe, der er war und den ich, wie du immer sagtest, von dir geerbt habe. Mutter und ich stimmten in bezug auf Orest nicht überein, und im allgemeinen sind wie beide sehr verschieden, aber ich fange an, ihre guten Eigenschaften zu sehen. Es ist nichts Kleinliches an ihr. Sie ist weitherzig.«

»Ich habe nie in meinem Leben solchen Unsinn gehört. Wenn du noch bei Verstand bist, Hermione, so wirst du doch nicht behaupten wollen, daß ich anders als großmütig an deiner Mutter gehandelt habe. Nun ist sie also die Großmütige, wie?«

»Ich wollte euch nicht in Gegensatz zueinander stellen«, sagte Hermione, »ich sprach nur von ihrer

Weitherzigkeit. Da du selbst jedoch davon anfängst, so muß ich sagen, daß ich allerdings in dieser Hinsicht einen Gegensatz zwischen euch bemerkt habe. Du weißt, daß sie immer sagt, man soll vorher Kritik üben und nachher schweigen. Ich hatte keine Ahnung, daß sie so vollkommen auf der Höhe ihrer Grundsätze bleiben würde, wenn es an ihr sein würde, zu verzeihen. Aber als wir erfuhren, daß Orest ihre Schwester getötet hatte, bemerktest du da, wie schnell sie sich Gewalt antat und Orest nicht aus der Familie ausstoßen wollte?«

»Das soll wohl eine Lektion für mich sein?« fragte Menelaos. »Sehr klug. Ich sehe, mein Kind, dein Gehirn funktioniert noch, aber meins ebenfalls. Orest ist von der Familie ausgeschlossen, was mich betrifft. Ich habe meine eigene Ansicht über die Weitherzigkeit deiner Mutter.«

»Darf ich diese Ansicht hören?« fragte Hermione. »Ich kann mir nichts Edleres denken als diese spontane Güte einem Menschen gegenüber, der einem ein so großes Leid zugefügt hat.«

»Davon gibt es nicht viele Fälle, auch wenn ich diesen zugäbe, was ich nicht tue. Du sagst, ich verstehe Mutter nicht. Du hast ganz recht. Das einzige, was ich an ihr verstehe, ist ihr Aussehen, und ich verstehe nicht, wie sich das so gut hält. Mir scheint, sie hat nie so brillant ausgesehen wie in diesen letzten Wochen, wo so schwere Schläge sie getroffen haben. Es war ebenso in jener Nacht in Troja. Ihre Schönheit ist jedem kritischen Augenblick gewachsen!«

»Gewiß ist sie sehr schön«, sagte Hermione, »aber ich spreche von ihrem Charakter.«

»Von ihrem Charakter will ich auch sprechen«, sagte Menelaos. »Ich sprach zuerst von ihrer Schönheit, da diese Eigenschaft von einiger Bedeutung ist. Ich bin wirklich nicht sicher, daß sie überhaupt einen Charakter hat; ich frage mich, ob sie ein Herz hat. Weißt du – ich kann ja nun, da du verheiratet bist, vertraulicher mit dir über Mutter sprechen – ich habe nie gesehen, daß Mutter über irgend etwas erregt war. Sie sagt, sie sei leidenschaftlich verliebt in Paris gewesen. Leidenschaftlich! Ich wollte, ich hätte sie einmal in einem solchen Gemütszustande sehen können! Bevor sie mit ihm durchging, behandelte sie ihn mit der ruhigen, unpersönlichen Freundlichkeit, die sie fast für jeden hat; jedesmal, wenn sie ihn anredete, hatte ich Angst, sie könnte seinen Namen vergessen haben. Stelle dir vor, was ich empfand, als sie mit ihm davonging! Und stelle dir vor, was ich jetzt empfinde, wenn sie zu mir – zu mir, mit eherner Stirn – von der Leidenschaft spricht, die sie für Paris empfunden hat! Sie ist ein sehr selbstsüchtiger Mensch, glaube mir! Immer auf Freimütigkeit erpicht. Wer verlangt denn, daß sie freimütig ist? Als ob sie damit eine allgemeine Forderung erfüllte. Und nun dieser Wunsch, Orest sofort rufen zu lassen. Welchen Grund hatte sie, sich einzubilden, daß er gern kommen wollte?«

»Vater, ich bin die letzte, die behauptet, daß Mutter dich gut behandelt oder sich passend benommen hat. Ich meinte nur, sie hat eine gewisse Weitherzigkeit, die ich bisher nicht beachtet hatte, und du vielleicht auch nicht. Sie läßt andern ihren Standpunkt und versteift sich nicht auf etwas. Du neigst etwas dazu, weißt du, Vater, und vielleicht ist das der Grund, weshalb du nicht besser mit ihr auskommst.«

»Ich weiß nicht, was Orest sagen würde, wenn er diese Rede hörte«, sagte Menelaos, »aber sie läßt nichts Gutes für ihn hoffen. Er mag ein ebenso nachsichtiger Ehemann werden wie ich, was wird ihm das nützen? Gar nichts! Von dir wird man sagen, daß du die Weitherzige bist!«

»Vater, fällst du in deiner Rede aus dem Bilde, oder erwartest du in Wirklichkeit von mir, daß ich Mutters Beispiel nachahme? Nicht einmal Orest findet, daß ich dazu von Natur die nötige Ausrüstung habe. Seit er Mutter gesehen hat, hat er alles andere an mir gelobt als meine Schönheit.«

»Aber er hat sie ja nicht gesehen, seit er ein ganz kleines Kind war!«

»Er hat sie vor zwei Tagen gesehen – hatte eines sehr befriedigende Aussprache mit ihr. Das ist doch wirklich großartig von ihr, wenn man bedenkt: seine Mutter war ihre Schwester, und doch war sie durchaus freundlich, wie Orest sagt, machte ihm keine Vorwürfe oder irgendeine Andeutung, daß sie ihn verurteilte – keine Silbe davon. Orest bestätigte meinen Eindruck, daß sie bei all ihren Fehlern doch eine ganz besondere Frau ist.«

»Ich sehe schon wieder, worauf du hinauswillst«, sagte Menelaos. »Wenn Helena, die am schwersten getroffen ist, Orest verzeihen und herzlich gegen ihn sein kann, warum nicht Menelaos, der schließlich durch Orests Schwert keine Blutsverwandten verloren hat, sondern nur einen unwillkommenen

Gast. Nun, unsre Familie kann sich nur einen einzigen Menschen von solcher Besonderheit leisten. Ich überlasse Helena diese Rolle.«

»Du irrst dich wirklich«, sagte Hermione. »Natürlich denkst du, ich spreche in Orests Interesse, aber in Wirklichkeit geschieht es in deinem eigenen. Orest und ich gehen jetzt auf die Reise, und ob du ihn schätzest oder nicht, ist für mich nur eine Sache des Gefühls. Aber ich möchte das Bewußtsein haben, daß du und Mutter wieder ganz glücklich miteinander seid – nun ich glücklich bin, möchte ich dies auch für Mutter wünschen – und ich fange an einzusehen, daß das Haupthindernis dein Mangel an –«

»Weißt du, wie impertinent du bist?« fragte Menelaos. »Was geht es dich an, ob Mutter glücklich mit mir ist oder nicht? Und wie willst du wissen, ob ich sie verstehe? Du selbst hast noch bis zu diesem Augenblick mit ihr auf Kriegsfuß gestanden, soweit ich sehen konnte, und ich glaube, es liegt nicht in deiner Natur, die Dinge auf ihre Art zu sehen, selbst wenn du es wolltest. Du mußt bedenken, daß ich etwas länger als du Gelegenheit hatte, mit Helena und ihrem Tun und Treiben vertraut zu werden; sie ist allmählich fast zu einer Selbstverständlichkeit in meinem Leben geworden. Ich verstehe sie ganz gut. Darum sorge dich nicht. Wenn sie nicht glücklich ist, so ist es ihre eigene Schuld. Ich nehme an, du gibst noch zu, daß sie Fehler hat?«

»Was für welche sind das, Vater? Sie ist natürlich auch nur ein Mensch, aber ich möchte wissen, was du an ihr anders haben möchtest. Ihr Aussehen?«

»Wir wollen von ihrem Charakter sprechen«, sagte Menelaos. »Ich sagte dir soeben, daß ich glaube, sie hat kein Herz. Sie kann alles tun, oder das Schlimmste kann ihr zustoßen, ohne daß es sie im geringsten aufregt. Sie hat kein Gefühl. Und ich muß auch sagen, daß ich sie für gänzlich unmoralisch halte. Fast jede Sünde hat für sie eine lichte Seite. Wenn sie ihrem Manne auf und davon geht und wieder eingefangen und zurückgebracht wird, so sagt sie: ›Es war ein Irrtum von mir!‹ und tut, als ob nichts vorgefallen wäre, und sie gibt noch nicht einmal immer zu, daß daß es ein Irrtum von ihr war. Das ist die Weitherzigkeit, die du rühmst. Sie hat soviel Übung darin gehabt, sich selbst zu verzeihen, daß sie jetzt jedem verzeihen kann.«

»Ich wußte ja, daß du sie nicht verstehst. Ist es dir je eingefallen, dich einmal ruhig zu ihr zu setzen und mit ihr über ihre Lebensphilosophie zu sprechen? Da würde dir ein Licht aufgehen. Orest sagte heute morgen, daß er erst jetzt, wo er sie über sein eigenes Unglück hat reden hören, den Gesichtspunkt erfaßt hat, von dem aus sich ihr Leben verstehen läßt.«

»Ich habe schon soviel gegen deinen Mann gesagt, Hermione, daß ich ungern noch irgend etwas hinzufüge, aber ich muß doch, nur in bezug auf Mutter, gestehen, ich müßte erst einmal ein paar Mordtaten begangen haben, ehe ich jenen Gesichtspunkt erfassen könnte. Mutters Philosophie würde mir nichts nützen – wenn sie überhaupt eine hat; aber ich fürchte, sie bewegt sich im Leben von Punkt zu Punkt, ohne einen bestimmten Plan.«

»Orest sagte, sie machte einen so interessanten Unterschied zwischen Verbrechen und Irrtum.«

»Oh, darum handelt es sich!« sagte Menelaos. »Diesen Teil ihrer Philosophie haben wir schon oft durchgesprochen. Sie begeht alle die Irrtümer und ich die Verbrechen.«

»Nein, im Ernst – sie sagte zu ihm, daß ihre Gelassenheit, die du Kälte nennst, einfach aus ihrem Entschluß hervorgeht, die Folgen einer jeden Handlung, wenn sie einmal geschehen ist, auf sich zu nehmen. Unsre Heirat zum Beispiel. Sie gab ganz offen an, daß sie dagegen gewesen sei, solange sie noch in Frage gestanden habe; aber da sie einmal Tatsache geworden, wünschte sie uns Glück und möchte in Freundschaft mit uns leben. Sie riet Orest, es für sein Teil ebenso zu machen. Wenn er sein Bestes getan hätte, solle er es nicht bereuen, nicht einmal, wenn die Folgen ihm Unrecht gäben. Du siehst, sie ist zu stolz, um Reue zu zeigen; sie nimmt lieber die Strafe auf sich, wenn Strafe folgt – und gewöhnlich, sagt sie, folgt keine.«

»Ich glaube nicht, daß sie überhaupt irgendwelche Reue fühlt, darin verstehst du sie falsch; aber daß sie zu stolz ist, damit hast du recht. Im übrigen verstehe ich die Sache noch nicht ganz. Orest waren ihre Lehren also sympathisch?«

»Das möchte ich nicht gerade sagen. Er findet sie gefährlich, wenn man sie nicht mit Vorsicht anwendet. Aber er sagte mehrmals, daß er gern wieder mit ihr darüber sprechen möchte; er glaubt, er könnte im ruhigen Gespräch diese Ideen für sie klären, so daß sie ungefährlich sind. Wenn er das kann, warum kannst du es dann nicht?«

»Weil ich ihr Mann bin«, sagte Menelaos. »Willst du ihn diese ethischen Diskussionen mit ihr fortsetzen lassen?«

»Dazu werden sie kaum Zeit haben, bevor wir wieder zurückkommen; und das wird, wie gesagt, nicht so bald sein. Aber er hofft, sie morgen vor unsrer Abreise noch zu sehen. Er ist, ebenso wie ich, der Meinung, daß du ihren Charakter nicht richtig zu beurteilen weißt.«

»Hermione, halte deinen Mann von ihr fern! Er ist einfach ein weiteres Opfer. Diese Frau hat nur ein einziges Ziel: zu bezaubern. Pyrrhus wäre ihr lieber gewesen als Orest, aber schließlich gibt sie sich auch mit Orest zufrieden. Das Resultat wird sein, daß du ihm nicht mehr genügst – paß nur auf! Vermutlich hat sie ihm gesagt, wie sehr sie seine Denkweise schätzt, oder dergleichen, und damit dem Narren geschmeichelt. Ich lasse mich durch solche Kniffe nicht mehr täuschen, daher tauge ich auch nicht für ihre intimen kleine Gespräche über Lebensweisheit.«

»Mutter flirtet nicht mit Orest, wenn du das meinst. Orest ist nicht für Schmeichelei empfänglich. Und sie hat ihm nicht gesagt, daß sie ihn schätzt, sondern daß er ihr leid tut. Er fand, daß ihre Haltung von großer Selbstachtung zeugte.«

»Die hat sie«, sagte Menelaos. »Sagte dein Mann, daß er sie außerordentlich schön fand?«

»Nein, er sagte nur, daß sie weit besser aussähe, als er erwartet hatte.«

»Du siehst, er ist schon vorsichtig mit dir! Laß ihn
sie nicht noch einmal sehen, Hermione! Ich habe
schon zuviel Erfahrung, um nicht die Symptome zu
erkennen. Er wird sie zu bekehren versuchen, und
sie wird ihm durch gelehriges Zuhören schmei-
cheln; sie wir kein unpassendes Wort sagen, aber er
wird nicht wieder von ihr loskommen. Er wird Tag
und Nacht von ihr träumen und vielleicht ihr zu
Ehren sein Leben wegwerfen, wie Paris es getan,
obwohl ich nicht glaube, daß sie noch einmal mit
einem durchgeht. Du glaubst, du hast einen guten
Mann. Ich fange an einzusehen, daß es freundlich
an dir gehandelt war, als ich ihn nicht in dies Haus
lassen wollte. Hättest du ihn nur vor Helena ge-
schützt!«

»Wenn wirklich Gefahr da ist«, sagte Hermione,
»so wollte ich, ich hätte sie zur rechten Zeit gesehen.
Es ist leichter, Orest am Anfangen zu hindern, als
ihn zurückzuhalten, wenn er einmal im Zuge ist. Ich
dachte natürlich, es würde in seinem Interesse sein,
wenn er Mutter sähe, da sie es wünschte. Du weißt,
daß ich ihren Vorschlag zuerst ablehnte, und dann
mußte ich Orest erst dazu überreden. Aber jetzt will
ich ihn am besten davon abbringen?«

»Bring ihn möglichst schnell von hier fort«, sagte
Menelaos. »Wenn du anfängst, ihn von ihr zu
warnen, so denkt er, daß du eifersüchtig bist. Ich
wollte, ich könnte ihm einiges erzählen!«

»Würde er dann nicht denken, daß du eifersüchtig
bist?« fragte Hermione. »Und du wolltest doch
wohl nicht mit einem andern Manne über deine
Frau sprechen? Ich komme doch wieder zu meiner

Ansicht zurück, daß du Mutter unrecht tust. Wenn du freundlich und herzlich mit ihr redetest – und es müßte dir jedenfalls leicht werden, wenigstens so freundlich und herzlich zu sein wie Orest, als er zu ihr ging –, so würdest du das empfinden, was für sie spricht, ganz abgesehen von der Wirkung des Zaubers, der dich eifersüchtig macht. Vergeude keine Zeit damit, daß du mit Orest sprichst, sprich mit ihr! Als Orest und ich gestern abend auf das Thema kamen, machte er eine kluge Bemerkung; er sagte, er glaubte, manche Eheleute kämen nie dazu, ihre Gedanken miteinander auszutauschen in dem Maße, wie sie es mit ihren zufälligen Nachbarn tun, weil bei den meisten Ehen zu Anfang die Vernunft ausgeschaltet wird und nur die Leidenschaft herrscht, und wenn dann die Leidenschaft schwindet, so finden sie schwer den Übergang zu vernünftigem Gedankenaustausch. Ich fand das klug beobachtet, findest du nicht auch? Ich bin froh, daß wie beide mehr durch – nun, sagen wir Überzeugung zusammengeführt wurden als durch Reize minderer Art.«

»Hm!« sagte Menelaos. »Deine Mutter würde sagen, daß Leidenschaft eine Form der Vernunft ist. Wenn sie auf ihre berühmte Liebe zum Leben zu sprechen kommt, so ist mir dabei unbehaglich zu Mute, weil ich das Gefühl habe, sie findet, daß ich sie nicht genug liebe. Wenn ich sie so liebte, wie sie es ihrer Meinung nach verdient, so würde sie sagen, daß ich durchaus die nötige Liebe zum Leben hätte. Ich hatte nie die Absicht, mit irgend jemandem darüber zu sprechen, aber es erleichtert mich, wenn ich mich einmal aussprechen kann. Als ich sie zum erstenmal sah, war sie, glaube ich, nicht schöner als jetzt, aber es kam der Reiz der Neuheit hinzu; man kann sich einen solchen Menschen nicht vorstellen, wenn man ihn nicht gesehen hat. Als sie mich wählte, hatte ich nicht etwa das Gefühl, daß sie einen Irrtum begangen hatte. Die andern Bewerber würden ebenso empfunden haben. Ich konnte nicht begreifen, daß ich diesem Wunder von Schönheit angehörte. Als wir glücklich verheiratet waren und ich sie heimführte und nun ein normales Zusammenleben mit ihr beginnen sollte, war ich in peinlicher Verlegenheit; ich hatte sie haben wollen, ich hatte sie bekommen, und nun war es, als ob sie mir halb belustigt zusähe, wie man einem Kinde zusieht und zu sich sagte: ›Er möchte diese Schönheit anbeten! Nun, wir wollen ihn einen Versuch machen lassen. Aber er ist seiner Aufgabe nicht ganz gewachsen, der arme Junge!‹ Das war ich auch tatsächlich nicht, Hermione, und bin es auch heute noch nicht. Ich kann nicht ohne sie leben, und ich weiß nicht, *wie* ich *mit* ihr leben soll. Gewöhnliche Schönheit will menschliche Umarmungen und was man so Liebe nennt, aber wer Helena umarmt, wird beschämt und gedemütigt; man kann nicht einen Strom von Musik umarmen oder einen Lichtschein auf dem Meer. Du brauchst mir nicht erst zu sagen, ich weiß von selbst, daß sie sich nach einem Geliebten gesehnt hat, der ihresgleichen ist, aber es gibt keinen. In meinem Herzen habe ich ihr längst verziehen, besonders seit sie mit Paris nicht besser gefahren ist als mit mir. Der Grund, weshalb ich sie in jener Nacht nicht tötete war, daß sie, als ich sie er-

blickte, jünger als je erschien und wunderbar jung-
fräulich; und es wuder mir klar, daß niemand, selbst
ich nicht, sie je so geliebt hatte, wie sie es fordern
konnte; und da ich ihr gegenüber versagt hatte, hatte es keinen Sinn, sie zu strafen. Natürlich sah sie
auch in jener Nacht so schön aus wie je. Aber sobald
es zu Worten kam, irritierte sie mich, wie sie es vor
Paris' Ankunft getan hatte. Sie ist so unnahbar, sie
gibt mir ein solches Gefühl meiner Unzulänglichkeit
sie ist meistens so nahe daran, mich auszulachen.
... Nun, dies ist mehr, als ich sagen wollte. Vergiß
es meinetwegen sofort. Und sage auf keinen Fall
Orest etwas davon. Aber du siehst, ich verstehe
Mutter von meinen Standpunkt aus, und da du
ihren zu kennen glaubst, kannst du ja auch meinen
hören. Es wird zwischen uns nicht mehr anders,
jedenfalls nicht wesentlich. Sie wird immer schöner,
je älter sie wird, und ich werde wahrscheinlich
immer gereizter.«

»Du bist wirklich in sie verliebt, nicht wahr?«
fragte Hermione. »Sie ist nicht annähernd so schön,
wie du sie findest.«

»Ich muß noch hinzufügen«, sagte Menelaos,
»daß ihr eigenes Geschlecht ihren ganzen Reiz nie
hat bemerken können. Vermutlich aus Selbsterhal-
tungstrieb.«

»Weißt du«, sagte Hermione, »nun, da du mir das
alles gesagt hast, muß ich gestehen, daß ich doch
eifersüchtig auf Mutter bin. Ich meine, ich fürchte,
daß ihr Zauber Orest aus dem Geleise bringt. Du
hast mich überzeugt! Ich wollte, du hülfest mir,
Vater!«

»Ich will alles tun, was ich kann.«

»Dann habe ich eine Idee – empfange du morgen Orest! Wenn du in der Stunde, die er sonst bei Mutter zubringen würde, mit ihm sprichst und ihm verzeihst, so will ich nachher schon für ihn aufpassen.«

»Wenn das nicht ein geschickter kleiner Anschlag ist!« sagte Menelaos. »Du hast natürlich nie daran gedacht, mich dahin zu bringen, daß ich deinen Mann empfangen muß! O nein!«

4

»Es ist mir sehr schmerzlich, daß du fortgehst«, sagte Helena, »und ganz besonders darum, weil ich fürchte, daß ich zum Teil die Ursache bin. Ich bin nicht gewohnt, daß man mich verläßt.«

»Als Menelaos dich heimbrachte«, sagte Eteoneus, »da sagte ich ihm, daß ich zu alt sei, um mich mit neuen Ideen abzufinden, und vielleicht besser daran täte, mich zurückzuziehen. Die neue Ideen, die ich meinte, habe ich zum Teil bei Hermione und Orest gefunden. Seitdem habe ich beständig versucht zu sehen, woran ich war. Bald konnte ich euch folgen in dem, was ihr tatet und sagtet, bald war es mir unmöglich. Es war sehr aufreibend. Wenn ich jetzt des Morgens aufwache, so stöhne ich unwillkürlich: ›Mein Gott, muß ich nun wieder in diesen Betrieb hinein!‹ und wenn ich des Abends zu Bett gehe, kann ich vor Aufregung nicht einschlafen. Es wird Zeit, daß ich Schluß mache.«

»Es muß eine furchtbare Pein für dich gewesen sein, diese letzten Wochen«, sagte Helena. »Ich kann dir nie genug danken für die Treue, mit der du uns in dieser schweren Zeit beigestanden hast. Aber ich glaube, jetzt ist es vorbei. Wenn du bei uns bleibst, wirst du endlich zur Ruhe kommen; das können wir dir versprechen.«

»Wird denn nun nicht irgend jemand Orest töten?« fragte Eteoneus. »Das ist doch logischerweise der nächste Schritt.«

»Vielleicht, aber ich glaube, daß keine Gefahr für ihn besteht. Pyrrhus ist im offenen Kampfe gegen ihn gefallen, und man nimmt allgemein an, daß sie um Hermione kämpften. Du weißt, wie die Menschen in solchen Dingen empfinden – sie nehmen nicht Rache an dem, der die Frau gewinnt, und durch ehrlichen Kampf gewinnt. Ich finde das alles ziemlich sinnlos, das Kämpfen und alles Übrige, aber so macht man es nun einmal. Ich verstehe sehr gut, daß du dich scheust, noch weitere Begebenheiten dieser Art melden zu müssen – die Ermordung Orests zum Beispiel.«

»Und zwar nun, wo er Hermione geheiratet hat«, sagte Eteoneus. »Hätten sie ihn nicht vorher niedergemacht, so hätte ich nichts dagegen gehabt. Allein die Schwierigkeit liegt nicht in den Geschehnissen selbst, sie liegt in der allgemeinen Atmosphäre des Hauses. Als Menelaos dich geheiratet hatte und ihr hierherkamt, ahnte mir sofort, daß irgend etwas passieren würde. Diese Ahnung wurde mit jedem Jahr stärker, bis du endlich auf und davon gingst. Das war für mich eine große Erleichterung, nicht, weil ich dich nicht mochte, sondern weil es die Luft reinigte. Ich wußte, Menelaos würde dich verfolgen, ich würde das Haus hüten, er würde schließlich heimkehren, und wie groß auch unser Kummer sein würde, unser Leben würde hinfort wieder normal verlaufen.«

»Du hast recht«, sagte Helena. »Ich hätte in Troja sterben sollen.«

»Das möchte ich nicht sagen«, sagte Eteoneus, »aber du siehst selbst! Wir sind jetzt wieder an dem Punkt, wo wir waren, als du kamst. Es ist auf keine Lösung zu hoffen, soweit ich sehe.«

»Ich glaube, daß die Lösung bereits ohne unser Zutun gefunden ist«, sagte Helena. »Wir haben Sorgen wegen Hermiones Zukunft gehabt. An allen diesen Sorgen trage ich allein die Schuld, denn ich verließ Hermione, als sie meiner Führung bedurfte. Seit meiner Rückkehr habe ich deutlich gesehen, was sie durch meine Abwesenheit verloren hat, und es tut mir nur leid, daß ich die Folgen, die sich in ihrem Betragen zeigen, nicht allein auf mich nehmen kann. Was meine Liebe zu Paris anbetrifft, so behaupte ich, daß ich nichts dagegen tun konnte, und empfinde keine Reue deswegen. Daß ich meine Tochter verließ, war etwas anderes.«

»Es ist schwer, die beiden Seiten zu trennen«, sagte Eteoneus. »Meinst du, du würdest noch einmal davongehen, wenn du dich in einen andern Gast in gleichem Maße verliebtest?«

»Gewiß«, sagte Helena.

»Ich will lieber jetzt gehen, solange es noch ruhig ist«, sagte Eteoneus. »Ich könnte das Ganze nicht noch einmal durchmachen, es wäre mir einfach unmöglich.«

»Wenn du bleibst, könntest du mich beschützen«,

sagte Helena. »Du weißt die Interessen meines Mannes besser zu wahren als irgend jemand, den er an deine Stelle setzen könnte. Höchstwahrscheinlich werde ich mich nicht wieder verlieben, noch wird irgend jemand sein Herz an mich verlieren.«

»Darauf möchte ich mich lieber doch nicht verlassen«, sagte Eteoneus. »Ich machte Paris keinen Vorwurf, gewissermaßen auch dir nicht, da du, wie du ja auch sagst, in den Burschen vernarrt warst. Das war alles ganz natürlich, und ich konnte es recht gut verstehen. Und außerdem sah ich, daß Menelaos dich nicht verstand. Er hatte gar keine Erfahrung mit Frauen.«

»Er hat mich damals vielleicht nicht verstanden, aber jetzt macht ihm das keine Schwierigkeit. Das Schlimme bei Menelaos ist, daß er zu weich ist. Er handelt nie nach seiner Einsicht. Er weiß viel mehr, als er zu nutzen versteht, sowohl in bezug auf mich als als auch auf andere Dinge.«

»Genau das wollte ich sagen!« rief Eteoneus aus. »Ich hatte keine Ahnung, daß du es auch erkannt hast.«

»Ja, weißt du, Eteoneus«, sagte Helena, »wir beide stimmen in unsern Anschauungen mehr überein als irgend sonst zwei Menschen hier im Hause. Wir haben beide etwas von der Welt kennengelernt und haben über das, was wir gesehen haben, nachgedacht. Du wirst mir furchtbar fehlen, wenn du fortgehst. Du könntest mir so gut beistehen – wie du es tatsächlich bisher getan hast. Ich habe noch keine Gelegenheit gehabt, dir für das zu danken, was du zu Hermione gesagt hast.«

»Über die Frauen?«

»Ja.«

»Aber Menelaos wollte mich deswegen aus dem Hause werfen.«

»Er empfindet in diesen Dingen anders«, sagte Helena, »aber du sagtest die Wahrheit. Und Hermione hatte es nötig, sie zu hören. Ich glaube, auch Menelaos wußte, daß es die Wahrheit war. Und du hast dich von Anfang an Orest gegenüber richtig verhalten. Und gegen die arme Adraste hast du dich menschlich gezeigt. Du bist wirklich ein sehr edler Mensch!«

»Ich bin ein ganz gewöhnlicher Mensch«, sagte Eteoneus, »und ich bin nicht mehr das, was ich war. Es ist freundlich von dir, mir so etwas zu sagen – es ist tatsächlich das erste Kompliment, das mir jemand gemacht hat, seit du nach Troja gingst. Abgesehen von den verhüllten Anerkennungen, die ich mir aus den sarkastischen Bemerkungen deines Mannes herauslesen könnte, wenn ich es versuchte.«

»Oh, er hält ungeheuer viel von dir, Eteoneus! Ich glaube sogar, er verläßt sich darauf, daß du du, wenn er etwas Törichtes befiehlt, dafür sorgst, daß es nicht ausgeführt wird. Wenn ein anderer an deine Stelle kommt, der seine Befehle wörtlich ausführt, so geht das Haus zugrunde. Willst du nicht bleiben?«

»Wenn ihr beide mich so nötig braucht –«, sagte Eteoneus. »Aber es sind noch andere Schwierigkeiten da. Es ist besser, ich gehe jetzt, bevor ich mich weiter einlasse.«

»Laß hören, was für Schwierigkeiten das sind«, sagte Helena. »Vielleicht finden wir irgendeine Lösung.«

»Hermione und Orest«, sagte Eteoneus. »Wir sind noch nicht fertig mit ihnen. Sie wollen auf unbestimmte Zeit verreisen, aber was heißt auf unbestimmte Zeit? Menelaos hat Orest vor ihrem Abschied verziehen, und er ist in seine Tochter ganz vernarrt – «

»Mit Recht«, sagte Helena.

»Oh, ich weiß«, sagte Eteoneus, »aber sie werden zurückkehren, das ist die Schwierigkeit. Als Menelaos ihm verzieh, geschah es unter der Voraussetzung, daß sie auf immer Lebewohl sagten. Zuerst mußte ich alles mögliche an Lebensmitteln und andern Sachen für Hermione einpacken, dann mußte ich es wieder auspacken, weil sie zu stolz war, es anzunehmen, und am nächsten Tage mußte ich alles wieder herholen und doppelt soviel, und es für Orest einpacken. Er war nicht zu stolz, das kann ich dir sagen. Und Menelaos nahm ihm das Versprechen ab - ohne Schwierigkeiten, nebenbei gesagt –, daß sie es uns wissen lassen, sobald Hermione irgend etwas braucht. Wir werden aus der Ferne für ihren Unterhalt sorgen, bis sie finden, daß es aus der Nähe bequemer für sie ist.«

»Orest wird nach einiger Zeit in sein Vaterhaus zurückkehren«, sagte Helena. »Ich zweifle nicht, daß dieselben Leute, die ihn jetzt verdammen, später gern von ihm regiert sein wollen. Dann wird er seiner Frau ein Heim bieten können, wie sie es sich nur wünschen kann.«

»Meinst du, daß er Lust haben wird, sich häuslich niederzulassen?« fragte Eteoneus. »Bedenke, daß er sein Lebtag auf Abenteuer unterwegs gewesen ist, zuerst auf der Flucht vor Klytemnestra, dann auf der Jagd nach Ägisth, dann auf der Lauer nach Pyrrhus. Ich fürchte, er ist zu sehr daran gewöhnt, um sein Leben zu ändern. Wenn er jetzt für Pyrrhus an sich selbst Rache nehmen könnte, so wäre er ganz in seinem Element. Aber ich kann ihn mir nicht im ruhigen Alltagsleben vorstellen. Es ist nichts Festes und Beständiges an ihm, er gehört zu den Menschen, die von der feststehenden Ordnung der Dinge reden, aber es selbst nie damit versuchen.«

»Er hatte die Anständigkeit, meine Tochter zu heiraten, als sie ohne das kompromittiert gewesen wäre.«

»Wie kannst du wissen, daß er sie geheiratet hat? Er hat es dir gesagt? Ist das ein Beweis?«

»Es ist kein Beweis, aber ich glaube ihm«, sagte Helena. »Ich mag ihn nicht, aber er sagt die Wahrheit.«

»Nun, mir können nur ihre Kinder leid tun«, sagte Eteoneus. »Das wird ein Geschlecht von Weltverbesserern werden, wie man es bisher noch nicht gesehen hat.«

»Ich nehme an, daß du bleibst«, sagte Helena, »und ich bin so glücklich über diese Aussicht, wie ich es lange nicht gewesen bin.«

»Ich habe nicht gesagt, daß ich bleiben will«, sagte Eteoneus.

»Aber du willst doch, nicht wahr?«

»Findest du nicht, daß ich zu alt bin?«

»Nicht im geringsten! Du kommst erst in die besten Jahre als Torhüter – du kennst die Männer gründlich und verstehst dich auch sehr gut auf die Frauen, und deine Menschenkenntnis kann uns allen jetzt zugute kommen. Und ob du nun alt bist oder nicht, Menelaos und ich möchten dich auf jeden Fall behalten. Wir lieben unsre Freunde in jedem Alter.«

»Wenn du mir so kommst«, sagte Eteoneus, »scheint mein Fortgehen eigentlich keinen Sinn mehr zu haben. Ich werde meine Vorurteile natürlich behalten.«

»Natürlich«, sagte Helena. »Was wäre ein Mann ohne seine Vorurteile?«

»Die Flucht nach Troja war nicht so schlimm«, sagte Eteoneus –

»Wie die Rückkehr«, sagte Helena. »Wir verstehen einander, Eteoneus. Ich danke dir, daß du bleibst, und ich danke dir für diese Unterredung. Wenn du mir jemals etwas sagen möchtest, was mir deiner Meinung nach von Nutzen sein könnte, so komm und sage es mir.«

»Das werde ich tun«, sagte Eteoneus. »Diese Unterredung war für mich ein Genuß. Menelaos und ich stimmen überein. Soll ich ihm sagen, daß ich bleibe, oder willst du es tun?«

»Keiner von uns«, sagte Helena. »Wenn du ihm sagst, daß du bleiben willst, so fragt er dich, warum, und du kannst nicht gut anders sagen, als daß ich dich darum bat, und dann schickt er dich womöglich fort. Bleib bei uns, Eteoneus, ohne ein Wort darüber zu verlieren, und dann, denke ich, werden wir Ruhe haben.«

5

»Dies ist ein guter Platz zum Rasten«, sagte Orest. »Der Blick von dieser Wegbiegung aus ist sehr schön, und der einsame Baum hier gibt uns willkommenen Schatten. Ich habe ihn schon lange im Auge. Hätte ich gewußt, daß die Vorräte deines Vaters so schwer sind, so hätte ich mindestens die Hälfte zurückgewiesen.«

»Wir brauchen heute nicht viel weiter zu gehen«, sagte Hermione. »Was für einen Sinn hat es, darauf loszurennen, als ob wir Angst hätten, irgendwo zu spät zu kommen? Wir haben kein bestimmtes Ziel, und es macht nichts aus, wann wir ankommen. Ach, du meine Güte, wie bin ich müde!«

»Verliere nur nicht den Mut!« sagte Orest. »Der Hauptgrund, der uns vorwärtstreibt, ist, daß niemand geneigt scheint, uns aufzuhalten. Die Leute hätten uns gestern abend am liebsten gar nicht aufgenommen; ich fürchtete die ganze Zeit, daß sie sich an kein Gastrecht kehren und uns ein Haus weiter schicken würden.«

»Das Schlimme ist, daß sie alle von dir gehört

haben«, sagte Hermione. »Du bist so berühmt wie meine Mutter. Sie haben Angst, daß du sie im Schlafe ermordest. Armer Orest!«

»Vielleicht«, sagte Orest. »Aber wenn sie eine Frau bei mir sehen, so nehmen sie gleich an, daß du nicht mit mir verheiratet bist. Sie glauben wohl, daß niemand mich wirklich heiraten würde. Sie nehmen nicht gern eine Frau auf, von der sie nicht recht wissen, woran sie in dieser Beziehung mit ihr sind.«

»Ist es nicht merkwürdig, wie den Menschen der Sinn für das Wesentliche fehlt«, sagte Hermione, »und wie sie sich an bloße Förmlichkeiten halten! Wenn ich einen Trauschein mitgebracht hätte, so würden sie mich herzlich aufnehmen, aber ohne den sind sie eisig. Und doch könnte ich nicht *mehr* deine Frau sein, als ich es bin, auch wenn wir uns gar nicht hätten trauen lassen.«

»Ich fühle mich auch durchaus als verheirateter Mann«, sagte Orest. »Heimatlos, aber Glied einer Familie. Wer wohl jetzt bei deiner Mutter ist?«

»Wie kommst du darauf?«

»Ohne besonderen Anlaß«, sagte Orest. »Ich kam ganz von selbst darauf. Als wir diesen Berg hinanstiegen und du zu sehr außer Atem warst, um dich mit mir zu unterhalten, erinnerte ich mich an einiges, was sie sagte, und an das, was ich ihr hatte sagen wollen, wenn wir uns wiedergesehen hätten. Hermione, das Anerbieten deines Vaters, sich mit mir auszusöhnen, kam mir sehr ungelegen, und ich habe es nur dir zuliebe angenommen.«

»Ja, es war ärgerlich für dich«, sagte Hermione. »Du wolltest diese letzten Minuten Mutter widmen. Auch sie war sicherlich enttäuscht; sie hat so selten Gelegenheit zu Gesprächen, wie sie sie gern hat.«

»Eine volle Stunde mit Menelaos zubringen zu müssen, wenn man hätte bei Helena sein können!« sagte Orest. »Sie ist geistig sehr hochstehend, nur etwas undiszipliniert. Sie beobachtet sehr fein, aber mir scheint, es fehlt ihrem Urteil an logischer Konsequenz. Mit dem, was sie über den Unterschied zwischen Irrtum und Verbrechen und über die Reue vor der Tat sagte, hat sie im wesentlichen recht, aber ihr Standpunkt ist zu individualistisch.«

»Wie klug du bist!« sagte Hermione. »Was meinst du damit?«

»Nun, sie redet so, als ob die Gesellschaft nur ein Name für eine Gruppe von Einzelmenschen wäre und als ob jeder Einzelmensch die Hauptsache wäre, während wir jetzt wissen, daß der Einzelmensch nur eben das Atom der Gesellschaft ist. Früher konnte ich nie verstehen, was du mir über die Theorie von der Liebe zum Leben sagtest, aber jetzt ist sie mir vollkommen klar; sie will das Glück des einzelnen. Aber auf das Glück des einzelnen kommt es gar nicht an. Sie sollte auf das Wohl der Gesellschaft bedacht sein. Es ist merkwürdig, daß sie und ich einander nahe gekommen sind, denn wir haben stets nach diametral entgegengesetzten Grundsätzen gehandelt. Man kann sich nicht von seinen Mitmenschen fernhalten und nur Individuum sein, wie sie es versucht; man muß seinen Platz in der Gesellschaft einnehmen, wie ich es versuche. Im voraus bereuen ist ganz schön und gut für den selbstsüchtigen Menschen, aber der sozial gesinnte kann nichts damit anfangen. Man muß das Verbrechen bestrafen und die Tugend belohnen, wenn man sich für die Ordnung in der Welt verantwortlich fühlt. Ihr sind diese Ideen fremd, glaube ich, und Menelaos fehlt es auch an sozialem Gefühl.«

»Willst du den kleineren Ranzen aufmachen?« sagte Hermione. »Ja, Vater fehlt es an sozialem Mitgefühl, aber seine individualistischen Zwiebäcke sind tadellos.«

»Was mir hoffnungsvoll an ihr erscheint«, sagte Orest, »ist, daß sie die Dinge unter sittlichem Gesichtspunkt betrachtet. Das ist ein gutes Zeichen, wenn ihr Standpunkt auch ein beschränkter und persönlicher ist. Du hast auch wohl bemerkt, daß ihr eigenes Betragen sich aus den Grundsätzen erklärt. Da sieht man, wie wenig dabei herauskommt. Man kann in der modernen Ethik nur vorankommen, wenn man sie als soziales Problem nimmt. Ein einzelner Mensch auf einer öden Insel würde weder gut noch böse sein.«

»Oh, du verstehst sie absolut nicht!« sagte Hermione. »Das ist mir nach dem, was du von ihren Reden berichtetest, klarer geworden, als es dir selber ist. Ich bin sicher, Mutter würde dir auf solch ein Beispiel erwidern, daß ein einzelner Apfel auf einer öden Insel entweder ein guter oder ein schlechter Apfel ist, und ebenso ist es mit dem einzelnen Menschen. Und wenn die Gesellschaft nicht da ist, um den Apfel zu würdigen, oder wenn sie da ist und den Menschen nicht würdigt, um so schlimmer für die Gesellschaft.«

»Diese Antwort zeugt eben von geistiger Unreife«, sagte Orest. »Wenn die Gesellschaft nicht da wäre mit ihren Maßstäben und Urteilen, wie sollte man da wissen, ob der Apfel gut oder schlecht ist? Der eine mag ihn hart, der andere mürbe.«

»Du willst doch nicht sagen, daß Recht und Unrecht bloße Ansichtssache ist!« sagte Hermione. »Da bin ich auf Mutters Seite. Ich glaube, es gibt so etwas wie einen guten Apfel. Ich wollte, wir hätten einen ... Orest! Wenn Recht und Unrecht Ansichtssache wären, dann hättest du nicht unbedingt recht mit – mit dem, was du tatest. Du glaubtest es nur!«

»Ich glaubte es und glaube es noch«, sagte Orest, »und der Hauptgrund, weshalb ich es glaube, ist, daß ich der Ansicht folge, die in der besten Gesellschaft in bezug auf Rache gilt.«

»Aber nicht in bezug auf Kindespflicht«, sagte Hermione.

»Du hast weder die Einsicht noch den Takt deiner Mutter«, sagte Orest. »Ich hatte zwischen zwei sozialen Pflichten zu wählen, und jede Pflicht mußt mich ins Unrecht setzen. Die Ansicht mußte, wie gesagt, hier entscheiden.«

»Wenn jede Wahl zwischen den beiden Pflichten dich ins Unrecht setzen mußte, so war vielleicht mit diesen Pflichten etwas nicht in Ordnung, meinst du nicht auch?«

»Hermione, was geschehen ist, ist geschehen, und du machst mich nur unglücklicher durch solche Fragen. Du hättest vorher so reden sollen, oder gar nicht!«

»Das ist Mutters Auffassung«, sagte Hermione. »Sie hilft einem wirklich, nicht wahr?«

»Ich glaube, es ist nicht ganz, was ich meine«, sagte Orest. »Ich wollte deine Mutter nicht zitieren.«

»Probiere einmal Vaters Zwieback«, sagte Hermione.

»Um zu unserm Thema zurückzukommen«, sagte Orest, »es ist mit der Schönheit genau dasselbe. Einige sagen, die Schönheit seit etwas Absolutes, eine Art Besitz. Du hast gehört, daß man von gewissen Frauen sagt, sie besitzen große Schönheit. Das ist natürlich verkehrt. Schönheit ist einfach eine bestimmte Wirkung – die Wirkung höchsten Beifalls – eine Ansichtssache. Es ist richtiger zu sagen, daß solche Frauen schön sind, nicht daß sie Schönheit besitzen, oder noch richtiger, daß sie den günstigen Eindruck hervorrufen, den wir Schönheit nennen.«

»Das wird Mutter gleich sein«, sagte Hermione. »Solange sie immer denselben Eindruck macht, wird ihr diese Gabe durchaus genügen.«

»Aber tut sie das immer?« fragte Orest. »Du weißt, ich habe sie erst einmal gesehen.«

»Ja, ich weiß«, sagte Hermione. »Aber je öfter du sie siehst, je mehr wird es der Fall sein.«

»Das möchte ich selbst feststellen«, sagte Orest.

»Aber gibt es nicht Bauwerke und Landschaften und andere Dinge, die immer denselben Eindruck auf Menschen machen oder doch fast immer, so daß man die, die sie nicht mögen, merkwürdig findet?«

»Ja, und was folgt daraus?«

»Nun, ich meine, wenn sie immer denselben Eindruck machen, so ist vielleicht etwas Dauerndes und Allgemeingültiges in ihnen, in den Proportionen, in den Farben, was man Schönheit nenen könnte. Ich wollte, ich hätte Mutters Farben.«

»Du kannst ebensogut sagen, daß es in der menschlichen Natur etwas Dauerndes und Allgemeingültiges gibt. Das Leben deiner Mutter erklärt sich daraus, daß sie bestimmte körperliche Proportionen hat, die man Schönheit nennt, oder daß – «

»Oder daß die Männer alle gleich sind!« sagte Hermione. »Ich verstehe schon. Wollen wir weitergehen? Ich sehe ringsum nirgends ein Haus.«

»Zwei Meilen weiter muß eins kommen, wenn der Mann die Entfernung richtig geschätzt hat«, sagte Orest. »Wir erreichen es noch vor Anbruch der Dunkelheit.«

»So weit kann ich nicht mehr gehen, und wenn es mein Leben gälte«, sagte Hermione. »Können wir nicht draußen irgendwo übernachten, in einer Höhle oder in einem Schuppen oder so etwas? Ich habe gehört, daß man das tut.«

»Hast du von irgendeiner Höhle hierherum gehört?« fragte Orest. »Das ist die Sache. Das Land ist hier, soweit ich sehe, eine einzige kahle, sonnige Felsebene. Laß uns unsern Weg fortsetzen solange du noch kannst, und dann wollen wir entscheiden, was wir tun.«

»Orest, so kann es nicht Tag für Tag weitergehen! Wir werden umkommen! Ich habe versucht, frischen Mut zu behalten, aber ich kann nicht mehr.«

»Es wird schon gehen, Hermione«, sagte Orest.

»Du bist etwas übermüdet und vielleicht hat dich der Empfang von gestern abend etwas mitgenommen. Eine Nacht im Freien wird uns guttun. So brauchen wir wenigstens keine Menschen zu sehen. Wir könnten vollkommen glücklich zusammensein, wenn wir nicht immer wieder Menschen zu begegnen brauchten.«

»Nun, ich will es noch etwas weiter versuchen.« Er nahm das Gepäck auf die Schulter und marschierte voran, während sie langsam folgte. Als sie etwa tausend Schritte gegangen waren, wandte er sich um und sah sie an.

»Etwas anderes ist mir noch bei deiner Mutter aufgefallen«, sagte er. »Hast du bemerkt, daß sie immer, wenn sie einen anredet –«

6

»Menelaos«, sagte Eteoneus, »ich glaube, ich habe deiner Frau Unrecht getan, und ich möchte einiges zurücknehmen, was ich von ihr gesagt habe – ich brauche wohl nicht darauf zurückzukommen. Ich habe mit ihr gesprochen.«

»Du meinst, du hast sie angesehen«, sagte Menelaos. »Ich begreife vollkommen und nehme deine Entschuldigung an. Sie hat ein überzeugendes Äußere. Du bist nicht der erste.«

7

Von allen Helden, die vor Troja kämpften, gelangte
Odysseus zuletzt in seine Heimat zurück. Vergebens
erwartete ihn seine Ehefrau, und sein Sohn Telemach mußte ansehen, wie sein Erbe zusammen-
schrumpfte, und wußte nicht, ob er nun eigentlich
der Herr des Hauses sei und ob er irgendwie ein-
schreiten müsse. Die Freier drängten Penelope, einen
von ihnen zu heiraten, indem sie behaupteten, Odysseus müsse längst tot sein, und sie unterstützten ihre
Werbung durch ihren wirtschaftlichen Druck, indem sie als ihre Gäste sich's auf ihre Kosten wohl
sein ließen, bis sie sich zur Heirat entschließen
würde. Helena hatte ihre Freier am Anfang ihres
Lebens gehabt, Penelope hatte sie am Ende, als sie
nicht mehr jung war, und dabei war ihre Schönheit
immer nur, wie Orest sagen würde, Ansichtssache
gewesen. Aus dieser Tatsache wollen einige kluge
Leute schließen, daß Penelopes Geschichte, so wie
sie uns jetzt erzählt wird, durch irgendein Versehen
einmal von rückwärts erzählt wurde. Wie dem auch
sei, merkwürdig bleibt es, daß die Freier sie durch-

aus heiraten wollten. Telemach glaubte, daß sie es um das Erbe täten, das seinem unerfahrenen Blick als ungeheurer Reichtum erschien. Aber Ithaka war eine unfruchtbare Felseninsel. Als er zum erstenmal auf Reisen ging, wurden ihm die Augen geöffnet. Da die lästigen Freier von weit her gekommen waren, mußten sie es wissen. Was sie im Sinne hatten, bleibt uns ein Rätsel, aber daß sie die arme Penelope belagerten, ist Tatsache; denn als Odysseus endlich heimkehrte, spannte er seinen Bogen und erschoß sie, einen nach dem andern. An einer Stelle streift die Geschichte Telemachs und seines abwesenden Vaters die Geschichte Helenas, und diese Stelle ist uns dadurch wertvoll, daß sie uns ein charakteristisches Bild ihres häuslichen Lebens gibt.

Kurz bevor Odysseus in so dramatischer Weise wieder auftauchte, hatte Telemach sich in seiner Verzweiflung entschlossen, sich bei Nacht mit ein paar zuverlässigen Leuten in einem kleinen Schiff heimlich aufzumachen und nach Pylos zu fahren, wo Nestor wohnte, und von dort eventuell nach Sparta zu Menelaos. Wenn einer von diesen beiden Freunden seines Vaters ihm irgendwelche Hoffnung auf die Rückkehr des Verschollenen geben könnte, so wollte er wieder heimfahren und noch ein Jahr geduldig warten. Wenn sie ihm aber einen bestimmten Grund geben würden, anzunehmen, daß Odysseus tot sei, so wollte er nach Ithaka zurückfahren, energisch auftreten, eine Totenfeier für seinen Vater veranstalten, seine Mutter mit irgendeinem beliebigen Freier verheiraten, die andern fortschicken und sein Erbe antreten.

Er hatte die väterliche Insel bis dahin noch nie verlassen. Als er nach Pylos kam, war Nestor gerade im Begriff, sich zu einem Festmahl niederzusetzen, inmitten von all seinen Leuten. Telemach wäre am liebsten gleich wieder abgefahren. Er hatte nicht seines Vaters Rednergabe, und es war ihm peinlich, sich Nestor zu nähern und sein Anliegen so öffentlich vorzubringen. Dann aber bedachte er, daß er ja in einer guten Sache gekommen war, und zum Glück nötigte Nestor ihn zu essen, bevor er redete. Nach dem Mahle begann der Alte selbst das Gespräch. Er gehörte zu derselben alten rauhen Generation wie Eteoneus. Er fragte den jungen Mann, ob er als ehrlicher Händler unterwegs sei oder ob er Seeräuberei treibe. Telemach war über die Frage etwas erschrocken, aber er ging auf diese Vorstellung ein und ließ den Alten glauben, daß Seeräuberei ein Lieblingssport von ihm sei – oder sein würde, wenn er erst mehr Übung hätte. »Aber ich bin gekommen, um dich zu fragen, ob du irgendwelche Nachricht von meinem Vater hast. Wir haben zu Hause, ich weiß nicht, seit wieviel Jahren, nichts mehr von ihm gehört; und es ist soweit gekommen, daß selbst schlimme Nachricht besser sein würde als diese furchtbare Ungewißheit. Wir haben gehört, daß Menelaos wohlbehalten zu Hause angelangt ist und daß auch Agamemnon wieder daheim ist, aber nicht wohlbehalten. Wir haben auch erfahren, daß Ajax tot ist, und andere Einzelheiten über die Freunde meines Vaters, aber von ihm selbst haben wir kein einziges Wort gehört, obwohl er ein berühmter Mann war und viel von sich reden machte. Wenn er getötet wäre, so hätte uns doch wohl jemand die Kunde gebracht. Wo in aller Welt ist er? Willst du mir sagen, wie und wann du ihn zuletzt gesehen hast und was du sonst etwa von seinem späteren Verbleib weißt? Wenn du Schlimmes zu berichten hast, verbirg mir nichts; ich möchte die Wahrheit wissen.«

Nestor erging sich in Erinnerungen. Odysseus war sein bester Freund. Er wurde nicht müde, von ihren gemeinsamen Taten auf der Ebene von Troja zu erzählen. Telemach fürchtete, er würde nie ein Ende finden.

»Aber als es an die Heimkehr ging«, sagte er, »waren wir alle wie toll. Es begann am Tage nach der Zerstörung der Stadt. Wie wir da feierten! Da, mitten im schönsten Gelage, ließ Agamemnon die Krieger zum Opfer zusammenrufen! Offen gesagt, die meisten von ihnen hatten dem Wein gut zugesprochen. Dann erklärte Menelaos, er wolle sofort nach Hause – der Krieg sei vorüber und es habe keinen Zweck, länger zu bleiben. Agamemnon bestand auf weiteren Opfern, um Athene zu versöhnen. Das war meiner Meinung nach recht töricht von ihm, denn wenn eine Göttin einmal erzürnt ist, so ist sie erzürnt und Opfer oder sonst etwas ist in Zeitvergeudung. Sie redeten hin und her, aber was sie sagten, konnte ich nicht verstehen; während sie stritten, gerieten wir andern alle in Aufregung, und es entstand ein gewaltiger Lärm, als ob der Kampf noch einmal losginge. Die Parteien waren etwa gleich groß. Die eine Hälfte war für Abfahrt, die andere für weitere Opfer. Ich war derselben Ansicht wie

Menelaos, und wir waren eine ganze Flotte, als wir am nächsten Tage absegelten. Aber die Morgenluft machte uns wieder nüchtern, und je weiter wir fuhren, desto bedenklicher wurden wir. Es war wohl der Rückschlag. Als wir bis Tenedos gekommen waren, machten die meisten von uns ein paar Stunden halt und brachten sicherheitshalber Opfer, aber Menelaos fuhr weiter oder war bereits hinter dem Geschwader zurückgeblieben; wir sahen ihn nicht mehr. Dein Vater hielt uns eine richtige Rede. Er erklärte, wenn einmal geopfert werden sollte, so wolle er keine halben Maßnahmen treffen, und er kehrte um, um sich Agamemnon wieder anzuschließen. Danach habe ich nichts mehr von ihm gesehen noch je wieder irgend etwas von ihm gehört. Die meisten andern erreichten ihre Heimat. In Lesbos landete ich noch einmal, um zu opfern – sicherheitshalber –, und ich muß sagen, wir hatten auch einen tüchtigen Sturm, der uns geradewegs in den Hafen trieb. Idomeneus – hast du je von ihm gehört? der Freier, den Helena zuerst von allen ausschlug – er hatte die günstigste Fahrt von uns allen, verlor keinen einzigen Mann und sitzt nun in Kreta, als ob nichts geschehen wäre. Aber das war ein häßlicher Streich, den Ägisth Agamemnon spielte! Du hast natürlich davon gehört, wie Orest sich rächte? Das ist der Vorteil, wenn man einen Sohn hat – er sorgt dafür, daß der Mörder seinen Lohn bekommt. Odysseus ist glücklich zu preisen, daß er einen wakkeren Sohn hat, wie du es zu sein scheinst. Er wird heimkehren, wenn er nicht getötet ist, und wenn er getötet ist, wirst du den, der es getan hat, verfolgen. Wenn es nicht ein Werk der Vorsehung war, natürlich.«

Telemach war enttäuscht. Keine Nachricht von seinem Vater, und augenscheinlich auch keine Aussicht dazu, auch nicht bei Menelaos. Allein seine Neugierde erstreckte sich auch auf andere Dinge; er war jung. »Wir haben gehört, was Ägisth Agamemnon antat«, sagte er, »aber nur ganz im allgemeinen. Wir wissen nichts über die Einzelheiten.«

»Nun«, sagte Nestor, »es war eine merkwürdige Sache, wenn man bedenkt, was für ein Mann Agamemnon war und wie unbedeutend Ägisth dagegen. Wie man mir berichtete, hatte Ägisth den ganzen Anschlag gemacht und hatte die Absicht, auch Menelaos zu töten, falls er nach Mykene kommen sollte. Klytemnestra war nicht so schlimm. Sie setzte der Idee lange Zeit Widerstand entgegen, und Ägisth würde sie nicht überredet haben, wenn er nicht zuerst den Sänger aus dem Wege geräumt hätte. Du weißt von diesem Sänger? Agamemnon ließ ihn zum besonderen Schutz seiner Frau zurück. Ob es nun die Wirkung von seinem Spiel war – er spielte und sang jeden Abend – oder sein persönlicher Einfluß, Ägisth konnte bei Klytemnestra nichts erreichen, solange der Sänger da war. Daher forderte er ihn eines Tages auf, mit ihm zum Fischen zu kommen, und der Sänger ging mit, um ein wachsames Auge auf ihn zu haben, und Ägisth setzte ihn auf einem Felsen aus, der zur Flutzeit unter Wasser steht. Klytemnestra gab dann sofort nach. Der Gedanke an seine Sünden trieb Ägisth dazu, zu opfern; er war immer am Opferaltar beschäftigt, so daß

Klytemnestra sich wegen des schwindenden Viehbestandes Sorge machte. Er war auch beim Opfer, als Orest ihn fand. Menelaos blieb auf göttliche Eingebung zu Hause und entging so dem Schicksal seines Bruders. Er ist jetzt mit Helena in Sparta. Man sagt, sie sei schöner denn je.«

Telemach sagte, Sparta sei sein nächstes Ziel. Vielleicht wisse Menelaos etwas von seinem Vater. Nestor meinte, das würde er wohl kaum, aber es könne ja nicht schaden, wenn er nachfragte. So setzte denn der Jüngling seine Reise fort in der Hoffnung, Nachrichten zu erhalten, und auch getrieben von der Aussicht, Helena zu sehen, die schöner sein sollte denn je.

Als er an das berühmte Tor kam, an das einst Paris geklopft hatte, hielt Eteoneus ihn unter irgendeinem Vorwand auf und eilte zu Menelaos.

»Es steht wieder ein schöner junger Mann draußen«, sagte er. »Wollen wir ihn einlassen?«

»Eteoneus«, sagte Menelaos, »es hat Zeiten in deinem Leben gegeben, wo du nicht wie ein Narr handeltest. Ich wollte, ich könnte sagen, es wäre jetzt der Fall. Ich verstehe die Anspielung nicht. Natürlich lassen wir ihn ein! Wenn ich früher reiste, wurde ich überall gastlich aufgenommen, und ich vermute, dir ist es ebenso ergangen. Wir müssen unsrerseits ebenso handeln, wenn ein Fremder zu uns kommt.«

»Na, was soll das nun bedeuten!« sagte Eteoneus, aber nicht laut.

Telemach hatte nie ein solches Haus gesehen. Das Dach war hoch, und irgendwie gelangte der Rauch hinaus und das Licht herein; es war, als ob man draußen im Sonnenschein oder Mondschein wäre. Die Größe des Hauses und der Reichtum, der darin herrschte, machte ihn verlegen. Er versuchte, daran zu denken, daß sein Vater klüger war als diese Menschen hier, aber der Gedanke, nahm seine Verlegenheit nicht hinweg. Man führte ihn zu den Marmorbädern, wo die Diener ihn noch mehr in Verlegenheit setzten, indem sie ihn gründlich wuschen, sein Haar salbten und ihm bessere Kleider anlegten, als er zu tragen gewohnt war. Menelaos kam, um ihn zu begrüßen, eine hohe Gestalt, mit schönen langen dunklen Locken, die kein Öl brauchten, um zu glänzen. Sonst war er nicht so eindrucksvoll wie sein Haus. Telemach kam der Gedanke, daß er sich seit Troja nicht mehr genug körperliche Bewegung machte; er war ziemlich wohlbeleibt. Bei dem Festmahl, das Menelaos für den Gast veranstaltete, zeigte er, daß Mangel an Bewegung den Appetit nicht beeinträchtigt.

»Ich habe nie ein Haus wie dies gesehen«, sagte Telemach, »und obwohl ich nicht weitgereist bin, glaube ich doch kaum, daß es irgendwo in der Welt seinesgleichen hat. Dieser ungeheure Reichtum an Bronze, Gold und Bernstein, von all dem Silber und Elfenbein gar nicht zu reden! Zeus selbst kann auf dem Olymp kaum schöner wohnen.«

Menelaos setzte eine ernste Miene auf und sagte, daß niemand sich den Göttern vergleichen dürfe, aber das Haus sei in der Tat sehr zu seiner Zufriedenheit. Das heißt das Gebäude. »Allein ich würde einen großen Teil meines Reichtums hingeben, wenn ich damit die Jahre zurückkaufen könnte, die ich fern von diesem Hause verbrachte, und die Freunde, die in Troja starben oder die auf der Heimfahrt umkamen. Wir müssen natürlich alle einmal sterben, und viele von ihnen würden ohnehin wohl schon im Grabe liegen, auch wenn es kein Troja gegeben hätte. Aber um einen Freund tut es mir besonders leid – um Odysseus. Du hast gewiß seinen Namen gehört. Er hat mehr für mich getan als irgendein andrer, und ich bin nun wieder hier zu Hause, während niemand weiß, wo er ist oder ob er überhaupt lebt. Seinem alten Vater ist gewiß das Herz gebrochen, und seiner Frau und dem kleinen Sohn, der mittlerweile herangewachsen sein muß.«

Die Erwähnung seines Vaters erfüllte Telemach mit jähem Schmerz – jäh, weil er seine Gedanken ganz auf Menelaos' schönes Haus gerichtet hatte. Er wollte gerade seinen Namen und sein Anliegen sagen, als Helena aus ihrem gewölbten Gemach hereintrat. Wie war das möglich? Und doch konnte es niemand anders sein! Seine Mutter hatte ihm wiederholt gesagt, wie alt Helena war, und er wußte, was für Erlebnisse sie hinter sich hatte. Er hatte ein Aphrodite erwartet, eine verführerische Göttin, bezaubernd wie die Sünde. Als sie auf ihn zuschritt, sah er, daß sie jung und mädchenhaft war; so mußte Artemis aussehen. Mit ihr kam ein Mädchen, das älter aussah, aber es vermutlich nicht war. Man nannte sie Adraste. Sie brachte einen Stuhl für Helena herbei und einen Fußschemel und die Wolle zum Spinnen, die sie in einem goldenen Korbe, der auf Rädern ging, heranschob. Telemach vergaß seinen Vater, vergaß seine Mutter, vergaß die Freier. Sein ganzes Leben lang versuchte er zu bereuen, daß er vergessen konnte, aber es gelang ihm nicht.

Helena begrüßte ihn, nahm die Wolle zur Hand und begann die Unterhaltung, als ob Telemach ein alter Freund wäre oder als ob sie ihn noch gar nicht wirklich bemerkt hätte. Dann ließ sie die Hände in den Schoß sinken.

»Menelaos, wir dürfen den Fremdling wohl nicht fragen, wer er ist, bevor er es von selbst sagt; aber wenn es ihm recht ist, so möchte ich versuchen zu raten.«

Sie sah Telemach gerade an, und er fühlte sich ganz närrisch vor Glück.

»Ich hätte nicht gedacht«, sagte sie, »daß zwei Menschen sich so ähnlich sehen könnten. Du hast natürlich die Ähnlichkeit bemerkt, Menelaos.«

»Nein, das habe ich nicht«, sagte Menelaos.

»Ach, das müßtest du doch im ersten Augenblick gesehen haben!«

»Vielleicht müßte ich es, aber ich habe es nicht gesehen«, sagte Menelaos.

»So muß ich es dir sagen – Odysseus«, sagte Helena.

»Wahrhaftig, jetzt sehe ich es!« sagte Menelaos. »Und dabei sprach ich gerade, bevor du herein-kamst, von seinem Vater; ich bemerkte, wie es ihn interessierte. Wahrhaftig! Das stimmt, nicht wahr?«

Menelaos sah ihn an, und er sah Menelaos an und bemerkte auf dem Gesicht des alten Mannes einen Ausdruck, der nicht dagewesen war, bevor seine Frau eintrat. Etwas wie heiteren Seelenfrieden oder doch etwas, was dem nahekam; sagen wir einfach: stille Zufriedenheit. Telemach gab zu, daß er er selbst sei. Aber er war nicht ganz er selbst. Sie sprachen stundenlang, oder vielmehr Menelaos sprach, und da von seinem Vater keine Rede war, hörte Telemach höflich zu und beobachtete Helena und ihre webenden Hände, und seine Seele verließ ihn gänzlich. Dann sagte Helena, daß sie nun genug geredet hätten, und Menelaos sah aus, als hätte er einen leisen Tadel empfangen, an den er jedoch gewöhnt war, und er fragte Helena, ob es nicht bald etwas zu essen gäbe.

Helena trat mit einem Becher Wein zu dem Jüngling und sagte:

»Man sagt, wer von diesem Wein trinkt, der vergißt all seine Sorgen für immer. Er kommt aus Ägypten, wo man das Geheimnis der Kräuter und Heiltränke und Zaubersprüche kennt, und es ist ein Zauber darin!«

Er nahm ihn, seine Hand berührte die ihre, und sie lächelte ihn an. Es war, wie sie gesagt hatte; er vergaß alle seine Sorgen – wie es schien, für immer. Aber er wußte, daß der Zauber nicht im Wein war.

Menelaos war an der anderen Seite des Tisches mit seinem Essen beschäftigt.